신조협려 5

신조협려 5 – 양양성 전투

1판 1쇄 발행 2005. 2. 5.
1판 16쇄 발행 2019. 5. 26.
2판 1쇄 발행 2020. 4. 1.
2판 2쇄 발행 2022. 12. 20.

지은이 김용
옮긴이 이덕옥
발행인 고세규
편집 임지숙 디자인 박주희 마케팅 정성준 홍보 김소영
발행처 김영사
등록 1979년 5월 17일 (제406-2003-036호)
주소 경기도 파주시 문발로 197(문발동) 우편번호 10881
전화 마케팅부 031)955-3100, 편집부 031)955-3200 | 팩스 031)955-3111

값은 뒤표지에 있습니다.
ISBN 978-89-349-8585-3 04820
978-89-349-8580-8 (세트)

홈페이지 www.gimmyoung.com 블로그 blog.naver.com/gybook
인스타그램 instagram.com/gimmyoung 이메일 bestbook@gimmyoung.com

좋은 독자가 좋은 책을 만듭니다.
김영사는 독자 여러분의 의견에 항상 귀 기울이고 있습니다.

일러두기

1. 이 책은 김용이 직접 여덟 차례에 걸쳐 수정한 3판본(2003년 12월 출간)을 저본으로 번역했다.
2. 본문에 실려 있는 삽화는 홍콩의 강운행姜雲行 화백이 그린 것이다.

신조협려

神鵰俠侶

양양성 전투

5

김용 대하역사무협

이덕옥 옮김

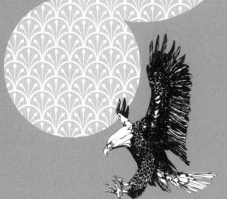

무협소설사에 길이 남을 불멸의 고전

김용 소설 중 가장 많은 찬사를 받은 작품

我小說裏的武功是假的，精神是真
的，希望讀者們注重正義，公正，公平，
重情義，對父母、兄弟、姊妹、朋友、同
學、愛人、丈夫、妻子要有真正愛心！

致

韓國讀者諸君

恭賀新年快樂

金庸

내 소설의 무공은 비록 허구이지만 그 정신만은 진실입니다. 독자 여러분은 정의와 공정, 공평을 중시하고, 순수한 감정을 중히 여기길 바랍니다. 그리고 늘 부모와 형제자매, 친구, 동료, 사랑하는 사람, 남편, 아내에게 진정한 애심愛心을 지녀야 합니다.

한국 독자 여러분께
즐거운 새해가 되길 기원합니다.

김용 드림

안구사 雁丘詞

원호문 元好問

세상 사람에게 묻노니,
정이란 무엇이길래 이토록
생과 사를 같이하게 한단 말인가.
하늘과 땅을 가로지르는 저 새야,
지친 날개 위로
추위와 더위를 몇 번이나 겪었느냐?
만남의 기쁨과 이별의 고통 속에
헤매는 어리석은 여인이 있었네.
임이여 대답해주소서.
아득한 만 리 구름이 겹치고
온 산에 저녁 눈 내릴 때
외로운 그림자 누굴 찾아
날아갈꼬.

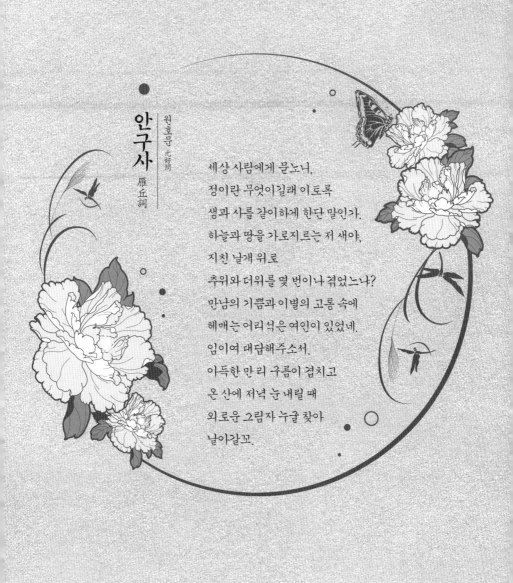

5권

양양성 전투

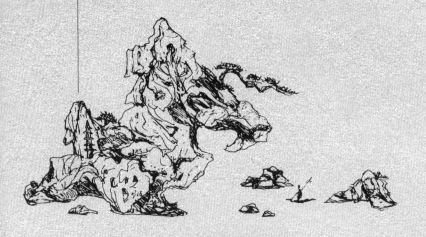

| 각권 차례 |

▲ 진사 송대 여인상

진사晉祠는 중국 산서성山西省 태원太原에 있다. 송 휘종徽宗 숭녕崇寧 원년(서기 1102년)에 세운 이곳의 중심은 성모전聖母殿인데 옛날에는 이를 '여랑사女郎祠'라 했다. 성모전에는 진흙으로 빚어 채색을 한 44개의 시녀상이 제각기 아름다운 자태를 뽐내고 있다. 시녀상들은 몸집 크기를 비롯해 직업, 성격, 나이, 처지, 감정 표현 등이 모두 달라 자연스럽고 생동감 넘치면서도 천진난만한 낭만적 분위기를 풍긴다. 송대 예술품 중 걸작으로 꼽을 만하다.

◀ 반천수의 〈독취禿鷲〉

반천수潘天壽는 근대 중국의 유명한 국전 화가이다. 사람들은 그를 일컬어 '화단의 우두머리, 예술원의 수반'이라고 했다.

▶ 성을 지킬 때 사용한 목뢰木檑와 아차뢰夜叉檑.《무경총요武經總要》에서 발췌했다.

▼ 성을 공략할 때 사용한 운제雲梯. 북송北宋 인종仁宗 때 출판한《무경총요》에서 발췌했다.

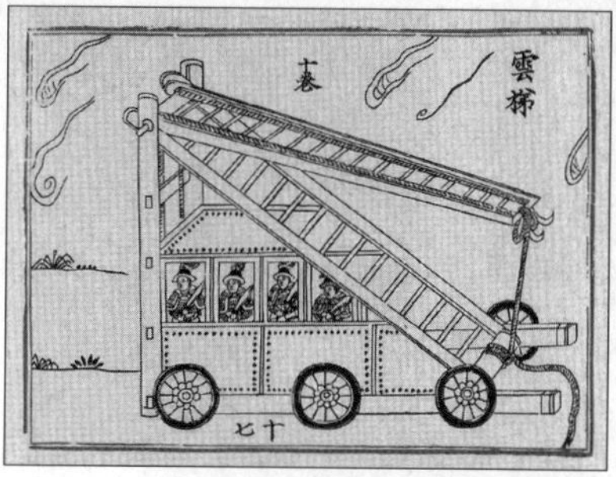

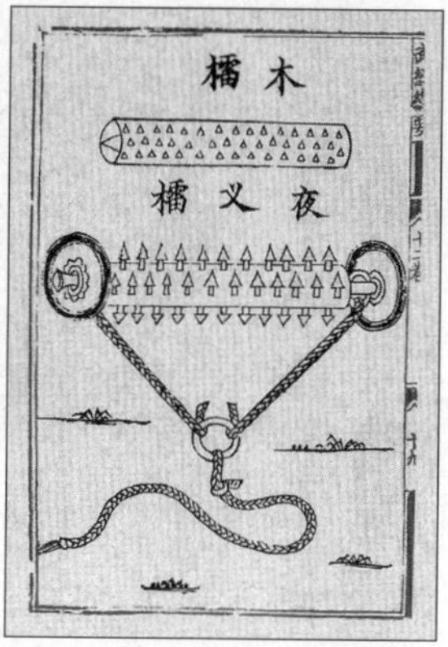

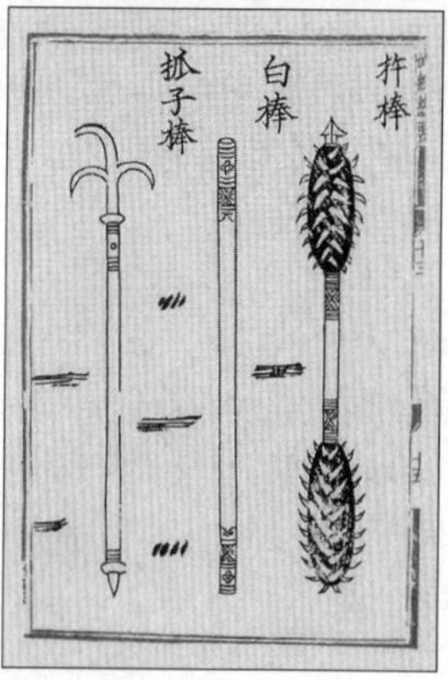

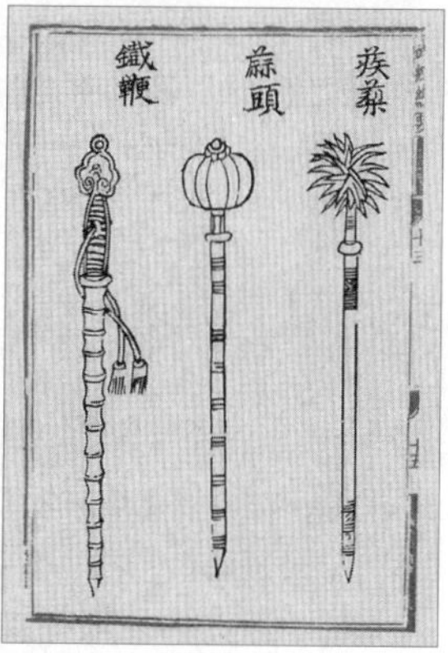

▲ 송나라 때 사용한 짧은 무기 세 가지(왼쪽).
송나라 때 사용한 긴 병기 세 가지(오른쪽).

▲ 원세조元世祖 황후 철백이徹伯爾 상

이 황후는 재능과 지혜를 겸비했다. 몽고의 대칸 몽가蒙哥는 남송을 공격할 때 전쟁터에서 죽었는데 몽가의 동생 아리불가阿里不哥가 자립하려 하자 철백이가 그를 옹립하지 못하도록 부족들을 막았다. 그리고 급히 사신을 보내 홀필열의 복귀를 독촉했다. 홀필열이 대칸 자리에 오른 후 몽고 대관들은 경성 북쪽을 목장으로 정하자고 주장해 홀필열의 허락을 받아냈지만, 철백이 황후가 만류해 철회했다. 《신원사新元史》에는 그녀를 일컬어 "용모가 아름답고 가장 총애받았으며 황태자 진금眞金을 낳은 황후"라고 했다.

▶ 유관도의 〈원세조출렵도元世祖出獵圖〉

유관도劉貫道는 원나라 초기 때 화가로 홀필열의 초상화를 많이 그렸다.
홀필열은 그의 솜씨에 흡족해 그에게 의국사衣局使라는 벼슬을 내렸다.
그림 속 한 사람이 독수리에게 화살을 겨냥하고 있다.
독수리 두 마리가 어렴풋이 보인다.

▶〈원세조출렵도〉의 일부분

홀필열은 키가 작고 뚱뚱하다.
그가 좋아하는 여인도 살이 찐 편이었다.

▶ 원세조 홀필열忽必烈 상

현재 대만 고궁박물관에 소장되어 있다.

▼ 티베트 라사라마교 사찰의 대법륜大法輪

불교에서는 교법을 법륜이라 하고, 설교법을 전법륜轉法輪이라 한다. 불교에서 윤輪을 이의二義라 하는데 하나는 회륜廻輪, 또 하나는 연취碾摧라 한다. 금륜국사의 법명과 무기도 여기서 유래했다.

21

양양성 전투

襄陽鏖兵

곽정은 왼발에 힘을 주어 성벽을 밟고 몸을 위로 일 장 정도 솟구쳤다. 뒤이어 오른발로 힘을 받아 또다시 몸을 솟구치며 성벽을 타고 올라갔다. 순간 성 안팎은 곽정의 무공에 놀라 쥐 죽은 듯 조용해졌다. 사람들의 시선은 오직 곽정 한 사람에게만 쏠려 있었다.

양과가 막 비수를 꺼내려는 순간, 누군가 조심스럽게 창문을 두드리는 소리가 들렸다. 양과는 얼른 눈을 감고 자는 척했다. 창문 두드리는 소리에 잠이 깬 곽정이 자리에서 일어났다.

"당신이야? 무슨 급한 일이라도 있는 건가?"

그러나 창밖에선 아무 대답도 들리지 않았다. 곽정은 자고 있는 양과를 돌아보았다. 잠이 깊이 든 듯 숨소리가 매우 고르게 들렸다.

'겨우 잠든 모양인데 깨우지 말아야지.'

곽정은 조심스럽게 침상에서 내려와 문을 열고 밖으로 나갔다. 마당에 서 있던 황용이 곽정을 향해 손짓했다. 곽정은 황용에게 다가가면서 낮은 목소리로 물었다.

"무슨 일인데?"

황용은 아무 말도 하지 않고, 곽정의 손을 잡아끌고 후원으로 갔다. 그러고는 무언가를 경계하는 듯 한참 주위를 둘러본 후에야 입을 열었다.

"창밖에서 당신하고 과가 하는 이야기를 모두 들었어요. 과가 좋지 않은 생각을 품고 있는 게 틀림없어요."

황용의 말에 곽정은 잠시 의아해했다.

"좋지 않은 생각이라니?"

"그 아이의 말을 듣고도 모르겠어요? 우리가 자기 아버지를 죽였다고 의심하고 있어요."

"그럴지도 모르지. 하지만 아버지가 돌아가신 사연을 모두 말해주겠노라고 이미 약속했는데 무슨 좋지 않은 생각을 품겠어?"

"정말 사실대로 말해줄 생각이에요?"

"난 항상 양강 아우의 비참한 죽음이 마음에 걸렸어. 그 일 때문에 죄책감도 적지 않고. 비록 아우가 바른 생활을 하지 못한 건 사실이지만, 우리 또한 아우가 바른길로 가도록 최선을 다하지 못한 게 사실이니까."

"당신도 참……. 우리가 최선을 다한다고 해서 선하게 살 사람이 아니었잖아요. 차라리 양강이 좀 더 일찍 죽었다면 당신의 사부님께서도 도화도에서 생명을 잃는 일은 없었을 거예요."

곽정은 당시의 상황을 떠올리며 길게 한숨을 내쉬었다.

"주 대형도 부를 시켜 과의 태도가 어딘지 이상하다고 알려왔어요. 당신이 과와 한방에서 자는 것도 주 대형이 알려주었고요. 혹 무슨 일이 생기지 않을까 걱정되어 밖에서 지키고 있었던 거예요. 알다가도 모를 것이 사람 마음이라는데, 과와 한방에서 자는 것은 좀 생각해봐야 할 문제인 것 같아요. 사실 양강이 나의 어깨를 쳤기 때문에 중독되어 죽었으니 내 탓이라고 말해도 할 말은 없어요."

"그렇긴 하지만 그래도 당신이 직접 죽인 건 아니지."

"어차피 당시 상황에서는 당신이나 나나 그를 없애려고 했잖아요. 그런 데다 결국 나 때문에 죽었으니 우리가 직접 죽인 거나 다름없죠."

"음……."

곽정은 잠시 생각에 잠겼다가 입을 열었다.

"당신 말이 맞는 것 같아. 사실대로 말하지 않는 게 좋겠군. 당신은 저녁내 제대로 쉬지도 못했으니 피곤할 거야. 얼른 돌아가서 좀 쉬도록 해. 내일부터는 나도 막사로 가서 병사들과 함께 잘 테니 너무 걱정하지 말고. 어서 가, 내가 바래다줄게."

곽정은 비록 양과가 자신을 해치려 한다고는 생각지 않았지만, 황용이 자신보다 훨씬 영리하고 똑똑하니 일단 황용의 말을 따르기로 했다. 곽정은 황용의 허리를 부축하며 걸어갔다.

"양과가 무림의 맹주 자리도 지켜냈고, 또 두 차례나 제 몸을 돌보지 않고 당신과 부를 구해주었잖아. 과는 의협심이 강한 아이야. 제 아비와는 달라."

황용이 고개를 끄덕였다.

"사실 그만한 아이도 없죠. 하지만 과가 아버지의 원수를 갚으려고 하는 이상 우린 그 아이를 믿을 수가 없어요. 게다가 사부에 대한 사적인 정이 너무 강해요. 겨우 용 낭자를 과에게서 떼어놓았는데 양과가 다시 용 낭자를 찾아 데려왔으니 두 사람을 완전히 갈라놓기는 쉽지 않을 것 같아요."

"그래도 당신이 그 애보다 더 영리하니 어떻게 해서든 잘못된 길로 들어서지 않도록 막아주어야지."

황용은 잠시 침묵하다가 가늘게 한숨을 내쉬었다.

"사실 지금 내 심정은 과가 아니라 우리 딸이 더 문제예요. 당신과 저는 둘 다 상대방밖에 몰랐는데, 부는 우릴 닮지 않았나 봐요. 수문이와 돈유 사이에서 저렇게 마음을 결정하지 못하고 왔다 갔다 하니, 어찌해야 좋을지…….”

황용의 방에 도착한 곽정은 황용을 침상에 눕게 한 후 이불을 덮어주었다. 그리고 잠시 곁에 앉아 그녀의 손을 잡아주었다. 최근 몇 달 동안 둘 다 군대를 지휘하는 일로 바빠서 오늘처럼 조용히 대화를 나눌 기회가 거의 없었다. 두 사람은 미소를 띤 채 서로를 마주 보았다. 비록 아무 말도 하지 않았지만 상대의 마음을 잘 알 수 있었다. 황용은 남편의 손을 잡아 뺨에 대고 가볍게 비볐다.

“여보, 우리 둘째에게도 이름을 지어줘야죠.”

“내 머리에서 좋은 이름이 나오겠어? 알면서 그래.”

“왜 항상 그렇게 말해요. 내 보기엔 이 세상 어떤 남자도 당신만 못한걸요.”

황용의 진지하고 따뜻한 말에서 남편에 대한 극진한 사랑과 존경이 묻어났다. 곽정은 고개를 숙여 아내의 볼에 가볍게 입을 맞추었다.

“만약 남자아이면 오랑캐를 무찌르자는 의미로 곽파로郭破虜라고 짓고, 여자아이이면…….”

곽정은 잠시 생각에 잠겼으나 이내 웃으며 머리를 가로저었다.

“아무래도 좋은 생각이 떠오르지 않아. 당신이 지어봐.”

“구 도장께서는 정강靖康 연간에 금의 공격을 받아 북송이 망한 사건을 잊지 말라는 뜻에서 오빠에게 정靖이라는 이름을 지어주셨죠. 지금 금나라는 이미 멸망했지만, 몽고가 또 우리 송나라를 넘보고 있어요. 우리가 이곳 양양에 와 있는 것도 몽고군을 막기 위해서고요. 우리 둘째 아이는 아무래도 이곳 양양에서 낳게 될 듯하니, 이 어려웠던 시절을 잊지 말라는 뜻에서 곽양郭襄이라고 지어주면 어떨까요?”

"좋은 이름이야. 우리 둘째는 부와 달리 좀 얌전했으면 좋겠는데. 부처럼 다 자라서까지 부모 속을 썩이거나 하지 않게 말이야."

황용이 미소를 지었다.

"속을 썩여도 좋으니 아들이었으면 좋겠어요. 아들을 낳아 곽씨 집안의 대를 이어야죠."

황용은 은연중에 심기를 드러내며 무겁게 한숨을 내쉬었다. 곽정은 부드러운 손길로 황용의 머리를 쓰다듬었다.

"아들이면 어떻고, 딸이면 또 어때? 쓸데없는 생각 하지 말고 어서 자."

곽정은 이불을 잘 덮어주고 불을 끈 후 자기 방으로 돌아갔다. 곤히 잠들어 있는 양과의 모습을 물끄러미 쳐다보던 곽정은 가늘게 한숨을 쉬며 잠자리에 누웠다. 그는 삼경을 알리는 북소리를 들으면서도 잠을 이루지 못했다.

한편 양과는 몰래 숨어서 곽정과 황용이 후원에서 나눈 대화를 하나도 빼놓지 않고 모두 엿들었다. 충격을 받은 양과는 곽정 부부가 자리를 옮긴 후에도 여전히 넋을 잃고 멍하니 그 자리에 서 있었다.

'차라리 양강이 좀 더 일찍 죽었다면 당신의 사부님께서도 도화도에서 생명을 잃는 일은 없었을 거예요……. 사실 양강이 나의 어깨를 쳤기 때문에 중독되어 죽었으니 내 탓이라고 말해도 할 말은 없어요……. 어차피 당시 상황에서는 당신이나 나나 그를 없애려고 했잖아요. 그런데다 결국 나 때문에 죽었으니 우리가 직접 죽인 거나 다름없죠.'

황용이 했던 말 한마디 한마디가 머릿속을 뱅뱅 맴돌았다.

'아버지께서 저 두 사람 때문에 죽은 게 확실하군. 머리 좋은 황용이

이미 날 의심하고 있으니 오늘 밤에 손을 쓰지 않으면 다시는 기회를 잡기 어려울지도 몰라.'

양과는 방으로 돌아가 침대에 누운 뒤 조용히 곽정이 돌아오기만을 기다렸다. 곽정은 방으로 돌아온 후 양과의 코 고는 소리를 듣고 깊이 잠들었다고 생각했다.

'잘도 자는구나.'

그는 양과를 물끄러미 쳐다보다 행여 잠을 깨울까 봐 조심스럽게 이불을 들추고 잠자리에 누웠다. 잠시 후 양과가 몸을 뒤척이는 소리에 눈을 떴다. 그런데 이상하게도 몸을 뒤척이는 순간에도 양과의 코 고는 소리는 매우 고르게 들렸다. 곽정은 속으로 깜짝 놀랐다.

'누구든지 자다가 몸을 뒤척일 때는 잠시 코 고는 것을 멈추게 마련인데……. 이상하다. 내공을 연마하다 뭔가 잘못된 건 아닐까?'

곽정은 양과가 일부러 자는 척하고 있으리라고는 꿈에도 생각지 못했다. 양과는 다시 한번 몸을 뒤척이면서 곽정을 살펴보았다. 곽정은 깊이 잠든 듯했다. 양과는 계속해서 고른 숨소리를 내며 살금살금 침상에서 내려왔다. 원래 그는 침대에 누운 채로 칼을 사용해 곽정을 죽일 생각이었다. 그러나 아무래도 거리가 너무 가까워 위험할 것 같았다. 만약 곽정이 숨이 끊기기 전에 장풍을 뻗어 공격한다면 자신 또한 무사하지 못할 터였다. 그래서 일단 침상에서 일어나 칼로 곽정의 급소를 찌른 후 창문을 통해 빠져나갈 계획을 세웠다. 양과는 자신의 숨소리에 변화가 있으면 내공이 강한 곽정이 금방 눈치챌 테니 침상에서 내려오면서도 일부러 계속 코를 고는 척한 것이다.

곽정은 더욱 놀랐다.

'아니, 몽유병이라도 걸린 것일까? 저 상태에서 내가 인기척을 낸다면 기가 단전으로 역류해 주화입마가 될 터인데…….'

곽정은 꼼짝도 하지 않고 양과의 동태를 살폈다. 양과는 품속에서 비수를 꺼내 들고 천천히 곽정을 향해 다가갔다. 곽정은 더 이상 머뭇거릴 수가 없어 낮은 소리로 말했다.

"과야, 악몽이라도 꾸는 거냐?"

양과는 깜짝 놀라 숨이 멎을 것만 같았다. 일이 이렇게 되자 양과는 얼른 몸을 돌려 창문을 통해 빠져나갔다. 그러나 곽정이 놓칠 리 없었다. 양과가 창문 밖에 착지해 몸을 일으키기도 전에 그의 두 손은 곽정에게 붙잡혔다. 양과는 자신의 무공이 곽정의 적수가 되지 못함을 잘 알고 있었다. 그래서 반항은커녕 모든 것을 체념하고 눈을 꼭 감은 채 곽정의 처분만 기다렸다. 곽정은 양과를 안아 침대 위에 내려놓았다. 양과는 마치 꿈을 꾸는 듯 여전히 힘없이 눈을 감고 있었다. 곽정은 천천히 양과로 하여금 가부좌를 틀게 하고 두 손은 단전 앞에 모으도록 했다. 바로 현문 내공을 수련하는 자세였다. 양과는 증오심이 끓어올랐지만 그의 손안에 있으니 잠시 두고 볼 수밖에 없었다.

'그런데 내가 이렇게 잡혀버리면 선자는 어떻게 될까?'

문득 소용녀 생각이 났다. 양과는 절로 숨을 깊이 들이마시며 큰 소리를 내지르려 했다. 곽정은 양과가 갑자기 숨을 들이마시자 더욱 걱정이 되었다.

'내공을 수련하다 기가 잘못 흐를 때는 숨을 천천히 내뱉어야 하거늘 갑자기 이렇게 크게 숨을 들이마시면 정말 위험한데.'

곽정은 급히 손을 뻗어 양과의 아랫배를 눌렀다. 곽정의 내공에 단전이 막힌 양과는 소리를 지를 수가 없었다. 그의 손에서 벗어나려고 몸부림을 쳐보았지만 꼼짝도 할 수 없었다. 얼굴이 점차 벌겋게 달아올랐다.

"과야, 원래 내공을 수련할 때 너무 서두르게 되면 잘못된 결과를 초래할 수 있단다. 기가 바르게 흐를 수 있도록 도와줄 테니 함부로 움직이려 하지 말고 천천히 숨을 내쉬렴."

양과는 가슴이 뭉클했다. 곽정의 말투가 너무나 부드럽게 들렸다. 그리고 문득 단전으로부터 훈훈한 기가 밀려 올라오는 것이 느껴졌다. 잠시 후 전신이 말로 표현할 수 없이 편안해졌다.

"천천히 숨을 내뱉어서 내가 보내는 따뜻한 기를 수분水分에서 건리建里로, 거궐巨闕, 구미鳩尾를 거쳐 옥당玉堂, 화개華蓋로 보내거라. 다른 경맥에는 신경 쓰지 말고 우선 임맥任脈부터 통하게 해야 한다."

영리한 양과는 곽정의 말을 듣고 어찌 된 영문인지 대충 짐작할 수 있었다. 곽정은 기를 불어넣어 양과의 맥을 통하게 해주려는 것이었다.

'내가 내공을 수련하다 주화입마한 것으로 생각하셨구나.'

양과는 마치 스스로 체내의 기를 통제할 수 없다는 듯이 일부러 체내의 기를 사방으로 흐트러뜨렸다. 이렇게 되자 곽정은 더욱 걱정이 되었다. 곽정은 장심掌心에 내공을 끌어올려 사방으로 흩어지는 양과의 기를 한곳으로 모았다. 양과의 내공도 상당히 강했기 때문에 곽정의 내공으로도 그 기를 다스리는 것이 쉽지 않았다. 곽정의 이마에서 땀방울이 배어나왔다.

반 시진이 지나서야 역행하던 기의 흐름을 다스려 순행시킬 수 있었다. 두 사람 모두 기진맥진해졌다. 그들은 조용히 앉아 휴식을 취했다. 밤은 천천히 깊어갔다. 날이 밝아서야 두 사람은 원기를 회복할 수 있었다. 곽정이 미소를 지으며 양과를 바라보았다.

“과야, 이제 좀 괜찮으냐? 모르는 사이 내공이 많이 늘었구나. 하마터면 내 내공으로도 도와주지 못할 뻔했다.”

양과는 당신의 내공을 소모해가면서까지 자기를 도와주는 곽정이 진정으로 고마웠다.

“살려주셔서 감사합니다. 백부님이 아니었다면 불구가 되었을지도 몰라요.”

고개를 숙이며 고마워하는 양과의 모습을 보며 곽정은 미소를 지었다.

‘어제저녁엔 정신없이 칼을 들어 날 죽이려 했는데, 그것을 기억하지 못하는 모양이구나. 차라리 잘되었다. 기억이 나면 얼마나 미안해할까.’

곽정은 오히려 다행이라고 생각하며 일부러 화제를 다른 곳으로 돌렸다.

“양양성의 방비 상태도 살필 겸 나와 함께 성 밖을 한번 둘러보지 않겠느냐?”

“네, 좋습니다.”

두 사람은 각기 말을 타고 어깨를 나란히 하여 성 밖으로 나갔다.

“과야, 전진파의 내공은 천하 내공의 정종이다. 내공을 수련하기까지 비록 시간은 오래 걸리지만 결코 잘못된 길로 빠지는 법이 없단다. 내 보기에 넌 각 문파의 무공을 많이 섭렵한 듯한데, 그래도 내공만큼은 현문 정종의 내공을 수련하는 것이 좋을 듯싶다. 적들을 모두 물리치고 나면 그때 나와 함께 무공을 연마하자꾸나.”

"네, 그런데 어제저녁에 있었던 일은 백모님께는 비밀로 해주세요. 틀림없이 제가 용 낭자에게 사도邪道의 무공을 배운 탓에 백부님까지 피해를 입혔다고 생각하실 거예요."

곽정은 조금 의외였다.

"어? 너도 기억하는구나. 사실 용 낭자의 무공도 사도라고는 할 수 없지. 어쨌든 아무에게도 말하지 않을 테니 걱정하지 마라."

양과는 황용이 어제저녁에 있었던 일을 전해 들으면 모든 것이 탄로 날 것 같았다. 그러나 일단 곽정이 아무에게도 말하지 않겠다고 약속하자 다소 안심이 되었다. 두 사람은 서쪽을 향해 말을 몰았다. 잠시 후 작은 계곡이 나타났다.

"이 계곡은 작고 보잘것없어 보이지만 단계檀溪라고 하는 아주 유명한 계곡이란다."

"아, 그래요? 삼국시대 때 유비가 말을 타고 뛰어넘었다는 단계가 바로 이 계곡이군요."

"당시 유비가 타던 말 이름이 적로的盧였지. 그런데 말 관상을 보는 사람들이 적로를 보고 눈 주위가 젖어 있다며 주인에게 해를 끼칠 것이라 했지. 하지만 뜻밖에 그 말은 유비를 태우고 단계를 뛰어넘었단다. 결국 뒤쫓아오는 적의 추격을 따돌려 주인의 생명을 구한 거지."

곽정은 문득 양과의 부친 양강이 생각났다.

"사실 사람도 적로와 마찬가지란다. 좋은 사람과 악한 사람이 어디 따로 있겠느냐? 선을 행하면 선한 사람이 되는 것이고, 악을 행하면 악한 사람이 되는 것이지. 한순간 마음먹기에 따라 좋은 사람이 될 수도 있고 악한 사람이 될 수도 있는 거야."

양과는 마음이 뜨끔해 곁눈질로 곽정의 표정을 살폈다. 그러나 자신에게 들으라고 일부러 그런 말을 하는 것 같지는 않았다.

'흥! 말씀은 잘하시는군요. 대체 뭐가 선이고, 뭐가 악인데요? 우리 아버지를 죽게 만든 게 그럼 선이라는 말씀이신가요?'

사실 양과는 곽정을 매우 존경했지만, 비참하게 돌아가셨다는 아버지를 떠올릴 때마다 곽정 부부에 대한 원한과 분노가 일었다. 두 사람은 말을 몰아 산 위로 올라갔다. 산 위에서 멀리 바라보니 한수漢水가 유유히 남쪽을 향해 흐르고, 그 주변이 양양을 향해 밀려 들어오는 피란민들로 아수라장을 이루고 있었다. 곽정이 피란민의 무리를 가리키며 분노에 차 말했다.

"몽고 놈들 때문에 우리 백성이 고초를 겪는 것 아니겠느냐!"

한수 너머 저쪽 번성樊城은 다행히 아직 평안해 보였다. 저 아래로 비석이 하나 보였는데 비석에는 '당唐 공부工部 두보杜甫의 고향'이라고 쓰여 있었다.

"두보의 고향이 바로 양양이었군요. 대단한걸요."

양과의 말에 곽정은 고개를 끄덕이며 낭랑한 목소리로 시 한 수를 읊조렸다.

큰 성은 무쇠보다 굳고
작은 성 또한 만 장이 넘나니
장애물이 구름에 닿을 듯 둘러서서
나는 새도 넘지 못하네.
적군이 쳐들어온다 한들

수도를 걱정하리요,

긴 창 하나만 치켜들고

혼자서도 지켜낼 수 있으리.

大城鐵不如 小城萬丈餘

連雲列戰格 飛鳥不能踰

胡來但自守 豈復憂西都

艱難奮長戟 萬古用一夫

시를 읊는 곽정의 표정이 매우 비장했다.

"훌륭한 시로군요. 두보가 지은 건가요?"

"음, 며칠 전 양양을 지킬 방도에 대해 논하던 중 네 백모가 이 시를 들려주더구나. 시가 마음에 들기에 써달라고 해서 여러 번 보았는데도 내 기억력이 좋지 못해 다는 못 외웠다. 중국 문학사에 유명한 시인이야 수없이 많지만 아직 두보를 능가하는 사람은 없는 것 같다. 그게 다 두보의 우국충정을 높이 산 탓 아니겠느냐."

양과는 고개를 끄덕이며 맞장구를 쳤다.

"맞습니다. 위국위민爲國爲民, 협지대자俠之大者라 했는데, 비록 문文과 무武는 서로 크게 다르지만 나라를 생각하는 근본 마음은 같다는 뜻이겠지요."

"그렇지. 나는 경서나 문학에 대해 아는 바는 없지만 사람이 세상을 살면서 나라와 백성을 위해 목숨을 바칠 수 있다면 그게 바로 진정한 대장부이자 영웅이 아니겠느냐."

"백부님, 양양을 지킬 수 있다고 생각하세요?"

곽정은 한참 동안 아무 말도 하지 않은 채 생각에 잠겼다.

"양양은 예로부터 훌륭한 인물을 많이 배출한 곳이다. 그중 가장 유명한 사람이 바로 삼국시대의 제갈량이지. 여기서 서쪽으로 한 20리쯤 가면 융중隆中이라는 곳이 나오는데, 바로 와룡 선생 제갈량이 밭을 갈며 은거하던 곳이란다. 나같이 우매한 사람이 제갈량의 치국평천하의 깊은 뜻을 알 리 없지만, 그가 남긴 '삼가 몸이 부서지도록 노력하고, 죽음에 이를 때까지 최선을 다하겠다鞠躬盡瘁死而後已'라는 유명한 말만큼은 가슴속에 깊이 새겨두었지. 제갈량 역시 최선을 다할 뿐 최후의 결과가 어찌 될는지는 잘 몰랐던 것 아니겠느냐? 나와 네 백모 역시 양양 방어에 대해 이야기할 때면 결국은 제갈량의 말대로 신명을 다 바쳐 지켜야 한다는 결론을 내릴 수밖에 없더구나."

두 사람이 이런 대화를 나누고 있을 때, 웬일인지 성으로 들어가던 피란민들이 갑자기 뒤로 돌아서서 뛰기 시작했다. 그러나 뒤쪽에서 오던 사람들이 계속 앞으로 나아가자 성문 입구는 순식간에 아수라장이 되었다.

"왜 성문을 열고 백성을 들여보내지 않는 것일까?"

곽정은 급히 말을 몰아 성을 향해 다가갔다. 알고 보니 성벽 위의 병사들이 백성을 향해 활을 쏘고 있었다. 곽정은 깜짝 놀라 호통을 쳤다.

"대체 무엇을 하는 거냐? 어서 성문을 열지 못할까?"

병사들은 곽정을 보자 서둘러 성문을 열었다.

"백성이 몽고군의 학살을 피해 여기까지 도망쳐왔거늘 어찌 성문을 열어주지 않는 것이냐?"

성을 지키던 장수가 황급히 대답했다.

"여 원수께서 난민들 중 몽고의 첩자가 섞여 있으니 절대 성안으로 들여서는 안 된다고 하셨습니다."

"설사 첩자 한둘이 섞여 있다 한들 그 때문에 수천수백 명의 백성을 모른 척해서야 되겠느냐? 어서 성문을 열어라."

곽정은 오랫동안 양양성을 지키면서 많은 공을 세웠기 때문에 명망이 매우 높았다. 비록 관직은 없었지만, 병사들은 누구 하나 그의 명령을 어기는 사람이 없었다. 장수는 하는 수 없이 성문을 연 후 부하를 시켜 안무사安撫使 여문환에게 보고하도록 했다.

테무친 이래 몽고군은 성을 공격할 때면 항상 현지 백성을 앞세웠다. 성을 지키는 병사들이 백성들 때문에 차마 활을 쏘지 못하는 사이 대거 공격해 들어가는 전략이었다. 그렇게 하면 현지 백성을 방패로 삼을 수도 있고, 민심과 군심을 동요시킬 수도 있어 일거양득 효과를 누릴 수 있었던 것이다.

곽정은 오랫동안 몽고군 진영에서 생활했기 때문에 이를 잘 알고 있었다. 그러나 아직까지 별다른 대응책을 내놓지 못했는데, 이날도 역시 몽고군은 창과 칼로 위협해 백성들을 양양성으로 몰아넣고 있었다. 병사들이 쏜 화살에 백성이 처참히 쓰러지기 시작했고, 다행히 화살을 피한 백성은 비명을 지르며 도망가기 바빴다. 뒤에서는 몽고군이 칼을 휘두르며 후퇴하는 백성의 목을 베었다. 양과는 곽정 옆에 서서 이 처참한 광경을 보며 분노에 치를 떨었다. 그때 양양을 지키던 안무사 여문환은 말을 타고 순찰을 돌다가 상황이 위급함을 목격했다. 그는 성문을 닫고 활을 쏘라고 외쳤다.

"어서 성문을 닫아라. 몽고군을 막아야 한다. 어서 활을 쏘아라!"

다시 성문이 닫히기 시작했다. 곽정이 외쳤다.

"안 됩니다! 무고한 백성을 희생해서는 안 되오!"

"상황이 위급하오. 뒤에서 몽고군이 밀고 들어오고 있소. 이런 비상 상황에서는 무고한 백성을 죽이게 된다 해도 어찌할 도리가 없단 말이오!"

"아무리 상황이 위급하다 한들 어찌 무고한 백성을 죽일 수 있단 말입니까?"

'상황이 위급하니 무고한 백성을 죽일 수도 있다. 아무리 위급하다 한들 무고한 백성을 죽일 수는 없다.'

양과는 두 사람의 말을 되뇌어보았다. 다시 곽정의 외침이 들렸다.

"개방의 형제들과 무림의 형제들은 모두 나를 따라오시오!"

곽정이 성문을 향해 내려갔다. 양과도 뒤를 따랐다.

"넌 어젯밤 몸을 많이 상했으니 무리해선 안 된다. 돌아가거라."

양과는 한인을 무참히 학살하는 몽고군에게 복수를 해주고 싶었지만, 그렇다고 어제저녁의 일을 사실대로 털어놓을 수는 없었다. 그래서 하는 수 없이 말을 돌려 성안으로 돌아갔다.

곽정은 무림의 영웅들을 이끌고 서문으로 나갔다. 그는 적의 측면을 우회해서 공격해 들어갔다. 몽고군은 급히 병사를 나누어 곽정의 군대에 맞서 싸웠다. 곽정이 통솔하는 군대는 대부분 개방의 제자들이거나 각지에서 나라를 위해 힘을 보태고자 몰려든 무림의 고수들이었다.

곽정의 군대와 몽고군이 교전한 지 얼마 되지 않아 100명 넘는 몽고 병사의 목이 잘려나갔다. 그러나 100명의 목을 자르고 나면 또

100명이 몰려오고, 그 뒤에 또 100명이 있었다. 몽고군은 끝도 없이 밀려왔다. 게다가 몽고군은 백전의 용사들로 용맹하고 전쟁 경험이 풍부한 병사들이었다. 곽정의 군대는 비록 무공이 뛰어나기는 하나 전쟁을 위해 훈련받은 병사들이 아닌지라 생각보다 쉽게 적을 제압하지 못했다.

몽고군의 창칼 아래 쫓겨 성문을 향해 몰려가던 백성들은 성 위에서 화살이 쏟아지자 다시 비명을 지르며 쓰러졌다. 뒤로 후퇴해봐야 몽고군에게 죽음을 당할 테니 성을 둘러싸고 아우성을 쳤다. 그때 동쪽에서 우렁찬 나팔 소리가 들려왔다. 뒤이어 요란한 말발굽 소리와 함께 몽고군의 천인대가 나타났다. 이번에는 또 서쪽에서 나팔 소리가 들렸고, 말을 탄 천인대가 몰려와 곽정의 군대를 에워쌌다. 성안에서 이 모습을 지켜보던 여문환은 몽고군의 위력에 감히 병사를 내보내 도와줄 엄두를 내지 못했다.

양과는 성 밖의 상황을 지켜보며 조금 전 여문환과 곽정의 짧은 대화를 수도 없이 되뇌고 있었다.

'상황이 위급하니 무고한 백성을 죽일 수도 있다. 아무리 위급하다 한들 무고한 백성을 죽일 수는 없다.'

곽정은 현재 적에게 둘러싸여 위험한 상황에 처해 있었다.

'만약 백성을 향해 활을 쏘았다면 비록 백성이 죽긴 하겠지만, 몽고군의 공격을 받지는 않았을 거야. 백부님이 지금 저곳에서 위험에 처한 것은 모두 무고한 이들을 죽이지 않기 위해서야. 백부님은 저 백성들과 무슨 친분이 있는 것도 아닌데 자신의 목숨을 걸고 저들을 지키려 하고 있다. 그런 백부님이 아버지를 죽인 이유는 무엇일까? 백부님과 아버지는 도원결의를 맺은 사이였는데, 백부님이 아버지를 죽이다니, 정말 내 아버지가 그토록 나쁜 사람이었단 말인가?'

아버지 없이 자란 양과는 어려서부터 아버지에 대한 온갖 상상을 해왔다. 상상 속 아버지는 항상 용감하고 의리가 강하며 정의를 위해 싸우는 천하제일의 대장부였다. 그런데 문득 아버지가 정말 나쁜 사람이었을지도 모른다는 생각이 들자 양과는 고개를 저으며 결코 인정하고 싶지 않았다. 하지만 사실 언제부터인지 양과는 어쩌면 아버지가 백부님보다 훨씬 못한 사람이었을지도 모른다는, 혹은 아주 나쁜 사람이었을지도 모른다는 생각이 들었다. 다만 그런 생각이 들 때마다 애써 스스로의 생각을 외면했을 뿐이다.

성 밖 상황은 갈수록 위급해졌다. 곽정과 무림의 고수들은 최선을 다해 싸우고 있었지만 적의 포위를 뚫기에는 역부족이었다. 주자류, 무씨 형제와 곽부는 각기 군대를 이끌고 성 밖으로 나가 돕고 싶어 안달이 났다. 그러나 요란한 나팔 소리와 함께 네 부대의 천인대가 각 성문 밖을 가로막고 있는 상황이었다.

홀필열의 용병술은 과연 대단했다. 성문이 열리기만 하면 성안으로 대거 진군할 기세였다. 이 상황을 지켜본 여문환은 두려움에 질려 다시 한번 엄명을 내렸다.

"절대로 성문을 열어서는 안 된다!"

그는 손에 칼을 든 200명의 병사로 하여금 성문 옆을 지키게 하고 누구라도 명을 어기고 성문을 열려 할 때는 가차 없이 목을 베도록 했다. 장수 왕견王堅은 궁수들을 호령해 끊임없이 성 밖을 향해 활을 쏘아댔다. 성 밖은 처참한 비명과 고함 소리로 생지옥이 되어갔다.

양과는 한편으로는 곽정이 이 난리 통에 죽어버렸으면 좋겠다고 생각하다가도 또 한편으로는 곽정이 무사히 적을 물리치고 돌아와주길 바랐다.

그때였다. 갑자기 몽고군의 진영이 흐트러졌다. 마치 썰물이 빠지듯 기병대가 양옆으로 물러나기 시작했다. 그 가운데 곽정이 긴 창을 손에 들고 종횡무진으로 말을 달리며 성문을 향해 오고 있었다. 한인 장정들이 곽정의 뒤를 따랐다. 성문 입구에 도달한 곽정은 말 머리를 치켜들며 긴 창을 휘둘렀다. 순식간에 예닐곱 명의 몽고 장수가 말 등에서 떨어졌다. 몽고군들은 주춤하며 감히 가까이 다가가지 못했다. 여문환은 평소 곽정을 크게 의지해왔기 때문에 그의 모습이 보이자 너무 기쁜 나머지 크게 소리쳤다.

"어서 성문을 열어라! 그러나 조금만 열어야 한다."

성문이 말 한 필 들어올 수 있을 만큼 조금 열렸다. 열려진 문 사이로 한인 장정들이 한 명씩 성안으로 들어왔다. 그러자 몽고군 진영에서 황기黃旗가 흔들리더니 두 무리의 군마가 좌우 양편에서 공격해 들어왔다. 여문환이 다급한 목소리로 소리쳤다.

"곽 대협! 더 이상 성문을 열어둘 수 없소. 어서 성안으로 들어오시오!"

그러나 부하들이 아직 밖에 있는데 곽정이 혼자 성안으로 들어갈 리 없었다. 곽정은 도리어 몽고군을 향해 돌진해 선봉으로 달려오던 몽고군 두 명의 목을 베었다. 하지만 아무리 곽정이 용맹스럽고 무예가 뛰어나다 한들 끝도 없이 밀려드는 몽고군을 혼자 힘으로 막아낼 수는 없었다. 성 위에서 아래를 내려다보고 있던 주자류는 상황이 위급해지자 긴 밧줄을 성벽 아래로 늘어뜨렸다.

"곽 형, 어서 이 밧줄을 잡으세요."

곽정이 고개를 돌려보니 개방 형제 중 마지막 사람이 성문 안으로 들어서고 있었다. 10여 명의 몽고 병사가 그 뒤를 바짝 쫓고 있었다. 성문을 지키던 병사들이 칼을 휘둘러 적을 밀어내면서 성문을 닫는 중이었다. 육중한 성문이 서서히 닫히기 시작했다. 곽정은 큰 소리로 기합을 지르며 몽고군의 십부장 한 명의 목을 벤 후 훌쩍 몸을 날려 주자류가 늘어뜨린 밧줄을 잡았다. 주자류는 곽정이 밧줄을 잡자 힘을 주어 끌어올렸다. 곽정도 밧줄을 잡은 채 성벽을 기어오르기 시작했다.

몽고군의 만부장이 큰 소리로 명령을 내렸다.

"활을 쏴라!"

화살이 빗살처럼 쏟아졌다.

곽정은 오른손으로 밧줄을 잡고 왼손 소맷자락을 넓게 펼쳐 내공을 실어 휘둘렀다. 날아오던 화살들이 소맷자락이 일으키는 바람에 밀려 땅으로 떨어졌다. 성벽 아래에 있던 곽정의 말은 수없이 많은 화살에 맞고는 마치 고슴도치 같은 모습으로 숨을 거두었다. 이제 성벽 위가 얼마 남지 않았다.

그때 몽고군 진영에서 황색 승복을 입은 비쩍 마른 중이 앞으로 나섰다. 바로 금륜국사였다. 그는 몽고 군관의 손에서 활과 화살을 받아 들더니 곽정과 주자류 사이의 밧줄을 겨냥해서 화살을 날렸다. 곽정과 주자류 모두 무공이 뛰어난 사람들이기에 두 사람의 몸을 겨냥해서 화살을 쏘아봤자 결국 막아낼 것이 뻔하기 때문에 곽정이 잡고 있는 밧줄을 끊고자 한 것이었다. 성벽 위까지는 아직 거리가 있었기 때문에 곽정이나 주자류는 화살을 막을 수가 없었다. 영리한 금륜국사는 그래도 만에 하나를 생각해 곧바로 곽정과 주자류를 향해 각기 화살을 날렸다.

첫 번째 화살이 밧줄을 끊었다. 곽정의 몸은 아래로 떨어지기 시작했다. 곽정을 향해 쏜 화살은 당연히 목표물을 명중시킬 수 없었다. 그러나 주자류의 상황은 위급했다. 화살이 무서운 속도로 날아오고 있었다. 그러나 성벽 위에 수많은 병사가 있었기 때문에 만약 주자류가 몸을 피하면 틀림없이 누군가가 대신 그 화살을 맞을 것이었다. 주자류는 날렵하게 손을 뻗어 자신을 향해 날아오는 화살대를 쳤다. 화살은 다행히 성벽 밑으로 떨어졌다.

밧줄이 끊기자 곽정은 깜짝 놀랐다. 물론 떨어진다 해도 다칠 리는 없겠으나 성벽 밑에는 수천수만의 몽고군이 곽정을 노려보고 있었다. 성안에서는 적군이 워낙 성문 앞까지 바짝 다가와 진을 치고 있었기 때문에 성문을 열고 도와주기도 힘든 상황이었다. 일단 성문을 열었다 하면 적군이 물밀 듯이 밀려 들어올 것이 뻔했다.

곽정은 급한 나머지 자세히 생각할 겨를도 없이 왼발에 힘을 주어 성벽을 밟고 몸을 위로 일 장 정도 솟구쳤다. 뒤이어 오른발로 힘을 받아 또다시 몸을 위로 솟구치며 성벽을 타고 올라갔다. 상승 경공에 속하는 이 상천제上天梯를 구사할 줄 아는 사람은 당대에 거의 없는 것으로 알려져 있었다. 설사 할 줄 아는 사람이 있다 해도 한 번에 2~3척 정도밖에 오를 수 없었다.

곽정은 소년 시절 마옥에게서 금안공金雁功을 배우면서 경공술로 몽고의 험한 절벽을 오르내렸고 후에 상천제를 배웠다. 금안공을 배워 기초를 잘 닦았기 때문에 상천제를 잘 익힐 수 있었다. 그래서 미끄러운 성벽을 손쉽게 오를 수 있었던 것이다. 상천제를 전개해 한 번에 일 장 넘게 오를 수 있다는 것은 실로 대단한 경공술이 아닐 수 없었다. 순간 성 안팎은 곽정의 무공에 놀라 쥐 죽은 듯 조용해졌다. 사람들의 시선은 오직 곽정 한 사람에게만 쏠려 있었다.

금륜국사 역시 곽정의 무공에 경탄했다. 상천제를 전개해 높은 곳을 오를 때 조금만 집중이 흐려지면 곧 떨어지게 마련이었다. 이 사실을 잘 아는 금륜국사는 얼른 곽정을 향해 또다시 화살을 날렸다. 화살은 바람처럼 곽정을 향해 날아갔다.

"화살이다!"

"조심해!"

여기저기서 외치는 소리가 들려왔다. 모두 곽정의 무공에 감탄하고 있던 터라 곽정이 무사히 성벽 위로 올라갈 수 있을 거라 믿었다. 몽고군 역시 비록 적군이긴 했지만 누군가 곽정을 해하려는 것을 보자 모두 깜짝 놀라며 안타까워했다.

곽정은 등 뒤에서 날아오는 화살의 기세가 심상치 않음을 느끼고 손을 뒤로 돌려 화살을 잡았다. 마치 등 뒤에 눈이라도 달린 듯 정확하게 화살을 잡아내는 곽정의 솜씨에 모두들 다시 한번 경탄을 금치 못했다. 그러나 그것도 잠시 집중력이 흐트러지자 순간 곽정의 몸이 아래로 처지기 시작했다. 위기가 아닐 수 없었다. 그 모습을 바라보는 양과의 마음은 복잡하기만 했다. 양과의 마음 역시 송과 몽고처럼 두 패로 나뉘어 치열한 싸움을 벌이고 있었다.

'그는 아버지를 죽인 원수다. 죽어야 마땅해. 하지만 지금 저렇게 위급한 상황인데 일단 구해주는 게 옳지 않을까?'

사실 곽정이 상천제 경공을 구사해 성벽을 오르고 있을 때 양과는 장풍을 뻗어 그를 공격하고 싶은 충동을 느꼈다. 그 상태에서 공격을 한다면 손쉽게 곽정을 제거할 수 있을 것 같았다. 그런데 그 순간 곽정이 화살의 공격을 받아 다시 성 밑으로 떨어졌다. 양과는 자신도 모르게 주자류가 늘어뜨려놓은 밧줄을 붙잡고 성 밖으로 몸을 날렸다. 순식간에 양과의 오른손이 곽정의 팔을 잡았다. 그것을 본 금륜국사는 다시 재빨리 활을 쏘았다. 주자류는 얼른 밧줄을 잡아 살짝 밑으로 내렸다가 힘껏 끌어올렸다. 그 반동에 의해 밧줄이 주자류의 머리 위로 말려 올라갔다. 곽정과 양과의 몸도 밧줄을 따라 허공으로 솟아올랐다가 마치 새처럼 한 바퀴 돌아 땅에 착지했다.

"우아!"

그 광경을 바라보던 송나라 병사들과 몽고 병사들은 벌린 입을 다물지 못했다.

성벽 위에 올라선 곽정은 한 병사의 손에서 활과 화살을 빼앗아 들었다. 금륜국사에게 당한 것을 돌려주려는 것이었다. 곽정은 금륜국사가 날린 화살을 향해 활을 쏘았다. 허공에서 두 개의 화살이 부딪치면서 금륜국사가 쏜 화살이 절반으로 부러졌다. 곽정은 뒤이어 두 차례 화살을 더 쏘았다. 이번에는 금륜국사가 손에 들고 있던 활이 두 동강이 났다. 금륜국사는 놀란 입을 다물지 못했다. 세 번째 화살은 홀필열의 깃발을 겨냥하고 쏜 것이었다. 홀필열의 깃발은 몽고군의 위력을 상징하는 것이라 누구나 볼 수 있게 높이 걸려 있었다. 곽정이 쏜 화살은 정확히 깃발을 뚫고 지나갔다. 이 광경을 본 송의 병사들은 사기충천하여 팔을 치켜들며 고함을 질렀다.

"와아! 와아! 와아!"

홀필열은 곽정의 위력에 사기가 크게 꺾인 것을 보고 후퇴 명령을 내렸다. 훈련이 잘된 몽고군은 후퇴할 때도 역시 군령에 맞추어 한 치의 흐트러짐 없이 질서 정연하게 물러났다. 그 모습을 바라보던 곽정은 크게 한숨을 내쉬었다.

'저들에 비해 송의 군대는 너무 오합지졸이야. 대체 적을 어찌 막는단 말인가?'

국가의 존망을 생각하니 근심스러운 마음을 감출 길이 없었다. 곽정은 자기도 모르게 이마를 찌푸리고 몽고군을 바라보았다.

주자류와 양과는 곽정이 적진을 뚫고 들어가 큰 위세를 떨치고 돌아왔는데도 전혀 자만하는 기색이 없자 다시 한번 그의 성품에 존경심을 느꼈다.

몽고군은 양양성에서 수십 리 정도 후퇴한 후 진을 쳤다. 홀필열은 후퇴를 하면서도 어떻게 하면 양양성을 함락시킬 수 있을지를 궁리했다. 곽정이 있는 한 양양성을 무너뜨리기란 쉽지 않을 것 같았다.

"오늘 양과가 구해주지 않았더라면 곽정은 죽은 목숨이었을 것입니다. 양과라는 자는 무술은 뛰어난데 신의가 없는 자인 듯합니다."

금륜국사의 말에 홀필열은 고개를 가로저었다.

"글쎄, 어쩌면 자신의 손으로 직접 복수를 하고 싶어서 곽정을 구한 것일지도 모르지요. 혈기가 넘치기는 하나 간사한 사람 같지는 않았소."

"그럴까요?"

금륜국사는 홀필열의 생각에 동의하지 않았지만 더 이상 반론을 제기할 수 없었다.

몽고군이 물러간 후 양양성은 다시 평온해졌다. 안무사 여문환은 기쁨을 주체하지 못해 큰 연회를 베풀었다. 이번에는 양과도 초대되었다. 모두들 양과가 자신의 안위를 생각지 않고 몸을 날려 곽정을 구한 것에 대해 칭찬을 아끼지 않았다.

무씨 형제는 양과가 공을 세워 사람들의 시선을 한 몸에 받자 배가 아파 견딜 수가 없었다. 행여 곽정이 자신의 목숨을 구해주었다 해서 딸을 양과에게 시집보내지 않을까 걱정이 되었다. 두 형제는 아무 말도 하지 않고 답답한 듯 연신 술잔만 비워댔다.

연회가 끝난 후 황용은 양과를 내당으로 청해 감사의 뜻을 전했다. 곽정도 처소로 돌아와 양과의 등을 어루만지며 말했다.

"과야, 조금 전 네가 힘을 너무 쓴 듯해 걱정이 되는구나. 가슴에 통증이 느껴지거나 하진 않느냐?"

곽정은 어제저녁 일을 떠올리며 양과가 혹 무리를 해 내장이 다치진 않았는지 걱정스러웠던 것이다. 양과는 행여 황용이 눈치챌까 봐 급히 말을 돌렸다.

"괜찮습니다. 백부님, 성벽을 오르는 무공이 정말 대단하시더군요. 무림에서는 거의 독보적이라 해도 과언이 아닐 것 같습니다."

곽정이 미소를 지었다.

"몇 년 동안 그 무공을 수련하지 않았더니 오늘 같은 실수를 범했구나."

사실 어제저녁 양과를 돕기 위해 원기를 상하지 않았더라면 설사 금륜국사가 화살을 쏘아 방해했다고 해도 그처럼 실수하지는 않았을 것이다.

"단양자 마 도장께서 몽고에서 가르쳐주신 금안공이 바로 상천제의 기초가 되는 무공이지. 네가 원한다면 며칠 후에 가르쳐주마."

황용이 보기에 양과의 태도가 어딘지 이상했다. 비록 양과가 모두가 보는 앞에서 곽정을 구한 것은 틀림없는 사실이지만 그래도 어쩐지 마음이 놓이지 않았다.

"여보, 몸이 편치 않아서 그러니 오늘 저녁은 저랑 여기서 주무세요."

곽정이 고개를 끄덕였다.

"과야, 너도 피곤하겠다. 어서 가서 쉬려무나."

양과는 두 사람에게 인사를 한 후 자기 방으로 돌아갔다. 벌써 이경을 알리는 북소리가 들렸다. 양과는 탁자 위에 밝혀진 촛불을 바라보며 멍하니 생각에 잠겼다. 그때 문득 밖에서 인기척이 들렸다.

"아직 안 자?"

소용녀의 목소리였다. 양과는 너무 반가워 벌떡 일어나 방문을 열었다. 연두색 옷을 입은 소용녀가 문밖에 서 있었다.

"선자, 무슨 일이세요?"

"그냥, 보고 싶어서……."

"저도 마침 보고 싶었어요."

양과는 웃으며 소용녀의 손을 꼭 쥐었다.

두 사람은 어깨를 나란히 한 채 화원으로 향했다. 향긋한 꽃 냄새와 나무 냄새가 코를 찔렀다. 소용녀는 고개를 들어 하늘에 떠 있는 달을 바라보았다.

"꼭 직접 죽여야겠니? 시간이 많지 않아."

양과가 급히 소용녀의 귀에 대고 속삭였다.

"쉿, 귀가 많아요. 나중에 이야기해요."

"보름달이 뜨면 18일의 기한이 다 차게 돼."

소용녀의 말에 깜짝 놀라 계산을 해보니 과연 구천척과 헤어진 지 벌써 9일이 지났다. 만약 9일 내에 곽정 부부를 죽이지 않으면 절정곡으로 돌아갈 수 없을 터였다. 양과는 우울한 표정으로 한숨을 내쉬었다.

양과와 소용녀는 태호석 위에 나란히 앉았다. 서로 아무 말도 하지 않았지만 상대방의 마음을 잘 알 수 있었다. 한참이 지나자 어디선가 발소리가 들려왔다. 두 사람인 듯했다.

"계속 그렇게 못 살게 굴려면 차라리 날 죽여요."

여자 목소리였다.

"흥! 네가 딴생각을 하고 있는 걸 모를 줄 알고? 양과가 와서 공을 세우니까 생각이 달라진 거지?"

바로 곽부와 무수문이었다. 소용녀가 미소를 띤 채 양과를 살짝 바라보았다. 양과 역시 웃으며 소용녀를 안아 자기 곁으로 바짝 끌어당겼다.

무수문의 말에 발끈한 곽부가 언성을 높였다.

"정말 그렇다면 어쩔 건데요? 좋아요. 내가 멀리 떠나서 다시는 양과를 보지 않으면 될 것 아니에요? 오빠 얼굴도 영원히 보지 않을 테니 그리 알아요."

잠시 말소리는 들리지 않고 부스럭거리는 소리만 들렸다. 곽부가 토라져서 가려 하자 무수문이 옷소매를 붙잡는 모양이었다.

"왜 이래요? 어서 놓지 못해요?"

화가 난 목소리였다.

"그 사람이 공을 세우든 말든 대체 그게 나와 무슨 상관이라는 말이에요? 설사 아버지 어머니가 날 그 사람에게 시집보내려 한다 해도 내가 싫다고요. 아버지가 기어이 고집을 꺾지 않으시면 멀리 도망가버리면 그만이죠. 양과는 어려서부터 고집도 세고 제멋대로인 데다 자기가 제일 잘난 줄 아는 사람이에요. 흥, 아버지는 양과를 매우 아끼시는 모양이지만, 내가 보기엔 결코 좋은 사람이 아니라고요."

"알았어. 내가 괜히 의심해서 미안해. 다음부터 그러지 않을 테니 화내지 마. 한 번만 더 그러면 내가 바보 천치야."

곽부는 무수문의 익살스러운 목소리에 화가 풀린 듯 피식 웃었다. 양과와 소용녀도 마주 보고 웃으며 속으로 생각했다.

'왜 가만있는 날 가지고 난리들이야?'

'곽부가 널 좋아하는 줄 알았는데 아닌 모양이구나.'

곽부는 비록 잠시 화를 내기는 했지만, 무수문이 쩔쩔매며 사과를 하자 금세 누그러졌다. 두 사람 사이의 정이 예사롭지 않은 듯 보였다.

"사모님께서 널 무척 아끼시니까 네가 애원하면 설마 억지로 널 그 놈에게 시집보내시겠니? 사모님이 원치 않으시면 사부님 역시 고집을 부리실 리 없을 테고."

"뭘 잘 모르는군요. 아버지가 어머니 말이면 뭐든지 들어드리긴 하지만 중요한 일에는 어머니가 아버지의 뜻을 어겨본 적이 없는걸요."

무수문이 한숨을 내쉬었다.

"너도 나중에 나한테 그래야 할 텐데……."

그때 퍽, 하는 소리가 들렸다.

"아! 왜 때리는 거야?"

"흥, 내가 양과에게 시집가지 않겠다고 했지, 언제 오빠에게 시집가겠다고 했어요?"

"옳아, 이제야 네 진심이 나오는구나. 내 아내가 되기 싫다면 그럼 내 형수님이 되겠다는 건가? 난……."

무수문은 화가 난 나머지 다음 말을 잇지 못했다. 곽부가 부드러운 목소리로 달랬다.

"오빠, 날 사랑한다는 오빠의 말이 진심이라는 거 잘 알아요. 돈유 오빠는 한 번도 내게 사랑한다는 말을 한 적은 없지만, 돈유 오빠 역시 진심으로 날 사랑한다는 걸 잘 알고요. 어머니 아버지가 날 누구에게 시집보낼지는 모르지만 결국 둘 중 한 사람은 상처를 받게 되어 있어요. 오빤 날 아끼고 사랑한다면서 내가 두 사람 때문에 얼마나 속상하고 난처한지 생각해본 적 있어요?"

무돈유와 무수문은 어려서부터 부모도 없이 서로 의지하며 지내왔기 때문에 형제간의 우애가 돈독했다. 그러나 최근 들어 둘 다 곽부에 대한 마음이 지극하다 보니 알게 모르게 서로를 경계하고 있었다. 무수문은 마음이 아픈 나머지 눈물을 흘렸다. 곽부가 수건을 꺼내 무수문의 눈물을 닦아주었다.

"오빠, 우린 어려서부터 남매처럼 자랐잖아요. 돈유 오빠를 보면 든든하고 믿음직스럽긴 하지만 오빠처럼 말이 잘 통하지는 않아요. 정말

이지 내 마음속에는 둘 다 너무 좋은 오빠들이에요. 나보고 기어이 지금 둘 중 한 사람을 택하라고 하는 건 너무 고통스러운 일이에요. 만약 오빠가 나라면 어떻겠어요?"

"몰라. 어쨌든 만약 네가 나 아닌 다른 사람에게 시집간다면 난 그냥 죽고 말 거야."

"알았어요. 오늘은 그만해요. 오늘은 아버지가 하마터면 목숨을 잃으실 뻔했는데, 우리가 여기서 한가롭게 이런 이야기나 하고 있어서야 되겠어요? 만약 아버지가 아시면 뭐라 하시겠어요? 오빠도 아버지 어머니 눈에 들고 싶으면 공을 세워야 해요. 하루 종일 제 주위만 뱅뱅 맴돌고 있으니 어머니 보시기에 믿음직스럽겠어요?"

"맞아. 가서 홀필열을 죽이고 양양성을 구하면 그땐 널 내게 시집보내시겠지?"

"그렇게 큰 공을 세우면 제가 싫다고 해도 오빠에게 시집을 보내려 하시겠지요. 하지만 홀필열을 어떻게 죽인단 말이에요? 홀필열 곁을 지키고 있는 금륜국사는 아버지조차 상대하기 힘든 사람인데요. 쓸데없는 생각 하지 말고 어서 가서 잠이나 자세요."

무수문은 애정이 가득 담긴 눈으로 곽부의 아리따운 얼굴을 바라보았다.

"알았어. 너도 어서 가서 편히 쉬렴."

막 발길을 돌리던 무수문이 다시 돌아섰다.

"부야, 오늘 저녁에 꿈꿀 거야?"

"내가 어떻게 알아요?"

"만약 꿈을 꿀 거면 무슨 꿈을 꾸고 싶은데?"

곽부가 미소를 지으며 대답했다.

"글쎄, 원숭이 꿈?"

곽부의 말에 무수문은 팔짝팔짝 원숭이 흉내를 내며 멀어져갔다.

소용녀와 양과는 수풀 속에서 두 사람의 대화를 엿들으며 시종 미소를 지었다. 두 사람 사이에서 마음을 결정하지 못하는 곽부와 그런 그녀에게 매달리는 무수문의 모습이 우습지 않을 수 없었다. 오랜 시간 동안 변함없이 서로를 사랑하는 자신들의 관계와는 비교가 되는 듯해 은근히 우쭐해지기까지 했다.

무수문이 돌아간 후, 곽부는 돌로 만든 걸상에 홀로 앉아 멍하니 달을 바라보며 탄식했다. 그때 갑자기 저쪽에서 무돈유의 목소리가 들렸다.

"부야, 왜 한숨을 쉬는 거지?"

양과와 소용녀는 서로 마주 보며 어깨를 으쓱했다. 무돈유도 무수문과 곽부의 대화를 숨어서 듣고 있었던 모양이다.

"저와 수문 오빠의 대화를 엿들은 모양이군요?"

무돈유가 고개를 끄덕이며 곽부를 지그시 바라보았다. 두 사람 사이에 다소 거리가 있기는 했지만 무돈유의 눈에 담긴 연모의 정을 충분히 느낄 수 있었다. 두 사람은 서로 마주 보며 한참 동안 아무 말도 하지 않았다.

"무슨 말이 하고 싶으신 거예요?"

"하고 싶은 말 없어. 내가 말 안 해도 잘 알잖아."

무돈유는 몸을 돌려 천천히 멀어져갔다. 무돈유는 화원을 빠져나가는 내내 한 번도 뒤돌아보지 않았다. 곽부는 무돈유의 뒷모습을 바라보며 생각에 잠겼다.

'돈유 오빠든, 수문 오빠든 이 세상에 둘 중 한 사람만 있다면 얼마나 좋을까?'

곽부는 또 한 차례 긴 한숨을 내쉰 후 자기 방으로 돌아갔다. 곽부가 멀리 사라지자 양과가 입을 열었다.

"만약 선자가 곽부라면 어떻게 할 것 같아요?"

소용녀는 미소를 지으며 잠시 생각에 잠겼다.

"음…… 너한테 시집갈 거야."

"하하, 곽부가 내게 시집올 리가 있겠어요? 만약 선자가 곽부라면 무수문과 무돈유 중 누구를 택할 것 같냐고요?"

소용녀는 다시 한번 무수문과 무돈유를 비교해보았다.

"음…… 그래도 너한테 시집갈 거야."

소용녀의 말에 양과는 미소를 지으며 팔을 뻗어 소용녀를 끌어안았다.

"우리 선자는 곽부와 달라 나밖에 모르지."

두 사람은 밤이 새도록 화원에 앉아 달콤한 시간을 보냈다. 어느새 날이 밝아왔다. 저쪽에서 하인 하나가 급한 걸음으로 양과를 향해 다가왔다.

"곽 대협께서 급히 찾으십니다."

무언가 급한 일이 있는 모양이었다. 양과는 소용녀와 헤어지고 하인을 따라 내당으로 향했다.

"무슨 일인데 그리 급한가?"

하인이 목소리를 낮추어 대답했다.

"무씨 형제가 갑자기 사라지셨습니다. 아씨는 울고 계시고 곽 대협과 부인께서도 걱정이 이만저만이 아니십니다."

양과는 어젯밤의 일이 생각났다.

'곽부 때문에 공을 세우려고 홀필열을 죽이러 갔구나.'

내당에 가보니 황용은 초췌한 얼굴로 앉아 있고, 곽정은 방 안을 왔다 갔다 하며 안절부절못하고 있었다. 곽부는 울어서 눈이 탱탱 부었는데도 여전히 눈물을 흘렸다. 탁자 위에는 두 자루의 장검이 놓여 있었다. 그걸 본 양과는 뭔가 더 심각한 일이 벌어졌다는 걸 눈치챘다.

곽정이 물었다.

"과야, 돈유와 수문이가 무엇 때문에 적진에 들어갔는지 혹시 아는 게 있느냐?"

양과는 곽부를 힐끗 쳐다보았다.

"두 사람이 적진에 갔나요?"

"음, 어제 두 사람에게서 무언가 특별한 기색을 발견하진 못했느냐?"

"글쎄요, 별다른 낌새는 없었습니다. 양양성을 구하려는 마음에 몽고군의 대장을 죽이려고 적진에 들어간 것 아닐까요? 만약 그렇게 되면 큰 공을 세울 수 있으니까요."

양과는 그저 지나가는 투로 말했지만 곽정은 한숨을 내쉬었다.

"공을 세우는 것도 좋다만, 너무 경솔한 생각 아니냐? 어떻게 된 일인지 적진에서 두 사람의 검을 보내왔구나."

뜻밖의 소식에 양과는 깜짝 놀랐다. 무씨 형제의 무공이나 지혜로는 금륜국사, 윤극서, 소상자 등을 물리치고 홀필열을 죽일 수는 없을 거라고 예상은 했으나 이렇게 빨리 적의 손에 잡혀 무기를 빼앗기리라고는 생각지도 못했다.

곽정이 장검 밑에 놓여 있던 편지 한 장을 양과에게 건네주었다.

> 대몽고 제일호국법사 금륜, 곽 대협께 인사드립니다. 어젯밤 귀하의 제자 두 명이 저희 진영을 찾아왔습니다. 훌륭한 스승 밑에 훌륭한 제자가 나온다더니 과연 제자분들의 무공이 뛰어나시더군요. 일전에 대성관 영웅대연에서 곽 대협을 뵌 적은 있으나 시간이 허락지 않아 깊은 대화를 나누지 못했습니다. 이번 기회에 저희 쪽에 왕림해주시면 함께 술 한잔을 나누고 담소를 하며 가르침을 받고자 합니다. 곽 대협께서 직접 찾아주시면 제자들 역시 무사히 돌아갈 수 있을 것입니다.

말투가 예의 있고 공손해서 마치 정말 곽정을 청해 술이나 한잔하려는 것 같았지만, 결국은 무씨 형제를 인질로 삼아 곽정을 잡으려는 것이었다.

"어쩌면 좋겠느냐?"

양과는 자신을 부른 황용의 의도를 눈치챌 수 있었다.

'백모님의 지략이 나보다 몇 배는 뛰어난데 내가 생각해낼 수 있는 계책이면 백모님이 생각해내지 못할 리가 없지. 틀림없이 나와 선자가 함께 백부님을 따라 적진으로 가주었으면 하는 모양이군. 혼자서는 힘들겠지만 셋이서 힘을 모으면 어떻게든 빠져나올 수 있을 것이라 생각하는 것이겠지.'

양과는 이런저런 궁리로 머리가 복잡했다.

'만약 적진에 들어가서 손을 쓰면 백부님으로서는 생각지도 못한 일일 테고, 게다가 적진이니 쉽게 이길 수 있을 거야. 차마 내 손으로 죽이지 못하더라도 금륜국사 등 다른 사람들에게 손을 쓰게 하면 되니까 좋은 기회로군.'

양과는 얼른 미소를 띠며 대답했다.

"백부님, 저와 사부님이 백부님을 모시고 가도록 하지요. 저와 사부가 함께 금륜국사를 물리친 적도 있으니 세 사람이 함께 가면 무사히 빠져나올 수 있을 겁니다."

양과의 말을 듣고 곽정의 얼굴이 환해졌다.

"역시 총명한 아이야. 네 백모님께서도 똑같은 말씀을 하시더구나."

'백모님처럼 총명하신 분이 백부님을 내 손에 맡기시다니…….'

"그럼 어서 가시지요. 참, 우리는 시동으로 변장하겠습니다. 적진에서 보면 백부님께서 혈혈단신으로 오는 것처럼 보이도록요."

곽정은 의관을 갖춘 후 황용을 바라보며 말했다.

"여보, 걱정하지 마. 우리 셋이 함께라면 더 위험한 곳에 가도 무사히 돌아올 수 있을 거야."

"아니에요, 과와 당신만 가도록 하세요. 용 낭자를 위험한 적진에 보내서야 되나요?"

양과는 곧 황용의 의도를 눈치챘다.

'역시 날 경계하시는군. 선자를 곁에 두어 인질로 삼겠다는 의도가 아닌가? 내가 선자와 함께 가겠다고 하면 정말 날 의심하겠지? 그래 봤자 상관없어. 백부님이 계시지 않는 한 양양성 내에서 선자를 이길 수 있는 사람은 없으니까.'

양과는 아무 말도 하지 않았다. 곽정은 양과의 속셈을 알 수 없었다.

"용 낭자는 검술이 뛰어나니 만약 함께 간다면 큰 도움이 될 텐데."

"곧 아이가 나올 텐데, 용 낭자가 곁에 있으면 안심이 될 것 같아서 그래요."

"그래그래, 내 미처 그 생각을 하지 못했군. 과야, 우리 둘이 가자."

"가서 사부님께 인사나 드리고 올게요."

"내가 나중에 알려주마. 너와 백부님이 함께 가면 곧 돌아올 수 있을 텐데 따로 인사까지 할 필요가 있겠느냐?"

황용은 계속해서 양과를 견제하고 있었다. 양과의 지략으로 황용을 이기기는 어렵지만 소박하고 진솔한 곽정은 양과의 상대가 못 될 터였다. 우선 적진으로 들어가 곽정을 죽인 후 돌아와서 소용녀와 힘을 합쳐 양양성을 빠져나가면 그뿐이었다.

양과는 곽정을 따라 성을 나섰다. 반 시진이 되지 않아 두 사람은 몽고군 진영에 도착했다.

홀필열은 곽정이 왔다는 전갈을 듣고 크게 기뻐하며 급히 막사 안으로 곽정을 청했다. 곽정이 막사 안에 들어가보니 젊은 왕자가 높은 자리에 앉아 있었다. 홀필열을 본 곽정은 자신도 모르게 깜짝 놀랐다. 각진 얼굴에 큰 귀, 움푹 들어간 두 눈이 그의 부친인 타뢰와 너무나 닮았기 때문이다. 어린 시절을 함께 보낸 타뢰와의 정을 생각하니 눈물이 핑 돌았다. 지금 그의 아들과 서로 적이 되어 만나다니 그야말로 격세지감이 느껴졌다.

홀필열이 자리에서 내려와 곽정을 맞이했다.

"선왕께서 곽 대협을 귀가 닳도록 칭송하셔서 항상 뵙고 싶었습니다. 오늘 이렇게 직접 얼굴을 뵈니 참으로 영광입니다."

곽정도 그를 정중하게 대했다.

"부친과 나는 친형제나 다름없는 사이입니다. 제가 어릴 적 대칸께서 저희 모자를 돌봐주셨지요. 부친께서 젊었을 때 참으로 현명하고 용맹스러우셨는데 갑자기 돌아가시게 되어 마음이 아팠습니다."

곽정은 타뢰가 생각나 저도 모르게 눈물을 흘렸다. 홀필열은 곽정의 진실된 태도에 감동을 받았다. 홀필열은 소상자, 윤극서 등에게 인사를 시킨 후 곽정을 상석에 앉혔다.

양과는 곽정 뒤에 서서 전혀 그들을 알은체하지 않았다. 금륜국사 등은 양과가 자신들을 모르는 척하는 것을 보고 일단은 자신들도 양과를 알은척하지 않았다. 눈치 없는 마광좌만 반가운 듯 인사를 건네려 했다.

"양……."

그러자 윤극서가 얼른 마광좌의 허벅지를 꼬집었다.

"아야! 뭐 하시는 겁니까?"

윤극서는 고개를 돌린 채 모르는 척했다. 마광좌는 누가 자기를 꼬집었는지 모두의 안색을 살피느라 양과와 인사하는 것을 잊어버렸다.

곽정은 자리에 앉아 하인이 올린 마유주를 한 잔 마셨다. 막 무씨 형제의 안부를 물으려는데 홀필열이 먼저 명을 내렸다.

"가서 두 분을 모셔오너라."

잠시 후, 두 명의 병사가 무돈유와 무수문의 등을 밀고 막사 안으로 들어왔다. 두 사람은 밧줄로 손발이 묶여 있었다. 곽정과 양과를 발견한 두 사람은 창피하고 송구스러워 감히 고개를 들지 못했다.

"사부님!"

곽정은 두 제자가 보고도 하지 않고 경솔하게 성을 빠져나가 결국 적의 포로가 된 것에 매우 화가 나 있었다. 하지만 한바탕 격투를 벌인 듯 형편없이 찢기고 혈흔이 낭자한 옷을 입고 손발이 묶여 제대로 걷지도 못하는 모습을 보니 가여운 생각이 들었다. 어쨌든 나라와 백성을 위하고자 한 일이니 가상하다는 생각이 들었다.

"무공을 하는 사람은 본디 일생 동안 수없이 많은 실패와 좌절을 겪게 마련이다. 이 정도 고초는 아무것도 아니니 기죽을 것 없다."

홀필열은 짐짓 부하들을 꾸짖는 척했다.

"두 분을 잘 모시라 했거늘 어찌 이리 무례하게 대접했느냐? 어서 결박을 풀어드려라."

부하들이 급히 두 사람의 결박을 풀려 했으나 워낙 단단히 묶은 데다 그 위로 물을 뿌린 탓에 쉽게 풀리지 않았다.

곽정이 자리에서 일어나 제자들에게 다가가 무돈유의 가슴에 감겨 있는 밧줄을 잡고 가볍게 힘을 주었다. 그러자 툭, 하고 밧줄이 끊겼다. 곽정은 뒤이어 무수문의 결박도 풀어주었다. 보기에는 간단한 무공인 것 같지만 실은 내공이 깊지 않으면 결코 할 수 없는 초식이었다. 금륜국사, 소상자, 니마성, 윤극서 등은 서로를 향해 감탄의 눈길을 보냈다.

"두 분께 사죄하는 뜻에서 최상의 술을 내오너라."

곽정은 일단 무씨 형제를 돌려보내야겠다는 생각이 들었다.

'어차피 이렇게 된 이상 한바탕 혈전을 피할 수 없을 터인데, 몸도 성치 않은 돈유와 수문이를 데리고 싸우려면 더 힘들어지겠지.'

곽정은 포권의 예를 갖추며 입을 열었다.

"부족한 제자들이 경솔한 짓을 했는데 이리 대접해주시니 감사합니다."

곽정은 몸을 돌려 제자들을 바라보며 말했다.

"너희는 먼저 돌아가거라. 나는 오랜 벗을 만나 잠시 머물다 갈 터이니 걱정하지 말라고 사모님께 전해라."

"사부님……."

무씨 형제는 어젯밤 홀필열을 시해하려 했으나 성공하지 못하고 격투 끝에 소상자에게 잡히고 말았다. 적진에 적이 얼마나 많은지 실감한 터라 사부의 안위가 걱정되었다.

"어서 가거라! 가서 여 안무사께 무슨 일이 있어도 성문을 굳게 닫고 성을 잘 지켜라 일러라."

곽정의 말은 자신이 어떤 일을 당하더라도 절대로 항복해서는 안 된다는 뜻이었다. 무씨 형제는 목숨을 걸고 자신들을 구하러 온 사부가 너무나 감사하기도 하고 또 한편으론 자신들의 경솔한 행동이 창피하고 후회스러워 감히 한마디도 대꾸하지 못하고 묵묵히 고개를 숙였다. 결국 두 사람은 사부의 명을 거역하지 못하고 성으로 돌아갔다.

"두 제자분께서 저를 시해하러 왔는데, 곽 대협께서는 모르고 계셨지요?"

곽정이 고개를 끄덕였다.

"모르고 있었습니다. 아이들이 아직 어려서 경솔한 행동을 했습니다."

"그러게 말입니다. 곽 대협과 제 선친의 교분이 있는데 설마 곽 대협께서 날 해하려 하셨겠습니까?"

"글쎄요, 공사가 유별하니 꼭 그런 건 아니지요. 과거 부친 되시는 타뢰 의형제가 군대를 이끌고 청주를 공격해왔을 때, 몽고군을 물리치기 위해 내가 직접 부친을 살해하려 한 적이 있었습니다. 당시 대칸께서 병세가 위중하셔서 부친께서는 퇴군할 수밖에 없었지요. 하여 다행히 의형제의 도리를 지킬 수 있었습니다. 옛말에도 대의멸친大義滅親, 즉 의를 위해서는 가족도 버린다 하지 않았습니까? 대의를 위해 가족도 버릴 수 있을진대 친구는 말할 것도 없지요."

곽정의 직접적인 말에 금륜국사와 윤극서 등의 안색이 차갑게 변했다. 양과 역시 가슴이 싸늘하게 식는 기분이었다.

'그래……. 백부님에게는 의형제 하나 죽이는 것쯤은 아무것도 아니었군. 아버지가 무슨 죄를 지었는지는 모르겠지만 대의멸친 때문에 죽이셨군. 그럼 백부님은 평생 실수 한 번 하신 적이 없단 말인가?'

홀필열은 표정 하나 바뀌지 않고 여전히 웃음을 띠며 대답했다.

"그렇게 생각하시면서 제자들이 경솔한 행동을 했다 하시는 이유는 무엇입니까?"

"아직 무공의 뿌리가 깊지 못한데도 경솔하게 나서서 적에게 붙잡힌 것 아닙니까? 그 녀석들이 붙잡힌 것은 별일 아니라 쳐도, 이런 상황에 대비해 앞으로는 더욱 경계를 강화하실 터이니 역효과를 일으킨 셈이지요. 그러니 경솔한 행동이라 할 수밖에요."

홀필열은 속으로 경탄했다.

'사람은 충직하고 성실하되 언변은 능란하지 못하다 하더니, 뜻밖에 말씀도 잘하시는군.'

홀필열은 호탕하게 웃음을 터뜨렸다.

"상황 판단이 상당히 예리하시군요!"

그러나 사실 곽정은 언사가 예리한 것이 아니라 천성 자체가 생각한 바를 돌려서 표현할 줄 몰랐기 때문에 그렇게 들리는 것뿐이었다. 금륜국사 등은 곽정이 무기도 들지 않고 혈혈단신으로 적진에 들어와 전혀 두려워하는 기색 없이 하고 싶은 말을 당당히 내뱉는 것을 보고 다시 한번 경탄을 금치 못했다.

홀필열은 비록 곽정의 말이 괘씸하기는 하나 그 사람됨이 너무 마음에 들었다. 그래서 어떻게든 곽정을 수하에 넣고 싶었다. 그는 여전히 친근하게 말했다.

"곽 대협, 현재 송의 조정은 간신들로 가득하고 백성은 도탄에 빠져 있습니다. 제 말이 맞지요?"

"그 말은 맞습니다. 지금 황제는 현군賢君은 못 되십니다. 재상 가사도賈似道 역시 천하에 둘도 없는 간신이지요."

모두들 또 한 번 깜짝 놀랐다. 곽정이 적군 앞에서 본국의 황제와 재상을 비난하리라고는 생각지도 못했기 때문이다.

"잘 아시네요. 곽 대협께서는 당대 제일가는 영웅이신데 어찌 그런 조정의 명령에 복종하신단 말씀이십니까?"

홀필열의 말에 곽정은 자리에서 벌떡 일어났다.

"내 비록 부족하기는 하나 간신배에게 놀아날 사람은 아니지요. 내가 분연히 일어나 송을 지키려 하는 것은 몽고군이 우리 국토를 짓밟고 내 동포를 학살하기 때문입니다. 다시 말해, 고통받는 백성을 위해서라는 말씀입니다."

홀필열이 탁자를 내리치며 맞장구를 쳤다.

"좋은 말씀이십니다. 모두들 곽 대협을 위해 건배를 하십시다."

홀필열은 앞에 놓인 마유주를 들어 단숨에 들이켰다.

금륜국사를 비롯한 기타 다른 장수들은 서서히 불안해졌다. 행여 홀필열이 곽정과 부친의 옛정을 생각해, 혹은 곽정의 사람됨에 넘어가 순순히 곽정을 풀어주지나 않을까 걱정이 되었던 것이다. 만약 이대로 곽정을 돌려보내면 다시는 그를 잡을 수 없게 될 터였다. 그러나 홀필열이 단숨에 마유주를 들이켜자 하는 수 없이 모두들 그를 따라 잔을 비울 수밖에 없었다. 곁에 섰던 병사들이 다시 잔을 채웠다.

홀필열이 말했다.

"맹자께서도 '백성이 가장 귀하고, 사직社稷은 그다음이며, 임금이 가장 가벼운 존재民爲貴 社稷次之 君爲輕'라 했습니다. 당연한 이치지요. 천하를 생각하는 자는 천하 사람들의 천하요, 덕이 있는 자만이 천하를 다스릴 수 있다 했습니다. 우리 대몽고는 조정이 평안하고 백성의 삶이 태평합니다. 우리 대칸께서는 송의 백성이 도탄에 빠져 고통받는 모습을 차마 보지 못하시고 그들을 구해내고자 군사를 일으키셨습니다. 백성을 위하는 마음은 곽 대협과 다를 바 없으니 역시 영웅의 마음은 통하는 법인가 봅니다."

홀필열은 또다시 잔을 비웠다. 금륜국사 등도 막 잔을 들어 입에 대려는데 곽정이 소매를 휘둘러 강한 바람을 일으켰다. 모두들 뜻밖의 일이라 그만 잔을 놓치고 말았다.

"백성이 가장 귀하다 하셨습니까? 옳은 말씀이십니다. 몽고군이 송을 침략한 이래 우리 송의 백성은 잔인하게 학살당하고 있습니다. 도처에 무고한 백성들의 시체가 널려 있고, 백성들이 흘린 피가 강을 이루었으며, 수없이 많은 백성이 집을 잃고 헤매고 있습니다. 몽고군의 창칼 아래 무고한 생명을 잃은 백성이 셀 수 없이 많은데 몽고군이 송의 백성을 구하고, 송의 백성을 위한다 하시니 참으로 모를 말씀입니다."

비록 뜻밖의 일이기는 하나 금륜국사 등은 손에서 잔을 놓친 것이 무안하고 창피하던 참이었다. 그러던 차에 곽정이 홀필열의 말을 정면으로 반박하고 나서니, 홀필열의 명령만 떨어지면 곽정을 공격하려고 천천히 자리에서 일어났다. 그러나 홀필열은 여전히 호탕하게 웃어댈 뿐이었다.

"내 평소 곽 대협의 성품에 대해 익히 들어왔습니다만, 오늘 직접 뵙고 보니 역시 듣던 대로군요. 감히 곽 대협과 선친의 교분을 깨고 싶지 않습니다. 오늘은 국사를 논하지 말고 그저 옛이야기나 하시는 게 어떻습니까?"

"타뢰의 아들이 이토록 대범하고 기개가 남다르니 앞으로 반드시 국가의 중임을 맡아 큰일을 하시리라 믿습니다. 내 감히 진심에서 우러난 충고를 한마디 올리고 싶은데 괜찮겠습니까?"

"가르침을 받아야지요."

"우리 송은 땅이 넓고 인구도 많으며 기후도 좋아 예로부터 영웅호걸이 많습니다. 자고로 한 번도 이민족에게 굴한 적도 패한 적도 없습니다. 몽고가 한때 생각을 잘못해 송을 공격하고자 하나 결국은 패하여 돌아갈 것입니다. 깊이 생각하시고 물러가는 게 좋을 것입니다."

"충고 감사드립니다."

곽정은 홀필열이 결코 진심으로 충고를 받아들이지 않았다는 걸 느낄 수 있었다.

"저는 이제 그만 가볼까 합니다."

홀필열이 두 손을 모아 예를 갖추며 인사를 했다.

"손님을 안내해드려라."

금륜국사 등은 모두 깜짝 놀라 일제히 홀필열을 바라보았다.

'제 발로 굴러 들어온 적을 이대로 돌려보내다니요?'

그러나 홀필열은 끝까지 예의 바르게 곽정을 배웅했다. 홀필열의 명령 없이 곽정을 공격할 수도 없는 노릇이었다. 곽정도 막사를 나가며 의외라는 생각이 들었다.

'비범한 인물이구나. 결코 만만치 않은 적이야.'

곽정과 양과는 발걸음을 재촉해 말을 세워둔 곳으로 향했다. 그때 갑자기 여덟 명의 몽고 병사가 두 사람을 에워쌌다.

"네놈이 곽정이란 놈이냐? 너 때문에 수많은 우리 형제가 죽고 다쳤다. 왕야께서는 널 놓아 보내실는지는 모르나 우린 그렇게 못 하겠다."

병사들은 일제히 달려들어 몽고의 씨름 기술로 곽정을 잡으려 했다. 알고 보니 홀필열은 곽정과 선친의 교분을 생각해 직접 곽정을 잡으라 명령하기는 난처했기에 미리 막사 밖에 병사들을 대기시켜 공격하게 한 것이다.

원래 몽고의 씨름 기술은 천하무적이라 할 만했다. 이 여덟 명의 병사는 몽고군 중에서도 씨름 기술이 뛰어난 사람들이었다. 그러나 곽정은 어려서부터 몽고에서 자랐기 때문에 씨름에 아주 능숙했다. 게다가 무공 실력까지 갖추었으니 이 따위 몽고 병사들이 곽정의 상대가 될 수는 없었다. 곽정은 순식간에 네 명의 병사를 집어서 멀리 던져버렸다. 다른 네 명의 병사 역시 제대로 붙어보지도 못하고 나동그라졌다. 몽고의 정통 씨름 기술에 상승 무공의 힘을 실었으니 곽정의 위력은 대단할 수밖에 없었다.

홀필열은 막사 밖에 천인대를 미리 배치해두었다. 이 1,000여 명의 병사는 모두 몽고 씨름에 능한 사람들이었다. 그런데 그들조차 몽고의 정통 씨름 기술을 능란하게 구사하는 곽정을 보고 갈채를 보냈다.

곽정은 주위를 둘러보며 포권의 예를 갖춘 후 모자를 벗어 한 바퀴 돌렸다. 이것은 몽고 사람들이 씨름에서 이긴 후 관중에게 답례하는 관습이었다. 모두들 더욱 소리 높여 갈채를 보냈다. 여덟 명의 병사는 넋이 나간 듯 멍하니 곽정을 바라보았다. 다시 공격을 해야 할지 이대로 물러나야 할지 판단이 서지 않았다.

"가자!"

곽정이 양과를 바라보며 말했다. 그때 사방에서 나팔 소리가 울려 퍼지더니 1,000여 명의 병사가 질서 정연하게 움직이며 곽정과 양과를 포위했다.

'우리 두 사람의 무공이 천하제일이라 해도 이 수많은 군마를 이기지는 못하겠지. 나 하나를 잡고자 이렇게 많은 병사를 동원할 줄은 몰랐구나.'

곽정은 양과가 겁을 먹을까 봐 일부러 태연한 표정을 지었다.

"우리가 탄 말은 빨리 달릴 수 있으니 공격하려 들지 말고 무작정 성을 향해 달려가자꾸나. 우선 저들에게서 방패를 빼앗아 화살의 공격을 막으면서 말을 달리자."

곽정은 양과의 귀에 대고 나직이 속삭였다.

"우선 남쪽으로 달리다가 말 머리를 북쪽으로 돌리려무나."

양과는 의아한 생각이 들었다.

'양양성은 남쪽에 있는데 왜 북쪽으로 말 머리를 돌리라는 걸까? 아, 그렇군. 홀필열의 군마가 틀림없이 남쪽에 집중적으로 배치되어 있을 터이니 우선 방비가 소홀한 북쪽을 뚫고 도망간 후 기회를 보아 다시 남쪽으로 돌아갈 모양이군. 그럼 난 어떻게 해야 하지?'

양과가 생각에 잠겨 있는데 홀필열의 막사에서 몇 사람이 우르르 나오더니 순식간에 두 사람 앞을 가로막고 섰다. 뒤이어 동륜과 철륜이 곽정과 양과의 말을 향해 빠른 속도로 날아왔다. 금륜국사가 날린 것이었다. 곽정은 동륜과 철륜이 날아오는 기세가 맹렬한 것을 보고 감히 손으로 잡아내지 못하고 얼른 머리를 숙였다. 동시에 두 손으로 말 머리를 하나씩 밑으로 내리눌렀다. 말 두 필은 꼬꾸라지듯 앞다리를 꿇었다. 동륜과 철륜이 말 머리 위를 스쳐 지나가더니 공중에서 한 바퀴 원을 그린 후 다시 금륜국사에게 돌아갔다. 그사이 니마성과 윤극서가 두 사람 가까이 접근해왔다. 금륜국사와 소상자도 뒤를 따랐다. 네 사람은 곽정과 양과를 둘러쌌다. 금륜국사, 소상자 등은 무림의 고수였다. 다수가 소수를 공격하는 것은 무림의 법도에 어긋나는 짓이었지만, 일대일로 겨루기에는 실로 곽정의 무공이 너무 높았다. 어떻게든 곽정을 잡아 '몽고 제일용사'의 칭호를 얻고 싶었다. 그들은 행여 남에게 기회를 빼앗길까 봐 앞다투어 곽정을 향해 덤벼들었다.

네 사람은 모두 무기를 치켜들었다. 윤극서는 옥구슬이 박힌 황금연편黃金軟鞭을 들고 있었고, 소상자는 곡상봉哭喪棒이라 불리는 몽둥이를 들고 있었다. 니마성의 무기가 가장 특이했는데 그는 손목에 철로 만든 뱀 모양이 새겨진 짧은 채찍, 즉 영사단편靈蛇短鞭을 휘감고 있었다. 뱀 머리 부분이 위아래로 움직이는 것이 마치 살아 있는 것처럼 보였다. 그리고 금륜국사는 금륜을 들고 있었다. 그는 영웅대연에서 양과에게 금륜을 빼앗긴 후 금륜이 없으니 자신의 이름인 금륜국사와 어울리지 않는다는 생각이 들어 유명한 대장장이를 시켜 양과에게 빼앗긴 것과 똑같은 금륜을 만들게 했다.

곽정은 이 네 사람을 살펴보았다. 그 기세며 무기의 모양으로 보아 윤극서가 가장 약해 보였다. 곽정은 속으로 방향 설정을 하며 먼저 소상자의 얼굴을 향해 쌍장을 쭉 뻗었다. 그에 맞서 소상자는 곽정의 손바닥을 향해 봉을 날렸다. 봉에는 흰 천이 감겨 있고, 그 끝에는 밧줄이 달려 있었다.

곽정은 변화를 구사해 오른손을 돌려 신룡파미神龍擺尾 초식으로 윤극서의 금편을 잽싸게 잡아챘다. 윤극서는 당황했다. 갑자기 곽정이 공격해오자 금편을 휘둘러 막으려 했으나 금편 끝이 이미 곽정에게 붙잡힌 뒤였다. 곽정이 금편을 당기니 윤극서의 몸이 곽정 쪽으로 쏠렸다. 순간 윤극서는 왼손에 날이 선 비수를 꺼내 들었다. 이공위수以攻爲守, 즉 공격이 최선의 방어라는 소금나수법 18초식 중 하나였다.

"좋아!"

곽정은 오른손으로 금편을 잡은 채, 왼손을 뻗어 윤극서의 비수를 낚아채려 했다. 윤극서는 비수로 곽정의 오른손을 공격하면 금편을 놓으리라고 생각했는데 뜻밖에 상대방이 비수까지 낚아채려 하니 당황하지 않을 수 없었다. 곽정은 윤극서가 금편을 놓지 않자 크게 기합을 지르며 금편을 통해 진기를 뻗어냈다. 순간 윤극서는 밀려오는 엄청난 진기에 마치 몽둥이에 얻어맞은 것처럼 가슴이 턱 막혔다. 눈앞이 어지럽다 싶더니 바로 붉은 피를 토해냈다.

그와 때를 같이해 금륜국사의 금륜과 소상자의 곡상봉이 동시에 공격해 들어왔다. 곽정은 금편을 놓고 잽싸게 금륜과 곡상봉의 공격을 막았다. 윤극서는 스스로 부상이 가볍지 않음을 느끼고 뒤로 물러나 땅바닥에 좌정하고 앉았다. 더 이상 피를 토하지 않도록 단전에 기를 모았다.

금륜국사와 소상자, 니마성 등 세 사람은 곽정이 단숨에 윤극서에게 상처를 주자 놀라움을 금치 못했다. 감히 가까이 다가가 공격하지 못하고 방어 태세만 단단히 취했다.

곽정은 소상자와 니마성의 무기를 자세히 관찰했다. 곡상봉은 강철로 만든 듯 매우 무거워 보였고 끝에 밧줄이 달린 것 외에 별다른 특이한 점은 눈에 띄지 않았다. 하지만 니마성의 영사단편은 매우 특이했다. 거기에는 삼각형의 뱀 머리 모양이 달려 있고 뱀의 몸통은 많은 쇠구슬로 이어져 마치 살아 있는 것처럼 유연하게 움직였다. 그리고 뱀 머리와 꼬리 등도 매우 날카로워 보였다. 뱀이 움직이는 방향에 따라 머리와 꼬리가 제각기 다른 쪽으로 움직이는데 그 방향을 짐작하기가 쉽지 않았다.

그때 세 사람이 동시에 곽정을 향해 각자의 무기를 뻗어냈다. 곽정은 장력으로 맞섰다. 그렇게 몇 초식을 겨루었다. 세 사람의 무기와 곽정의 장력이 허공에서 맞부딪치면서 보이지 않는 힘의 막이 형성되었다.

그때 어디선가 큰 체구의 남자가 괴성을 지르며 다가왔다. 마광좌였다. 마광좌는 동으로 만든 굵고 긴 숙동곤熟銅棍으로 곽정의 머리를 내리치려 했다. 순간, 마광좌의 몽둥이는 보이지 않는 강력한 '힘의 막'에 부딪쳐 위로 튕겨올랐다. 마광좌는 비명을 내지르면서도 손과 팔에 힘을 주어 숙동곤을 겨우 붙잡았다. 그러자 손에서 피가 흘러내렸다.

"사문邪門, 사문!"

마광좌는 자세를 가다듬은 후 다시 힘을 주어 숙동곤을 내리쳤다. 그러나 숙동곤으로 저 강력한 '힘의 막'을 내리치면 마광좌 자신이 다칠 게 뻔했다.

양과는 마광좌가 사람됨이 착하고 소박한 데다 몇 차례 자기를 도와주었기 때문에 그가 다치는 것을 그냥 보고 있을 수만은 없었다. 양과는 얼른 칼을 뽑어 마광좌의 등을 겨냥하면서 외쳤다.

"마광좌, 칼을 받으시오!"

마광좌는 깜짝 놀라 공격을 멈추고 뒤를 돌아보았다.

"양 형, 왜 그러는 거요?"

"어서 물러나시오!"

양과는 빠른 속도로 칼을 휘둘러 마광좌를 정신없게 만들었다. 마광좌는 양과의 공격에 밀려 한 발 한 발 뒤로 물러났다. 마광좌는 체구가 커서 한 걸음만 물러나도 다른 사람의 두 걸음과 맞먹었다. 10여 걸음 물러나니 이미 곽정과 상당히 멀어지게 되었다.

마광좌는 양과의 공격이 워낙 빨라 막는 것만도 힘에 겨워 양과가 왜 자기를 공격하는지 생각해볼 겨를도 없었다. 양과는 마광좌가 몇 걸음 더 뒤로 물러나자 칼을 거두고 낮은 목소리로 말했다.

"마 형을 구해드리려고 공격한 겁니다."

"뭐요?"

"목소리 좀 낮추세요. 누가 듣겠어요."

마광좌가 눈을 커다랗게 뜨며 말했다.

"누가 들으면 어때서? 난 곽정 따위가 두렵지 않다고!"

그냥 평범하게 대답한 것인데도 목소리가 하도 우렁차서 일반인이 고함을 지르는 것과 같았다.

"좋아요, 좋아. 지금부터 아무 말도 하지 말고, 내가 하는 말을 듣기만 하세요."

마광좌는 무슨 영문인지 몰라 고개만 끄덕였다.

"곽정은 요법을 쓸 줄 알아요. 주문만 외우면 상대의 목이 날아간다고요. 그러니 마 형은 절대로 곽정 가까이 접근하면 안 돼요. 아셨죠?"

마광좌는 눈을 더욱 크게 뜨고 반신반의하는 표정으로 양과를 바라보았다. 양과는 마광좌의 성격을 잘 알고 있었다. 곽정의 무공이 뛰어나니 조심하라고 말하면 절대로 순순히 물러날 마광좌가 아니었다. 하나 만약 요법을 쓸 줄 안다고 말하면 순진하고 소박한 사람인지라 틀림없이 속을 것이라 생각했다.

"조금 전 곽정의 머리를 내리칠 때 몽둥이가 무엇에 부딪치지도 않았는데 갑자기 위로 튕겨올랐죠? 이상하지 않아요? 윤 형을 봐요. 윤 형의 무공도 상당한데, 덤비자마자 부상을 입었잖아요."

듣고 보니 그럴듯했다. 마광좌는 연신 고개를 끄덕였다. 그러나 아직도 미심쩍은지 금륜국사와 소상자를 바라보았다. 양과는 마광좌가 무슨 생각을 하는지 금방 눈치챘다.

"국사는 승려니까 부적을 그릴 줄 알잖아요. 국사가 저 두 사람에게는 부적을 그려줬는데, 마 형에게도 주었나요?"

양과의 말에 마광좌는 분한 듯 대답했다.

"아니, 안 줬어."

"거봐요, 금륜국사라는 자는 가까이할 만한 사람이 못 된다니까. 마 형에게만 부적을 안 줬잖아요. 나중에 꼭 따지세요."

"그러게. 그럼 우린 어쩌지?"

"그냥 멀리 떨어져서 구경이나 하자고요."

"맞아, 맞아. 양 형, 고마워. 덕분에 살았네."

곽정은 항룡십팔장으로 금륜국사 등의 공격을 막아내고 있었다. 금륜국사 등은 곽정이 비록 내공이 강하기는 하나 계속해서 막강한 장력을 발하고 있으니 오래 버티지 못할 것이라 생각했다. 그러나 곽정은 근 20년 동안 〈구음진경〉을 연마해왔다. 처음에는 진력이 드러나지 않다가 수십 초식이 지나자 항룡십팔장이 점차 경지에 오르기 시작했다. 싸우면 싸울수록 기력이 떨어지기는커녕 자유자재로 공격을 펼쳐나갔다.

옆에서 지켜보던 양과는 감탄을 금치 못했다. 양과 역시 고묘에서 〈구음진경〉을 연마했지만 지도해주는 사람이 없었기 때문에 그 정수를 제대로 익히지 못했다. 지금 곽정이 펼치는 초식을 보면서 그때 외운 구결과 비교해보니 새삼 깨닫는 바가 많았다. 양과는 곽정의 초식을 보고 배우느라 복수를 해야 한다는 사실도 까마득히 잊어버렸다.

금륜국사의 무공은 원래 곽정과 막상막하였다. 비록 곽정이 우위를 점하고 있기는 하지만 금륜국사의 나이가 곽정보다 스무 살은 더 많기 때문에 그만큼 무공을 연마한 시기도 길고 경험도 많았다. 만약 두 사람이 일대일로 싸우면 1,000여 초식이 지나도 승패를 가리기 어려울 것이다. 게다가 소상자와 니마성 등의 고수가 힘을 보태고 있으니 원래는 곽정 하나 상대하는 것은 그리 어렵지 않은 일이었다. 다만 항룡십팔장이 그만큼 위력 있는 무공인 데다 곽정의 장법에 전진교 천강북두진의 진법이 섞여 있어 혼자서 공격을 하는데도 때로는 예닐곱 명이 함께 공격하는 것과 같은 위력을 발휘했다. 그리고 겨루기 시작하자마자 윤극서를 해치웠기 때문에 상대방이 먼저 위축된 감도 없지 않았다.

또 수십 초식을 겨루었다. 금륜국사의 금륜이 점차 위력을 더해갔다. 니마성의 단편도 공격의 강도가 높아졌다. 곽정은 마음이 조급해지기 시작했다.

'이렇게 가다간 결국은 내가 패하고 말 텐데. 과는 아까 그 체격 큰 놈이랑 싸우고 있는 모양이군. 그 녀석은 무공이 대단치 않아 보이던데, 왜 아직까지 돌아오지 않는 걸까? 빨리 과와 힘을 합쳐 빠져나가야 할 텐데…….'

곽정은 워낙 치열하게 싸움을 벌이고 있는 터라 잠시도 주위를 둘러볼 틈이 없었다. 그런데 양과가 10여 장 정도 떨어진 곳에서 마광좌와 함께 네 사람이 싸우는 모습을 구경하고 있을 줄 어찌 알겠는가!

"이얏!"

그때 소상자가 갑자기 괴성을 지르면서 공중으로 훌쩍 뛰어올랐다. 그러고는 곽정을 향해 곡상봉을 내뻗었다. 곽정은 살짝 피했으나 비릿한 냄새가 나면서 현기증을 느꼈다. 그러더니 갑자기 눈앞이 까매지면서 머리가 심하게 어지러워졌다. 곡상봉 끝에서 검은 연기가 뿜어져 나온 것이다. 독극물임에 틀림없었다. 곽정은 급히 뒤로 물러나며 정신을 가다듬으려 애썼다. 소상자는 곽정이 분명 독 가루를 들이마셨는데도 불구하고 여전히 쓰러지지 않고 버티고 있자 이상한 생각이 들었다. 그는 다시 한번 공중으로 뛰어올라 또다시 독 가루를 내뿜었다.

이 독 가루는 소상자가 심혈을 기울여 만든 맹독이었다. 그가 호남의 한 산에서 무공을 연마할 때 우연히 큰 두꺼비 한 마리가 독을 내뿜어 뱀을 죽이는 모습을 보았다. 그는 즉시 그 독 두꺼비를 잡아 독을 채취했다. 맹수를 상대로 여러 차례 그 독을 시험해본 결과 그때마다 독을 마신 맹수들이 어김없이 그 자리에서 쓰러졌다. 그때부터 그는 조심스럽게 독 가루를 만들어 비상시에 무기로 삼았다. 곡상봉 끝에 특수한 장치를 만들고 조그만 단추를 누르면 곧 독 가루가 발사되게 해놓은 것이다. 독 가루를 발사할 때 높은 곳에서 아래를 향할수록 독 가루의 위력이 더 강했다. 그래서 그는 허공으로 뛰어올라 몽둥이를 휘두른 것이다. 그런데 뜻밖에도 곽정은 독 가루를 마시고도 쓰러지지 않았다. 그 내공이 얼마나 강한지 가히 짐작할 수 있었다.

금륜국사와 니마성은 독 가루의 공격을 직접 당한 것은 아니지만 바로 곁에 있었기 때문에 영향을 받지 않을 수 없었다. 비릿한 냄새를 맡았는가 싶었는데 가슴이 답답해지면서 구토 증세가 일었다. 두 사람은 급히 뒤로 물러났다. 소상자는 물론 코에 해독약을 넣어두었기 때문에 전혀 영향을 받지 않았다.

곽정은 현룡재전見龍在田 초식으로 소상자의 무릎을 공격했다. 소상자는 곡상봉으로 곽정의 공격을 막으려 했으나 결국 장력에 밀려 오 척 밖으로 물러나야 했다. 뒤이어 니마성의 단편이 공격해 들어왔다. 곽정은 니마성의 가슴을 겨냥해 공격해 들어갔다. 그러자 니마성은 오른손으로 뱀 머리를 잡고 왼손으로 뱀 꼬리를 잡은 상태로 가슴을 막았다. 그런데 이게 웬일인가! 곽정의 장심이 정확히 니마성의 가슴을 겨냥하고 있었음에도 어찌 된 일인지 장력이 사방팔방으로 뻗어나가는 게 아닌가! 니마성은 단편으로 가슴을 막는 순간, 상대방의 표적이 가슴이 아님을 깨달았다. 그는 크게 당황해 뱀 머리를 아래로 향했으나 때는 이미 늦고 말았다. 얼굴과 복부에 엄청난 장력이 느껴졌다. 니마성은 급히 땅바닥에 엎드려 공처럼 굴러서 멀리 물러났다. 다행히 키가 작아 동작이 민첩했기에 큰 위기를 모면할 수 있었다.

곽정은 잠시 틈이 생기자 큰 소리로 양과를 불렀다.

"과야, 어서 가자!"

곽정은 적들의 공격이 닿지 않는 곳으로 물러났다. 금륜국사는 곽정이 자신들의 포위를 벗어난 것을 보고 급히 뒤를 쫓았다. 곽정의 등 뒤 수 장 정도 떨어진 곳에는 몽고군 병사들이 진을 치고 있었다. 10여 개의 창이 곽정의 등을 겨누었다. 곽정은 양팔을 휘둘러 순식간에 10여 개의 창을 밀어낸 후, 두 명의 병사를 집어 금륜국사를 향해 냅다 던졌다.

"자, 받으시오!"

만약 금륜국사가 병사들을 잡으려 팔을 뻗는다면 비록 짧은 순간이지만 곽정에게는 시간의 여유가 생기는 셈이었다. 금륜국사는 왼팔을 휘둘러 두 명의 병사를 멀리 쳐낸 후 즉시 곽정을 향해 금륜을 날렸다.

곽정은 상대하면 상대할수록 금륜국사의 집요한 공격에서 벗어나기 힘들 것 같아 금륜을 받아낼 생각을 하지 않고 몽고 병사의 무리 속으로 몸을 날렸다. 일단 군마 속에 몸을 숨기자 탁 트인 공간에서 적을 상대하는 것보다 훨씬 행동하기가 쉬웠다.

곽정은 순식간에 몸을 날려 한 백부장의 말 앞에 이르렀다. 팔을 뻗어 백부장을 말 위에서 끌어내린 후 안장에 뛰어올랐다. 그는 군마들 사이를 종횡무진으로 누비며 휘파람을 불었다. 멀리 있던 곽정의 홍마가 휘파람 소리를 듣고 바람처럼 달려왔다.

멀리서 이 모습을 바라보던 양과는 마음이 조급해졌다. 일단 곽정이 자신의 홍마에 올라타기만 하면 제아무리 뛰어난 몽고의 장수라도 곽정을 잡지 못할 게 뻔했다. 양과는 다급한 나머지 큰 소리로 비명을 질렀다.

"아이고! 아이고, 아파라."

양과는 몸을 비틀거리며 그 자리에서 쓰러질 듯한 자세를 취했다. 동시에 낮은 목소리로 마광좌에게 말했다.

"아무 말 말고 저쪽으로 비키세요. 멀리 가실수록 좋아요."

양과는 단전에 기를 모아 비명을 질렀다. 비록 군마가 어지럽게 날뛰고 있어 몹시 시끄럽기는 했으나 곽정은 분명 그 소리를 똑똑히 들을 것이고, 그러면 틀림없이 구하러 올 터였다. 그때 마광좌가 옆에 있으면 자칫 곽정의 공격에 목숨을 잃게 될지도 몰랐다. 그래서 마광좌를 멀리 물러가게 하려 한 것이다. 마광좌는 양과가 무슨 뜻으로 자신을 비키라 하는지는 잘 알 수 없었지만 어쨌든 일단 시키는 대로 멀찍이 물러났다.

곽정은 양과의 비명 소리를 듣고 크게 놀라며 홍마가 가까이 오기를 기다리지 못하고 즉시 말 머리를 돌려 양과를 찾아 나섰다. 금륜국사는 곧 양과의 의도를 알아차리고 곽정이 바로 곁을 스쳐 지나가는데도 달리 막으려 하지 않았다. 대신 곽정이 다시 후퇴하지 못하도록 퇴로를 막았다. 양과 곁에 도착한 곽정은 근심스러운 목소리로 급히 물었다.

"과아, 왜 그러느냐?"

양과는 일부러 몸을 비틀거렸다.

"보기와 달리 무공이 대단한 놈입니다. 어찌 된 일인지 제가 진력을 운기하자마자 기가 역류하면서 단전이 칼로 쑤시는 것처럼 아팠습니다."

참으로 그럴듯한 거짓말이었다. 곽정은 마광좌가 숙동곤을 휘두르는 모습을 보았기 때문에 마광좌의 무공이 별 볼일 없다는 것을 파악했을 것이다. 그래서 마광좌의 숙동곤에 맞아서 아픈 것이라고 했다면 우둔한 곽정이라도 조금 미심쩍게 생각했을 터였다. 그러나 무공을 하는 사람들은 운기하는 과정에서 부상을 당하는 일이 종종 있는데, 이는 겉으로 잘 드러나지 않는 것이기에 크게 의심받을 일이 없었다. 게다가 곽정은 양과가 어젯밤 내공을 연마하다 주화입마할 뻔했다고 믿고 있었기에 더욱 의심 없이 양과의 말을 받아들였다.

곽정은 양과가 손으로 아랫배를 누르고 있고, 이마에는 식은땀을 흘리고 있는 것을 보고 부상이 가볍지 않은 모양이라고 생각했다.

"어서 등에 업혀라. 업고 가야겠다."

"백부님, 제 걱정 말고 어서 가세요. 백부님이 계셔야 양양성을 지킬 수 있어요. 어서 떠나세요."

"내가 널 데려왔는데 어찌 혼자 도망간단 말이냐? 어서 업혀라."

양과가 망설이는 척하자 곽정은 양과를 들쳐 업었다. 그때 곽정이 타고 온 말이 활에 맞아 길게 비명을 지르며 그 자리에서 쓰러졌다. 곽정은 지금까지 살아오면서 수없이 위험한 일을 겪어왔다. 그래서인지 상황이 위급해질수록 당황하기는커녕 더욱 침착해졌다.

"과야, 두려워 마라. 반드시 빠져나갈 수 있을 거다."

곽정은 양과를 업은 채 북쪽을 향해 달리기 시작했다. 금륜국사, 니마성, 소상자 등이 바로 뒤까지 쫓아왔다. 몽고 병사들도 조금 전보다 더 조심스럽게 두 사람을 포위해 들어갔다.

홀필열은 막사 앞에 앉아 손에 술잔을 들고 여유 있게 이 모습을 지켜보았다. 승리를 확신하는 듯 득의양양한 표정이었다.

그때 곽정의 눈이 번쩍였다. 그는 갑자기 기합 소리를 지르며 홀필열을 향해 달려갔다. 양과를 업은 그의 몸이 몇 번 엎드렸다 일어나는가 싶더니 어느새 홀필열이 있는 곳까지 다가갔다. 곁에서 홀필열을 호위하던 병사들은 깜짝 놀랐다. 그들은 갑자기 벌어진 일에 크게 당황하며 급히 칼이며 창을 들고 곽정을 막으려 했다. 그러나 그는 거침없이 창칼을 밀어내며 앞으로 나아갔다. 호위병들이 목숨을 걸고 지키려 했으나 곽정을 막기엔 역부족이었다. 이제 몇 걸음만 더 가면 홀필열을 공격할 수 있었다.

금륜국사는 상황이 위급함을 보고 곽정을 향해 금륜을 날렸다. 곽정은 잽싸게 고개를 숙여 금륜을 피했다. 그 순간에도 발걸음은 늦춰지지 않았다. 양과는 그의 등에 업혀 궁리에 잠겼다.

'만약 홀필열을 인질로 잡으면 몽고군은 감히 곽정을 막지 못할 거야. 복수를 한다면 지금 해야 한다.'

양과는 마지막이라 생각하며 곽정을 향해 물었다.

"백부님, 제 아버지가 그토록 나쁜 사람이었나요? 정말 아버지를 죽이지 않으면 안 되었나요?"

곽정은 난데없는 양과의 질문에 깜짝 놀랐다. 상황이 상황인지라 신중히 생각할 겨를도 없이 사실대로 대답하고 말았다.

"네 아버지는 적을 아비로 삼아 나라를 배반하고 백성들을 해쳤으니 죽어 마땅했다."

양과는 곽정이 아버지를 죽였다고 확신했다. 더 이상 망설일 필요가 없었다. 양과는 군자검을 들어 곽정의 뒷목을 찌르려 했다. 그런데 그가 군자검을 빼려 할 때 무언가 따뜻함이 느껴졌다. 전력을 다해 달리고 있던 곽정의 등에서 뜨거운 열기가 양과의 아랫배에 전해진 것이다. 양과는 문득 어젯밤 자신의 숨소리가 이상해지자 목숨을 걸고 자기를 구해주던 곽정의 모습이 떠올랐다. 조금 전에도 홍마를 타고 얼마든지 혼자 빠져나갈 수 있었는데도 자신의 비명 소리를 듣고 즉시 달려와주었다.

어려서부터 아버지 없이 자란 양과는 어렵고 힘든 일을 겪을 때마다 누군가 자기를 도와주는 사람이 있었으면 하고 바랐다. 그런데 곽정이야말로 진심으로 자신을 위해주는 사람이었다. 양과는 문득 곽정에게서 아버지의 정을 느꼈다. 모든 것을 버리고 자신을 구해주러 오는 곽정의 모습, 그것이 바로 양과가 꿈에도 그리던 아버지의 모습이었다. 사실 친아버지의 모습은 본 적도, 들어본 적도 없었고 아버지가 얼마나 자신을 사랑했는지도 알 길이 없었다. 그런 아버지의 원수를 갚기 위해 목숨을 걸고 자기를 구하려는 아버지 같은 이 사람을 죽여야 한단 말인가? 양과는 혼란스럽지 않을 수 없었다.

소상자의 곡상봉이 곽정의 뒤통수를 향해 날아왔다. 곽정은 마침 장법으로 금륜국사의 금륜과 니마성의 단편을 상대하고 있었기 때문에 소상자의 곡상봉을 막아낼 여력이 없었다. 양과는 자기도 모르게 손에 든 군자검으로 소상자의 곡상봉을 방어했다.

"조심해라. 봉 끝에 독 가루가 숨겨져 있다."

소상자는 곡상봉을 뻗어 양과의 요혈을 찍으려 했다. 양과는 곽정의 등에 업혀 있는 상태인지라 몸을 돌려 칼을 휘두르기도, 소상자의 곡상봉을 피하기도 어려운 상황이었다.

그때 곽정이 신룡파미 초식으로 왼손을 뒤로 뻗어 소상자의 곡상봉을 후려쳤다. 그 힘이 어찌나 강한지 소상자는 충격으로 온몸에 열이 나며 얼굴이 붉게 달아올랐다.

니마성이 땅바닥을 굴러 가까이 다가와 다시 단편을 뻗었다. 뱀의 머리가 곽정의 옆구리를 찌르려는 찰나였다. 곽정은 금륜국사와 소상자를 상대하고 있었기 때문에 단편을 막아낼 여력이 없었다. 그저 뒤로 살짝 물러나는 수밖에 없었다. 결국 뱀의 머리가 곽정의 옆구리를 찌르고 말았다. 곽정은 즉시 운기하여 근육을 단단하게 만들었다. 뱀의 머리는 더 이상 살을 뚫고 들어가지 못했다. 그 틈에 곽정은 왼발을 들어 니마성을 걷어찼다. 니마성은 자신의 무기가 곽정의 요혈을 찌르자 이제 '몽고 제일용사'의 호칭은 자신의 것이라 생각하고 기쁨을 이기지 못하던 차에 뜻밖에 곽정에게 가슴을 걷어차이자 고통이 이만저만 큰 것이 아니었다.

"으윽!"

아마도 갈비뼈가 부러진 듯싶었다. 금륜국사가 기회를 놓칠세라 대뜸 곽정을 향해 장력을 뻗었다. 곽정은 옆구리를 찔려 움직이기가 불편한 상태였다. 만약 금륜국사의 장력을 맞받아친다면 결국 목숨을 잃게 될 것이 뻔했다. 곽정은 하는 수 없이 평생 동안 수련해온 내공으로 금륜국사의 장력을 받아내는 수밖에 없었다. 엄청난 소리와 함께 곽정의 몸이 심하게 흔들렸다.

"욱!"

곽정의 입에서 붉은 피가 뿜어져 나왔다. 그는 비틀거리며 뒤로 두어 걸음 물러나 양과에게 말했다.

"과야, 내가 적들을 막을 테니 어서 가서 말을 빼앗아 달아나거라."

생명이 위급한 그 순간에도 곽정은 양과를 걱정했다. 양과는 눈시울이 붉어지며 가슴 저 밑바닥에서 뜨거운 것이 울컥 밀려오는 것을 느꼈다.

'내가 잘못 생각한 거야. 얼굴 한 번 본 적 없는 아버지의 원수를 갚는다고 이런 분을 해치려 하다니…….'

양과는 백부님처럼 용감하고 의리 있는 분을 구하지 않는다면 사람의 도리가 아니라는 생각이 들었다. 그는 즉시 곽정의 등에서 뛰어내려 군자검을 휘두르며 곽정을 보호했다.

"백부님, 제가 도울게요."

"과야, 내 걱정하지 말고 어서 말을 빼앗아 달아나래도!"

"백부님과 함께 죽으면 죽었지 혼자 달아날 수는 없습니다."

양과는 목숨을 걸고 최선을 다하리라 마음먹고 검을 휘둘렀다. 그 엄청난 기세에 금륜국사와 소상자도 가까이 접근할 수가 없었다. 수천의 몽고 군마가 사방에서 그들을 포위하고 선 채 지켜보고 있었다. 곽정은 이런 양과의 모습을 보고 걱정스럽기도 하고 고맙기도 했다. 어떻게든 양과와 함께 이 위기에서 벗어나야겠다는 생각이 들었으나 마음일 뿐, 몸은 더 이상 버티지 못하고 천천히 바닥으로 쓰러졌다.

니마성은 갈비뼈가 부러져 통증이 극심한데도 억지로 고통을 참으며 단편을 들고 천천히 곽정을 향해 다가갔다. 양과는 미친 듯이 검을 휘둘러 막으며 곽정을 들쳐 업었다. 양과의 무공은 원래부터 금륜국사에게 미치지 못하는 데다 곽정을 업고 있으니 결국 몇 초식 만에 금륜에 맞아 왼팔에 부상을 입었다. 그의 주위로 굶주린 이리 떼 같은 적들이 포위망을 좁히며 들어왔다.

22

위태로운 성과 갓난아기

危城女嬰

그때 뒤에서 금륜이 바람을 가르는 소리가 들려왔다. 금륜은 말 등에 탄 사람을 겨냥한 것이 아니라 홍마의 다리를 향해 날아왔다. 양과는 검을 뒤로 휘둘러 금륜을 막아야겠다고 생각했다. 그러나 그럴 만한 기력이 없었다. 양과는 힘없이 검을 아래로 든 채 말의 다리를 보호했다.

팔에 부상을 입은 양과는 곽정을 업은 채 주위를 둘러보았다. 그때였다. 갑자기 몽고 군마가 기겁을 하며 좌우로 흩어졌다. 그 가운데에 한 늙은이가 절뚝거리며 마구 뛰어오고 있는 것이 보였다. 그는 왼손에 쇠지팡이를 짚고 오른손에 벌겋게 달군 철추鐵錘를 휘두르며 곽정과 양과에게 달려오고 있었다.

"양 공자, 놈들은 내가 처리할 테니, 어서 도망가시오!"

깜짝 놀라 바라보니 바로 도화도 황약사의 제자인 대장장이 풍묵풍이었다. 너무나 뜻밖의 상황이라 어떻게 그가 갑자기 나타났는지 생각해볼 겨를도 없었다.

풍묵풍은 몽고군에게 징병되어 몽고군을 위해 병기를 만들고 있었다. 묵묵히 병기를 만들면서 몽고군 천부장 한 명과 백부장 한 명을 죽였는데 그 솜씨가 어찌나 깔끔한지 아무도 눈치채지 못했다. 그날도 평상시와 다름없이 일하고 있는데 밖에서 병사들의 고함 소리가 들렸다. 무슨 일인지 살펴보니 바로 곽정과 양과가 위기에 처해 있었다. 풍묵풍은 얼른 큰 철추를 화로에 넣고 벌겋게 달구었다. 그것을 무기 삼아 휘두르며 몽고군 사이를 헤치고 두 사람을 구해주려 달려온 것이다. 몽고군은 벌겋게 달구어진 철추를 보자 감히 상대할 생각을 하지 못하고 피하기에 급급했다.

양과는 달려오는 풍묵풍의 모습을 보자 갑자기 기운이 솟아오르는 것 같았다. 그는 팔에 입은 상처도 잊은 채 기운차게 검을 휘둘렀다. 그러나 쉽사리 물러설 금륜국사가 아니었다. 그는 여유작작하게 금륜을 휘둘러 양과의 검과 풍묵풍의 철추를 동시에 막아냈다. 그때 소상자의 곡상봉이 곽정의 등을 내리쳤다. 그러나 이게 웬일인가. 금륜국사가 황급히 양과를 막던 검을 거두고 소상자의 곡상봉을 가로막았다. 소상자 역시 마찬가지였다. 금륜국사의 금륜이 곽정에게 향하면 어김없이 소상자의 봉이 이를 막고 나섰다. 알고 보니 두 사람은 서로 상대에게 공을 빼앗기고 싶지 않았던 것이다. 만약 두 사람이 이런 쓸데없는 경쟁을 벌이지 않았다면 곽정은 벌써 목숨을 잃었을지도 몰랐다. 사실 홀필열이 공을 세운 자에게 '몽고 제일용사'의 칭호를 내리겠다고 한 것은 군사들을 격려해 곽정을 잡게 하려던 것인데 뜻밖에도 명예에 눈이 먼 자들 때문에 오히려 역효과를 낸 것이다.

곽정과 양과는 풍묵풍의 등장으로 잠시 위기를 모면하기는 했으나 여전히 수천 명의 몽고군에게 포위되어 있었다. 국사와 소상자는 서로를 견제하느라 제대로 공격하지 못했고, 니마성은 고통을 참아가며 호시탐탐 틈을 노렸다.

이렇게 실랑이를 하는 사이 시간이 흘러 해가 서서히 기울었다. 잠시 숨을 돌린 금륜국사가 먼저 금륜을 휘둘렀다. 양과 또한 방심하지 않고 잽싸게 되받아쳤다. 양과가 들고 있는 군자검은 철도 자를 수 있는 명검이었다. 순간 금륜이 움푹 파인 것이 보였다. 금륜국사의 눈에 살기가 번득이더니 다시 금륜이 날아왔다. 금륜에서 강한 기운이 뻗어 나왔다.

양과는 행여 곽정이 다칠까 봐 몸을 돌려 피하지도 못하고 검을 뻗었다. 금륜이 살짝 기울어지더니 쉭, 하는 바람 소리와 함께 스쳐 지나갔다. 순간 오른쪽 팔에 통증이 느껴졌다. 상처가 깊지는 않았지만 혈관이 터졌는지 피가 뚝뚝 떨어졌다. 빨리 지혈을 해야 했다. 그러나 적의 공세가 워낙 빨라 도저히 틈이 나지 않았다. 얼마 지나지 않아 점점 팔에 힘이 빠졌다.

양과의 기력이 다소 처지는 것을 눈치챈 소상자가 기회를 놓치지 않았다. 그는 훌쩍 뛰어올라 곽정의 머리를 향해 곡상봉을 내뻗고 독가루를 발사하려 했다. 양과는 다급한 나머지 왼손을 뻗어 봉 끝을 잡고 오른손에 든 장검으로 소상자를 찔렀다. 만약 이 상황에서 금륜국사가 공격한다면 양과는 죽은 목숨이나 다름없었다. 소상자는 허공으로 솟구치다 봉 끝을 양과에게 붙잡혔기 때문에 더 이상 힘을 쓸 수가 없었다. 양과가 뻗은 장검이 바로 눈앞까지 공격해 들어왔다. 그는 하는 수 없이 곡상봉을 놓고 검을 피해 몸을 뒤로 젖혔다. 그러나 금륜국사는 양과의 손을 빌려 소상자를 없앤다면 그보다 더 좋을 수는 없을 것 같아 곁눈질로 그 상황을 모두 봤으면서도 소상자를 돕지 않고 대신 풍묵풍에게 장을 휘둘렀다. 그와 동시에 손을 뻗어 곽정의 뒷덜미를 낚아채려 했다. 곽정을 산 채로 잡을 수만 있다면 더 큰 공을 세우게 될 것이기 때문이다.

풍묵풍은 살짝 피하면서 곽정에게 뻗은 금륜국사의 손을 지팡이로 내리쳤다. 금륜국사는 황급히 뒤로 물러서며 금륜을 휘둘렀다. 무기가 서로 부딪치자 지팡이를 잡은 손이 찢어질 듯 아파왔다. 그리고 통증이 가슴까지 전해지는 듯 숨이 막혔다. 이 틈에 국사는 즉시 곽정의 등을 향해 왼손을 뻗었다. 물러섰던 풍묵풍이 괴성을 지르며 다시 국사의 등을 공격했다. 금륜국사는 조금도 당황하지 않고 방향을 돌려 풍묵풍의 지팡이를 장풍으로 힘껏 받아쳤다. 그는 왼손에 내공을 실어 풍묵풍을 완전히 처리해버릴 생각이었다. 그런데 풍묵풍의 지팡이가 불에 달구어져 있었다. 깜짝 놀란 금륜국사는 얼른 손을 거두었지만 손바닥은 이미 지팡이에 붙어 타는 소리를 내며 살갗이 떼어져 나갔다. 기겁을 한 국사는 손을 마구 흔들어댔다.

그 기회를 놓치지 않고 풍묵풍이 그에게 달려들었다. 그는 있는 힘을 다해 금륜국사를 움켜잡고 밀어붙였다. 두 사람은 뒤엉켜서 땅바닥을 뒹굴었다. 무공으로 따지자면 풍묵풍은 결코 금륜국사의 적수가 될 수 없었다. 그러나 지금 국사는 손바닥을 데어 정신이 없는 상태였다. 그런 사이 풍묵풍이 목숨을 걸고 덤벼드니 꼼짝없이 당할 수밖에 없었다.

뒹굴며 구타를 당하던 금륜국사는 점차 정신을 차렸다. 그는 화상을 입은 손바닥 통증보다 곽정을 잡을 수 있는 좋은 기회를 놓친 것에 더 화가 났다. 게다가 사태를 그렇게 만든 사람이 뜻밖에도 별 볼일 없는 절름발이 노인이라는 사실에 분을 참을 수가 없었다. 그는 이글거리는 눈으로 풍묵풍을 노려보더니 오른손에 엄청난 내공을 실어 풍묵풍의 어깨를 내리쳤다. 그 일장은 상대방의 내공이 어지간하지 않으면 그야말로 오장육부가 터질 수도 있을 만큼의 무시무시한 힘이 실려 있었다.

과연 풍묵풍은 어찌 될 것인가. 그는 사실 곽정과는 전혀 안면이 없는 사이였다. 그때까지 곽정이 사부 황약사의 사위라는 사실을 까마득히 모르고 있었다. 다만 양양성을 철통같이 지키는 강직한 무림인이라는 것만 알고 있었다. 그래서 목숨을 잃는 한이 있더라도 곽정을 구하리라 작정하고 나섰다. 또 한 가지 이유가 있다면 그동안 몽고군이 잔인하게 백성들을 괴롭히는 모습을 많이 봐와서 비록 반역을 꾀하지는 않았지만 이런 기회가 주어지기만을 기다렸다.

풍묵풍은 금륜국사의 연이은 공격에 뼈가 부러지고 내장이 터지는 듯했지만 여전히 금륜국사의 몸을 껴안은 채 손을 놓지 않았다. 어찌나 단단히 껴안고 있었던지 풍묵풍의 열 손가락이 국사의 피부 깊숙이 박힐 정도였다.

몽고군은 금륜국사의 무공 실력을 잘 알고 있었기 때문에 시종일관 싸움에 끼어들지 않고 관전만 했다. 그런데 뜻밖에 금륜국사가 바닥에 쓰러져 노인에게서 헤어나지 못하자 즉시 공격 태세를 갖추었다. 양과는 속으로 탄식했다.

'이제 끝났구나!'

양과는 절망적인 마음으로 손에 든 소상자의 곡상봉을 휘둘렀다. 그런데 봉 끝에서 검은 연기가 피어오르더니 앞쪽에 있던 몽고군 10여 명이 힘없이 쓰러졌다.

양과는 깜짝 놀랐다. 다음 순간 그는 즉시 원인을 알아챘다. 바로 소상자의 봉에 있는 독 가루를 자신도 모르게 작동시킨 것이었다. 양과는 너무나 기뻤다. 등에 곽정을 업었지만 춤이라도 추듯 몸이 가벼워졌다. 그는 봉을 치켜들고 전진하기 시작했다. 봉을 휘두를 때마다 앞쪽에 있는 병사 10여 명이 맥없이 쓰러졌다.

"봉으로 요술을 부린다. 어서 피해라!"

앞쪽에서 한 사람이 외치자 몽고군 진영은 순식간에 아수라장이 되었다. 양과는 이때다 싶어 휘파람을 불어 황마를 불렀다. 황마가 날듯이 달려오자 양과는 곽정을 말 등에 실었다. 자신은 팔과 다리에 힘이 빠져 도저히 말을 탈 힘이 없었다. 그러나 어서 여기를 빠져나가야 할 위급한 상황인지라 양과는 말 엉덩이를 가볍게 때리며 외쳤다.

"가거라!"

그러나 영리한 황마는 주인이 말에 오르지 않자 차마 떠나지 못하고 히히잉, 하고 길게 울면서 고개를 내저었다. 몽고군이 다시 포위망을 좁혀왔다. 독 가루의 위력이 대단하기는 했지만 언젠가는 다 떨어질 것이 분명했다. 양과는 말이 떠나지 않자 마음이 급해졌다.

"어서 가라니까!"

양과는 봉으로 말의 엉덩이를 쳤다. 그런데 팔에 힘이 없어서인지 봉이 빗나가 그만 곽정의 다리를 치고 말았다. 잠시 기절해 있던 곽정이 정신을 차렸다. 눈을 뜬 곽정은 다급한 상황을 한눈에 알아채고 얼른 양과의 멱살을 잡아 말 위로 끌어올렸다. 주인이 말에 오르자 황마는 긴 울음소리와 함께 힘차게 달리기 시작했다. 사방에서 다급한 호각 소리가 울렸다.

곽정은 황마에 몸을 바싹 엎드리며 낮은 휘파람 소리를 냈다. 그러자 어디선가 홍마가 번개같이 뛰어왔다. 몽고군의 말이 그 뒤를 쫓고 있었다. 홍마는 곽정을 알아보고 황마 곁에 바짝 붙었다. 황마가 비록 영리하기는 하나 홍마의 민첩함에는 미치지 못했다. 양과는 숨을 깊이 들이마시고 힘을 내어 곽정을 안은 채 홍마의 등으로 옮겨 탔다. 그때 뒤에서 금륜이 바람을 가르는 소리가 들려왔다. 양과는 마음이 아팠다.

'풍 영감님이 결국 국사의 손에 당하는 모양이구나.'

그런데 금륜의 바람 소리는 홍마를 쫓아왔다. 그리고 그 소리가 점점 가까워졌다. 금륜은 말 등에 탄 사람을 겨냥한 것이 아니라 홍마의 다리를 향해 날아왔다. 양과는 금륜이 잘못되어 밑으로 스쳐 지나가기만 바랄 뿐이었다.

알고 보니 금륜국사가 풍묵풍을 죽이고 일어났을 때는 이미 곽정과 양과가 홍마를 타고 출발한 뒤였다. 그때라도 금륜을 던지면 얼마든지 말 등에 탄 사람을 맞힐 수 있었다. 하지만 양과가 곽정 뒤에 앉아 있었기 때문에 양과를 죽여봤자 홍마는 여전히 곽정을 태운 채 달릴 것이 뻔했다. 그래서 사람이 아닌 홍마의 뒷다리를 겨누고 금륜을 던진 것이었다.

양과는 검을 뒤로 휘둘러 금륜을 막아야겠다고 생각했다. 그러나 그럴 만한 기력이 없었다. 양과는 힘없이 검을 아래로 든 채 말의 다리를 지켜주려 애썼다. 홍마도 사태의 위급함을 알았는지 더욱 힘을 내어 달리기 시작했다.

금륜은 거리가 멀어질수록 따라오는 힘이 떨어질 수밖에 없었다. 금륜이 매우 가까워졌을 때 홍마가 죽을힘을 다해 내달리자 점점 거리가 벌어졌다. 양과는 안도의 한숨을 내쉬었다. 그때 뒤에서 처참한 말의 비명 소리가 들렸다. 결국 뒤를 따르던 황마가 금륜에 맞은 모양이었다. 양과는 자신을 위해 그토록 헌신한 황마가 가여워 눈물이 앞을 가렸다. 질풍같이 내달리는 홍마는 순식간에 뒤를 쫓는 몽고군과의 간격을 크게 벌려놓았다.

"백부님, 괜찮으세요?"

"음……."

양과는 곽정의 코밑에 손을 대보았다. 호흡이 매우 거칠긴 했지만 크게 위험하지는 않은 듯했다. 마음이 놓인 양과는 긴장이 풀리자 온몸이 축 처졌다. 지친 몸을 말 등에 엎드렸다. 그는 정신이 가물가물해지는 것을 느꼈다. 그때 언뜻 눈앞에 또 한 무리의 군마가 나타났다. 양과는 무의식중에 장검을 휘두르며 애타게 소리쳤다.

"백부님을 해치지 마. 백부님을……."

눈앞이 까매졌다. 양과는 그저 미친 듯이 검을 휘둘러댔다.

"차라리 날 죽여라. 모두 다 내 잘못이다. 날 죽여!"

하늘과 땅이 빙빙 도는 것 같았다. 결국 양과는 정신을 잃고 말았다. 얼마나 지났을까, 양과는 별안간 손을 내두르며 소리를 질렀다.

"백부님! 백부님! 백부님을 해치지 마."

누군가 그의 허우적거리는 팔을 꼭 잡았다. 그러고는 부드럽게 말했다.

"과야, 걱정 마라. 백부님은 괜찮으시다."

눈을 떠보니 황용이었다. 황용 곁에는 소용녀가 근심과 애정이 가득 담긴 표정으로 양과를 바라보고 있었다.

"선자, 선자가 어떻게 여기 있지? 선자도 몽고군에게 잡힌 건가요?"

소용녀가 조용한 목소리로 말했다.

"과야, 너와 백부님은 무사히 양양성으로 돌아왔단다. 그러니 걱정하지 말고 푹 쉬렴."

소용녀의 말에 양과는 안도의 한숨을 내쉬며 다시 눈을 감았다.

"이제 깨어났으니 아마 별일 없을 거예요. 용 낭자가 곁에서 좀 돌봐주세요."

소용녀는 양과에게서 시선을 떼지 않은 채 말없이 고개를 끄덕였다. 황용이 막 몸을 일으키려는데 지붕 위에서 무슨 소리가 들렸다. 황용은 급히 왼손을 휘둘러 촛불을 껐다. 양과는 눈앞이 갑자기 어두워지자 깜짝 놀라 자리에 일어나 앉았다.

양과는 외상을 입어 피를 많이 흘린 데다 긴 시간 동안 싸움을 해서 몹시 지쳐 있는 상태였다. 이제 약을 복용하고 반나절을 쉬었으니 거의 회복이 되었다. 양과는 지붕 위에서 심상치 않은 소리가 나자 즉시 자리에서 일어나 방어 태세를 취했다. 소용녀가 침대 머리맡에 둔 군자검을 집어 들며 낮은 목소리로 말했다.

"내가 상대할 테니 넌 움직이지 마."

그때 지붕 위에서 호탕한 웃음소리가 들렸다.

"하하하! 서신 한 장 전하러 왔소이다. 남조의 예법은 불을 끈 채 손님을 맞이하는 모양이지요? 뭐 남부끄러운 사정이라도 있다면 내 다음에 오든지 하리다."

목소리의 주인공은 금륜국사의 제자 곽도였다.

"남조의 예법은 상대가 누구냐에 따라 다르지요. 정당하고 떳떳한 손님이 오시면 당연히 불을 밝히고 손님을 환대하는 법이고, 떳떳하지 못한 소인배가 오면 불을 끄고 맞이하는 법입니다."

곽도는 황용의 비꼬는 말에 아무 대꾸도 하지 않고 가볍게 정원으로 뛰어내렸다.

"곽 대협께 올리는 서신입니다."

"들어오시지요."

황용이 방문을 열었다. 곽도는 방 안이 캄캄한 것을 보고 감히 들어오지 못하고 방 밖에 선 채 말했다.

"편지는 내 손에 있으니 나와서 가져가시오."

"자칭 손님이시라면서 왜 밖에 서 계시는 겁니까?"

곽도가 냉소를 머금으며 말했다.

"군자는 위험을 무릅쓰지 않는 법. 적의 음모에 일부러 걸려들 필요야 없지요."

"역시 소인의 눈에는 모두가 소인으로 보이는 모양입니다."

곽도의 얼굴이 확 붉어졌다. 그러나 황용과 입씨름해봤자 자신만 손해라는 생각이 들어 더 이상 아무 말도 하지 않았다. 곽도는 문 입구에 선 채 편지를 내밀었다. 그때 갑자기 황용의 죽봉이 곽도의 얼굴을 향해 공격해왔다. 깜짝 놀란 곽도는 급히 뒤로 물러났다. 물러나서 보니 손에 들고 있던 편지가 보이지 않았다. 알고 보니 황용은 죽봉으로 곽도를 공격한 것이 아니라 편지를 가져가려 한 것이다. 곽도는 또 한 번 얼굴을 붉혔다.

황용은 출산을 얼마 남겨두지 않은 때라 배가 많이 불러 있었다. 그래서 외부 손님을 직접 대면하고 싶지 않았다.

"편지를 전달했으니 저는 이만 물러가겠습니다. 내일 밤 다시 뵙지요."

'흥! 양양성이 네가 오고 싶으면 오고 가고 싶으면 갈 수 있는 그런 곳인 줄 알았더냐?'

황용은 탁자 위에 놓여 있던 주전자를 들어 밖을 향해 뿌렸다. 막 끓인 뜨거운 차가 둥근 곡선을 그리며 날아갔다. 사실 곽도도 암기가 날아올 것에 대비하고 있었다. 하지만 암흑 속이었고 보통의 암기라면 소리가 먼저 나게 마련인데 아무런 소리도 나지 않는 찻물인지라 미처 방어할 수가 없었다. 결국 뜨거운 찻물에 목, 가슴, 오른손을 데고 말았다. 그는 비명을 지르며 허둥지둥 옆으로 피했다.

황용은 문가에 서 있다가 곽도가 허둥대는 틈을 타서 죽봉을 뻗어 타구봉법으로 걸어서 넘어뜨렸다. 곽도는 몸을 위로 날렸지만 계속해서 전개되는 봉법에 정신을 차릴 수가 없었다. 첫 번째 봉법을 피해야만 두 번째 공격에 대비할 수 있을 테지만 첫 공격에 이미 걸려 넘어지고 말았으니 일어나자마자 다음 공격을 어찌 막겠는가. 곽도는 발이 깊은 늪에 빠진 것처럼, 혹은 수많은 등나무 가지가 발을 친친 옭아맨 것처럼 넘어지고 또 넘어졌다.

사실 곽도의 무공이 그 정도로 약한 것은 아니었다. 황용보다 한 수 아래이긴 했지만 그렇다고 단 한 번의 공격으로 이런 모습을 보일 정도는 아니었다. 하지만 뜨거운 찻물에 갑자기 데자 지레 독한 독물에 당한 것이라 생각했다. 이 독물이 발작을 일으키면 피부가 녹아내리고 목숨이 위태로울지도 모른다고 생각하니 당황하지 않을 수 없었던 것이다. 곽도는 캄캄한 암흑 속에서 이리저리 넘어져 온몸이 시퍼렇게 멍이 들었다. 그때 무씨 형제가 소리를 듣고 달려왔다.

"저놈을 잡아라!"

황용이 호령치자 곽도는 기지를 발휘했다. 몸만 일으키면 타구봉에 걸려 넘어질 것이 뻔하니, 거짓으로 비명을 지르며 넘어진 척하고 땅에 엎드려 있었다. 그때 무씨 형제 둘이서 몸을 날려 곽도의 몸을 눌렀다. 곽도는 기회는 이때다 싶어 잽싸게 철부채로 두 사람의 다리 혈도를 찍었다. 그와 동시에 두 사람을 내동댕이치며 얼른 몸을 날려 담장 위에 섰다. 그는 두 손으로 읍을 한 후 소리쳤다.

"황 방주, 봉법은 대단하신데 제자들이 별 볼일 없군요."

"이미 중독된 당신의 몸을 누가 감히 건드리겠소?"

곽도는 놀라서 간담이 서늘해졌다.

"조금 전 제 피부를 데게 한 그 물 말씀이십니까? 찻잎 냄새가 나던데, 무슨 대단한 약물입니까?"

"맹독에 당하고도 독수의 이름조차 모른다면 죽어도 편히 눈을 감을 수 없겠지요? 그럼 말씀드리지요. 그 독수는 자오견골차子午見骨茶라고 하오."

"자오견골차?"

"그렇소. 한 방울만 닿아도 온몸의 피부가 녹아내려 뼈가 보이게 되지요. 앞으로 여섯 시진 동안은 살 수 있으니 어서 돌아가시오."

곽도는 개방 황 방주의 무공이 고강하고 지략 또한 뛰어나다는 것을 익히 들어 잘 알고 있었다. 게다가 그녀의 부친인 황약사는 학문에 통달한 자로서 이름이 약사藥師인 것으로 보아 분명 약학에 통달한 사람임에 틀림없었다. 황 방주의 뛰어난 머리로 가문의 학문을 전수받았다면 자오견골차를 만드는 것은 식은 죽 먹기일 것이다. 곽도는 멍하니 담장 위에 서 있었다. 돌아가서 죽기를 기다려야 할지, 아니면 무릎을 꿇고 해독약을 달라고 사정해야 할지 혼란스러웠다. 황용은 곽도가 우둔한 사람이 아님을 알기에 거짓말이 들통나기 전에 다른 계책을 세웠다.

"당신과 나는 원래 아무런 원한이 없소. 만약 내게 예의를 갖춘다면 나 역시 당신을 죽이지는 않겠소."

곽도는 살아날 희망이 보이자 체면 따위는 팽개치고 담장에서 뛰어 내려와 공손히 읍을 했다.

"소인의 무례를 용서해주십시오."

황용은 문 뒤로 사라지더니 손가락으로 단약 하나를 튕겼다. 바로 구화옥로환이었다.

"어서 삼키시오."

곽도는 자신의 목숨을 구할 귀한 약을 받자 황급히 입안에 넣었다. 향긋한 기운이 단전에 전해지며 온몸이 아주 편안해졌다.

"황 방주의 은혜 감사드립니다."

곽도는 이미 전의를 완전히 상실한 상태였다. 그는 얼른 담장을 뛰어넘어 걸음아 날 살려라 하며 성을 빠져나갔다. 황용은 그가 멀어지는 것을 보고 그제야 가볍게 한숨을 토하며 무씨 형제의 혈도를 풀어주었다.

'봉법은 훌륭하신데 제자들이 별 볼일 없군요.'

곽도의 말이 아직도 귓가에 생생했다. 비록 계책을 세워 물리치긴 했지만 마음 한편이 영 찜찜했다. 타구봉법으로 곽도를 쓰러뜨리느라 너무 힘을 많이 쓴 탓일까. 배가 살살 아프기 시작했다. 황용은 의자에 앉아 한참 동안 호흡을 가다듬었다. 소용녀가 촛불을 켜자 황용은 서신을 뜯어 읽어 내려갔다.

몽고 제일호국법사인 금륜국사가 곽 대협께 전하고자 합니다. 일전 무례를 무릅쓰고 대협의 늠름한 풍채를 뵐 수 있어 평생의 위안이 됩니다. 원래는 함께 촛불을 밝히고 밤새 이야기를 나누고 싶었으나 제가 부족해 이렇게 황망히 보내드리고 말았습니다. 대협의 말씀을 듣지 못한 것이 두고두고 아쉽습니다. 내일은 제가 찾아뵙고자 하오니 부디 내치지 말아 주십시오.

황용은 서신을 읽고 깜짝 놀라 얼른 양과와 소용녀에게 보여주었다.

"양양성이 아무리 견고하다고는 하나 무림 고수들을 막을 수는 없다. 네 백부는 중상을 입었고 나 또한 힘을 쓸 수 없는 상황에서 적이 대대적인 공격을 퍼붓는다고 하니 어찌하면 좋겠느냐?"

"백모님."

양과가 나서자 소용녀는 양과에게 나서지 말라는 눈짓을 보냈다. 소용녀는 그러잖아도 양과가 목숨을 걸고 곽정을 도와준 것을 이해할 수 없어 마음이 언짢은 상태였다. 양과는 소용녀의 마음을 짐작하고 얼른 입을 다물었다. 그러나 총명한 황용이 이를 놓칠 리 없었다.

"용 낭자, 과의 몸이 아직 완치되지 않았으니, 용 낭자와 주자류 대형 두 분이 적을 상대해주실 수밖에 없군요."

소용녀는 원래 거짓말을 못 하고 자신의 생각대로 말하는 터라 담담하게 대꾸했다.

"저는 과만 보호하면 됩니다. 누가 죽든 말든 상관하지 않습니다."

황용은 말문이 막혀 이번에는 양과에게 물었다.

"네 백부님 말씀이, 네 덕분에 적의 손에서 빠져나올 수 있었다고 하더구나."

양과는 곽정을 죽이려고 한 일이 생각나 자신이 너무 부끄러워졌다.

"제가 무능해서 백부님을 다치게 했어요."

"그만 푹 쉬어라. 적이 공격해온다니 걱정된다만, 힘이 모자라면 머리를 쓰면 되겠지. 용 낭자는 잠깐 나랑 이야기 좀 하지요."

"저……."

소용녀는 머뭇거렸다. 양과가 양양성으로 돌아온 후, 소용녀는 그의 침대에서 한 발짝도 떠나지 않았다. 그런데 황용이 밖으로 불러내니 혹시 자기가 자리를 비운 사이 양과에게 무슨 일이 생기지 않을까 걱정이 된 것이다.

"적이 내일 쳐들어온다고 했으니까 오늘 밤은 별일 없을 거예요. 과와 관계된 일이니 잠시 나와보세요."

소용녀는 고개를 끄덕이며 양과에게 조심하라고 나지막이 속삭인 뒤 황용을 따라나섰다. 황용은 소용녀를 자신의 침실로 데려온 후 문을 닫았다.

"용 낭자, 우리 부부를 죽이고 싶지요?"

소용녀가 순진하다고는 하나 그렇다고 바보는 아니었다. 곽정 부부를 죽이고 양과를 구하겠다고 결심한 이상 황용이 말로 꼬인다고 해서 순순히 털어놓을 리 없었다. 그러나 황용은 소용녀의 성격을 꿰뚫어보는지라 미리 선수를 쳐 물어본 것이다. 너무나 단도직입적으로 묻자 소용녀는 당황하지 않을 수 없었다.

"저…… 저한테 이렇게 잘해주시는데 제가 왜…… 왜 죽이려고 하겠어요?"

황용은 얼굴이 상기되고 당황해하는 소용녀를 보며 짐작이 맞았다고 확신했다.

"날 속일 필요는 없어요. 난 벌써 다 알고 있었으니까. 과가 우리 부부가 자기 부친을 살해했다고 말했지요? 그래서 우릴 죽여서 복수하겠다고 말이에요. 낭자는 과를 사랑하니까 과가 복수를 해서 소원을 이루도록 돕고 싶을 테고요."

소용녀는 너무나 정확한 황용의 추측에 더 이상 거짓말을 할 수 없었다. 양과의 속셈을 벌써 다 알고 있었다고 하니 아무런 할 말이 없어 그저 한숨을 내쉬었다.

"정말…… 정말 모르겠어요."

"뭘 모른다는 말이에요?"

"과가 왜 오늘 목숨을 걸고 곽 대협을 구해 돌아왔는지……. 과는 금륜국사와 함께 곽 대협을 죽이겠다고 했어요."

황용은 크게 놀랐다. 양과가 뭔가 꿍꿍이가 있어서 이곳으로 왔을 거라고 짐작은 했지만, 몽고인과 결탁까지 했으리라고는 생각지도 못했다. 그러나 당황한 기색을 보이지 않고 이미 알고 있었다는 듯 말했다.

"백부가 자신을 얼마나 아끼는지 알고 있으니까 차마 죽일 수는 없었던 거지요."

소용녀는 고개를 끄덕이며 슬프게 말했다.

"이렇게 된 이상 무슨 할 말이 있겠어요. 과가 자신의 목숨을 버리려 한다면 그건 본인 스스로 결정할 일, 제가 뭘 어쩌겠어요? 전 과야말로 세상에서 가장 좋은 사람이라는 걸 알고 있어요. 상대가 원수일지라도 자신이 죽었으면 죽었지 상대가 죽는 모습을 볼 수 없었던 거예요."

황용은 순간 머리를 굴려보았지만 소용녀가 무슨 의미로 이런 말을 하는지 알 수가 없었다. 그저 애통한 빛이 가득한 것을 보고 위로를 건넸다.

"과의 부친을 죽이게 된 데는 사연이 많아요. 그 일에 대해서는 천천히 설명해줄게요. 과의 부상이 그리 심하지 않으니 며칠 요양하고 나면 괜찮아질 거예요. 그러니 너무 슬퍼하지 말아요."

소용녀는 그런 그녀를 잠시 멍하니 바라보다 갑자기 진주 같은 눈물을 뚝뚝 흘리며 오열하기 시작했다.

"과는…… 과는 앞으로 7일밖에 살지 못해요. 그런데…… 그런데 어떻게 마음 편하게 요양을 하겠어요?"

"7일밖에 못 산다니? 그게 무슨 소리죠? 말해봐요. 내가 도울 수 있을지도 모르잖아요."

소용녀는 흐느끼며 입을 열었다. 절정곡에서 양과가 어떻게 정화의 독에 당했고, 구천척이 절정단 반 알만 준 뒤 18일 만에 곽정 부부를 죽이면 나머지 반을 주겠다고 한 일도 모두 말했다. 황용은 놀라지 않을 수 없었다. 구천장 형제에게 구천척이란 누이가 있어 이런 사달이 벌어질 줄은 꿈에도 생각지 못했다.

"겨우 7일밖에 남지 않았으니 오늘 밤 황 방주님 부부를 죽인다 해도 시간에 맞춰 절정곡으로 돌아가지 못할 거예요. 그러니 죽여봤자 뭐 하겠어요? 사실 전 그저 과를 살리고 싶을 뿐 과의 부친의 원수가 누구인지는 전혀 관심 없어요."

황용은 처음에는 그저 양과가 오로지 부친의 원수를 갚기 위해서 나쁜 마음을 먹었을 거라고 생각했다. 그런데 사연을 듣고 나니 목숨을 걸고 곽정을 지켜낸 양과야말로 남을 위해 자신을 버리는 진정한 인과 협을 지닌 영웅이라는 생각이 들었다.

황용은 천천히 자리에서 일어나 방 안을 서성거렸다. 제발 어떤 계책이 떠올랐으면 했지만 좋은 생각이 떠오르지 않았다. 양과에게는 힘이 모자라면 머리로 이기면 된다고 큰소리를 쳤지만 대체 어떤 방법이 있단 말인가?

소용녀의 마음은 오로지 양과 생각으로 가득했고, 황용의 마음은 반은 남편에게 반은 딸에게 가 있었다.

'어떻게 하면 양과를 구하고 또 남편과 부를 지켜낼 수 있을까?'

그때 갑자기 한 생각이 떠올랐다.

'과는 자신을 버리고 남을 구했어. 나라고 그렇게 못 하겠어?'

"용 낭자, 과의 목숨을 구할 방법이 있어요. 해볼래요?"

소용녀는 너무 기뻐서 말까지 더듬거렸다.

"제…… 제가…… 제가 죽는다 해도…… 아, 죽는 게 뭐가 대수겠어요? 죽는 것보다 더 힘든 일이라도…… 전 뭐든지……."

"좋아요. 이 일은 낭자와 나만 아는 거예요. 절대 밖으로 새나가서는 안 돼요. 과에게도 물론 알려서는 안 돼요. 아니면 효과가 없어요."

"네, 알겠어요."

"내일 낭자는 과와 함께 곽 대협을 보호해줘요. 적을 물리쳐주면 내 목을 줄 터이니 홍마를 타고 가서 절정단을 구하면 될 것 아니겠어요?"

소용녀는 순간 말문이 막혔다.

"뭐, 뭐라고요?"

"낭자는 과를 목숨보다 더 사랑하지요? 과가 무사하기만 하면 자신은 죽어도 행복하다고 했지요?"

소용녀는 고개를 끄덕였다.

"네…… 그래요."

"나도 남편을 낭자처럼 그렇게 사랑하니까요. 게다가 용 낭자는 아직 아기가 없으니까 모르겠지만 어머니가 자식을 사랑하는 마음은 부부간의 사랑보다 깊으면 깊었지 덜하지 않아요. 남편과 딸의 목숨만 지켜준다면 내 목숨쯤은 아무것도 아니에요."

소용녀는 아무 말도 할 수 없었다.

"만약 과와 함께 싸워 금륜국사를 이길 수 없다 해도 좋아요. 과는 여러 번 목숨을 걸고 우리 부부를 구해줬으니, 나도 한 번은 과를 구해줘야죠. 홍마는 하루에 천 리를 가니 절정곡까지 사흘이 채 걸리지 않을 거예요. 구천장과 과의 부친은 모두 나 혼자서 죽인 거지 남편과는 아무 상관이 없어요. 구천척이 내 목만으로는 성에 차지 않을지도 모르지만 그래도 해독약을 안 줄 수는 없을 거예요. 과의 목숨을 구한 후, 과와 낭자가 함께 나라와 백성을 위해 힘써준다면 제일 좋겠지만 깊은 산이나 골짜기에 은둔해 산다 해도 난 감사할 거예요."

황용의 말은 하나하나 모두 틀림이 없었다. 이것 외에는 다른 방도가 없었다. 그러나 연일 어떻게 하면 곽정과 황용을 죽이고 양과의 목숨을 구할 수 있을까만 궁리해온 소용녀였지만, 막상 황용의 입에서 이런 말을 들으니 그렇게는 할 수 없을 것 같았다.

"그건 안 돼요. 그건 안 돼요."

황용이 다시 이야기를 하려는데 곽부가 밖에서 불렀다.

"어머니, 어머니, 어디 계세요?"

당황하고 초조한 목소리에 황용은 깜짝 놀라 얼른 대답했다.

"부야, 무슨 일이냐?"

곽부는 문을 열고 안으로 들어와 그대로 황용의 품에 안겼다.

"엄마, 오빠들이……."

곽부는 와락 울음을 터뜨렸다.

"왜 무슨 일이냐?"

"오…… 오빠들이 성 밖으로 싸우러 갔어요."

"싸우러 갔다고? 형제간에 왜 싸운단 말이냐?"

곽부는 어머니가 이렇게 화내는 건 처음이라 덜컥 겁이 나서 목소리가 떨렸다.

"제가 아무리 싸우지 말라고 해도 듣지 않았어요. 한쪽이 죽을 때까지 싸우겠대요."

황용은 점점 더 화가 났다. 적이 코앞에 닥쳐 성안 만백성의 목숨이 위태로운 이때 형제간에 여자 하나 때문에 싸우고 있다니 도저히 용납할 수 없었다. 황용은 너무 화가 나서 이마에 땀이 맺히고 목소리가 잠겼다.

"분명 네가 중간에서 무슨 짓을 했을 거야. 조금의 거짓도 없이 상세히 말해봐!"

곽부는 소용녀를 보며 얼굴을 붉혔다.

"엄마!"

소용녀는 자리에서 일어났다. 사실 그녀는 양과 생각으로 두 모녀의 대화에는 관심도 없었다. 그녀는 방을 나서면서 방금 황용이 한 말을 곱씹어 생각했다. 곽부는 소용녀가 방을 나가자 그제야 입을 열었다.

"엄마, 오빠들이 몽고 군영에서 홀필열을 죽이려다가 실수로 사로잡혀서 결국 아버지까지 다치게 되었잖아요. 그 모든 것이 저 때문이에요. 엄마 아빠가 절 얼마나 사랑하시는데……. 더 이상 두 분을 속이면 안 될 것 같아서 말씀드리는 거예요."

곽부는 무씨 형제가 자신에게 잘 보이려 했고, 적을 죽이고 공을 세워오라고 부추긴 사실을 모두 말했다. 황용은 화가 나서 아무 말도 하지 않고 무섭게 딸을 노려보았다.

"엄마, 제가 어떻게 했으면 좋겠어요? 두 사람 다 좋은데 어떻게 한 사람만 택할 수 있겠어요? 제가 오빠들한테 적을 죽여서 공을 세워오라고 한 것은 바로 아빠와 엄마의 마음과도 같잖아요. 누가 멍청하게 가자마자 사로잡힐 줄 알았나요?"

"두 아이의 무공이 강하지 않다는 걸 네가 몰랐단 말이냐?"

"그럼 양과는요? 양과는 오빠들과 나이가 비슷한데도 국사와 싸우고 적진으로 뛰어들었어요. 그래도 사로잡히지 않았잖아요."

잘못을 알면서도 얼토당토않은 말로 고집을 피우는 딸을 보며 황용은 어릴 때부터 너무 오냐오냐 키운 사실을 후회했다. 하지만 과거의 일을 지금 후회해봤자 무슨 소용이랴.

"무사히 풀려났으면 됐지, 왜 성 밖에서 또 싸움질이냐?"

"다 엄마 때문이에요. 엄마가 별 볼일 없는 제자들이라고 했다면서요."

"내가 언제 그랬단 말이냐?"

"오빠들이 하는 말을 들으니까, 곽도가 전서를 가지고 왔을 때 붙잡으려다가 오히려 혈도를 찍혔다고 엄마가 별 볼일 없는 제자들이라고 욕했다던데요."

황용은 한숨을 내쉬었다.

"대체 무슨 말이냐? 별 볼일 없는 제자라고 말한 것은 내가 아니라 곽도였어!"

"그래도 곽도가 그런 말을 할 때 가만있었던 건 엄마도 그걸 인정한 셈이잖아요. 오빠들끼리 그 이야기를 하다가 서로 싸움이 붙은 거예요. 큰오빠는 작은오빠의 출수가 너무 늦었다고 나무라고, 작은오빠는 큰오빠가 앞을 가로막고 있어서 제대로 움직일 수 없었다고 불평했어요. 그렇게 서로 말다툼하다가 검을 뽑고 싸우기 시작했어요. 제가 '양양성에서 싸우면 남들이 다 볼 텐데 모양새가 어떻게 되겠어? 아버지가 부상당하셨는데 아버지 심기를 건드리면 다시는 오빠들을 보지 않으실 거야'라고 말했더니 '좋아. 그럼 성 밖에서 싸우자' 하고 나간 거예요."

황용은 잠시 깊은 신음을 토하더니 무섭게 소리쳤다.

"지금 닥친 일만 해도 얼마나 복잡한데, 이번 일은 나도 모르겠다. 싸우고 싶으면 실컷 싸우게 내버려둬."

그러자 곽부가 황용의 목을 끌어안고 애교를 부렸다.

"엄마, 그러다가 다치기라도 하면 어떡해요?"

"적을 죽이다가 다치면 걱정하겠지만 형제끼리 칼부림하는 것이니 죽어도 싸."

곽부는 평소와 달리 냉정한 어머니의 표정을 바라보며 더 이상 말을 못 하고 손으로 얼굴을 감싸며 뛰쳐나갔다.

여명이 밝아오고 있었다. 황용은 홀로 방에 앉아 시름에 잠겼다. 형제들을 욕하긴 했지만 어릴 때부터 키워온 아이들이라 걱정되지 않을 수 없었다. 게다가 곧 닥칠 환란을 생각하니 마음이 암담해져 눈물이 흘러내렸다. 그러나 가장 근심스러운 것은 곽정이 부상당한 것이라 얼른 마음을 추스르고 남편의 방으로 갔다.

곽정은 침대에 단정하게 앉아서 연공을 하고 있었다. 얼굴이 창백하긴 했지만 숨은 고른 편이어서 이렇게 며칠 요양하면 곧 완치될 것 같았다. 그런 남편을 바라보며 황용은 문득 소싯적 두 사람이 함께 임안부 우가촌 밀실에서 요양하던 일이 생각났다.

곽정은 천천히 눈을 떠 아내의 얼굴을 바라보았다. 얼굴에 눈물 자국이 있긴 했지만 입가에는 잔잔한 미소를 머금고 있었다.

"용아, 내 부상은 괜찮아. 근데 뭘 걱정하는 거야? 내가 아니라 네가 좀 쉬어야겠어."

"그래요. 며칠 전부터 배 속 아기의 태동이 심해진 것 같아요. 빨리 아버지가 보고 싶은가 봐요."

황용은 곽정이 걱정할까 봐 곽도가 전서를 보내온 일이며, 무씨 형제가 성 밖으로 싸우러 나간 일은 입 밖에 내지 않았다.

"돈유와 수문이에게 성을 순시하라고 했다면서? 적이 내가 부상당한 것을 알았으니 그 틈을 타 공격하지나 않을까 걱정이야."

황용은 가만히 고개를 끄덕였다. 아무래도 마음이 놓이지 않는 듯 곽정이 또 물었다.

"과는 좀 어때?"

그때 방 밖에서 발소리가 났다.

"백부님, 전 그저 간단한 외상입니다. 백모님이 주신 구화옥로환을 먹었으니 아무 일 없을 겁니다."

양과가 문을 열고 들어왔다.

"성 꼭대기로 가서 주변을 살펴봤더니 누군가 싸우고 있던데, 아마 무씨 형제……."

황용이 기침을 하며 양과에게 눈짓을 보냈다. 영리한 양과는 금세 눈치를 챘다.

"무씨 형제가 자신들을 위해 백부님께서 부상을 당하셨으니 적이 다시 오면 반드시 죽을 각오로 싸워 은혜에 보답하겠다고 말했습니다."

"이런 일을 겪고 그 녀석들도 좀 깨닫는 바가 있어야겠지. 그들은 세상을 너무 쉽게 본단 말이야."

"백모님, 선자와 함께 계시지 않았습니까?"

"잠시 이야기를 한 다음 방으로 돌아갔단다. 네가 부상을 당한 후 아직까지 한잠도 못 잤으니 아마도 좀 쉬려는 거겠지."

양과는 어쩐지 섭섭한 모양이었다. 선자가 황용과 이야기한 후 분명히 자신에게로 다시 올 거라고 생각했다. 그런데 이미 나갔다면 어디로 갔을까? 그는 자기가 성 꼭대기를 돌아보고 있을 때 소용녀가 방에 왔을지도 모른다고 생각했다.

양과는 처음 양양성에 들어왔을 때는 오직 곽정 부부를 죽여야겠다는 생각뿐이었다. 하지만 나라 걱정에 자신의 몸을 돌보지 않는 이들 부부를 보며 크게 감명을 받았다. 그리고 몽고 진영에서 곽정은 목숨을 버리면서까지 자신을 구해주었다. 그제야 양과는 곽정을 죽여야겠다는 마음을 완전히 버릴 수 있었다. 오히려 힘껏 은혜에 보답해야겠다는 마음으로 가득했다. 어차피 7일 뒤면 정화의 독이 발작해서 죽게 되는데, 이렇게 된 마당에 남은 기간 동안 좋은 일을 하고 싶었다. 양과는 곽정이 중상을 입었으니 적의 군대가 곧 쳐들어올 것이라는 것을 예감했다. 그래서 기력이 회복되자마자 성 순찰에 나선 것이었다.

양과는 소용녀를 생각하며 밖으로 나갔다. 그때 10여 장 밖 지붕 꼭대기에서 누군가 긴 웃음을 터뜨렸다. 금륜국사가 온 것이었다. 곽정은 낯빛이 약간 변하며 황용을 잡아끌어 자신의 뒤로 숨기려 했다.

"여보, 양양성이 중요해요, 우리 둘의 사랑이 중요해요? 당신 몸이 중요해요, 내 몸이 중요해요?"

곽정은 황용의 손을 놓았다.

"그래, 나라가 중요하지."

황용은 죽봉을 뽑아 들고 문 입구를 막아섰다. 그녀는 자신이 한 말을 소용녀가 아직 양과에게 전하지 못했다는 걸 알았다. 그래서 양과가 함께 적을 막을 것인지 아니면 기회를 틈타 복수를 갚고 해독약을 가지러 갈 것인지 알 수가 없었다. 큰 화를 앞두고 황용은 이런 생각 때문에 적이 아닌 양과를 보고 있었다.

곽정 부부의 짧은 대화를 듣고 양과는 청천벽력을 맞은 듯 정신이 번쩍 들었다. 자신이 곽정을 돕겠다고 결심한 것은 그저 곽정의 대의를 생각하는 마음에 감동해 은혜를 갚겠다는 생각에서였다. 그런데 곽정의 '나라가 중요하지'라는 말을 듣고, 또 곽정이 양양성 밖에서 한 '나라와 백성을 위하는 것이 진정한 협의이다. 나라를 위해 혼신의 힘을 다한 다음 죽어도 늦지 않다'라는 말을 떠올리며 양과는 돌연 큰 깨달음을 얻었다. 이들 부부는 서로를 깊이 사랑하면서도 위기가 닥치니 나라를 먼저 생각하는데, 자신은 사사로운 원한에 사로잡히고, 소용녀와 자신의 사랑에만 연연해왔다. 언제 한 번이라도 국가 대사를 걱정해본 적이 있었던가. 천하 백성의 어려움을 생각해본 적이 있었던가. 양과는 자신이 너무나 부끄러웠다. 어릴 적 황용이 도화도에서 자신에게 책을 가르칠 때 말해준 '살신성인殺身成仁, 사생취의捨生取義'라는 구절이 떠올랐다. 양과는 머릿속이 이상할 정도로 맑아지면서 용기와 기지가 불끈 솟아올랐다. 강적이 눈앞에 닥친 이 순간, 생과 사가 달린 이 순간, 평소에는 생각지도 않았고 이해할 수도 없던 문구들을 명확히 깨달은 것이었다. 양과는 뜻을 세우자 온몸에 힘이 불끈 솟으며 얼굴에서 광채가 났다. 마치 이전과는 전혀 다른 사람으로 태어난 것 같았다.

이렇게 많은 생각을 하고 있었지만 실은 아주 찰나의 시간이었다. 황용은 멍하다가 부끄러운 빛을 띠는 듯싶더니 돌연 격동한 듯 상기되는 양과의 얼굴을 들여다보며 그가 대체 무슨 생각을 하는지 알 수가 없었다.

"걱정 마세요!"

돌연 양과가 낮은 목소리로 말하고는 군자검을 뽑아 들고 입구를 막아섰다. 금륜국사는 양손에 무기를 들고 지붕 위에 서서 웃으며 소리쳤다.

"양 형, 이랬다저랬다 하다니 참으로 소인배 같은 짓이오."

예전 같았으면 이 말에 발끈했을 것이나 지금 양과는 어느 때보다 생각이 차분하고 마음이 맑은 상태였다. 그는 속으로 외쳤다.

'네 말이 맞다. 지금에서야 난 내 뜻을 바로 세웠다. 앞으로 백 살을 살아도 좋고, 한 시진을 살아도 좋다. 이제는 절대 내 뜻을 굽히지 않

을 것이다.'

"국사, 참으로 맞는 말씀입니다. 그런데 귀신에라도 홀렸는지 곽정과 함께 양양성에 도착하고 나니 갑자기 어디로 사라졌는지 아무리 둘러봐도 곽정을 찾을 수가 없습니다. 그러지 않아도 지금 후회하고 있는 중입니다. 혹시 곽정이 어디 있는지 아십니까?"

양과는 지붕 위로 몸을 날려 금륜국사 앞으로 다가섰다. 금륜국사는 이놈은 꾀가 많으니 거짓인지 참인지 알 수가 없다고 생각하며 바라보다가 웃으며 말했다.

"만약 찾으면 어떻게 하려고?"

"단칼에 베야지요."

"흥, 네가 곽정을 벤다고?"

"내가 언제 곽정을 벤다고 했습니까?"

"그럼 누굴 벤단 말이냐?"

그때 휙, 하고 군자검이 맹렬한 바람을 일으키며 국사의 왼쪽 겨드랑이를 지나갔다.

"마땅히 당신을 베야지."

양과가 웃으면서 다시 한번 검을 휘둘렀다. 그 초수가 맹렬한 데다 너무나 뜻밖의 공격인지라 금륜국사의 무공이 니마성이나 소상자 정도였다면 단칼에 목숨이 날아갔을 것이다. 그러나 금륜국사는 날렵하게 왼팔을 밖으로 휘둘러서 검을 피했다. 그런데도 한 치 검 끝은 피하지 못했다. 날카로운 군자검이 그의 팔을 스치자 이내 붉은 선혈이 뚝뚝 떨어졌다. 금륜국사는 양과가 교활하다고 생각은 하고 있었지만, 뜻밖에 자신을 향해 출수하리라고는 생각지 못했다. 상처는 그리 대단하지 않았지만 너무나 화가 나서 오른손에 든 금륜을 울리며 연이어 두 번 공격을 퍼붓고, 왼손의 은륜을 동시에 날렸다. 양과는 일 보도 물러서지 않고 적의 세 초식을 모두 받아내며 세 차례 검으로 공격을 퍼부었다.

"몽고 군중에서 네놈의 금륜에 부상을 당했는데 이제야 겨우 복수를 하는구나. 이 검은 특별한 점이 있는데 아느냐?"

금륜국사는 은륜으로 연이어 공격을 퍼부으면서 코웃음을 쳤다.

"흥! 뭐가 특별하다는 것이냐?"

"나를 너무 탓하지는 말아라."

"탓하지 말라니 무슨 뚱딴지같은 말이냐?"

양과가 득의양양하게 입을 열었다.

"이 검은 절정곡에서 가져온 것이다. 공손지는 독을 잘 사용하지. 혹시 요행히 중독되고도 바로 죽지 않거든 공손지를 찾아가서 결판을 내거라."

금륜국사는 흠칫 놀랐다. 그는 양과가 이 검을 절정곡에서 가져왔다는 것을 직접 보아 알고 있었다. 그렇다면 정말 공손지가 이 검 끝에 독약을 발라놓았을지도 모르는 일이었다. 그는 당황한 나머지 공격도 다소 느려졌다.

사실 그 검에는 독이 없었다. 양과는 아까 황용이 뜨거운 차를 뿌려 곽도를 기겁하게 만든 것을 떠올리고 같은 수법을 생각해낸 것이다. 자신의 무공이 금륜국사보다 낮으니 말로 적을 정신없게 만든 후 공격하려는 속셈이었다. 자신의 말이 정말 효력이 있자 양과는 그 틈에 힘껏 공격을 퍼부으며 국사에게 상처를 싸맬 시간도 주지 않았다. 금륜국사는 왼팔의 상처가 깊지는 않았지만 피가 멎지 않자 검에 독이 없다 하더라도 시간이 길어지면 기력이 크게 쇠할 것이라 생각했다. 그는 속전속결이 최선이라 생각하고 쌍륜을 휘두르며 맹공격을 퍼부었다.

양과는 적의 속셈을 알아차리고 장검으로 철통같이 방어했다. 국사의 쌍륜 공격은 점점 거세져서 금륜이 위를 치는가 하면 다시 횡으로 날아오기도 했다.

양과는 이대로 가다가는 당해내지 못할 것 같자 뒤로 물러섰다. 금륜국사는 그 틈에 옷깃을 찢어 상처를 동여매려 했다. 그런데 양과가 갑자기 검을 곧게 세우더니 찌르고 들어와 상처를 싸매지 못했다. 이렇게 몇 차례가 반복되자 금륜국사는 계책을 세웠다. 즉 양과가 뒤로 물러날 때 자신도 뒤로 물러나며 은륜을 던지면 양과가 다시 뒤로 물러날 것이 분명했다. 그렇게 두 사람의 거리가 멀어지면 다시 공격해 들어와도 옷깃을 찢어 왼팔을 동여맬 여유쯤은 생길 것 같았다. 게다가 상처 부위가 아프긴 했지만 마비는 오지 않으니 검에 독이 없는 것이 분명했다. 국사는 조금 여유를 찾았다.

그때 동남쪽에서 병기가 서로 부딪치는 소리가 들렸다. 소용녀가 장검으로 소상자, 니마성을 상대하고 있었다. 소상자는 곡상봉을 몽고 진영에서 양과가 빼앗아 던져버린 후 찾지 못했는지 지금은 또 다른 봉을 들고 있었다. 그런데 그 모양이 예전 것과 똑같아서 봉에 독 가루가 숨겨져 있지 않을까 걱정되었다.

양과는 곽정 부부가 아랫방에 있다는 것을 국사가 알면 큰일이라는 생각에 최대한 멀리 유인할 생각이었다. 그래서 몸을 솟구치며 소리쳤다.

"선자, 걱정 마세요. 제가 도우러 갈게요."

양과는 몇 번 훌쩍 뛰어 니마성 뒤로 간 후 칼을 세워 공격했다. 금륜국사는 양과의 술수에 당한 후 양과라면 이가 갈렸지만 여기 온 목적은 곽정을 죽이는 것이니 저 교활한 놈은 다음에 죽여도 늦지 않다고 생각했다.

"곽 대협, 손님이 왔는데 어찌 맞아주지도 않는 것이오?"

몇 번 소리쳤으나 아무런 대꾸가 없었다. 이번에는 북서쪽에서 기합과 호령 소리가 들려왔다. 달이파와 곽도가 주자류를 협공하고 있었다. 양과와 소용녀는 소상자, 니마성과 싸우고 지붕 아래에서도 누군가 고함을 치고 있으니 성을 지키던 장수들은 모두 성에 침입자가 있다는 사실을 눈치채고 몰려들기 시작했다. 국사는 이런 군사쯤은 눈 하나 깜짝하지 않았지만 수가 많아지면 힘이 들 게 뻔했다.

"곽정! 당대의 영웅이라는 말은 다 헛소리였군. 머리를 움츠린 거북이처럼 그렇게 숨어만 있을 참이냐! 어서 나와서 당당하게 맞서라!"

아무리 나오라고 소리를 지르고 욕해도 곽정은 그림자조차 보이지 않았다.

'흥! 상처를 다 치료할 때까지 나오지 않으려는 모양이군. 그렇게 되면 죽이는 것도 어려워지는데.'

금륜국사는 잠시 생각하다가 한 방법을 떠올렸다. 그는 지붕 위에서 훌쩍 뛰어내려 장작더미를 찾아 불을 붙인 후 사방으로 다니면서 불을 놓았다. 그런 후 다시 지붕 위로 올라가 동태를 살폈다.

"불길이 거세지면 네놈도 안 나올 수 없을 것이다."

양과는 소상자 등과 싸우면서도 수시로 국사의 동정을 살폈다. 그런데 갑자기 곽정이 거처하고 있는 방의 남북쪽에서 불꽃이 피어올랐다. 양과는 너무 놀라 하마터면 니마성에게 당할 뻔했다.

'백부님은 부상이 심하고 백모님은 출산이 임박해 있다. 방에서 나오지 않으면 불에 갇힐 것이고, 나온다 하더라도 저 중놈을 만날 텐데 어찌해야 하지?'

양과는 소용녀 혼자서 두 고수를 상대하는 것이 벅차긴 하지만 잠시는 괜찮을 거라고 생각했다. 그래서 소상자에게 두 번 검을 휘두른 후 지붕 위로 올라가 연기를 뚫고 곽정 부부를 구하러 갔다. 황용은 곽정의 침대 머리맡에 앉아 있고, 곽정은 눈을 감고 운공 중이었다. 황용은 양미간을 살짝 찌푸리고 있다가 양과가 들어오는 것을 보고 억지로 웃어 보였다. 양과는 두 사람이 조금도 당황하지 않고 침착한 것을 보고 다소 안심이 되었다. 순간 좋은 계책이 떠올랐다.

"제가 가서 적을 유인할 테니 어서 백부님을 모시고 안전한 곳으로 피하십시오."

양과는 곧 곽정의 모자를 벗겨 쓰고 창문 밖으로 나갔다. 황용이 잠시 의아해하는 사이 연기가 점점 짙어졌다. 황용은 곽정을 부축하며 말했다.

"어서 이곳을 피해요."

그러나 곽정을 부축한 손에 힘을 주는 순간 배에 통증이 왔다. 황용은 절로 비명을 지르고는 침대에 쓰러졌다.

"아기도 참! 하필 지금 나오려고 하니? 지금 나오면 엄마 아빠가 죽을 수도 있는데……."

아직 아기를 낳을 날은 며칠 남았지만 최근 연이어 힘을 많이 썼더니 예정보다 일찍 나오려는 모양이었다.

양과는 창문을 뛰어넘어 밖으로 나갔다. 사방은 병사들의 고함 소리로 가득했다. 물을 들고 불을 끄는 자, 지붕으로 화살을 쏘아대는 자, 장도를 휘두르며 마구 날뛰고 욕하는 자들로 그야말로 아수라장이 되어 있었다. 양과는 회색 옷을 입은 어린 병사 뒤로 가서 혈도를 찍고 곽정의 모자를 머리에 씌운 후 등에 업고 검을 휘두르며 지붕 위로 뛰어올라갔다.

그때 소상자와 니마성은 소용녀를 협공하고, 달이파와 곽도도 한창 주자류를 몰아붙이고 있었다. 금륜국사는 곽부의 얼굴을 향해 금륜과 은륜을 마구 휘둘러대며 부모님의 행방을 말하라고 다그쳤다. 곽부는 산발을 한 채 이를 악물고 악전고투를 벌이고 있었다. 손에 든 장검은 이미 부러져 있었다.

'오빠들이 서로 다투지만 않았어도 지금쯤 우리 세 사람이 함께 덤벼들어 이 중놈을 혼내줬을 텐데…….'

곽부는 너무 화가 난 나머지 말이 입 밖으로 새어나왔다.

"좋아. 그렇게 서로 싸우기만 하면 누가 이기든지 돌아왔을 땐 내 시체가 기다리고 있을 거야!"

"무슨 말을 하는 거냐? 곽정은 대체 어디에 있느냐?"

그때 양과가 등에 누군가를 업고 북서쪽으로 급히 도망가는 것이 보였다. 등에 있는 사람은 꼼짝도 하지 않는 것이 곽정인 듯싶었다. 국사는 황급히 곽부를 뿌리치고 곧장 뒤쫓아갔다. 소상자, 니마성, 달이파, 곽도 등도 이를 보고는 상대를 팽개치고 그 뒤를 따랐다. 주자류 역시 양과를 돕고 곽정을 지키기 위해 뒤를 쫓았다.

양과는 지붕에 올라오기 전 소용녀 곁으로 달려가 눈짓을 보내며 웃어 보였다. 소용녀는 속내는 모르겠지만 많은 적이 양과 한 사람을 쫓아가자 걱정이 되어 함께 도와주러 달려갔다. 그때 "으앙!" 하는 울음소리가 들렸다.

"엄마가 동생을 낳았구나!"

곽부는 소리치며 아래로 훌쩍 뛰어내려갔다. 여자라면 누구나 아기를 낳으면 아들인지 딸인지 물어보고 싶게 마련이다. 소용녀의 호기심도 결코 남에게 뒤지지 않았다. 게다가 양과는 꾀가 많으니 자기를 향해 웃어 보일 때는 뭔가 생각이 있는 게 분명했다. 그래서 소용녀는 일단 양과의 일은 제쳐두고 황용에게 갔다.

금륜국사는 있는 힘껏 뒤를 쫓아 양과와의 거리를 점점 좁혔다.

"이번엔 내 손바닥 안을 결코 벗어날 수 없을 것이다."

그는 양과 등 뒤에 있는 사람이 어제 곽정이 쓰고 있던 모자를 보자 그가 곽정이 틀림없다고 확신했다.

양과가 익힌 고묘파의 경공은 천하제일이라 등에 사람을 업고 달리는데도 가까이 갔다 싶으면 다시 한 걸음 멀어지곤 했다. 게다가 양과가 죽을힘을 다해 전력으로 달리자 국사는 시종 따라잡지 못했다. 양과는 지붕 위로 올라갔다가 등 뒤의 발소리가 점점 가까워지면 훌쩍 뛰어내려와서는 작은 골목을 이리저리 빠져나가고 원을 돌며 국사와 숨바꼭질을 했다.

양과의 경공이 국사보다 뛰어나긴 해도 어쨌든 사람을 업고 있는 상태라 평지였다면 벌써 잡혔을 것이나 다행히 어두운 골목 안을 이리저리 돌며 빠져나가는 통에 도저히 양과를 따라잡을 수가 없었다. 두 사람이 그렇게 골목을 빙빙 도는 동안 소상자, 니마성, 주자류도 잇따라 도착했다. 국사가 소리쳤다.

"골목 입구를 지키고 있으시오. 내가 가서 토끼를 몰아오겠소."

국사의 말에 니마성은 눈을 부라리며 호통쳤다.

"국사 말이면 다 듣는 줄 아시오? 난 그따위 명령은 듣지 않겠소."

금륜국사는 이 땅딸보의 도움을 기대하기는 힘들겠다 생각하고 담위로 뛰어올라 사방을 둘러보았다. 그때 양과가 곽정을 업고 숨을 헐떡거리며 담장 모퉁이에 숨어 있는 것이 보였다. 살금살금 다가가서 막 잡으려는 순간 양과가 돌연 소리를 지르며 벌떡 일어나더니 연기 속으로 자취를 감추었다.

국사는 곽정을 나오게 하기 위해 불을 질렀는데 사방이 연기로 뒤덮이니 오히려 찾는 것이 더 어려워졌다. 이리저리 두리번거리고 있는데 달이파가 소리 질렀다.

"여깁니다!"

소리가 나는 방향으로 뛰어가자 달이파가 양과와 싸우고 있었다. 국사는 몸을 날려 양과의 퇴로를 막아섰다. 그러자 양과는 앞으로 질주하더니 순식간에 달이파의 옆에 섰다. 그 순간 국사는 양과를 향해 은륜을 던졌다. 은륜이 바람같이 날아가자 양과는 미처 피하지 못해 그만 등에 업은 사람의 어깨에 깊은 상처를 내게 하고 말았다.

"맞았다!"

국사가 기뻐 소리를 지르는 사이, 양과는 곽정이 얼마나 다쳤는지, 죽었는지 살았는지 살펴보지도 않고 그대로 업고 도망갔다. 양과가 골목을 벗어나려는데 어디선가 음험한 목소리가 들렸다.

"이놈, 투항해라!"

고개를 들어보니 소상자가 골목 입구를 가로막고 서 있었다. 뒤에는 국사가 쫓아오니 앞뒤 퇴로가 모두 막혀 있는 상황이었다. 위를 보니 검은 연기로 자욱한 담장 위에 니마성이 서 있었다. 양과는 잠시 생각하다가 훌쩍 몸을 날려 담장 위로 뛰어올랐다. 그러자 니마성이 뱀처럼 혀를 날름거리며 공격했다. 양과는 지금쯤이면 곽정과 황용이 안전한 곳으로 피했으리라 생각하며 등에 업은 소년 병사를 니마성에게 던졌다.

"자, 곽정을 받아라!"

니마성은 놀람과 기쁨에 휩싸였다. 양과가 이랬다저랬다 하더니 결국은 투항을 하고 큰 공을 자신에게 넘겨주는구나 싶었다. 그래서 생각할 것도 없이 손을 뻗어 곽정을 안았다. 그때 양과가 쏜살같이 발을 날려 니마성의 엉덩이를 걷어차 담장 아래로 떨어뜨렸다. 그래도 니마성은 기쁨의 소리를 질렀다.

"내가 곽정을 잡았다. 내가 몽고 제일의 용사다!"

소상자와 달이파는 니마성 혼자서 공을 차지하는 것을 두고 볼 수 없어 앞다투어 달려들었다. 그들은 간신히 니마성이 안고 있는 사람의 다리 하나씩을 잡을 수 있었다. 세 사람이 힘껏 잡아당기니 그 엄청난 힘에 그만 소년병은 세 조각으로 찢어지고 말았다. 그 순간 머리에서 모자가 떨어져 얼굴이 드러났다. 모두들 곽정이 아니라는 것을 알고 그저 망연자실 아무 말도 하지 못했다.

한편 국사는 양과가 곽정을 버리고 도망가자 필시 뭔가 꿍꿍이가 있을 것이라 생각했다. 국사는 세 사람이 양과에게 속아 망연자실하며 서 있는 모습을 보고 그들을 비웃었다.

"흥, 바보 같은 것들."

국사는 곧바로 양과의 뒤를 쫓았다. 오늘 곽정을 죽이지 못해도 저 교활한 녀석을 죽여야만 속이 풀릴 것 같았다. 양과는 방향은 생각지도 않고 정신없이 달려온 터라 돌아갈 길을 찾을 수가 없었다.

'저 미꾸라지 같은 놈은 가짜 곽정을 업고 달리며 나를 유인했다. 그렇다면 곽정은 필시 내가 불을 지른 곳 근처에 있다는 말이렷다. 그럼 똑같은 방법으로 내가 저놈을 유인하겠다.'

금륜국사는 불길이 가장 거센 쪽을 향해 달려갔다. 양과는 한 인가의 처마 밑에서 동정을 살피다가 국사가 다시 곽정이 있던 쪽으로 달려가자 몰래 그를 따라갔다. 국사는 아까 그 지붕 근처로 가더니 아래로 몸을 날리며 소리쳤다.

"곽정, 아직도 이곳에 있었구려. 이 늙은 중과 한판 합시다."

양과는 깜짝 놀라 가까이 다가갔다. 그때 쨍쨍, 하는 병기 부딪치는 소리가 나더니 국사가 다시 소리쳤다.

"곽정, 어서 투항해라!"

이어 병기 부딪치는 소리가 끊이지 않았다. 양과는 미소를 지었다.

'늙은 중놈, 하마터면 저놈의 함정에 걸려들 뻔했군. 일부러 병기 부딪치는 소리를 내면 내가 속을 줄 알았나? 백부님이 얼마나 부상이 심하신데 네놈의 병기와 맞서 싸우겠느냐? 게다가 이렇게 끊임없이 병기 부딪치는 소리가 나는 건 말도 안 되지. 네놈이 무슨 헛수작을 하는지 여기서 지켜봐주겠다.'

그때 국사가 또 소리를 질렀다.

"양과, 이번엔 확실히 내 손에 죽었다."

'이번에는 내가 자기 손에 죽어?'

양과는 순간 깨달았다.

'아, 나를 꾀어내지 못하니까 이번엔 백부님이 나와서 나를 구하도록 만들려는 거구나.'

"양과야, 양과야, 드디어 오늘에야 내 손으로 네놈의 목숨을 끊는구나. 아주 속이 다 시원하다."

이 말이 끝나자마자 연기 속에서 흰 그림자가 솟구치더니 한 소녀가 뛰쳐나와 국사에게 검을 겨누었다. 소용녀였다. 양과가 위험에 처한 것처럼 고함을 지르자 소용녀가 단번에 뛰어나온 것이었다. 국사는 금륜을 휘두르며 소용녀를 막아섰다.

"선자, 전 여기 있어요!"

양과는 검을 들고 앞으로 나와 소용녀와 마주 보며 싱긋 웃고는 옥녀소심검법을 휘둘렀다. 연기로 자욱한 공중에 불꽃이 연기를 가르며 튀었다. 국사는 있는 힘껏 금륜을 휘두르며 두 사람의 검을 받아내더니 급히 북서쪽 모퉁이로 물러났다.

"오늘은 도망가게 놔두지 않을 것이다."

양과는 장검을 휘두르며 국사의 뒷덜미를 겨냥했다. 금륜국사는 지난번 옥녀소심검법에 혼이 난 후, 이 검법에 맞설 수 있는 무공을 줄곧 궁리해왔다. 그러나 상대방의 쌍검 공격은 너무나 오묘하고 빈틈이 없는 데다 두 사람의 마음까지 하나로 일치되니 그야말로 천하제일의 고수나 다름없었다. 그래서 한순간 뒷걸음질을 쳤다. 다시 정신을 가다듬은 국사는 이들을 이길 수 있을지는 자신이 없지만 피할 수만은 없었다. 그야말로 이판사판이었다. 자신의 오륜대륜五輪大輪에 허점이 많다는 것을 알고 있으므로 더욱 자신이 없었으나 일단 해보자는 심정으로 품에서 무기를 꺼냈다. 맑은 소리가 허공을 울렸다. 세 개의 윤자를 날리고 나머지를 손에 하나씩 들었다. 금, 은, 동, 철, 납 다섯 개의 윤자는 크기와 무게가 모두 달라 날아가고 돌아오는 방향도 모두 제각각이었다.

양과와 소용녀는 화려한 윤자 공격으로 눈앞이 어질어질해지자 흠칫 놀랐다. 양과는 왼쪽으로 검을 두 번 휘두른 후 오른쪽으로 몸을 붙였다. 소용녀도 곧 양과의 의도를 파악하고 숙녀검을 오른쪽으로 두 번 찌른 후, 양과 쪽으로 몸을 붙였다. 적이 듣도 보도 못한 괴상한 초식을 전개하자 공격을 멈추고 먼저 방어를 하면서 적의 초수를 살펴본 후 반격을 하려는 것이었다. 두 사람의 검 기운이 각각 횡으로 종으로 뻗으며 하나의 원을 이루자 제아무리 나는 재주가 있는 국사도 윤자 다섯 개의 힘을 모두 합쳐 공격해보았자 이들의 방어를 뚫지 못했다.

'윤자가 모두 함께 공격을 해도 두 놈의 쌍검을 어찌하지는 못하는구나.'

국사가 전의를 상실하고 포기하려는 순간, 소용녀의 품에서 돌연 울음소리가 들렸다. 분명 아기의 울음소리였다. 이 소리에 놀라 멍해진 것은 국사뿐 아니라 양과도 마찬가지였다. 세 사람은 동시에 공격을 멈추었다.

소용녀는 왼쪽 손으로 품 안을 가볍게 두드리며 말했다.

"아가, 울지 마. 늙은 중놈을 어떻게 해치우는지 잘 보고 있어."

그러나 아기는 점점 더 서럽게 울기 시작했다.

"백모님의?"

양과가 소리를 낮추어 묻자 소용녀는 고개를 끄덕이더니 국사를 향해 검을 뻗었다. 그러나 아기를 생각하니 검법의 위력이 크게 떨어졌다. 국사는 이 틈을 타서 소용녀에게 집중적으로 맹공을 퍼부었다. 양과는 수차 검을 휘둘러 국사의 공격을 막아낸 후 고개를 옆으로 기울이며 물었다.

"백부님, 백모님은 괜찮아요?"

"황 방주께서 곽 대협을 부축해서 도망가는데……."

소용녀는 국사의 왼손 동륜을 막아낸 후, 다시 말을 이었다.

"상황이 너무 위급했어. 대들보가 막 떨어져 내리려고 했거든. 그래서 내가 침대에서 딸아기를 데리고……."

양과는 국사의 오른 다리를 향해 횡으로 검을 내리치며 소용녀에게 날아드는 납륜을 막아냈다.

"여자 아기예요?"

양과는 곽정 부부에게 이미 딸이 있으니 이번에는 당연히 남자 아기라고 생각했다. 그런데 또 딸이라니 의외였다.

"그래, 여자 아기야. 네가 받을래?"

소용녀는 품에서 아기를 꺼내 양과에게 주려 했다. 아기의 울음소리가 커졌다. 동시에 국사의 공격에도 점점 힘이 실렸다. 세 개의 윤자가 머리 위를 휙휙 돌며 기회를 노렸고 손으로 휘두르고 있는 윤자도 점차 맹렬해졌다.

소용녀는 말을 잇지 못했다. 두 사람이 서로 딴생각을 하게 되자 옥녀소심검의 위력이 크게 떨어졌다. 양과는 얼른 아기를 받아야 소용녀가 정신을 모으고 공격을 받아낼 수 있을 것 같아 천천히 그녀에게 다가갔다. 소용녀 또한 얼른 아기를 건네주어야겠다는 마음뿐이었다. 두 사람의 마음이 하나로 합해지자 옥녀소심검은 다시 위력을 발휘하기 시작했다.

강해진 공격에 국사는 연달아 두 보 후퇴했다. 그 틈을 타 소용녀는 왼손으로 아기를 건네주었다. 양과가 손을 뻗어 막 받으려고 하는 찰나, 검은 그림자가 번득이더니 철륜이 옆으로 다가와서 아기를 노렸다. 소용녀는 아기가 다칠까 봐 왼손에 든 아기를 놓고 철륜을 향해 손바닥을 뻗었다. 철륜은 매우 무시무시한 속도로 날아왔고 검보다 훨씬 예리했다. 하지만 소용녀는 금사 장갑을 끼고 있었기 때문에 걱정이 없었다. 소용녀는 철륜을 밖으로 밀어내고 다시 옆으로 쳐서 철륜의 회전 속도를 늦춘 후, 위로 가볍게 툭 쳐서 손에 잡았다. 이것이 바로 사량발천근의 이치였다.

한편 양과는 이미 아기를 무사히 받아 안았다. 그는 소용녀가 철륜을 붙잡은 것을 보고 환호성을 질렀다.

"좋았어요!"

국사의 윤자가 소용녀를 향해 날아왔더라면 결코 잡지 못했을 것이지만 아기를 향하고 있었기 때문에 옆에서 쉽게 붙잡을 수 있었다. 소용녀는 윤자를 잡고 기뻐하며 가볍게 미소를 지었다. 그리고 국사가 했던 대로 철륜을 들어 적을 향해 던졌다. 받은 그대로 되돌려주려는 것이었다.

국사는 놀라 혼비백산했다. 오륜 중에 하나를 잃었으니 이미 오륜 대전은 깨진 상태였다. 국사는 나머지 두 개를 물리고, 손에 금륜과 은륜 하나씩만 들고 횡으로 수직으로 힘껏 찍으며 공격했다. 양과는 왼손으로 아기를 안고 소리쳤다.

"먼저 저놈을 죽이고 천천히 이야기해요."

"좋아!"

소용녀는 왼손에 철륜을 쥐고 가슴을 막으며 양과의 검과 함께 쌍검 공격을 펼쳤다. 무시무시한 무기가 하나 더 늘어났고 아기도 없으니 그 위력이 더욱 배가되어야 하는 법인데 어찌 된 영문인지 양과의 검법과 들어맞지 않고 점점 위력이 떨어졌다. 대체 영문을 알 수 없었다. 소용녀는 순전히 검을 사용하는 사람의 마음이 서로 합일되어야 한다는 옥녀소심검의 제일 중요한 이치를 잠시 잊고 있었던 것이다. 쌍검 사이에 끼어든 철륜이 마치 연인 사이에 제삼자가 끼어든 것과 같으니 어찌 마음이 일치될 수 있겠는가. 그러나 두 사람은 이를 깨닫지 못했으니 오히려 허점이 더 많아졌다. 소용녀는 마음이 다급해졌다.

"못 이기더라도 얼른 아기를 안고 절정곡으로 가서……."

양과는 그제야 소용녀의 뜻을 파악했다. 만약 홍마를 타고 간다면 7일 안에는 분명 절정곡에 도착할 수 있을 것이다. 또 곽정과 황용의 수급은 가져오지 않았지만 이들의 딸을 데리고 가서 구천척에게 곽정 부부가 사랑하는 딸을 잃어버렸으니 반드시 이곳으로 찾으러 올 것이고 그때 복수를 하면 될 것이라고 말하면 나머지 반의 단약을 내주지 않을 수 없을 것이다. 그래서 해독을 하면 그때 다시 아기를 구하면 될 것 같았다. 분명히 성공할 계책이었다.

이틀 전이라면 양과는 전혀 망설임 없이 소용녀의 말에 따랐을 것이다. 그러나 지금은 곽정의 애국심에 깊이 탄복해 자신을 위해 그의 딸을 위험에 빠뜨리게 하고 싶지는 않았다. 곽정의 위험을 틈타 그의 어린 딸을 절정곡에 보내는 것은 어찌 되었건 대장부의 도리가 아니었다.

"선자, 난 할 수 없어요."

"너…… 너……."

소용녀는 그저 '너'라는 한마디만 내뱉을 수밖에 없었다. 그때 왼쪽 어깨의 옷이 국사의 금륜에 잘려나갔다.

"그렇게 하면 전 백부님을 뵐 면목이 없어요. 무슨 면목으로 이 검을 쓸 수 있겠어요?"

양과는 군자검을 치켜들었다. 왜 갑자기 양과의 마음이 변한 것인지 소용녀는 알 수 없었다. 자신은 오로지 양과의 독을 풀어야겠다는 마음뿐인데 양과는 왜 부친을 살해한 원수를 볼 면목이 없다고 말하는 것일까. 두 사람의 생각이 이렇듯 다르니 검법도 자연히 맞아떨어지지 않았다.

국사는 이 틈을 타 손과 팔을 약간 굽혀서 양과의 왼쪽 어깨를 내리쳤다. 양과는 반신이 마비되는 듯하여 그만 안고 있던 아기를 떨어뜨렸다. 세 사람은 지붕 위에서 싸우고 있었기 때문에 그대로 두면 아기가 위험했다. 양과와 소용녀가 일제히 비명을 지르며 얼른 붙잡으려 했으나 이미 늦어버렸다.

국사는 두 사람의 대화를 듣고 이 아기가 곽정과 황용의 딸이라는 것을 알고는 내심 기쁨을 감추지 못했다. 그의 딸을 인질로 잡는다면 곽정을 잡는 것은 시간문제였다. 그래서 아기가 위기에 처하자 오른손을 휘둘러 은륜을 날렸다. 은륜은 정확하게 아기의 겉싸개 밑을 받쳤다. 은륜은 아기를 받친 채 땅에서 오 척 높이로 평평하게 날아갔다.

세 사람은 동시에 지붕 위에서 뛰어내려 은륜을 붙잡으려 했다. 다행히 양과가 가장 가까이에 있었다. 그는 은륜이 점점 고도를 낮추며 곧 땅에 떨어지려 하자 은륜 밑으로 몸을 굴려 아기와 은륜을 함께 끌어안으려고 했다. 그러면 아기가 조금도 다치지 않고 무사할 것 같았다. 그때 갑자기 누군가가 옆에서 손을 뻗어 은륜을 가로채더니 아기를 안고 뛰어가는 것이 아닌가. 소용녀가 양과 곁으로 뛰어오며 소리쳤다.

"사자야!"

과연 담황색 도포를 입고 오른손에 불진을 들고 있는 저 뒷모습은 이막수가 틀림없었다. 그런데 이막수는 갑자기 왜 양양에 나타난 것일까. 그리고 어떻게 이 간발의 순간에 아기를 가로챌 수 있었을까. 이막수의 악랄한 무공과 괴팍한 성격을 생각하니 아기를 이막수에게 빼앗긴 것이 오히려 더 큰일이었다. 소용녀가 따라가며 소리쳤다.

"사자! 사자! 왜 아기를 데려가는 거예요?"

이막수는 고개도 돌리지 않고 대답했다.

"우리 고묘파는 대대로 모두 처녀였어. 근데 아기까지 낳다니 부끄럽지도 않느냐!"

"제 아기가 아니에요. 어서 돌려주세요."

이막수는 북쪽을 향해 바람처럼 사라져갔다. 양과와 금륜국사도 그 뒤를 쫓았다. 소용녀는 소리를 지르느라 속도가 늦어져서 수십 장 뒤처졌다.

그때 성안은 곳곳에서 고함 소리가 터져나왔다. 불을 끄라고 재촉하는 소리, 침입자를 잡으라는 소리로 한바탕 대혼란이 벌어졌다. 소용녀는 이런 모든 광경을 무시하고 성벽으로 뛰어갔다. 거기서 노유각이 개방의 무리를 이끌고 북문을 순시하며 적이 불난 틈을 타서 공격할 것에 대비하고 있었다. 노유각은 소용녀를 보자 황급히 물었다.

"용 낭자, 황 방주와 곽 대협은 무사하십니까?"

소용녀는 대답 대신 오히려 되물었다.

"양 공자와 금륜국사를 못 보셨습니까? 또 아기를 안고 가는 여자는요?"

노유각은 성 밖을 가리켰다.

"세 사람 모두 성 아래로 뛰어내렸습니다."

제아무리 고수라도 그 높은 성벽에서 뛰어내리면 뼈가 부러지게 마련인데 아기를 안고 그랬으니, 소용녀는 심히 걱정이 되었다. 그때 개방의 한 제자가 곽정의 홍마를 끌고 와서 빗질을 해주는 것이 보였다.

'과가 아기를 빼앗는다 하더라도 이 보마가 없으면 절정곡에 갈 수 없어.'

소용녀는 급히 다가가 말고삐를 잡은 후 노유각에게 말했다.

"전 성을 나가봐야 해요. 급하니 이 말을 빌릴게요."

노유각은 여전히 황용과 곽정의 안위가 걱정이 되었다.

"황 방주와 곽 대협은 무사하십니까?"

소용녀는 말 등에 훌쩍 뛰어오르며 대답했다.

"두 분 다 무사하십니다. 황 방주가 방금 낳은 아기를 그 여자가 빼앗아갔어요. 제가 다시 찾아와야 합니다."

노유각은 깜짝 놀라 황급히 성문을 열어주었다. 성문이 조금 열리고 다리가 미처 놓이기도 전에 소용녀는 말을 몰고 성을 빠져나갔다. 홍마는 과연 신마라 비구름이 안개를 몰아내듯 신속하게 성을 보호하는 해자를 훌쩍 뛰어넘었다. 송의 뭇 병사들은 이 모습을 보고 일제히 갈채를 보냈다.

소용녀는 성을 벗어나자마자 두 명의 군사가 마치 고깃덩어리처럼 성벽 한쪽에 죽어 있고, 다리와 목이 부러져 있는 말 한 필을 보았다. 멀리 바라보니 울창한 푸른 산들과 아득한 평야뿐이라 세 사람의 행방을 찾을 수가 없었다. 어찌해야 좋을지 알 수 없어 그저 홍마의 목덜미를 가볍게 치면서 말했다.

"말아, 말아, 너의 어린 주인을 구하러 가야 해. 어서 나를 데려가줘."

홍마는 정말로 이 말을 알아들었는지 긴 울음을 토한 후 동북쪽을 향해 힘차게 내달렸다.

한편 양과와 금륜국사는 성 끝까지 이막수를 추격했다. 성벽이 높아 퇴로가 없으니 사로잡는 것은 이제 시간문제인 것 같았다. 그런데 이막수는 성의 끝까지 오더니 군졸 한 명을 잡아서 성 아래로 내던진 다음 자신도 따라 아래로 뛰어내렸다. 그러고는 군졸이 땅에 닿으려는 찰나 왼발로 그 군졸의 등을 밟아 낙하 시의 충격을 최소화한 뒤 앞으로 몸을 날려 사뿐히 착지했다. 품에 안은 아기는 흔들림조차 느끼지 못하는 듯 울거나 보채지도 않았다. 군졸만 사지가 부러진 채 비명 한마디 지르지 못하고 죽고 말았다.

"독한 계집!"

국사는 속으로 욕을 하며 이막수의 방법을 그대로 흉내 내어 군졸

한 명을 집어던져 무사히 착지했다.

양과는 차마 두 사람처럼 할 수 없어 잠시 주저했다. 그러나 촌각을 다투는 마당에 그대로 있을 수만은 없는 일. 이번에도 그의 기지가 살아났다. 양과는 장풍으로 말을 성 밖으로 밀어낸 후, 땅에 떨어지기 전 말 등으로 몸을 날렸다. 말은 목과 다리가 부러졌지만 양과는 무사히 착지해 국사의 뒤를 바짝 뒤쫓았다.

양과는 일전 몽고 진영에서 벌어진 대전에서 두 군데나 상처를 입어 출혈이 많았고 오랜 시간 싸움을 하다 보니 체력이 많이 소진된 상태였다. 그러나 곽정의 어린 딸이 이막수나 국사의 손에 들어가면 그야말로 큰일이라는 생각에 심장이 터질 것 같았지만 전력을 다해 그들의 뒤를 좇았다.

세 사람은 원래 뛰어난 경공술을 가지고 있었다. 그러나 지금 이막수는 아기를 안고 있었고, 국사는 부상당한 팔에 독이 발작할지도 모른다는 걱정 때문에 전력을 다할 수 없었다. 그래서 두 사람 모두 평상시보다 훨씬 속도가 느렸다. 양양성이 저 멀리 까만 점처럼 보일 즈음, 세 사람 사이의 거리는 10여 장 정도로 벌어졌고, 국사는 이막수를, 양과는 국사를 좀처럼 따라잡지 못했다. 그렇게 한참을 달리는데 앞쪽에 숲이 보였다. 이막수는 발걸음을 더욱 재촉했다. 일단 숲에 들어가기만 하면 몸을 숨기기가 쉬울 듯했다.

이막수는 소용녀의 아기가 아니라는 말을 듣긴 했지만, 양과가 이렇게 죽을힘을 다해 쫓아오는 것을 보고 분명 양과와 소용녀 사이에서 나온 종자임을 확신했다. 아기를 잡고만 있으면 사문의 비전 〈옥녀심경〉과 바꿀 수 있을 것이다. 지난번 고묘에서 소용녀는 책 한 권을

〈옥녀심경〉이라며 빈 관에 던져놓았다. 이막수는 소용녀가 간 후 관을 뒤져보았으나 그것은《참동계》라는 도가의 서적이었다. 그 후 이막수는 〈옥녀심경〉에 대한 집착이 더욱 커져만 갔다.

산을 높이 올라갈수록 사방의 나무는 더욱 빽빽해지고 길은 가파르고 험해졌다. 국사는 이대로 가다가는 이막수가 울창한 밀림에 숨어버려 찾기 힘들 것이라 생각했다. 이막수와 싸워본 적은 없지만 경공 실력을 보니 강적임에 틀림없었다. 이미 오륜 중에 두 개를 잃어버렸기 때문에 선불리 윤자를 날릴 수도 없었지만 워낙 상황이 긴박하니 더 이상 우물쭈물할 틈이 없었다.

"어서 아기를 내려놓아라. 그러면 네 목숨은 살려주겠다."

금륜국사의 호통에 이막수가 한바탕 웃음을 날렸다.

"호호호호, 목숨을 살려주시겠다? 인정도 많으시군."

이막수의 발걸음은 더욱 빨라졌다. 국사는 오른팔을 휘둘러 금륜을 날렸다. 금륜은 마치 금빛 뱀처럼 이막수의 뒤를 향해 날아갔다. 이막수는 금륜이 맹렬한 기세로 다가오자 몸을 돌려 불진으로 막으려 했다. 불진으로 휘감아 치려는데 빠르게 회전하는 금륜과 눈부신 예리한 금빛 날을 보고 흠칫 놀라며 얼른 불진을 거두어들였다. 그대로 불진으로 막았다가는 불진이 잘려나갈 것이 분명했다. 그래서 옆으로 몸을 틀어 금륜을 피했다.

국사는 또다시 동륜을 던졌다. 이번에는 밖으로 날리다가 돌아오는 힘으로 다시 안으로 휘감았다. 이막수는 여전히 정면으로 받지 못하고 세 걸음 후퇴한 후 허리를 굽혀 상승의 경공으로 피했다. 이렇게 공격과 후퇴를 반복하는 사이 국사와의 거리가 삼 장 정도로 좁혀졌다. 국사는 왼손으로 금륜을 받아 들고 앞으로 성큼 걸어간 후 오른손으로 납륜을 들고 왼쪽 어깨를 찍으려 했다.

이막수는 불진을 옆으로 휘두르다 만점금침萬點金針으로 바꾼 뒤 국사의 눈을 향해 흩뿌렸다. 국사는 납륜을 위로 던져 이 초수를 받아낸 후 오른손으로 돌아오는 동륜을 받아 양손을 교차해 금륜과 동륜을 마주 부딪쳤다. 땅, 하는 소리가 온 산과 계곡을 한참 동안 울렸다. 이제 왼손의 금륜은 오른손으로, 오른손의 동륜은 왼손으로 옮겨졌다. 국사는 금륜과 동륜을 바꾸어 쥐는 동시에 살수를 펼쳤다. 이막수는 뜻밖의 강적을 만나자 정신이 번쩍 들었다. 꺽다리 말라깽이 중놈에게 이렇게 심후한 무공이 있었다니, 이막수는 평생의 모든 무공을 펼치며 적과 맞서리라 결심했다.

두 사람이 수 초식씩 주고받고 있는 사이 양과가 그곳에 도착했다. 그는 수 장 밖에서 이들의 싸움을 지켜보며 호흡을 조절한 후 아기를 빼앗을 기회만 노렸다. 두 사람의 싸움은 점점 치열해져갔다. 세 개의 윤자가 어지럽게 날아다니는 가운데 불진이 아래위로 날렸다.

무공으로 따지자면 국사가 한 수 위이니 아기까지 안고 있는 이막수는 100초식도 되지 않아 질 것이 자명했다. 하지만 이막수는 처음에는 아기가 국사의 무기에 맞을까 봐 조심하느라 제대로 공격할 수가 없었다. 그러나 윤자가 아기에게 접근할 때마다 국사가 급히 공격을 거두는 것을 보고 깨달은 바가 있었다.

'이 중놈은 아기를 빼앗으려는 거지 죽일 생각은 없구나.'

악랄한 이막수는 아기의 목숨 따위는 안중에도 없었다. 국사의 이런 마음을 꿰뚫은 이상 적이 살수를 펴서 위험에 처할 때마다 아기를 들어 적의 공격을 막았다. 이렇게 되자 아기는 짐이 아니라 가장 위력 있는 방패로 변했다. 아기를 들고 막을 때마다 국사는 아무리 악랄하고 무서운 공격이라도 단번에 거두어들였다.

국사의 공격이 번번이 아기 앞에서 아슬아슬하게 거두어지자 양과는 초조해 죽을 지경이었다. 두 사람 중 누구라도 실수를 하면 아기의 목숨이 위태로울 터였다. 양과는 얼른 뛰어들어 아기를 빼앗아오고 싶었지만 국사의 오른손에 든 금륜이 안팎으로 휘몰아치고 왼손의 동륜은 횡으로 날려 원을 그리며 이막수를 두 팔 안에 가두고 있으니 도저히 기회가 없었다.

출가한 중이 이런 악랄한 출수를 쓰자 이막수는 놀라워 얼굴이 점점 붉어지며 속으로 욕을 해댔다.

'늙은 중놈이 여자를 갖고 놀다니, 제대로 된 중놈은 아닌 것 같구나.'

이막수는 불진을 뒤로 날려 금륜을 막고, 오른손으로 아기를 들어 가슴을 보호했다. 그러나 국사는 돌연 금륜의 방향을 위로 바꾸어 상대의 얼굴을 공격했다. 불과 이막수로부터 수 척 거리에서 갑자기 금륜을 날리니 그 속도와 힘이 막강해 막기가 불가능해 보였다. 하지만 이막수는 평생 강호를 떠돌아다니며 수많은 적과 대적한 백전노장이었다. 그녀는 위급해지자 두 발을 땅에 고정시킨 채 몸을 뒤로 젖히고 불진으로 적의 어깨를 반격했다. 국사는 오른쪽 어깨를 급히 움츠려 아슬아슬하게 피했지만 어깨 끝을 조금 맞고 말았다. 이번에는 국사가 곧장 오른손으로 장력을 날려 이막수의 왼팔을 쳤다.

"아야!"

이막수는 비명을 지르며 몸을 뒤로 급히 피했다. 왼팔에 감각이 없다고 느끼는 순간, 그만 아기를 국사에게 빼앗기고 말았다. 국사가 기쁨에 휩싸여 아기를 잡아 품에 안으려는데 갑자기 등 뒤에서 바람소리가 났다. 국사가 돌아보는데, 이미 흰 그림자가 눈앞에 어른거리다 사라졌다. 바로 양과가 달려들어 아기를 빼앗아간 것이었다. 양과는 아기를 잡은 후 땅바닥을 굴러 장검으로 원을 그려 몸을 보호하며 일어섰다. 그는 순수추주順水推舟 초식으로 장검을 휘둘러 두 적이 접근하지 못하도록 막았다.

양과는 아기가 국사의 수중에 들어간 것을 보고 조금만 지체하면 영영 되찾지 못할 것이라 생각했다. 그래서 국사가 아기를 안으려 할 때 목숨을 걸고 요교공벽夭矯空碧으로 뛰어들어 단번에 아기를 가로챈 것이다. 아기가 세 사람 사이에서 차례로 옮겨진 것은 실로 찰나의 순간이었다.

이막수는 양과가 이런 고강한 신법을 민첩하게 구사하는 것을 보자 갈채를 보냈다.

"양과, 제법인데."

국사는 대로하여 쌍륜을 휘둘렀다. 마치 용이 포효하는 듯한 소리가 한참 동안 계곡에 울려 퍼졌다. 국사가 왼손으로 옷자락을 터는 순간 오른손의 금륜이 양과를 향해 날아갔다.

양과는 이제 신속히 도망가는 일만 남았다. 그는 일단 금륜을 피하고 몸을 돌렸다. 그러나 바로 뒤에서 이막수가 불진으로 길을 막고 있었다. 이막수가 웃으며 말했다.

"양과야, 그냥 가면 안 되지. 먼저 저자를 물리친 후에 이야기하자."

양과와 국사는 몇 차례 겨루어보았기 때문에 상대의 초수를 훤히 꿰뚫고 있었다. 그런 터라 출수가 훨씬 빨랐다. 쌍륜과 검의 빛이 사방에 날리면서 두 사람은 순식간에 20초식을 주고받았다. 이막수는 두 사람 사이에 끼어들지 않았다.

'그동안 무공이 몰라보게 높아졌군. 그나저나 저 중놈은 왜 이리 독한 거야?'

이막수는 두 사람의 대결을 지켜보며 속으로 놀라움을 금치 못했다. 사실 양과의 무공이 다소 상승된 것은 사실이었다. 그러나 살날이 얼마 남지 않았으니 살아 있는 동안 곽정의 은혜에 보답하고자 죽기를 각오하고 덤벼든 탓에 위력이 전보다 더 강해 보이는 것뿐이었다. 양과는 위험한 초식 앞에서도 자신을 돌보지 않고 오히려 맞받아침으로써 국사가 초식을 바꿀 수밖에 없게 만들었다. 하지만 자신의 목숨은 돌보지 않더라도 아기의 안전은 생각해야 했다. 절대로 곽정의 아기를 위험에 빠뜨릴 수는 없었다. 그러다 보니 시간이 지날수록 점점 불리한 상황에 빠지며 위험한 고비를 맞게 되었다. 양과가 아기를 보호하는 데 온 신경을 기울이자 국사는 양과보다는 아기를 향해 공격을 퍼부었다. 양과는 더욱 허둥대며 공격을 제대로 받아내지 못했다.

"사백, 어서 나를 도와주세요. 일단 저자를 물리치고 다시 이야기해요."

국사는 이막수를 흘낏 바라보았다. 하지만 이막수는 한가로운 웃음을 짓고 강 건너 불구경하듯 서 있기만 했다.

'소용녀도 저 여자를 사자라고 부르는 걸로 보아 분명 양과의 사백이 맞는 것 같은데 왜 도와주지 않는 거지? 무슨 꿍꿍이가 있는 게 아닐까? 하여튼 먼저 양과 놈을 처치한 다음 아기를 빼앗아야겠다.'

국사는 공격에 더욱 힘을 실어 양과를 옴짝달싹하지 못하게 몰아붙였다. 이막수는 양과가 금방이라도 윤자에 맞아 죽을 것 같자 도와주려고 나서다가 생각을 고쳐먹었다.

'이 녀석의 무공은 나날이 높아지니 저 중놈이 양과를 제거하도록 놔두는 게 나을지도 몰라. 나중에는 나도 저놈을 어찌하지 못할 거야.'

그녀는 양과가 도와달라고 소리쳐도 모른 척하며 뒷짐을 진 채 한가로이 싸움을 구경했다.

두 사람은 다시 치열한 접전에 돌입했다. 양과의 내공이 국사보다 못한 탓에 한참을 싸우자 가슴에 통증이 느껴졌다. 양과는 몇 걸음 뒤로 물러났다. 그런데 이렇게 싸우는 동안에도 품 안의 아기가 전혀 반응하지 않았다. 양과는 이상한 생각이 들어 황급히 아기를 한 번 쳐다보았다. 다행히 아기는 새카만 눈동자를 크게 뜨고 양과를 바라보고 있었다. 너무나 사랑스러운 모습이었다. 양과는 곽부와는 사이가 좋지 않았지만 이 아기에게는 남다른 감정이 생겼다.

'내가 누구를 위해 싸울 수 있는 것도 7일밖에 남지 않았다. 이 아기를 위해 목숨을 걸고 싸우는 것도 괜찮겠지. 그런데 나중에 아기가 제 언니처럼 자라면 나를 기억할 수나 있을까?'

양과는 돌연 마음이 뭉클해지면서 눈물이 날 것 같았다.

'내가 꼭 너를 안전하게 보호해줄게.'

세 사람 중에서 국사의 무공이 제일 강했고, 이막수의 공격이 가장 악랄했다. 하지만 재치와 꾀로 치자면 단연 양과가 우위였다. 양과는 곧 위험에서 벗어날 계책을 생각해냈다.

'예전에 백모님이 《삼국지》 이야기를 해주실 때, 조조의 위나라가

가장 강해서 유비가 조조를 대항하기 위해서는 손권과 연맹을 맺을 수밖에 없다고 하셨어.'

이막수는 자신을 도와주지 않으려고 하니 자신이 이막수를 돕는 수밖에 없었다. 양과는 이런 결론을 내리고 검을 두 번 휘둘러 국사를 막은 후, 급히 뒤로 물러나 아기를 이막수에게 안겨주었다.

"받으세요!"

이막수는 영문도 모른 채 일단 아기를 받았다.

"사백, 어서 아기를 안고 도망가요. 제가 저놈을 막을게요."

양과는 검을 휘둘러 국사가 다가오지 못하게 했다.

'사문의 정을 생각해서 아기를 다치게 하지는 않을 거라고 생각하고 나에게 넘겨준 거로군. 참 기막힌 생각이야.'

이막수는 양과가 화근을 자신에게 떠넘겼다고는 생각지도 못하고 얼른 발걸음을 재촉했다. 국사는 팔을 휘둘러 금륜을 날렸다. 그러나 양과가 아닌 이막수를 향해서였다. 국사의 출수가 얼마나 빠른지 금륜이 눈 깜짝할 사이에 이막수의 등을 습격했다. 이막수는 어쩔 수 없이 불진을 뒤로 날려 막을 수밖에 없었다. 양과는 자신의 계책이 성공하자 잠시 숨을 돌렸다. 그러나 아기 때문에 이막수처럼 수수방관할 수는 없었다. 그는 두 사람이 조금 지치기를 기다렸다가 호흡을 고른 후 검을 들고 국사에게 달려갔다.

한낮의 뜨거운 태양이 울창한 밀림 속 나뭇잎 사이로 파고들었다. 양과는 정신을 바짝 차리고 더욱 맹렬한 공격을 퍼부었다. 땅, 소리와 함께 동륜이 군자검에 의해 잘려나갔다. 국사는 정신이 없는지 잠시 멈칫하더니 괴성을 지르며 더욱 맹렬한 출수를 펼쳤다. 그때 양과에게 또 좋은 생각이 떠올랐다.

"사백, 윤자를 조심하세요. 그리고 저자의 상처에 맹독이 묻어 있으니 건드리면 안 돼요."

국사는 양과의 장검에 찔린 후 검에 독이 묻어 있을까 걱정해왔다. 하지만 오래 싸워도 상처 부위에 별다른 이상이 없자 안심하고 있었는데 다시 이런 소리를 들으니 걱정이 되지 않을 수 없었다.

'공손지는 악랄한 놈이니 검에 정말 독이 묻어 있을지도 모른다.'

이런 생각을 하니 금세 공세가 주춤해졌다. 이막수는 무서운 기세로 불진을 휘두르며 소리쳤다.

"과야, 독검으로 저자를 찔러버려."

소리를 지르며 이막수는 손을 흩뿌렸다. 흡사 암기를 발하는 것 같았다. 국사는 윤자를 휘둘러 가슴을 막았으나 이막수의 동작은 허초였다. 그녀는 국사의 무공이면 손쉽게 빙백은침을 막을 수 있다는 것을 알았기 때문에 일단 허초를 써서 국사를 주춤하게 만들었다. 그러고는 쌍륜의 포위에서 벗어나자 방향을 틀어 달리기 시작했다.

국사는 양과의 검에 독이 묻어 있을지도 모른다고 생각했지만 상처 부위가 마비되거나 붓지 않자 잠시 걱정을 접었다. 절대 이런 좋은 기회를 놓칠 수 없는지라 국사는 전력을 다해 이막수를 쫓기 시작했다.

양과는 이번 싸움의 결말이 어떻게 날지는 모르지만, 갓 태어난 어린 아기가 강한 들판의 바람을 저리 맞았으니 구한다 하더라도 살 수 없을 것 같다는 느낌이 들었다. 그렇다고 그냥 내버려둘 수도 없는 일이라 일단 두 사람이 힘을 합쳐 국사를 물리치는 방법밖에는 없었다.

"사백, 도망가지 마세요. 이 중은 독을 맞았으니 얼마 살지 못할 거예요.”

양과의 말이 끝나자마자 이막수는 앞으로 몸을 움츠리더니 동굴로 쏙 들어갔다. 국사는 순간 멈춰 서며 따라 들어가지 못했다. 그러나 양과는 혹시 이막수가 아기에게 독수를 써서 죽일까 봐 검을 앞세우고 곧장 따라 들어갔다. 이미 자신의 목숨 따위는 안중에도 없었다. 은빛이 번쩍하더니 빙백은침 세 개가 양과 앞에 떨어졌다.

“사백, 저예요.”

동굴은 한 치 앞도 보이지 않게 컴컴했지만 어둠에 단련된 양과는 아기를 안고 있는 이막수의 모습을 볼 수 있었다. 이막수는 오른손에 은침 몇 개를 쥐고 있었다. 양과는 아무런 적의가 없다는 것을 보이기 위해 검으로 동굴 입구를 지키고 섰다.

“함께 중놈을 막아요.”

국사는 두 사람이 금세 나오지 못할 거라고 생각하고 동굴 옆에 좌정한 후 옷깃을 풀어 상처를 살펴보았다. 상처는 피같이 붉기만 할 뿐 중독의 기미는 전혀 없었다. 손으로 눌러보자 통증이 전해졌다. 다시 내공을 온몸으로 운기하자 몸속 어느 곳도 막히지 않고 순통하게 운기되었다. 국사는 안도의 숨을 쉬면서도 화가 버럭 치밀었다. 양과의 검에 독이 없어 다행이긴 했지만 번번이 어린놈의 꾀에 속아 넘어가 희롱을 당하자 괘씸하기 짝이 없었다. 반드시 저놈을 잡아 죽일 것이라 다짐하고 다시 동굴을 살펴보았다. 동굴은 긴 풀로 덮여 있었고, 입구는 겨우 한 사람이 지나갈 정도로 좁았다. 자신처럼 체구가 큰 사람이 선불리 들어갔다가는 필시 무슨 변을 당할 것 같았다. 그렇게 속수무책 기다리고 있는데 산언덕에서 고함 소리가 들렸다.

"국사! 여기서 뭘 하고 계십니까?"

니마성이었다. 국사는 여전히 동굴 입구에서 시선을 떼지 않은 채 대답했다.

"토끼 세 마리가 동굴로 들어갔습니다. 토끼를 몰아내려고 하는 중입니다."

니마성은 양양성 싸움에서 아무 성과 없이 군영으로 돌아가는 길에 멀리서 국사의 금륜, 동륜, 납륜이 날아다니는 것을 보고 황급히 달려온 것이었다. 국사가 온 신경을 집중해 동굴을 바라보고 있자 짚이는 바가 있었다.

"곽정이 동굴 안으로 들어갔습니까?"

"남자 토끼 한 마리, 여자 토끼 한 마리, 그리고 새끼 토끼 한 마리가 있습니다."

니마성은 더욱 기뻤다.

"아, 곽정 부부 말고 양과도 있군요."

국사는 그냥 그렇게 믿도록 내버려두고는 사방을 둘러보며 계책을 생각했다. 그는 마른 나뭇가지와 풀을 동굴 입구에 쌓고는 불을 붙였다. 마침 강한 서풍이 불어와 짙은 연기가 금세 동굴 입구로 스며 들어갔다.

국사가 나뭇가지를 쌓고 있을 때 양과는 이미 상황을 짐작하고는 이막수에게 소곤거렸다.

"사백, 동굴에 다른 출구가 있나 살펴볼게요."

양과는 굴 안으로 들어갔으나 7~8장이 지나자 끝이 막혀 있어 다시 돌아왔다.

"불을 피우려는 모양인데 어쩌죠?"

이막수는 상황이 위급해지면 아기를 버리고 혼자 도망갈 생각이었다. 그 중과 별다른 원한이 있는 것도 아니고, 그자의 목표는 아기인 듯하니 아기만 데려가지 않으면 자신을 물고 늘어지지는 않을 것 같았다. 이막수는 이런 생각에 그저 미소만 지은 채 상황을 지켜보았다. 잠시 뒤 동굴 안에 연기가 점점 짙어졌다. 양과와 이막수는 호흡을 멈출 수 있어 괜찮았으나 아기는 괴로워하며 울기 시작했다.

"마음이 아프냐?"

이막수가 냉소를 지었다. 양과는 품 안에 아기를 안고 악전고투를 벌이면서 아기에 대한 연민과 애정이 생겼다. 아기가 저렇게 우니 정말로 마음이 아팠다.

"내가 안을게요."

양과는 손을 벌리며 앞으로 다가갔다. 하지만 이막수가 불진을 휘두르며 가까이 오지 못하게 했다.

"빙백은침이 무섭지 않으냐?"

양과는 뒤로 물러나면서 '빙백은침'이라는 말을 듣자 돌연 좋은 생각이 떠올랐다. 처음 이막수와 만났을 때 은침을 잠깐 잡고 있었는데도 온몸이 독으로 중독되었다. 양과는 그때의 일을 떠올리며 옷깃을 찢어 오른손에 감고는 동굴 입구에서 이막수가 던진 은침 세 개를 주웠다. 곧 은침 두 개를 흙 속에 거꾸로 박고, 나머지 하나는 침 끝을 밖으로 향하게 한 뒤 흙으로 덮어 감추었다. 동굴 입구는 풀로 덮여 있는 데다 연기가 자욱해 밖의 두 사람은 양과의 행동을 전혀 보지 못했다. 양과는 모든 조치를 끝낸 후 다시 돌아와서 소리를 낮추어 말했다.

"이길 방법이 있으니까 아기가 울지 않도록 달래보세요."

그러고는 소리를 질렀다.

"좋아! 동굴 뒤에 출구가 있으니 얼른 나가요!"

아주 기쁨에 넘치는 소리였다. 이막수조차 정말 동굴 뒤에 출구가 있다고 믿을 뻔했다. 양과는 고개를 숙여 입을 이막수의 귀에 바짝 갖다 댔다.

"거짓말이에요. 중을 속이려고요."

국사와 니마성은 양과의 외침을 듣고 깜짝 놀랐다. 과연 동굴에는 인기척이 없고 아기 울음소리도 점점 멀어졌다. 실은 양과가 소매로 아기의 얼굴을 막고 있었지만 이들은 정말 양과 일행이 동굴 뒤로 도망갔다고 생각했다. 니마성은 깊이 생각하지도 않고 즉시 이들을 막겠다며 뒤로 돌아갔다. 하지만 국사는 가만히 생각하며 동굴 안의 동정을 살폈다. 자세히 들어보니 아기의 울음소리가 낮아지고는 있지만 멀어지지는 않았다. 분명 양과가 꾀를 써서 자신이 뒤로 돌아간 사이에 나오려는 것임을 알고는 속으로 냉소를 지었다.

'그런 얄팍한 속임수를 쓰다니 겁도 없는 놈.'

국사는 동굴 옆에 숨어서 금륜과 은륜을 들고 양과가 나오기만을 기다렸다.

"사백, 중놈이 갔나 봐요. 함께 나가요."

양과는 일부러 큰 소리로 이렇게 말하고서 다시 목소리를 낮추어 말했다.

"둘이 싸우는 척해서 저자가 동굴 안으로 들어오도록 만들어요."

이막수는 그의 속셈이 무엇인지 정확히 알 수는 없었으나 양과의 꾀를 믿는지라 거절할 필요가 없었다. 먼저 국사를 쫓아낸 다음 〈옥녀심경〉과 아기를 바꾸어도 늦지 않다고 생각했다. 그래서 고개를 끄덕였다.

"아야!"

두 사람은 동시에 소리를 질렀다. 양과는 부상이 심한 척하며 신음을 내질렀다.

"어…… 어떻게 나한테 이런 독수를 쓸 수 있어요?"

그러고는 곧 소리를 낮추어 말했다.

"곧 죽을 것처럼 하세요."

"좋다. 내 오늘…… 비록 네 손에 죽긴 하지만 네놈도…… 살지는 못할 것이다."

이막수는 숨이 끊길 것처럼 헐떡거렸다. 국사는 동굴 입구에서 이 소리를 듣고 크게 기뻐했다. 아기를 가지려고 서로 독수를 써서 동굴에서 나오기도 전에 서로를 죽였구나 하고 생각했다. 국사는 아기가 죽으면 곽정을 위협할 인질이 없어지니 황급히 장작더미를 치우고 동굴 안으로 들어갔다. 그러나 두 걸음을 내딛는 순간 왼쪽 발바닥이 따끔했다. 국사는 빠른 신법으로 다음 발을 땅에 딛지 않고 오른발에 힘을 주어 동굴 밖으로 몸을 날렸다. 왼발이 땅에 닿자 너무 저려서 넘어질 뻔했다. 그는 내공이 강해 그 어떤 경우에도 착지할 때 몸이 휘청거린 적이 없었다. 맹독에 중독된 것이 틀림없었다. 신발을 벗고 자세히 살펴보려는데 니마성이 산등성이를 돌아 나왔다.

"양과 놈이 속인 모양입니다. 출구가 없어요. 동굴에 곽정과 그 부인이 아직도 있을 겁니다."

국사는 신을 벗으려다 멈추고 아무런 요동 없이 태연히 말했다.

"맞소. 하지만 동굴 안에서도 아무 소리가 들리지 않으니 아마 질식한 모양입니다."

니마성은 뛸 듯이 기뻐했다. 그는 국사가 먼저 공을 가로채기 전에 곽정을 잡으려는 생각에 얼른 동굴 안으로 들어갔다. 니마성은 체구가 작아 보폭도 작지만 걸음이 빨라서 오른발에 은침이 찔렸는데도 이미 왼발이 땅에 닿아 왼발에도 은침이 꽂혔다. 천축은 날씨가 더워 거의 맨발로 다녔다. 그래서 니마성은 신발을 신고 있지 않았다. 신발을 신었다 하더라도 빙백은침은 두꺼운 소가죽을 쉽게 뚫었을 것이다. 니마성은 천성이 용감하고 두려움을 모르는지라 작은 상처 따위는 신경도 쓰지 않았고 앞에 다른 암기가 없는 것을 확인한 후 곽정 부부를 잡으러 앞으로 나가려 했다. 그런데 두 다리에 마비가 오더니 그만 균형을 잡지 못하고 넘어지고 말았다. 그제야 침에 맹독이 묻어 있었음을 알고 허둥지둥 동굴 밖으로 나왔다. 동굴 밖에서는 국사가 신발을 벗고 까맣게 부어오른 왼쪽 발을 잡고 운기를 하며 독을 위로 뽑아내고 있는 중이었다.

"이 썩을 중놈! 먼저 독에 중독되었으면서 왜 말을 안 한 거야? 나도 이렇게 당해야 속이 시원하단 말이냐?"

화가 머리끝까지 난 니마성이 고래고래 소리치자 국사는 냉랭하게 미소를 지었다.

"나도 함정에 걸렸으니 당신도 함정에 걸려야 공평한 거 아닌가."

니마성은 분노를 참지 못하고 욕을 해댔다.

"좋다. 곽정도 필요 없다. 나 니마성은 오늘 네놈을 그냥두지 않겠다. 우리 둘이서 오늘 죽기 살기로 결판을 내자!"

니마성은 발에 힘을 줄 수가 없어서 왼손으로 땅을 짚고는 오른손에 든 철사봉鐵蛇棒으로 국사의 머리를 쳤다. 국사는 동륜으로 철사봉을 막고 팔을 휘두르면서 팔꿈치로 상대방을 찔렀다. 니마성은 몸이 허공에 있어서 피하기가 힘든 데다 국사의 공격이 너무나 빨라서 팔꿈치에 어깨를 가격당했다. 단단한 골격과 체구를 자랑하는 니마성도 이렇게 얻어맞자 극심한 통증을 느꼈다. 그는 더욱 광분하며 입에 거품을 물고 죽기 살기로 덤벼들었다. 그는 국사를 힘껏 껴안고 입으로 상대의 목 아래에 있는 기사혈氣舍穴을 물었다. 평상시 같았으면 그의 무공으로 어찌 니마성 따위에게 잡히고, 심지어 목 아래 대혈을 물도록 내버려두었겠는가. 하지만 맹독에 깊이 중독된지라 온몸의 내력內力과 독 기운이 상극을 이루고 있었다. 독 기운이 허벅지와 종아리 사이의 곡천혈曲泉穴을 넘지 않도록 해야만 그나마 목숨을 보존할 수 있었다. 그런 까닭에 국사는 외공으로 막을 수밖에 없었다.

니마성은 죽을힘을 다해 혈도를 꽉 물고 늘어졌다. 그러나 양다리에 힘이 없어 앞으로 달려들자마자 국사를 안은 채 동시에 쓰러지고 말았다. 국사는 어떻게든 니마성을 떼어내려고 했지만 대혈을 물렸고 손에 힘도 크게 떨어져서 꼼짝도 할 수가 없었다. 그저 니마성의 뒷목 대추혈大椎穴을 누르며 함부로 독수를 써서 죽이지 못하도록 막기만 할 뿐이었다.

제아무리 일류 고수인 이들도 중독된 후에는 마치 시정 무뢰배들의 치고받는 싸움 수준밖에 되지 못했다. 두 사람은 땅을 이리저리 구르다가 점점 계곡의 절벽 근처로 다가가고 있었다.

"어서 손을 놔. 한 발만 더 가면 둘 다 떨어져서 뼈도 못 추린다."

국사가 소리쳤으나 이미 이성을 잃은 니마성은 아무 소리도 들리지 않았다. 니마성은 운기를 하지 않아서 내력이 조금 더 남아 있었다. 그가 있는 힘껏 앞으로 미니 국사는 당해낼 수가 없었다. 이제 절벽 끝까지는 겨우 한 뼘 거리였고 아래는 깊은 계곡이었다. 국사는 죽음의 문턱에서 기지를 발휘했다.

"곽정이다!"

"어디?"

니마성이 말을 하느라 입을 벌리는 바람에 국사의 혈도가 풀렸다. 국사는 왼손에 기를 모아 앞으로 몸을 휙 날렸다. 니마성은 잽싸게 고개를 숙였다. 동시에 허리를 굽히며 앞으로 곤두박질쳤다. 국사는 원래 니마성을 물러나게 하려 한 것인데 뒤로 후퇴하기는커녕 오히려 앞으로 고꾸라지니 당황스럽지 않을 수 없었다. 그는 니마성의 두 발이 중독되어 걸을 수 없다는 것을 잊고 있었던 것이다. 이윽고 두 사람은 한데 엉켜서 몸이 허공에 붕 뜨더니 그만 계곡 아래로 떨어지고 말았다.

이막수는 양과의 계략이 성공하자 속으로 그의 기지에 혀를 내둘렀다. 두 사람은 밖에서 욕을 하며 싸우는 소리를 듣고 안심하며 밖으로 걸어 나가려 했다. 그때 국사와 니마성이 동시에 내지르는 비명 소리가 들렸다. 두 사람이 절벽 아래로 떨어지면서 내는 소리였다. 하지만 절벽과 동굴은 수 장 멀리 떨어져 있었고, 암석으로 가로막혀 있는 데다 동굴에서는 밖의 상황을 볼 수 없었으므로 두 사람은 어찌 된 영문인지 알 수 없었다.

"그들은 어떻게 되었을까?"

양과 또한 두 사람이 계곡 아래로 떨어졌을 거라고는 생각지도 못했다.

"중놈은 아주 교활하니 우리가 일부러 싸운 걸 알고 속임수를 쓰는지도 몰라요. 우리를 밖으로 유인하려고요."

이막수는 맞는 말이라고 생각했다.

"흥, 우리를 밖으로 꾀어내 해독약을 빼앗으려는 걸 거야."

이막수는 천천히 동굴 입구로 걸어가 머리를 내밀고 밖의 동정을 살피려 했다.

"땅 밑의 은침을 조심하세요."

양과는 말을 뱉자마자 후회했다.

'왜 저 마두를 도와주려 했을까?'

양과는 천성이 선량한 데다 이막수와 함께 적을 물리친 상황이라 그만 이막수 또한 자신의 적임을 잊고 있었던 것이다. 이막수는 흠칫 놀라 발을 움츠렸다.

이미 불도 꺼져 동굴은 다시 칠흑 같은 어둠에 휩싸였다. 이막수는 양과만큼 눈이 밝지 않아 어둠 속에서 사물을 잘 구분할 수 없었다. 당연히 은침이 어디에 꽂혀 있는지 알 수가 없었다. 만약 함부로 발을 옮겼다가는 십중팔구 찔리고 말 것 같았다. 비록 해독약이 있긴 했지만 침의 독이 워낙 맹독이라 치료해도 고통이 심했다. 게다가 독을 당한 틈을 이용해 양과가 공격을 해오면 방어하지 못하고 그에게 굴복당할 게 뻔했다.

"왜 여기서 주춤하고 있는 거냐? 어서 침을 뽑아라!"

"잠시만요. 두 사람이 죽은 뒤에 나가요."

이막수는 양과를 의심하지 않을 수 없었다. 그와 함께 어두운 동굴에 있는 것은 호랑이와 함께 굴속에 있는 것과 같았다. 무공도 양과보다 높다고 할 수 없고 게다가 두뇌마저 훨씬 떨어지니 너무나 위험한 일이었다. 이막수는 경계심을 늦추지 않으면서 동굴에서 나갈 방법을 궁리하느라 고심했다.

동굴 밖은 고요한 정적이 흐르고 동굴 안에서도 각자 생각에 잠겨 있느라 아무 소리도 들리지 않았다. 그때 아기가 으앙, 하고 울음을 터뜨렸다. 태어나서 지금껏 젖을 한 방울도 먹지 못했으니 배가 고팠던 것이다. 이막수는 냉소를 지었다.

"사매는? 자기 아기가 배고파 죽어가는데도 매정하게 모른 척하는 거냐?"

"누가 선자의 아기래요? 이 아기는 곽 대협의 아기예요."

"흥, 곽 대협의 이름으로 날 위협하면 내가 겁먹을 줄 아느냐? 남의 아기를 왜 죽기 살기로 빼앗으려 드느냐? 분명 너와 사매의 아기가 틀림없어."

양과는 화가 나서 소리쳤다.

"내가 선자와 결혼하려는 것은 사실이에요. 하지만 우린 아직 혼례도 치르지 않았는데 어떻게 아기를 낳아요? 말을 좀 가려서 하세요."

이막수는 냉소를 지으며 입을 삐죽거렸다.

"내 말을 탓하기 전에 너와 네 사부의 행실부터 제대로 해."

양과는 평생 소용녀를 하늘처럼 받들어왔다. 다른 사람이 소용녀를 모욕하는 것은 참을 수가 없었다.

"우리 사부님은 옥같이 깨끗하고 순결한 분이에요. 함부로 말하지 마세요."

"옥같이 깨끗하고 순결한 사람이 결혼도 하지 않고 아기를 낳았단 말이냐?"

양과는 돌연 검을 뽑아 이막수의 가슴을 겨누었다.

"날 욕하는 건 괜찮지만 선자를 모욕하면 절대 살려두지 않을 거예요."

양과는 연이어 세 번 검을 휘둘렀다. 검법이 오묘한 데다 어둠을 꿰뚫는 눈을 가져서 방향도 정확했다. 이막수는 바람 소리만으로 공격을 막을 수밖에 없었다. 비록 조금의 실수도 없었지만 몇 초식 겨루자 곧 위험한 상황에 빠졌다. 하지만 양과는 조금이라도 살수를 쓰면 이막수가 아기에게 독수를 쓸까 봐 조심스럽게 공격했다. 두 사람이 10여 초식을 겨루고 있는데 아기가 갑자기 울음을 뚝 그치더니 한참 동안 숨소리가 들리지 않았다. 양과는 깜짝 놀라 급히 검을 거두고 떨리는 목소리로 물었다.

"아기를 다치게 했어요?"

그의 두 눈은 애절하기까지 했다. 이런 모습을 보며 이막수는 아기가 양과의 친자식이 맞다고 생각했다. 그녀의 눈에 살기가 번득였다.

"아직 죽진 않았지만 내 말을 안 듣는다면 이까짓 어린 아기 하나 죽이는 거야 식은 죽 먹기지."

양과는 몸서리가 쳐졌다. 사실 눈 하나 깜짝하지 않고 사람을 죽이는 이막수에게 이런 갓난아기를 죽이는 것은 일도 아니었다. 아주 작은 원한 때문에 일가족을 죽이고 가축조차 남기지 않고 몰살시키는 게 이막수라는 인간의 성정性情이었다.

"제 사백님이니 사부님을 욕하지만 않으면 당연히 말을 들어야죠."

이막수는 양과의 말투가 부드러워지자 아기가 수중에 있는 한 절대 덤벼들지 못할 것이라고 확신했다.

"좋다. 네 사부를 욕하지 않을 테니 고분고분 내 말을 잘 들어라. 먼저 밖에 나가서 두 놈의 독이 어느 정도나 발작했는지 보고 오너라."

양과는 순순히 밖으로 나가서 사방을 둘러보았다. 그러나 국사와 니마성은 그림자도 보이지 않았다. 국사는 꾀가 많으니 어딘가 숨어 있을 것이라 생각하고 여기저기 수풀 사이로 검을 휘둘러보았다. 하지만 아무런 흔적도 발견할 수 없었다.

"두 사람 다 없어요. 놀라서 멀리 도망갔나 봐요."

"흥, 내 은침에 중독되었으면 도망가봤자 얼마나 멀리 갔겠냐? 동굴의 침을 뽑아서 내 앞에 갖다 두어라."

양과는 아기가 걱정되어 다른 것은 생각할 수도 없었다. 어서 동굴에서 나가 먹을 것을 구해 아기에게 먹여야 할 것 같았다. 그는 민첩하게 옷깃을 찢어 은침을 뽑은 후 이막수에게 주었다. 이막수는 은침을 은낭에 넣고는 밖으로 나갔다.

"어디로 가려고요?"

"집으로 돌아갈 테다."

"아기는요? 아기를 데려가면 안 되죠. 사백 아기도 아니잖아요."

이막수는 순간 뺨이 붉어지더니 곧 무서운 얼굴로 호통쳤다.

"어디서 입을 함부로 놀리는 거냐? 고묘파의 〈옥녀심경〉을 가져오면 털끝 하나 건드리지 않고 아기를 돌려줄 것이다."

이막수는 경공을 펴서 북쪽을 향해 쏜살같이 달렸다. 양과가 그 뒤를 따르며 소리쳤다.

"먼저 젖을 좀 먹여야 해요!"

이막수는 온통 뺨이 발개진 채 휙 돌아보며 소리쳤다.

"이런 하늘 높은 줄 모르고 날뛰는 놈! 어디서 나를 모욕하는 거냐?"

"사백을 모욕하다니요? 아기가 젖을 못 먹었으니 배고프잖아요."

"난 옥같이 깨끗한 처녀의 몸이야. 근데 무슨 젖을 아기에게 먹인단 말이냐?"

양과는 미소를 지으며 말했다.

"아기에게 젖을 먹여야 된다는 말이지, 사백의……."

이막수는 자신도 모르게 픽, 웃음이 새어나왔다. 평생 험한 무림에서 살아온 그녀인지라 아기를 기르는 법은 하나도 알지 못했다.

"대체 어디서 젖을 구하지? 밥을 먹이면 안 돼?"

"이가 있나 없나 한번 보세요."

"한 개도 없는걸."

"그러니까 밥은 먹을 수 없죠. 마을로 가서 아기에게 젖을 물리고 있는 여자를 찾아봐요. 그런 다음 아기에게 먹여주도록 부탁해야죠."

"넌 역시 영리하구나."

두 사람은 언덕에 올라가서 사방을 둘러보았다. 서쪽 저 멀리에서 굴뚝에 연기가 피어오르는 것을 확인한 두 사람은 경공으로 순식간에 마을에 당도했다. 양양 부근의 마을은 거의 몽고군에게 짓밟혀 잿더미로 변하고 이곳의 외딴 마을에만 인가가 몇 군데 남아 있었다. 이막수는 문을 두드리며 차례로 확인한 끝에 네 번째 농가에서 한 젊은 아낙네가 아기를 안고 젖을 먹이는 것을 발견했다. 이막수는 기뻐하며 여자의 품에서 아기를 들어 땅바닥으로 던진 후 곽정의 딸을 품 안으로 밀어넣었다.

"이 아이에게 젖을 먹여라."

그 아낙네의 아들은 땅바닥에 내동댕이쳐져서 손발을 버둥거리며 큰 소리로 울고 있었다. 놀란 부인은 황급히 아기를 안아 올렸고 그 바람에 가슴이 드러나자 양과는 얼른 밖으로 나갔다.

"이 아기에게 젖을 먹이라는데 안 들려? 누가 자기 아기만 안고 있으랬어?"

말소리와 함께 퍽, 하는 소리가 들렸다. 양과가 놀라 급히 뛰어들어가니 농가의 아기가 머리에 피를 흘리며 벽 아래에 쓰러져 있었다. 아낙네는 곽정의 아기를 내려놓고 자신의 아들에게 달려가 아기를 안은 후 비통하게 울어댔다. 이막수는 더욱 화가 나서 불진을 들어 여자의 등을 내리치려 했다. 그러자 양과가 황급히 검을 들어 막았다.

'세상에 이렇게 악독한 여자가 있나?'

속마음은 그랬지만 겉으로 표현할 수는 없었다.

"사백, 만약 이 여자를 죽인다면 젖은 구할 수 없어요."

"네 아기를 위해 한 일이야. 쓸데없이 끼어들지 마!"

"아이고…… 내 아기가 아니라고 했는데도 말끝마다 내 아기라네. 그리고 정말 내 아기라면 어떻게 쓸데없이 끼어든다고 말할 수 있어요?"

양과는 화를 꾹 참고 웃으며 말했다.

"아기가 배가 고프니 일단 빨리 젖을 물려야 해요."

양과가 아기를 안으려 하자 이막수는 불진으로 가로막으며 소리쳤다.

"감히 아기를 빼앗으려고?"

양과는 뒤로 한 걸음 물러나 쓴웃음을 지었다.

"좋아요, 좋아. 내가 손대지 않으면 되잖아요."

이막수는 아기를 안은 후 다시 그 젊은 아낙네의 품에 안겨주려고 몸을 돌렸다. 그러나 아낙네는 이미 어디로 사라졌는지 보이지 않았다. 두 사람이 싸우는 틈에 자신의 아기를 안고 몰래 뒷문으로 빠져나간 것이었다. 이막수는 화가 머리끝까지 솟아 문을 박차고 나갔다. 저 앞에서 아낙네가 아기를 안고 달려가는 것이 보이자 이막수는 콧방귀를 뀌며 다가가 불진으로 머리를 내리쳤다. 바람 소리와 함께 두 모자는 머리가 으깨져 그 자리에서 즉사하고 말았다. 양과는 진절머리를 쳤다.

다시 젖을 물릴 사람을 찾아보았으나 마을에는 남자밖에 없었다. 이막수는 더욱 성을 내며 닥치는 대로 사람을 죽이고 부뚜막에서 불을 꺼내 여기저기 초가지붕에 불을 지른 후 마을을 나갔다.

양과는 악랄하기 짝이 없는 이막수의 행동에 탄식을 하며 곁을 떠나지 않았다. 두 사람은 야산으로 들어가서 수십 리를 걸어갔다. 아기도 울다 지쳤는지 이막수의 품에서 곤히 잠들었다. 그렇게 한참을 가고 있는데 이막수가 돌연 발걸음을 멈췄다.

"이크!"

그들 앞에 얼룩 표범 새끼 두 마리가 장난을 치며 놀고 있었다. 이막수는 표범에게 다가갔다. 막 새끼 표범을 발로 차려는데 수풀 속에서 으르릉하는 소리가 들리더니 큰 표범 한 마리가 달려 나왔다. 어미 표범이었다. 깜짝 놀란 이막수는 급히 왼쪽으로 물러서 몸을 낮추자 어미 표범은 즉시 방향을 바꾸어 달려들면서 사납게 울부짖었다. 이막수는 불진을 들어 표범의 두 눈 사이를 때렸다. 그러자 표범은 고통을 못 이겨 포효하며 몸을 솟구치더니 흰 이빨을 드러내면서 땅에 바짝 엎드렸다. 공격의 기회를 노리는 표범의 두 눈에서 불꽃이 이글거렸다. 이막수는 서슴지 않고 왼손을 들어 표범의 두 눈을 향해 은침을 날렸다. 그때 양과가 급히 외치며 장검으로 은침을 막았다.

"잠깐!"

그 순간 표범이 공중으로 훌쩍 뛰어오르더니 위에서 덮쳤다. 양과도 재빨리 몸을 날려서 오른손 주먹을 뻗어 표범의 뒷덜미 척추를 가격했다. 표범은 고통스럽게 소리를 지르며 땅에 떨어졌으나 곧 다시 뛰어올라 양과를 덮쳤다. 양과는 몸을 옆으로 피한 후 왼손으로 장력을 날렸다. 이 장에는 내공이 실려 있어 표범은 그대로 뒤로 고꾸라졌다.

이막수는 이 광경을 지켜보며 의아해했다. 자신의 은침으로 간단히 표범을 죽일 수 있었는데 왜 갑자기 표범을 구해주더니 이 고생을 하며 표범과 싸우고 있는지 알 수가 없었다. 양과는 왼쪽과 오른쪽 장을 잇달아 뻗어서 표범이 일어나면 다시 쓰러뜨렸다. 그러나 표범의 급소를 맞히지는 않았다. 표범은 더 이상 견디지 못하고 산언덕으로 도망가기 시작했다. 양과는 도망가는 표범의 꼬리를 잡아 끌어당기려 했다. 그런데 기가 죽은 표범의 꼬리가 두 다리 사이에 감춰져 있어서 쉽게 꼬리를 잡을 수가 없었다. 하는 수 없이 경공술로 막 뒤쫓아가려는데 이상하게도 표범은 죽을힘을 다해 도망가는 것이 아니라 끙끙 소리를 내며 껑충껑충 뛰듯이 가고 있었다. 아마도 남아 있는 새끼들에게 신호를 보내고 있는 것 같았다. 양과는 두 손을 뻗어 한 손에 한 마리씩 새끼 표범의 목덜미를 잡아 높이 치켜올렸다. 그러자 어미 표범은 더 이상 도망가지 못하고 다시 양과에게 뛰어들었다. 양과는 새끼 표범을 이막수에게 던지며 소리쳤다.

"잡고 있어요. 하지만 죽이면 안 돼요."

양과는 표범보다 훨씬 높이 몸을 날렸다. 요교공벽으로 그는 공중에서 떨어지는 지점을 정확히 확인한 후, 표범의 등으로 떨어져 올라탔다. 그러고는 잽싸게 두 귀를 잡아 아래로 당겼다. 표범은 있는 힘껏 발버둥 쳤으나 급소가 제압당하자 입을 흙 속에 파묻은 채 쓰러졌다.

"사백, 어서 나무껍질로 밧줄을 만들어 두 다리를 묶어주세요."

"흥, 너랑 놀아줄 시간 없어."

이막수는 콧방귀를 뀌며 돌아서서 가려고 했다.

"누가 논다고 그래요? 이 표범은 젖이 나온단 말이에요!"

이막수는 그제야 양과의 행동을 이해하고 크게 기뻐했다.

"그렇구나."

이막수는 즉시 나뭇가지를 벗겨서 밧줄을 만든 후 표범의 입을 동여매고 앞다리와 뒷다리도 묶었다. 양과는 몸에 묻은 흙먼지를 툭툭 털어내면서 일어섰다. 꼼짝없이 묶여 있는 표범의 두 눈은 공포로 가득했다. 양과는 그런 표범의 머리를 쓰다듬으며 웃었다.

"잠깐 젖을 좀 줘. 절대 널 죽이지는 않을게."

이막수는 아기를 안고 표범의 젖꼭지에 입을 갖다 댔다. 아기는 너무 배가 고픈지 작은 입을 벌리고 젖을 빨았다. 표범의 젖은 양이 아주 많아서 아기는 금세 배를 채운 후 잠이 들었다.

이막수와 양과는 젖을 먹고 잠든 아기를 바라보았다. 작고 귀여운 아기의 얼굴에 배시시 웃음이 피어오르자 두 사람은 너무 좋아서 서로를 바라보며 싱긋 웃었다. 그러자 서로를 경계하던 마음이 순식간에 사라졌다. 이막수는 얼굴 가득 온화한 표정을 짓고 자장가를 흥얼거리며 아기를 토닥여주었다. 양과는 부드러운 풀을 베어다가 나무 그늘 아래 폭신하게 깔았다.

"여기에 아기를 눕히세요."

이막수는 황급히 소리를 내지 말라는 손짓을 했다. 양과는 혀를 날름거리며 장난스러운 표정을 지어 보였다. 아기가 편안히 잠들자 자신도 모르게 안도의 한숨을 내쉬었다. 저쪽에서는 새끼 표범이 어미의 품에서 젖을 먹고 있었다. 사방이 꽃향기로 가득하고 부드러운 바람이 옷깃을 스쳤다. 그들 주위의 살기는 사라지고 사람과 동물이 공존하는 평화가 왔다.

양과는 지난 며칠 동안 쉴 새 없이 많은 사건을 겪다가 이제야 한숨을 돌리니 너무나 편안했다. 비록 옆에는 눈 하나 깜짝하지 않고 사람을 죽이는 마수가 있고, 또 한쪽에는 무서운 맹수가 있지만 전혀 두렵지 않았다.

이막수는 아기 옆에 앉아서 천천히 불진을 흔들며 숲의 모기며 곤충들을 쫓아주었다. 수많은 사람을 죽음으로 몰아넣고 무림을 벌벌 떨게 하는 불진이 처음으로 좋은 용도에 쓰이고 있는 순간이었다.

양과는 아기를 바라보는 이막수를 보았다. 이막수의 얼굴에는 몇 번의 변화가 일었다. 미소를 지었다가 다시 고통스러운 표정이 되었고 격정에 차 있다가 다시 잠잠한 평화에 빠져들었다. 그녀는 아마도 평생 자신이 살아온 삶을 되짚어보고 있는 모양이었다. 양과는 예전에 정영과 육무쌍이 한 말을 떠올렸다. 이막수가 이렇게 악독해진 데는 필시 무슨 가슴 아픈 사연이 있을 터. 양과는 이막수라면 치가 떨렸지만 지금 그녀의 모습을 바라보고 있자니 동정심과 가련한 마음이 일었다. 한참 뒤 이막수는 고개를 들다 양과와 눈이 마주치자 빙긋 웃으며 조용조용 말했다.

"곧 날이 저물 텐데 오늘 밤은 어쩌지?"

양과는 사방을 둘러보았다.

"이 덩치 큰 유모를 데리고 다닐 수는 없으니 동굴에서 하룻밤을 지낸 다음 내일 다시 길을 찾아봐요."

이막수는 고개를 끄덕였다.

양과는 사방을 이리저리 헤매다가 드디어 몸을 눕힐 만한 동굴을 발견하고는 부드러운 풀을 깔아서 두 사람이 누울 침대를 만들었다.

"사백, 잠시 쉬세요. 먹을 것을 구해올게요."

양과는 숲속으로 들어갔다. 반 시진도 되지 않아 토끼 세 마리와 나무 열매들을 들고 돌아왔다. 그는 표범의 입을 묶었던 밧줄을 풀고 토끼 한 마리를 던져주었다. 그러고는 마른풀과 부러진 가지들을 모아 모닥불을 피운 후 남은 두 마리의 토끼를 꼬챙이에 꿰어 노릿노릿하게 구웠다. 나무 열매와 토끼 고기로 배를 채운 두 사람은 슬슬 졸음이 왔다.

"사백, 편히 쉬세요. 전 동굴 밖에서 지키고 있을게요."

양과는 긴 밧줄을 두 나무 사이에 묶고 공중에 누웠다. 이것은 고묘파의 연공법으로 이막수로서는 그리 놀라울 것이 없었다. 다만 생소한 분위기에 조금 동요되는 자신을 느꼈다. 그녀는 간혹 제자인 홍능파와 동행하긴 했지만 평생을 혼자 다니다가 오늘 저녁 양과와 하룻밤을 보내게 된 것이다. 그런데 양과가 모든 것을 해결해주면서 곁에 있으니 얼마 전까지 혼자 황야를 누빌 때와는 너무나 느낌이 달랐다. 편안하기도 하고 든든하기도 하고 또 설명할 수 없는 감정에 젖어들기도 했다. 동굴 안에서 아기를 옆에 놓고 누운 이막수는 자신도 모르게 한숨을 내쉬었다.

23

형제의 정과 원한

手足情仇

신조는 생김새가 초라하고 흉측했다. 몸의 깃털은 군데군데 빠져 있고 구부러진 부리에 머리털은 완전히 벗겨졌다. 그런데도 유난히 굵은 다리로 버티고 서 있는 모습이 위압감을 느낄 정도로 늠름했다. 세상에는 많은 맹금류가 있지만 이처럼 웅위雄威한 맹금은 본 적이 없었다.

밤은 깊어갔다. 양과는 깜박 잠이 들었다가 어디선가 이상한 소리가 들려 눈을 뜨고 귀를 세웠다. 멀리 떨어진 곳에서 들렸지만 수리 울음소리가 분명했는데 약간 갈라진 듯하면서도 처량하게 들렸다. 양과는 호기심이 일어 밧줄에서 살며시 내려와 소리가 나는 쪽을 향해 조심스럽게 다가갔다. 수리 울음소리는 간헐적으로 들려왔다. 도화도 곽부가 부리던 두 마리 수리보다 더 우렁차고 걸쭉한 것으로 보아 훨씬 큰 수리인 것 같았다.

소리는 숲속 계곡 쪽에서 나고 있었다. 소리가 점점 가까워지자 양과는 발걸음을 가볍게 하여 살금살금 다가갔다. 나무 사이로 울음소리의 주인공이 보였다. 양과는 깜짝 놀라지 않을 수 없었다. 희미한 달빛 아래 사람 키보다 더 큰 수리 한 마리가 우뚝 서 있었다.

양과는 자신도 모르게 걸음을 멈추었다. 수리는 아직 손님의 등장을 눈치채지 못했다. 그런데 자세히 보니 수리는 누군가에게 몹시 시달린 듯 군데군데 털이 빠져 있었다. 게다가 털 색깔이 어두운 황색이어서 두렵기도 하고 흉측스럽기도 했다.

그때 수리가 날개를 퍼덕이며 우렁찬 소리를 냈다. 크고 날카로운 부리를 벌려 울음소리를 내는 모습에서 어딘지 모르게 위엄이 풍겨났다. 모습은 도화도의 수리들과 닮았지만 그들보다 훨씬 못생겼다. 부리는 구부러졌고 머리에는 벗겨진 털 사이로 붉은 혹이 툭 튀어나와 있었다. 수리는 굵은 다리로 성큼성큼 걷기도 했고, 때로는 날개를 퍼덕이기도 했다. 날개는 또 몸에 비해 특이하게 짧아 저런 날개로 과연 날 수 있을지 의심스러울 지경이었다. 그러나 고개를 빳빳이 쳐들고 큰 보폭으로 걷는 자세만큼은 자못 기개가 넘쳤다.

그때였다. 수리의 울음소리 사이사이에 기분 나쁜 소리가 섞여 들었다. 긴장하며 살펴보니 무늬가 현란한 독사 네 마리가 나타나 수리를 공격하고 있었다. 수리는 커다란 몸을 날렵하게 숙여 날카로운 부리로 뱀의 머리를 쪼아댔다. 동작이 어찌나 빠른지 순식간에 독사 네 마리를 쪼아 죽였다. 마치 무림의 고수가 일장을 날려 몇 명을 쓰러뜨리는 것과 같은 형상이었다. 양과는 입을 벌린 채 감탄을 금치 못했다. 수리는 여유롭게 잡아놓은 독사 한 마리를 쪼아 먹었다.

양과는 불현듯 한 생각이 떠올랐다.

'저놈을 잡아다가 곽부의 수리랑 싸움을 붙이면 틀림없이 이기겠는걸.'

수리를 어떻게 잡을 것인가 궁리하고 있는데 어디선가 강한 비린내가 풍겼다. 아마도 가까이에 맹독을 가진 동물이 있는 모양이었다. 수리도 그걸 느꼈는지 고개를 번쩍 쳐들더니 세 차례 길게 울어댔다. 마치 적에게 도전이라도 하는 듯했다.

양과는 사방을 두리번거렸다. 과연 맞은편 나무 위에 커다란 구렁이가 나무를 감고 있는 것이 보였다. 곧이어 구렁이는 쉭쉭, 하는 공포스러운 소리를 내며 수리를 향해 달려들었다. 수리는 전혀 놀라거나 두려워하는 기색도 없이 마주 달려들어 날카로운 부리로 구렁이의 오른쪽 눈을 쪼았다. 수리의 목은 보기에는 짧고 굵어 매우 둔해 보였으나 고개를 뻗어 부리로 쪼는 동작이 어찌나 빠른지 양과의 눈으로도 미처 어찌된 일인지 제대로 파악할 수가 없었다. 순식간에 오른쪽 눈을 잃은 구렁이는 고통이 심한지 몸을 뒤틀며 요동쳤다. 그러더니 와락 달려들어 수리의 정수리에 돋은 혹 같은 살을 물어뜯었다. 양과는 수리가 걱정이 되어 탄식을 내뱉었다. 다음 순간 구렁이는 나무에 감겨 있던 긴 몸뚱이를 쏜살같이 옮겨 수리의 몸을 친친 감았다. 양과는 수리가 다칠까 봐 얼른 검을 빼 들고 감긴 구렁이의 몸을 베려 했다. 그런데 수리가 날개를 퍼덕거려 양과의 검을 쳐버렸다. 그 힘이 얼마나 센지 양과는 그만 손에 들고 있던 군자검을 놓치고 말았다. 양과는 깜짝 놀라 한 발 물러났다. 다음 순간 수리는 이미 날카로운 부리로 구렁이를 공격하고 있었다. 부리로 쫄 때마다 구렁이의 몸에서 피가 터져나왔다.

'이길 자신이 있으니 끼어들지 말라는 것인가?'

수리는 전혀 두려워하는 기색이 없었다. 구렁이에게 물렸지만 중독된 것 같지는 않았다. 구렁이 또한 점점 더 심하게 똬리를 틀며 옥죄어 갔다. 조금 있으면 날개도 구렁이에게 감길 판이었다.

양과는 더 이상 보고만 있어서는 안 될 것 같았다. 큰 돌을 하나 주워 들고 구렁이를 내려치기 시작했다. 구렁이가 꿈틀거리며 죄던 힘을 풀자 수리는 기회를 놓치지 않고 목의 방향을 틀어 구렁이의 왼쪽 눈을 부리로 쪼았다. 구렁이는 입을 크게 벌리고 수리를 물려 했으나 이미 두 눈을 잃은 터라 제대로 조준이 되지 않았다.

양과는 들고 있던 돌을 구렁이의 입속에 쑤셔 박았다. 구렁이는 돌을 뱉지도 삼키지도 못하고 괴로워했다. 구렁이의 몸에 힘이 빠지자 수리는 재빨리 똬리에서 빠져나와 양발로 구렁이의 머리를 잡아 바닥에 눌러 밟고는 부리로 쪼아댔다. 엄청나게 굵은 구렁이는 온몸을 마구 요동치더니 마침내 서서히 바닥에 길게 늘어졌다.

수리는 고개를 쳐들고 큰 소리로 세 번 울어대더니 양과를 향해 눈을 껌벅거렸다. 그 눈빛이 마치 고마움을 표시하는 것 같았다. 양과는 웃으며 수리를 향해 다가갔다.

"수리 형, 힘이 대단하십니다. 정말 감탄했습니다."

수리는 숨을 낮게 몰아쉬며 양과를 향해 다가갔다. 그러더니 큰 날개를 펴서 양과의 어깨를 툭툭 두드렸다. 마치 사람처럼 행동하는 수리가 신기하고 대견스러워 양과도 사람에게 하듯 수리의 등을 쓰다듬었다. 잠시 후 수리는 부리로 양과의 옷을 물더니 끌어당겼다. 그러고는 몸을 돌려 걷기 시작했다. 마치 따라오라는 것처럼 보였다. 호기심이 많은 양과는 의아해하며 수리의 뒤를 따라 걸어갔다. 앞서가는 수리는 바위틈을 지나거나 풀숲을 헤치며 걷는데도 마치 말이 달리는 것처럼 빨랐다. 양과는 경공술을 써서 뒤쫓아 겨우 수리를 놓치지 않을 수 있었다.

얼마나 걸었을까, 눈앞에 깎아지른 듯한 절벽이 나타났고 수리는 동굴 앞에서 걸음을 멈췄다. 양과가 오기를 기다렸다가 수리는 머리를 세 번 끄덕이고 큰 소리로 세 번 울었다. 마치 동굴 쪽을 향해 예를 갖추는 것 같은 동작이었다.

'동굴 안에 누군가가 있나 보군. 아마도 저 수리의 주인인 모양인데, 나도 예를 갖춰야겠군.'

양과는 동굴 앞에서 무릎을 꿇고 엎드려 절을 올렸다.

"선배님께 인사 올립니다. 저는 양과라고 합니다. 이렇게 갑자기 찾아온 무례를 용서해주십시오."

그러나 동굴 안에서는 아무런 소리도 들리지 않았다. 수리는 다시 양과의 옷자락을 물더니 동굴 안으로 들어갔다. 캄캄한 동굴 안에 정말 무림 선배가 있는지, 아니면 이상한 산짐승 따위가 있는지 모를 일이었다. 그래서 다소 불안하기는 했으나 그런 것이 두려워 들어가지 않을 양과가 아니었다.

동굴은 그리 깊지 않아서 조금 들어가니 끝에 다다랐다. 비교적 넓은 공간에 석탁과 석등이 각각 하나씩 있었다. 수리가 동굴 한쪽 구석을 향해 소리 질렀다. 그곳을 보니 큰 돌이 무더기로 쌓여 있었다. 아마도 누군가의 무덤인 듯했다.

'수리를 기르던 사람이 저곳에 묻힌 건가? 음, 정말 답답하군. 저 수리가 아무리 영물이긴 하지만 말을 못 하니 물어볼 수도 없고…….'

양과는 차츰 어둠에 익숙해지자 동굴 안을 살펴보기 시작했다. 고개를 들어보니 동굴 벽에 글씨가 새겨져 있는데 자세히 보이지는 않았다. 양과는 돌을 부딪쳐 나뭇가지에 불을 붙였다. 벽에 자란 이끼를 대충 손으로 문지르고 불을 비추어보니 세 줄의 글씨가 나타났다. 서체가 아주 깊고 가는 것으로 보아 날카로운 무기로 새긴 듯했다.

> 30년 동안 강호를 누비며 숱하게 많은 고수와 겨루어 이겼다. 나의 적수가 없으니 이제 이곳에 은거하며 수리를 벗 삼아 지내노라. 나를 누르는 자를 기다렸건만 결국 만나지 못하니 그것이 안타까울 뿐이로다.

낙관은 '검마劍魔 독고구패獨孤求敗'라고 적혀 있었다. 양과는 벽에 적힌 글을 여러 차례 반복해서 읽어보았다. 누구인지는 모르겠으나 정말 대단한 선배가 아닐 수 없었다. 진심으로 패하기를 원했으나 적수를 만나지 못했다니 그의 무공 실력이 어떠했는지 짐작할 만했다. 호가 '검마'인 것으로 보아 검술이 신출귀몰했을 것이고, 이름이 '구패'인 것으로 보아 그가 얼마나 자신을 능가하는 고수를 만나고 싶어 했는지를 알 수 있었다.

양과는 횃불을 들고 동굴 구석구석을 살펴보았으나 그 이외에는 별다른 흔적을 찾을 수 없었다. 무덤으로 보이는 돌무더기 근처에도 별다른 표지는 없었다. 아마도 기인奇人이 죽은 후 이 신조神鵰가 만들어준 무덤인 듯싶었다.

양과는 돌무덤을 멍하니 바라보다 문득 생면부지의 이 선배에게 경외심을 품게 되었다. 그는 무덤 앞에 무릎을 꿇고 절을 했다. 신조는 양과가 공손하게 예를 갖추자 매우 만족스러운 듯 또다시 커다란 날개를 펴 양과의 어깨를 툭툭 두드렸다.

'돌아가신 선배님께서는 수리를 벗 삼아 지냈다 하셨지? 그렇다면 저 수리가 나보다 나이가 많은 게 확실해. 수리 형님이라 부르는 것이 마땅하겠군.'

"수리 형님, 우리가 만난 것도 인연인 듯하나 나는 이제 가야 합니다. 날 따라가겠소? 아니면 여기 남아 선배님의 무덤을 지키겠소?"

신조는 마치 대답이라도 하는 듯 몇 번 울어댔으나 양과는 무슨 뜻인지 알 길이 없었다.

'그래, 그럴 거야……. 그동안 강호에서 한 번도 '독고구패'라는 인물에 대해 들어본 적이 없으니 그는 최소한 60~70년 전에 활동한 사람일 거야. 그렇다면 저 수리 역시 오랜 세월 동안 이 동굴을 지켜왔겠지. 이제 와서 날 따라갈 리 없겠군.'

"섭섭하지만 나 혼자 가겠소."

그는 신조의 목을 껴안으며 작별 인사를 하고 동굴을 나섰다. 양과는 이제까지 살아오면서 소용녀, 황약사, 정영, 육무쌍, 공손녹악 등 몇몇 사람과 교분이 있었을 뿐 친구가 많지 않았다. 그러던 차에 오늘 신조를 만나 친구가 되니 기쁘기 그지없었다. 비록 사람이 아닌 짐승이기는 하나 함께 구렁이를 물리친 후 든든한 친구가 된 기분이었다. 양과는 신조와 헤어지니 못내 아쉬워 자꾸 뒤를 돌아보았다. 그가 뒤를 돌아볼 때마다 신조도 소리를 내어 응답했다.

"수리 형님, 어차피 길게 살지 못할 목숨, 내 백부님의 딸을 구하고 선자와 작별 인사를 한 후 다시 돌아올 터이니 나도 이곳에다 뼈를 묻게 해주시오."

양과는 다시 한번 신조를 향해 읍을 한 후 경공술을 전개해 나르듯이 계곡을 빠져나갔다. 그는 곽정의 어린 딸이 걱정되어 급히 동굴로 향했다. 막 동굴 입구에 도착하니 이막수의 목소리가 들렸다.

"대체 어딜 갔었느냐? 여기 귀신이 있는지 자꾸만 울어대서 신경 쓰여 죽겠다."

"귀신이라니, 무슨 소리예요?"

양과의 말이 끝나기도 전에 과연 멀리서 통곡 소리가 들려왔다. 양과는 깜짝 놀라 목소리를 낮추어 말했다.

"이 사백, 아기를 돌보고 계세요. 제가 가서 처리할게요."

양과는 통곡 소리가 나는 쪽으로 천천히 접근해갔다. 가까이 가니 소리가 점점 크게 들리고 목소리도 알아들을 수 있었다.

"아이고, 내 신세야……. 아내는 죽었지…… 아들이라고 있는 것들이 서로 죽자고 싸우니 이를 어쩌나……."

남루한 옷을 걸친 한 사내가 머리를 풀어 헤친 채 터덜터덜 동굴 쪽으로 걸어오며 넋두리를 하고 있었다. 이막수도 뒤따라와 그 모양을 보고 한숨을 내쉬었다.

"미친놈이었군. 아기가 깨지 않게 어서 쫓아버려."

사나이는 여전히 곡소리를 내가며 한탄을 했다.

"둘밖에 없는 아들놈들이 서로 죽이려 드니, 내 더 이상 살아 무엇하겠나."

양과는 문득 떠오르는 생각이 있었다.

'혹시 그분일까?'

양과는 동굴 밖으로 나가 큰 소리로 물었다.

"혹시 무 선배님 아니십니까?"

서글픈 마음을 이기지 못해 신세 한탄을 하던 사내는 뜻밖에 사람소리가 들리자 깜짝 놀랐다. 그는 넋두리를 그치고 사방을 살피더니 날카로운 목소리로 물었다.

"누구냐? 여기서 뭘 하는 거냐?"

양과는 포권의 예를 갖추며 대답했다.

"저는 양과라 합니다. 혹 무삼통 선배님이 아니십니까?"

사내는 바로 무씨 형제의 아버지인 무삼통이었다. 예전에 그는 가흥부에서 이막수의 빙백은침에 맞아 기절을 했다. 한참 후 정신을 차리고 보니 아내가 자신의 왼쪽 다리의 상처를 입으로 빨아 독을 제거하고 있었다. 무삼통은 깜짝 놀랐다.

"부인, 은침의 독이 맹독인 듯한데 왜 그걸 입으로 빨아내시오?"

무삼통은 급히 아내를 밀어냈다. 아내는 땅에 피를 뱉으며 미소를 지었다.

"처음엔 피가 검었는데 이제 붉게 돌아왔어요. 걱정하지 않으셔도 돼요."

그러나 아내의 양 볼은 이미 검게 변해가고 있었다.

"부인…… 부인의 얼굴이……."

아내는 이미 자신의 목숨이 얼마 남지 않았음을 아는 듯 두 아들의 머리를 쓰다듬으며 낮은 목소리로 말했다.

"당신과 내가 부부가 된 후 우린 행복하지 못했어요. 처음부터 잘못된 만남이었어요. 내가 죽거든 이 두 아이를 잘 부탁해요. 우애 있게 자라도록 잘 보살펴주고……."

아내는 말을 채 마치지도 못하고 눈을 감았다.

무삼통은 충격이 컸다. 자신을 구하고 죽어가는 아내를 그저 지켜보고만 있었다. 그리고 죽은 엄마 곁에서 엎드려 울고 있는 두 아들을 보면서도 어쩔 줄을 몰랐다. 멍하니 서서 울고 있는 두 아들을 내려다보던 무삼통은 갑자기 실성한 듯 묘한 미소를 띠더니 그만 어디론가 사라져버렸다. 그 후 무삼통은 미친 사람처럼 강호를 헤매다가 세월이 흐르자 조금씩 제정신을 되찾아갔다.

대성관에서 영웅대연이 열릴 때였다. 그날 점창어은은 영웅대연에 참가한 후 돌아가는 길에 우연히 무림의 친구들에게서 무삼통과 비슷한 사람이 있다는 말을 들었다. 자세히 알아보니 아무래도 그 사람이 무씨 형제의 아버지인 무삼통이 맞는 것 같았다. 점창어은은 사방팔방으로 수소문해 그 사람을 찾아냈고, 과연 생각한 대로 그는 무삼통이었다.

무삼통은 점창어은을 통해 자신의 아들이 이미 장성해 어른이 되었고, 양양성에 살고 있다는 것을 알았다. 소식을 들은 무삼통은 아들을 만나기 위해 한달음에 양양성으로 달려갔다. 무삼통이 도착했을 때 양양성은 금륜국사의 공격으로 혼란에 빠져 있었다. 또한 곽정은 부상을 입은 상태였고 황용은 막 아기를 낳은 후였다. 무삼통은 주자류, 곽부를 만나 두 아들이 겨루기 위해 성 밖으로 나갔다는 소식을 듣고 문득 아내가 숨을 거둘 때 남긴 마지막 유언이 생각났다.

"우애 있게 자라도록 잘 보살펴주고……."

그는 실성해 있을 때도 이 마지막 말만은 잊을 수 없었다. 그런데 두 아들이 싸움을 하고 있으니 너무나 마음이 아파 만나기를 포기하고 돌아섰다. 무삼통은 양양성을 빠져나와 힘없이 숲속을 걸어가는데, 멀리 절 안에서 검이 부딪치는 소리가 난무하고 기합 소리가 요란하게 들려왔다. 가까이 다가가서 보니 뜻밖에도 자신의 아들 무돈유와 무수문이 검을 들고 서로 싸우고 있는 것이 아닌가. 워낙 오랜 세월 헤어져 있었기 때문에 얼른 알아볼 수는 없었으나, 오른손에 검을 들고 왼손으로 일양지법을 사용하는 것으로 보아 틀림없이 자신의 아들이 맞는 것 같았다. 무삼통은 아들을 보는 기쁨보다는 분노가 들끓어 가까이 다가가 호통을 쳤다.

무씨 형제는 뜻밖에 아버지를 만나게 되자 기쁨의 눈물을 흘렸다. 그러나 곽부 이야기가 나오자 두 형제는 한 치의 양보도 하지 않았다. 무삼통은 둘 모두에게 곽부에 대한 마음을 버리라고 호통도 쳐보고 달래

보기도 했으나 소용이 없었다. 형제는 감히 부친 앞에서는 검을 겨루지 못했지만 무삼통이 자리를 뜨기만 하면 서로 으르렁거렸다. 그날 밤 무씨 형제는 결전을 벌이기로 약속했다. 이 소리를 엿들은 무삼통은 생각할수록 마음이 아파 숲속을 헤매며 통곡을 하게 된 것이다.

그렇게 심정이 한창 격해 있는데 갑자기 동굴 속에서 누군가가 자신의 이름을 부르자 경계심이 일어 호통부터 쳤다.

"누구냐? 어떻게 내 이름을 알지?"

"무 선배님, 저는 양과라고 합니다. 예전에 도화도에서 돈유, 수문이와 함께 지낸 적이 있습니다."

무삼통은 그제야 고개를 끄덕였다.

"음, 그랬군. 그런데 여기서 뭘 하는 거냐? 아하, 돈유와 수문이가 이곳에서 결투를 한다니까 네가 증인으로 온 모양이구나. 흥! 그래, 친구라는 녀석이 말리지는 못할망정 싸움을 부추기다니 그게 어디 할 짓이냐?"

무삼통은 화가 나 있던 참이라 다짜고짜 주먹을 불끈 쥐고 양과를 치려 했다. 양과는 괜한 오해로 무삼통과 싸워서는 안 되겠기에 얼른 뒤로 물러섰다.

"결투를 하다니요? 저는 모르는 일입니다. 오해하지 마십시오."

"거짓말을 하려느냐? 몰랐다면서 여긴 왜 왔느냐? 이런 인적 없고 황량한 곳에 무엇 하러 왔느냔 말이다."

양과는 어떻게 설명해야 좋을지 몰라 난감해했다. 무삼통은 양과가 대답을 하지 못하자 더욱 화가 났다. 게다가 그는 하원군이 육전원과 떠난 후 잘생기고 수려한 젊은이만 보면 무조건 반감이 일곤 했다.

'혹시 돈유와 수문이가 여기서 싸운다는 것을 알고 몰래 숨어서 무언가 음모를 꾸미려 한 것은 아닐까?'

생각이 여기까지 미치자 무삼통은 더 이상 고민하지도 않고 오른손을 들어 양과의 머리를 내리쳤다. 양과는 날렵하게 몸을 피했다. 무삼통은 다시 왼팔을 흔들어 양과를 치려 했다. 대단한 힘이었다. 양과는 만만하게 생각해서는 안 되겠다는 생각이 들었다. 그러나 맞서 공격할 수도 없는지라 일단 피하기만 했다.

"음, 경공 실력이 좋군. 검을 들어 내 공격을 받아라."

그때 동굴 속에 있던 아기가 잠에서 깨어났는지 우는 소리가 들렸다. 양과는 속으로 묘책을 생각해냈다.

'이막수는 무 선배의 아내를 죽인 원수이니 일단 둘이 서로 마주치면 목숨을 건 혈투가 벌어질 거야. 두 사람이 싸우는 사이 아기를 구할 수 있을지도 모르겠군.'

"무 선배님, 저같이 부족한 후배가 어찌 선배님과 겨룰 수 있겠습니까? 그렇게 절 못 믿으시겠다니 하는 수 없군요. 그럼 이렇게 하시지요. 저는 방어만 할 터이니, 만약 선배님께서 세 초식 내에 저를 죽이지 못하면 그만 이곳에서 떠나주십시오. 어떻습니까?"

무삼통이 버럭 화를 내며 소리 질렀다.

"건방진 녀석 같으니라고. 아직 젊은 녀석이라 봐주었더니 날 무시하는 거냐?"

무삼통은 오른손 식지를 뻗어 양과를 공격했다. 일양지 초식이었다. 무삼통은 수십 년 동안 힘들게 일양지를 연마했기 때문에 공력이 매우 깊었다. 비록 속도는 그렇게 빠르지 않았지만 양과의 상반신 전면의 요혈이 모두 무삼통의 손가락 공격의 범위 안에 들어왔다. 무삼통의 손가락이 정확히 어느 혈을 찍을지 알 수 없었다.

양과는 중지를 뻗어 무삼통의 식지를 막아냈다. 이것은 바로 황약사에게서 배운 탄지신통이었다. 탄지신통과 일양지는 수십 년 동안 어깨를 나란히 하며 명성을 떨친 절묘한 무공이었다. 그러나 양과는 공력이 깊지 않은 데다 배운 지 얼마 되지 않았기 때문에 무삼통의 일양지를 당해낼 수 없었다. 두 손가락이 서로 맞부딪치자 양과는 오른팔 전체가 마비되는 듯한 느낌이 들었다. 이내 온몸이 후끈 달아오르며 식은땀이 났다. 양과는 자신도 모르게 대여섯 걸음 뒤로 물러나서야 중심을 잡을 수 있었다.

"흐음, 도화도에서 살았다는 말이 거짓말은 아닌 모양이군."

무삼통은 황약사의 얼굴을 봐서 이 젊은이를 죽여서는 안 되겠다는 생각이 들었다. 게다가 아직 젊은 사람인데 자신이 평생 동안 갈고닦은 일양지 공격을 막아내니 그 재주가 아까워 보이기도 했다.

"두 번째 공격을 받아봐라. 그러나 굳이 막을 필요는 없다. 목숨을 빼앗을 생각은 없으니까. 막다가 내상이라도 입으면 큰일이지."

무삼통은 몇 발짝 앞으로 나서며 양과의 아랫배를 향해 손가락을 뻗었다. 양과는 바짝 긴장했다. 두 번째 공격은 그 범위가 더욱 넓었다. 복부 충맥 12대혈과 유문幽門, 통곡通谷에서부터 중주中注, 사만四滿 그리고 횡골橫骨, 회음會陰까지 모두 공격의 대상이 되었다. 또다시 탄지신통으로 막는다면 손가락이 부러질 뿐만 아니라 어쩌면 무삼통의 말처럼 내장이 크게 손상될지도 모를 일이었다. 양과는 급히 금심암통琴心暗通 초식으로 검을 뽑아 복부 앞을 막았다. 무삼통의 손가락은 검

바로 앞에서 멈추더니 다시 세 번째 공격을 가했다. 이번에는 중지로 양과의 양미간 사이를 공격했다. 속도가 엄청나게 빨라서 검으로도 막을 수 없었다. 양과는 소용녀에게서 배운 천라지망세를 사용해 번개같이 몸을 낮추어 무삼통의 가랑이 사이로 빠져나갔다. 비록 무삼통의 공격을 피하기는 했으나 모양새가 그다지 좋지 않았다. 다행히 양과가 한참 후배였기에 망정이지 그렇지 않았다면 체통이 크게 손상될 뻔했다.

"이런!"

무삼통이 막 뒤로 돌아서려는 순간 이미 양과는 자세를 가다듬고 무삼통의 왼쪽 어깨를 가볍게 두드리고 있었다.

"선배님, 세 번째 공격은 정말 엄청나군요."

"흐음, 젊은 사람이 대단하군. 아니면 이 늙은이가 쓸모없어졌거나."

양과는 급히 검을 검집에 꽂은 후 허리를 숙이며 말했다.

"아닙니다. 어찌하다 제가 피하기는 했으나 실제로 무술을 겨루는 자리였다면 진작 졌을 것입니다."

양과의 예의 바른 태도에 무삼통은 다소 기분이 풀어졌다.

"그거야 알 수 없지. 만약 조금 전 자네가 내 등 뒤에서 검을 썼다면 늙은 목숨 하나 없애는 것쯤은 아무것도 아니었겠지. 동작이 아주 민첩하고 날렵하더군. 나야 이제 나이 들어서 이거 원……."

그때였다. 멀리서 발소리가 들렸다. 양과는 무삼통의 소매를 잡아끌고 수풀 사이로 몸을 숨겼다. 잠시 후 두 사람이 어깨를 나란히 한 채 이쪽을 향해 다가왔다. 발소리의 주인공은 무돈유와 무수문이었다. 무수문은 걸음을 멈추고 사방을 둘러보았다.

"형님, 이곳 지형이 넓고 평평하니 여기서 하지요."

"좋아!"

무돈유는 짧은 대답과 함께 장검을 빼 들었다.

"형님, 만약 오늘 결투에서 제가 졌는데 형님이 절 죽이지 않고 살려주신다 해도 저는 살 생각이 없습니다. 그러니 어머니의 원수를 갚는 것, 아버지를 모시는 것, 부를 돌보는 것 이 세 가지 일을 형님께 부탁드립니다."

무수문의 말에 무삼통은 마음이 찢어지는 것만 같았다. 이윽고 눈에서 눈물이 흘러내렸다.

"너나 나나 마찬가지 입장인데 무슨 말이 필요하겠느냐?"

무수문은 여전히 검을 빼 들지 않고 말을 이었다.

"형님과 저는 어려서부터 어머니를 잃고 아버지와 헤어져서 서로 목숨처럼 아끼며 의지해왔어요. 지금까지는 사소한 일로라도 말다툼 한 번 하지 않았는데 오늘 이 지경에 이르게 되었으니 마음이 이루 말할 수 없이 아픕니다."

"그래…… 그런데 이번에는 왜 양보가 되지 않을까?"

"누가 이기든지 평생 비밀을 지켜야 합니다. 그러지 않으면 아버지와 부가 너무 상심하게 될 테니까요."

무돈유가 고개를 끄덕이며 동생의 손을 꼭 쥐었다. 형제는 한참 동안 아무 말도 하지 않은 채 서로의 얼굴을 바라보았다.

무삼통은 아들 사이의 우애가 원래는 참으로 깊었다는 것이 밝혀지자 다소나마 위안이 되었다. 그가 즉시 뛰어나가 말리려는 순간 두 사람은 이미 대치 상태가 되어 검을 치켜들고 있었다.

"자, 시작합시다!"

"좋다, 덤벼라!"

무수문이 먼저 세 차례 장검을 휘둘렀다. 검이 별빛을 받아 번득였다. 속도가 매우 빨랐다. 무돈유 역시 검을 휘둘러 무수문의 공격을 막아낸 후 두 차례 공격을 가했다. 두 번 모두 무수문의 요혈을 겨누고 있었다. 그러나 무수문은 홀쩍 몸을 날려 가볍게 무돈유의 검을 피했다. 검이 부딪치는 소리를 제외하고 사방은 쥐 죽은 듯 고요했다. 두 형제는 마치 이번 결투에 목숨을 건 듯 살수를 전개하고 있었다.

이 모습을 보고 있는 무삼통은 상심과 고통으로 어찌할 바를 몰랐다. 무삼통은 마음이 아팠지만 좋은 생각이 떠오르지 않았다. 아내를 잃고 두 아들마저 저 지경이 되니 그저 눈물만 흘러내렸다. 비록 한때 정신이 온전치 못해 아들의 곁을 떠나기는 했으나 목숨처럼 사랑하는 자식들이었다. 어릴 때는 누구도 편애하지 않았고 똑같이 사랑했다. 그런데 오늘 두 아들은 마치 원수를 만난 듯 서로를 향해 검을 겨누고 있는 것이다. 물론 지금 나서서 말리면 일단 싸움을 그만두겠지만, 그렇다고 무슨 소용이 있겠는가. 오늘이 아니면 내일, 내일이 아니면 모레 또 승패를 가리려 할 것이다. 그때마다 아버지가 두 사람 곁을 한시도 떠나지 않고 붙어 다닐 수도 없는 노릇이었다.

양과는 사실 무씨 형제들에 대한 감정이 별로 좋지 않았다. 어릴 때 받은 수모도 잊을 수 없었고, 후에 어른이 되어 다시 만났을 때도 여전히 적대감을 씻어버릴 수 없었다. 그래서 처음에는 무씨 형제가 싸우는 모습을 보고 그저 쓴웃음만 지었다. 그러나 무삼통이 서럽게 우는 모습을 보니 어쩐지 안쓰럽게 느껴졌다. 어차피 오래 살지도 못할 목숨 죽기 전에 착한 일이나 하자는 생각이 들었다.

'그래, 나는 이제까지 살면서 다른 사람을 위해 좋은 일을 하지 못했어. 만약 지금 내가 죽으면 선자는 눈물을 흘리며 슬퍼하겠지. 그런데 또 누가 울어줄까? 그렇지. 정영과 육무쌍, 공손녹악도 슬퍼할 거야. 그런데 남자는 없으니 오늘 처음으로 남자를 위해 좋은 일 좀 해보자.'

양과는 무삼통의 귀에 대고 낮은 소리로 속삭였다.

"선배님, 제게 좋은 생각이 있어요."

무삼통은 온 얼굴이 눈물로 범벅이 된 채 양과를 바라보았다. 양과의 말이 고맙기도 하고, 과연 두 형제의 싸움을 멈추게 할 좋은 방법이 있을지 의심스럽기도 했다.

"그렇지만 아드님들께 무례를 좀 범해야 할 것 같습니다. 그러니 선배님께서는 너무 노여워하지 마시기 바랍니다."

무삼통은 양과의 손을 꼭 쥐었다. 그저 방법이 있다는 말을 들으니 고마울 따름이었다. 무삼통은 이미 늙어버렸다. 그는 젊었을 때 부모가 시키는 대로 아내와 결혼한 후 행복한 삶을 살지 못했다. 그러나 아내가 죽고 나자 그의 가치관이 달라졌다. 목숨을 버려가며 자신을 구해준 아내에 대한 고마움이 그의 마음을 돌려놓았다. 그래서 하원군을 향한 걷잡을 수 없던 애증도 점차 식어갔다. 이제 늙어서 다시 아들을 만났으니 그들이 우애 있게 잘 살아주는 것만 바랄 뿐이었다. 그들의 행복을 위해서라면 자기 한 목숨 희생하는 것도 마다하지 않을 생각이었다. 그런데 방법이 없었다. 그래서 괴로워하고 있던 차에 양과가 나서서 도와주겠다고 하니 감격하지 않을 수 없었다.

양과는 무삼통의 애절한 눈빛을 보고 저도 모르게 콧날이 시큰해졌다.

'내 아버지도 만약 살아 계셨다면 이렇게 날 사랑해주셨겠지.'

양과는 무삼통의 손을 마주 잡으며 빙긋 웃었다.

"선배님, 절대 나서면 안 됩니다. 그러면 모든 것이 수포로 돌아가게 됩니다."

무씨 형제의 싸움은 점차 치열해졌다. 두 사람은 월녀검법越女劍法으로 싸우고 있었다. 강남칠괴 중 한소영韓小瑩의 절기인 월녀검법을 두 사람은 어려서부터 배워왔다. 그들은 수도 없이 함께 월녀검법의 초식을 연습했으나 오늘은 평소 연습하던 때와 달랐다. 서로 상대를 향해 초식을 전개하며 한 치의 실수도 용납하지 않았다. 무수문은 몸을 날렵하게 움직여 앞뒤로 오가며 끊임없이 공격을 퍼부어댔다. 무돈유는 주로 방어를 했으나 틈틈이 퍼붓는 공격이 날카롭기 그지없었다.

양과는 잠시 두 사람이 싸우는 모습을 주의 깊게 지켜보았다.

'백부님의 무공은 가히 당대 제일이라 했는데 가르치는 데는 그다지 능하지 못하다 하셨지. 그리고 무씨 형제 역시 자질이 뛰어난 편은 아닌 게 분명해. 백부님 무공의 100분의 1도 제대로 배우지 못한 것 같군.'

양과는 마음속으로 혀를 차며 드디어 모습을 드러냈다.

"하하하하…… 잠시 멈추시지요."

무씨 형제는 깜짝 놀라 각기 뒤로 물러나 웃음소리의 주인공을 바라보았다. 상대가 양과임을 확인한 형제는 동시에 소리 질렀다.

"여기서 뭐 하는 거요?"

"두 분은 여기서 뭐 하시는 거요?"

무수문이 아무렇지도 않은 듯 웃으며 대답했다.

"우린 검법을 연마하고 있었소."

'역시 동생 쪽이 머리 회전이 빠르군. 천연덕스럽게 거짓말하는 것 좀 봐.'

양과는 피식 웃으며 비꼬듯이 말했다.

"두 형제분이 이토록 목숨 걸고 검법을 연마하다니, 정말 열심이시군요."

무돈유가 버럭 화를 냈다.

"우리 두 사람 일에 끼어들지 말고 어서 비키시오!"

양과는 여전히 냉소를 띠며 말했다.

"만약 정말 무공을 연마하는 것이라면 내 당연히 끼어들 이유가 없지요. 그러나 두 분이 검을 휘두르면서 우리 부를 생각하고 있다면 내 어찌 가만있을 수 있겠소?"

무씨 형제는 양과가 곽부를 '우리 부'라고 호칭하자 깜짝 놀란 눈으로 양과를 바라보았다.

"무슨 쓸데없는 소리를 하는 거요?"

"부는 백부님, 백모님의 딸이오. 혼인이란 자고로 부모님 뜻에 따르게 되어 있지요. 백부님께서 진작부터 부를 내게 시집보내려 하신다는 것을 두 분이 모르시는 바도 아닌데 어찌 이곳에서 우리 부를 두고 싸움을 벌이신단 말이오? 두 분, 날 너무 무시하시는 것 아니오?"

이 말에는 뼈가 있었다. 그리고 또 사실은 사실인지라 무씨 형제는 잠시 말문이 막혔다. 그러나 그냥 물러설 수는 없었다. 좀 더 영리한 무수문이 반박했다.

"흥, 매파를 통해 혼담이 오간 것도 아니고, 양 형이 정식으로 청혼한 것도 아니고, 문서로 언약을 한 것도 아닌데 그게 무슨 소용이 있단 말이오?"

"그래요? 두 분은 부모님의 허락도 받고 매파를 통해 혼담도 건넨 모양이지요? 그러니 이곳에서 우리 부를 두고 두 분이 목숨을 걸고 싸우는 거군요?"

당시는 예법을 매우 중히 여기던 때라 남녀가 혼인할 때는 반드시 부모의 명을 따라야 하고 매파를 통해 혼담이 오가야 했다. 무씨 형제는 원래 오늘 승패를 가린 후, 이긴 사람이 곽부에게 청혼을 하면 곽부도 어쩔 수 없이 승낙할 것이고, 곽부의 승낙을 얻으면 부모님께 허락도 받을 생각이었다. 그런데 뜻밖에 미리 들통이 났으니 너무나 부끄러웠다. 무수문이 한풀 꺾인 목소리로 말했다.

"사부님께서는 부를 양 형에게 시집보내려 하실지 모르나 사모님은 우리 둘 중 하나를 생각하고 계시오. 그러니 우리 셋 다 비슷한 처지 아니오? 누가 부를 아내로 맞이할는지는 지금으로서는 아무도 모르는 일이오."

양과는 어이가 없다는 듯 고개를 젖히며 웃어댔다. 기분이 상한 무수문이 물었다.

"내 말이 틀렸소?"

"틀렸지, 틀렸고말고. 뭘 잘 모르시는데 백부님뿐만 아니라 백모님께서도 날 얼마나 좋아하시는데, 어찌 나를 댁들과 비교하시오?"

"하하, 우리가 봐왔는데 그걸 어찌 믿겠소."

"백모님께서는 진작부터 나를 점찍고 계셨지. 그래서 나도 목숨을 걸고 두 분을 구해드린 것이오. 결국은 다 우리 부를 위해서 그랬던 거지. 그래, 백모님께서 두 분 중 한 분께 부를 주겠다고 직접 말씀하신 적이 있었소?"

무씨 형제가 생각해보니 사모님이 형제 중 한 사람을 생각하고 있다는 것 역시 자신들의 생각일 뿐 그런 말을 직접 한 적은 없었다. 직접은 고사하고 그런 뜻을 암시하는 말조차 들어본 적이 없었다. 그렇다면 정말 사모님도 양과에게 부를 주실 생각이란 말인가. 목숨을 걸고 싸우던 두 사람은 갑자기 나타난 공동의 적을 눈앞에 두고 저도 모르게 한 발짝씩 다가섰다. 양과에 대한 질투 때문에 무씨 형제는 자신들도 모르게 서로 한편이 된 것이다.

양과는 회심의 미소를 지으며 말했다.

"그러지 않아도 우리 부가 두 분이 워낙 자기를 좋아하니까 차마 거절할 수 없어 하는 수 없이 두 사람 모두 좋아한다고 말했다고 하더군요. 하하하, 세상에 어떤 여자가 두 남자를 동시에 좋아할 수 있단 말이오? 더군다나 우리 부처럼 정숙한 여자는 더욱 그럴 리가 없지. 생각해보시오. 두 사람 다 좋아한다는 건 두 사람에게 특별한 감정이 없다는 말과 같은 것이 아니겠소?"

양과는 멍청해진 무씨 형제를 바라보며 장난기가 발동했다.

"수문 오빠, 날 사랑한다고 말하면 내가 얼마나 힘이 드는지 모르시죠? 돈유 오빠는 사랑한다고 직접 말하지는 않지만 오빠가 날 얼마나 생각하는지 나는 잘 알아요."

애교스러운 부의 목소리를 흉내 낸 양과의 말에 무씨 형제는 안색이 확 바뀌었다. 양과가 한 말은 부가 무씨 형제에게 자주 하는 말이었다. 부가 양과에게 가르쳐주지 않았다면 양과가 알 리 없었다. 두 사람은 질투로 눈앞이 캄캄해졌다.

'그랬구나! 지금까지 부가 두 사람 사이에서 방황하면서 어느 한쪽도 선택하지 않은 것은 결국 이 때문이었구나!'

모든 것이 양과의 의도대로 되어가고 있었다. 양과는 정색을 하고 말을 이었다.

"어쨌든 부는 내 약혼녀이고 머지않아 혼례를 올린 후 정식으로 부부가 되어 백년해로할 사이이니……."

양과가 여기까지 말했을 때 갑자기 등 뒤에서 소용녀의 목소리가 들렸다.

"선자!"

양과는 화들짝 놀랐다. 그는 사방을 살폈다. 그러나 더 이상 아무런 소리도 들리지 않았다. 문득 생각해보니 소용녀가 여기까지 올 까닭이 없었다. 그렇다면 동굴 속에서 이막수가 낸 소리인가? 그것이 맞을 듯했다. 이막수는 결코 무씨 부자와 대면하지 않을 것이니 양과는 더 이상 신경 쓰지 않고 말을 이었다.

"두 분께서 뭔가 착각하고 이런 말도 안 되는 결투를 벌이신 것 같은데, 우리 장인어르신의 얼굴을 봐서 내 이 일은 덮어두겠소. 두 분은 어서 양양성으로 돌아가서 우리 장인을 도와 성을 지키는 일에나 힘써주시오."

양과는 이제 아예 곽정을 장인어른이라 불렀다. 무씨 형제는 크게 풀이 죽어 서로 손을 꼭 잡았다. 무수문이 자못 비장한 목소리로 말했다.

"좋소, 곽 사매와 행복하기를 바라겠소. 우리 두 형제는 지금 이곳을 떠나 다시는 돌아오지 않겠소. 안부나 전해주시오."

양과는 뜻대로 되어가는 것을 보고 미소를 지었다.

'이제 두 사람은 나뿐 아니라 곽부도 증오하게 되겠지. 그렇지만 두 사람 사이는 다시 좋아질 거야. 무 선배께서 바라는 것이 바로 이 모습이 아니겠어?'

무삼통은 수풀 속에 숨어서 양과와 아들의 대화를 모두 엿들었다. 두 아들의 사이가 좋아지자 물론 크게 기뻤지만 그들이 멀리 떠나겠다 하니 차마 그대로 보낼 수가 없어 수풀 속에서 뛰어나왔다.

"수문아, 돈유야, 우리 같이 가자꾸나."

두 형제는 갑자기 나타난 아버지를 보고 깜짝 놀랐다.

"아버지!"

무삼통은 양과를 향해 깊이 읍을 하며 사례를 표했다.

"정말 고맙소이다. 젊은이의 은혜 평생 잊지 않겠소."

무삼통의 눈치 없는 행동에 양과는 눈살을 찌푸렸다. 그가 얼른 말을 꾸며대려는데 영리한 무수문이 이미 무언가를 눈치챈 듯 눈을 빛내며 말했다.

"형님, 어쩌면 저자의 말이 모두 거짓인지도 몰라요."

무돈유는 비록 동생보다 언변은 처지지만 눈치는 매우 빨랐다. 그는 아버지와 양과를 번갈아 쳐다보더니 동생을 향해 고개를 끄덕였다. 무삼통은 사태가 흐트러진 걸 깨닫고 급히 변명에 나섰다.

"오해하지 말아라. 난 양 형에게 아무런 부탁도 하지 않았다."

무삼통의 말에 무씨 형제는 더욱 의심스러운 생각이 들었다. 다시 생각해보니 곽부와 양과는 항상 사이가 좋지 않았다. 반면 양과와 소용녀는 누가 봐도 서로를 향한 사랑이 절절했고 도저히 떨어질 수 없는 사이였다. 그렇다면 조금 전에 양과가 한 말은 모두 거짓임에 틀림이 없었다.

"형님, 우리 함께 양양성으로 돌아가서 직접 부에게 물어봅시다."

"그래, 그게 좋겠다."

"아버지, 같이 양양성으로 가세요. 사부님과 사모님은 아버님의 친구시잖아요. 저희와 같이 가서 부의 문제를 상의해주세요."

"난…… 난……."

무삼통은 얼굴이 벌겋게 달아올랐다. 생각 같아서는 여자 문제로 형제간의 우애를 저버린 두 아들을 호되게 야단치고 싶었다. 그러나 야단쳐봤자 아버지 앞에서는 듣는 척하다가 뒤에 가서 또다시 목숨 걸고 싸우려 할 게 뻔했다.

양과는 여전히 냉소를 지으며 말했다.

"두 분, 앞으로는 함부로 부의 이름을 부르지 마세요. 아니 함부로 불러서는 안 될 뿐만 아니라 마음속에 떠올려서도 안 됩니다."

화가 난 무수문이 소리쳤다.

"나 원 참, 그런 말도 안 되는 소리가 어디 있소? 부르면 어쩔 테요? 우리 부의 이름을 내가 부르겠다는데 양 형이 왜 간섭이오?"

양과는 무수문의 뺨을 호되게 갈겼다. 무수문은 뒤로 두 걸음 물러나며 장검을 꺼내 들었다.

"좋다! 몇 년 동안 나와 싸우지 않으니 몸이 근질근질한 모양이군. 덤벼라."

무삼통이 호통쳤다.

"수문아, 왜 공연히 싸우려 드는 거냐?"

양과가 정색을 하며 무삼통을 향해 소리쳤다.

"무 선배님께서는 지금 누굴 돕자는 겁니까?"

무삼통은 잠시 혼란이 왔다. 이치대로라면 무삼통은 당연히 두 아들을 도와야 옳았다. 그런데 싸움을 말리는 것이 누굴 돕는 것인가? 사실 양과는 두 아들의 싸움을 막기 위해 고의로 이러는 것이었다. 여전히 일이 어떻게 돌아가는지 혼란스러운 무삼통에게 양과가 눈짓을 했다.

"선배님께서는 그냥 조용히 저쪽에 앉아 계십시오. 아드님들을 다치게 하지는 않을 테니 걱정 마십시오. 아드님도 절 다치게 하지는 못할 겁니다."

무삼통은 얼떨결에 양과의 말대로 한쪽에 있는 바위에 가서 얌전히 앉았다.

양과는 군자검을 뽑아 들더니 곁에 있는 큰 소나무를 베었다. 왼손으로 나무를 미니 나무의 윗부분이 힘없이 쓰러졌다. 베인 부분은 매우 평평하고 매끄러웠다. 무씨 형제는 군자검의 위력에 입을 다물지 못했다. 양과는 검을 검집에 꽂으며 말했다.

"두 분 정도 상대하는데 이렇게 좋은 검을 쓸 필요는 없지요."

양과는 쓰러진 소나무에서 나뭇가지 하나를 부러뜨려 잎을 쳐냈다. 잠시 뒤 석 자 정도 길이의 몽둥이가 만들어졌다.

"두 분께서 믿지 않으시니 지금부터 장모님께서 날 인정하시고 사랑하신다는 것을 보여주겠소. 자, 이렇게 합시다. 나는 이 몽둥이를 쓸 테니 두 분은 검을 써서 공격하십시오. 장인어른이나 장모님께 배운 무공을 사용해도 좋고, 주 사숙께 배운 일양지를 쓰셔도 좋습니다. 다만 나는 장모님께 배운 무공만 쓰겠소. 내가 한 초식이라도 다른 문파의 초식을 쓰면 지는 것으로 하겠소."

무씨 형제는 양과가 두 차례나 금륜국사를 물리치는 모습을 봤기 때문에 양과의 무공이 상당하다는 것을 잘 알고 있었다. 게다가 양과가 구사하는 무공은 자신들이 듣도 보도 못한 특이한 무공이었다. 그러나 양과가 계속해서 장인어른이네, 장모님이네 해가며 마치 부를 정말 자기 여자처럼 이야기하자 화자 나서 참을 수가 없었다. 게다가 혼자서 둘을 상대하면서 검을 쓸 필요도 없고 몽둥이로 상대하겠다고 하니 이는 자신들을 무시하는 처사가 아닐 수 없었다. 어디 그뿐인가. 사모님께 사적으로 무공을 배웠다고 하니 더욱 분통이 터졌다. 이런 상황에서 만약 두 사람이 진다면 다시는 얼굴을 들고 다닐 수가 없을 터였다.

무돈유는 결코 현명한 방법이 아니다 싶어 고개를 가로저었다. 그러나 무수문이 먼저 양과의 제안을 받아들이고 말았다.

"좋다. 그렇게 잘난 척하고 싶다면 원하는 대로 해주지. 만약 전진파나 고묘파의 초식을 한 가지라도 쓰면 그때는 어쩔 테냐?"

무수문은 비록 양과의 무공이 강하기는 하나 그 모든 것이 다 전진파와 고묘파의 상승 무공 때문이라고 생각했다. 도화도에 있을 때만 해도 양과는 무씨 형제의 상대가 되지 못했다. 전진파와 고묘파의 무공만 쓰지 않는다면 두려울 것도 없을 것 같았다. 그래서 일부러 단단히 약속을 받아내려는 것이었다.

"지금 우리가 무공을 겨루는 것은 옛날 일 때문도 아니고, 지금 현재 서로 원한이 있어서도 아니고, 부 때문에 싸우는 것이니, 만약 내가 지면 다시는 부와 말을 하지도, 쳐다보지도 않겠소. 그러나 만약 두 분이 지면 어떻게 하시겠소?"

상황이 이러니 무씨 형제도 부득이하게 같은 약속을 하는 수밖에 없었다. 무수문이 먼저 대답했다.

"나 역시 다시는 부를 보지 않겠다."

"그쪽은?"

양과가 무돈유를 바라보며 물었다.

"형제가 동심일진대 나 역시 이견이 있을 리 없지."

"좋소. 만약 두 분이 오늘 진 후 약속을 지키지 않으면 개나 돼지만도 못한 파렴치한 인간이 되는 거요. 아시겠소?"

"좋다. 너도 마찬가지다. 자, 이제 내 공격을 받아라."

무수문이 장검을 들고 양과의 다리를 공격했다. 무돈유도 검을 빼 들고 양과의 좌측을 막아섰다. 좌우협공을 받게 된 양과는 앞쪽으로 훌쩍 뛰었다.

"두 형제가 동심이라더니 과연 협공을 하니 위력이 대단하군."

이번에는 무돈유가 검을 휘둘렀다. 그러나 양과는 몽둥이를 휘둘러 이리저리 피하기만 할 뿐 웬일인지 공격은 하지 않았다.

"아내는 옷과 같고 형제는 수족과 같아서, 옷은 찢어지면 꿰맬 수 있으나 수족이 잘리면 붙일 길이 없다. 이런 말 들어본 적 있소?"

"무슨 수작이냐? 사모님께서 사적으로 전수해주셨다는 무공이나 얼른 써보아라."

"좋소. 장모님께서 가르쳐주신 무공이 어떤지 한번 보시오."

양과는 몽둥이를 위아래로 흔들며 타구봉법의 초식을 구사하는 동시에 왼손 손가락을 뻗어 무돈유의 혈도를 허로 공격했다. 무돈유는 뒤로 물러나 피했으나 무수문은 아, 하는 소리와 함께 몽둥이에 발이 걸리고 말았다.

양과는 화산 정상에서 홍칠공에게 타구봉법의 초식을 전수받았고,

후에 황용이 노유각에게 봉법의 구결을 전수해주는 것을 듣고 스스로 초식과 구결을 연결해 어느 정도 익힐 수 있었다. 그 후 석진을 펼칠 때 황용이 심법을 알려주었고, 또 의심나는 부분을 황용에게 직접 물어가며 배웠기 때문에 완벽하지는 않으나 상당한 수준에 이르렀다. 다만 실전 경험이 많지 않아 능숙하게 사용하지 못할 뿐이었다. 그러나 무씨 형제 정도를 상대하기에는 충분한 실력이었다.

무돈유는 아우가 당하는 것을 보고 급히 장검을 뽑어 양과를 공격했다.

"좋아, 형제가 어려움을 당하면 당연히 서로 도와야지."

양과는 몽둥이를 휘두르는가 싶더니 순식간에 무돈유의 몸 뒤로 뻗어 재빨리 무돈유의 엉덩이를 철썩 때렸다. 움직임은 그다지 빠른 것 같지 않았으나 순간순간의 동작이 전혀 예측할 수 없는 방향에서 전개되니 제대로 막을 수가 없었다. 무돈유는 아프지는 않았으나 어쨌든 양과의 공격에 당한 것이기에 마음이 조급해졌다.

"이게 다야? 이게 무슨 사모님이 사적으로 전수해주신 무공이란 말이냐? 분명 사모님께서 노 장로에게 전수해줄 때 몰래 엿들은 것을 우리가 뻔히 아는데, 그래 몰래 몇 초식 배운 것으로 우릴 속이려 드느냐?"

무수문의 항의에 양과는 아무 대꾸도 하지 않고 또다시 몽둥이를 휘둘러 그의 발을 걸었다. 몽둥이에 걸린 무수문은 앞으로 넘어질 뻔했다. 무돈유가 얼른 검을 들어 아우의 몸을 방어했다.

양과는 무수문이 몸을 일으키자 웃으며 말했다.

"그래? 같이 봤는데 왜 나는 할 줄 알고 댁들은 걸려 넘어지기만 할까? 장모님께서 노 장로에게 가르쳐준 것은 구결뿐이었잖아. 그래서 댁들은 못 하는 거지. 후에 개인적으로 초식을 전수해주셨기에 이렇게 자유롭게 쓰는 거야. 생각해봐. 우리 부도 타구봉법을 못 하는데 내가 어떻게 할 줄 알겠어?"

양과가 홍칠공에게 타구봉법 초식을 전수받은 일과 석진에서 황용이 금륜국사를 물리치기 위해 심법을 알려준 일 등을 무씨 형제가 알 턱이 없었다. 무씨 형제는 양과의 얘기를 듣고 보니 그 말이 맞는 것 같았다. 구결만 듣고는 이렇게 타구봉법을 사용할 수가 없었다. 그렇지 않다면 양과가 자신들보다 훨씬 자질이 뛰어나다는 결론인데 그것은 더욱 믿을 수 없었다. 무수문은 억지로 핑계를 만들어냈다.

"다 인격 문제 아니겠어? 우리야 개방의 방주만 타구봉법을 배울 수 있다는 사실을 잘 알기 때문에 구결을 듣고도 일부러 기억하지 않았던 거지. 비겁한 사람이나 몰래 들은 것을 열심히 기억해서 써먹는 게 아니겠어?"

"하하하!"

양과는 큰 소리로 웃으며 몽둥이를 휘둘러 두 사람의 어깨를 한 대씩 쳤다. 무씨 형제는 얼굴을 붉히며 급히 뒤로 물러났다.

"이거 증인이 있는 것도 아니고 내가 비록 타구봉법으로 이긴다고 해도 인정하지 않을 자세로군. 그렇다면 좋다. 내 장모님에게 개인적으로 전수받은 또 다른 무공을 보여주지. 우리 장모님께서 누구에게 무공을 배웠는지 혹시 아시나?"

양과의 '장모님, 장모님' 소리에 짜증이 난 무수문이 화를 버럭 냈다.

"장모님 소리 한 번만 더 하면 다시는 너와 말을 섞지 않겠다."

"어허, 왜 이리 민감하게 구실까? 좋아, 좋아. 어쨌든 당신들의 사모님께서 홍 방주를 사부님으로 모시기 전에 누구에게서 무공을 배웠는지 알고 계신가?"

"사모님이야 도화도주의 따님이니 황 도주께 무공을 전수받았지. 세상 사람들이 다 아는 사실인데 새삼 그건 왜 묻느냐?"

"그렇지. 두 분은 도화도에 오래 사셨으니 잘 아시는구먼. 그럼 황 도주의 절기가 무엇인지도 잘 알겠군."

"황 도주께서는 문무에 고루 능하셔서 달리 절기고 말고 할 것이 없으셨다."

"그 말도 맞긴 맞지. 그렇다면 검술로 본다면 황 도주는 어떤 검법을 주로 쓰셨지?"

"알면서 왜 자꾸 묻느냐? 황 도주의 옥소검법은 무림에서 모르는 사람이 없다."

"두 분은 황 도주를 뵌 적이 있지?"

"당연히 있지."

"그럼 황 도주의 옥소검법은 본 적이 있나?"

무수문이 쓴웃음을 지었다.

"황 도주께서 우리 같은 어린아이들 앞에서 장법이며 검법을 쓰실 일이 있겠느냐? 하나 어느 해 황 도주의 생신날 사모님께서 황 도주를 위해 잔치를 베푸신 적이 있었는데, 그때 잔치가 끝난 후 사모님께서 한 번 보여주신 적이 있었다. 너는 이미 전진교에 가 있을 때라 그 자리에 없었지."

"후에 우리 장모님께서…… 아, 좋아, 두 분의 사모님께서 그 옥소검법을 내게 전수해주었지."

무씨 형제는 믿기지 않는다는 듯 서로 마주 본 채 고개를 설레설레 흔들었다. 당시 양과가 비록 황용을 사부로 모시기는 했으나 황용은 양과에게 글만 가르쳐줬을 뿐 무공은 전수하지 않았다. 그래서 도화도에서 무씨 형제와 양과 사이에 싸움이 벌어졌을 때 양과는 무씨 형제의 적수가 되지 못했다. 옥소검법은 복잡하고도 심오한 검법으로 사모님의 외동딸인 곽부조차 전수받지 못한 무공이었다. 양과가 종남산에서 돌아온 후 몇 차례 사모님과 만나기는 했지만 매번 잠시 얼굴만 봤을 뿐 금방 헤어지곤 했는데 언제 별도로 옥소검법을 전수해주셨단 말인가? 설사 사모님께서 전수해주고 싶었어도 시간이 허락지 않았을 것이다. 어찌 되었든 지금 양과가 몽둥이로 시범을 보이겠다고 하니 만약 배웠다고 해도 자신들의 검으로 그의 몽둥이를 베어버리면 그만이었다.

양과가 몽둥이를 가볍게 흔들며 말했다.

"잘 보시게. 이게 바로 소사승룡蕭史乘龍이다!"

양과는 몽둥이를 검으로 삼아 앞으로 쭉 뻗어 무돈유의 오른쪽 가슴을 찔렀다. 만약 몽둥이가 아니라 진짜 검이었다면 무돈유는 이미 죽었을 것이었다. 옆에 서 있던 무수문이 재빨리 장검을 뻗어 양과의 오른팔을 공격했다. 그러나 역시 양과보다 한발 늦어 결국 양과가 휘두르는 몽둥이에 오른손 팔목을 찔리고 말았다. 무수문이 먼저 출수를 했건만 검이 양과를 공격하기 전에 몽둥이가 먼저 무수문의 팔목을 찌른 것이다. 역시 진짜 검이었다면 무수문은 검을 놓고 피해야만 했을 것이다. 무수문은 급히 초식을 바꾸어 검을 거두면서 왼발을 내질렀다. 양과의 몽둥이는 다시 무돈유의 어깨를 겨누었는데 이번에는 몽둥이뿐 아니라 몸 전체가 공격해 들어갔다. 자연히 무수문의 발길질은 헛것이 되고 말았다. 무돈유는 급히 검을 휘둘러 몽둥이를 막았다. 불과 몇 초식을 겨루지 않았건만 두 형제는 공격은커녕 수세에 몰리게 되었다. 양과는 계속해서 초식의 이름을 읊었다.

"이번에는 산외청음山外淸音, 금성옥진金聲玉振, 봉곡장명鳳曲長鳴……."

양과는 물 흐르듯 자연스럽게 각 초식을 구사했고, 매 초식이 모두 매서웠다. 무씨 형제가 한 가지 초식을 막아내기도 전에 이미 두 번째, 세 번째 초식을 잇달아 펼쳤다.

무씨 형제는 이제 서로 어깨를 나란히 하여 한 사람이 한쪽만 방어하도록 자세를 취했다. 감히 떨어져 싸울 엄두가 나지 않았다. 당시 황용이 구사하는 이 검법을 보기는 했으나 그저 보기에 아름답고 우아한 무공이라고만 생각했을 뿐 이렇게 위력이 대단한 줄은 미처 알지 못했다.

양과가 읊어대는 초식의 이름을 들어보니 과연 언젠가 황용에게서 들어본 것 같았다. 두 형제는 양과의 공격을 막아내느라 정신이 없었고, 또 서글픈 마음을 억누를 수가 없었다. 사모님이 양과에게 옥소검법을 전수해주었다는 말은 아무래도 진짜인 것 같았다. 양과가 황약사와 오랫동안 함께 지내면서 옥소검법과 탄지신통을 직접 전수받은 사실을 알지 못하는 무씨 형제로서는 황용이 양과에게 옥소검법을 전수해주었다고 생각하는 것도 무리는 아니었다.

양과는 두 사람의 안색이 변한 것을 보자 다소 안됐다는 생각이 들기는 했지만, 이렇게 하지 않으면 믿을 것 같지 않으니 어쩔 수 없었다. 오늘 저 두 사람을 완전히 굴복시켜 다시는 곽부의 얼굴을 볼 수 없도록 만들어야 형제끼리 싸우는 일이 없을 터였다. 원래 병을 치료하기 위해서는 아무리 쓴 약도 참고 삼켜야만 하는 법이다. 양과는 조금도 틈을 주지 않고 더욱 빠른 속도로 공격을 퍼부었다. 무씨 형제는 이를 악문 채 목숨을 걸고 방어하는 데 힘썼다.

무씨 형제가 배운 월녀검법도 원래는 매우 위력 있는 무공이지만 두 형제가 아직 그 정수를 제대로 배우지 못했고, 또 곽정이 월녀검법의 핵심을 제대로 전수해주지 못했기 때문에 그 위력을 발휘하지 못한 것뿐이었다. 무씨 형제도 만약 평범한 사람들과 겨루었다면 거뜬히 이기고도 남았을 실력이었지만 양과에게는 미치지 못했다.

사실 양과 역시 옥소검법을 제대로 구사하는 것은 아닌데도 무공 실력 자체가 무씨 형제와 워낙 차이가 많이 나다 보니 별 어려움 없이 두 사람을 제압할 수 있었다. 게다가 무씨 형제는 현재 사모님이 양과에게만 무공을 전수해주었다는 생각에 상심한 나머지 마음이 산란해져 더욱 실력을 발휘할 수 없었다. 그래서 옥소검법이 아닌 옥녀검법의 초식을 구사하기도 했지만 무씨 형제는 이를 구별해내지 못했다.

양과는 살수를 쓰지는 않았지만 점차 몽둥이에 내공을 실었다. 무씨 형제는 상대방이 들고 있는 몽둥이에서 강한 흡인력이 발생해서 자신들의 검이 몽둥이가 움직이는 방향에 따라 함께 움직이고 있다는 것을 느꼈다. 아무리 검을 반듯하게 뻗어도 몽둥이가 오른쪽에 있으면 검도 오른쪽으로 움직였고, 몽둥이가 왼쪽에 있으면 검도 따라서 왼쪽으로 움직였다. 몽둥이의 흡인력이 갈수록 강해지더니 나중에는 마치 두 형제끼리 싸우는 형국이 되고 말았다. 무돈유가 양과를 겨냥해 검을 휘둘렀는데 뜻밖에 검 끝이 무수문을 겨누었고, 무수문 역시 양과를 향해 검을 찔렀는데도 하마터면 무돈유를 다치게 할 뻔했다.

양과는 고개를 뒤로 젖히고 크게 웃었다.

"하하하하! 옥소검법의 묘미는 이뿐이 아니오. 조심하시는 것이 좋을 것이오!"

순간 몽둥이와 무돈유의 장검이 서로 부딪쳤다. 그러나 검의 날이 아닌 검의 면과 부딪쳤기 때문에 몽둥이는 아무런 손상도 입지 않았다. 반면 무돈유는 검과 몽둥이가 부딪치는 순간 엄청난 흡인력이 검을 잡아당기는 것 같은 느낌을 받았다. 무돈유는 하마터면 검을 놓칠 뻔했으나 억지로 버텼다.

양과는 기세를 몰아 몽둥이를 비스듬히 휘둘러 무수문의 장검마저도 몽둥이에 붙이더니 아래로 내렸다. 무씨 형제의 검 끝은 모두 땅바닥을 향하게 되었다. 무씨 형제는 검을 떼어내려고 손에 힘을 주었다. 그러나 양과가 먼저 왼발을 앞으로 뻗어 검의 끝을 발로 밟은 후, 몽둥이를 들더니 두 형제의 목을 각기 가볍게 한 차례씩 쳤다.

"졌지요?"

만약 몽둥이가 아니라 검이었다면 두 사람은 이미 목이 잘렸을 터였다. 설사 몽둥이라 할지라도 양과가 힘을 주어 때렸다면 큰 부상을 입었을 상황이었다. 무씨 형제는 안색이 흙빛이 된 채 아무 말도 하지 못하고 고개를 푹 숙였다. 양과는 왼발로 밟고 있던 검 끝을 놓고 뒤로 세 발짝 물러섰다. 풀 죽은 두 형제의 모습을 바라보고 있자니 문득 어릴 때 두 형제에게 얻어맞던 생각이 떠올랐다. 오늘에야 그 분을 푼 셈이었다. 양과는 자기도 모르게 득의양양한 표정을 지었다.

무씨 형제는 더 이상 의심하지 않았다. 양과의 검술 실력으로 보아 틀림없이 사모님이 직접 지도해주신 것이 분명했다. 두 형제는 어려서부터 워낙 곽부를 좋아했던 터라 앞으로 다시는 부를 보지 못한다고 생각하니 화가 나서 견딜 수가 없었다. 게다가 조금 전 싸울 때 먼저 선수를 빼앗기는 바람에 자신들은 공격다운 공격도 해보지 못하고 새로 익힌 일양지 역시 써보지도 못한 채 정신없이 방어만 하다 진 것이 너무나 억울했다. 무수문이 갑자기 버럭 고함을 질렀다.

"형님, 우리가 여기서 포기한다면 더 이상 살아서 무슨 의미가 있겠습니까? 저놈과 끝장을 봅시다."

"좋다!"

두 형제는 다시 검을 들고 양과를 향해 공격해 들어갔다. 이번에는 자신의 요혈이나 급소를 막는 데에는 신경 쓰지 않고 오로지 공세만을 취했다. 양과가 몽둥이로 급소를 공격해도 막을 생각은 하지 않고 여전히 오른손으로는 검을, 왼손으로는 일양지를 쓰며 공격했다. 그야말로 죽기를 각오한 사람들처럼 젖 먹던 힘을 다해 필사적으로 덤벼들었다.

양과는 여전히 웃음을 띤 채 말했다.

"좋아, 이제 좀 재미있어지는군."

양과는 아예 몽둥이도 던져버리고 맨손으로 두 사람을 상대했다. 옆에서 지켜보던 무삼통은 처음에는 양과가 이겨서 두 아들이 곽부에 대한 마음을 철저히 버리길 바랐지만, 시간이 갈수록 아들들이 가엾어졌다.

그때였다. 검에서 맑은 소리가 들렸다. 양과가 두 형제의 검을 손으로 튕겨 하늘로 날려버린 것이었다. 양과는 훌쩍 뛰어올라 두 개의 장검을 손에 잡아 쥐었다.

"이것도 역시 장모님이 전수해주신 탄지신통 초식인데 알아보시겠나?"

이 지경이 되자 무씨 형제는 패배를 인정하지 않을 수 없었다. 더 이상 싸워봐야 자신들의 형편없는 몰골만 드러나게 될 터였다. 양과는 검 자루를 무씨 형제에게 돌려주었다.

"실례가 많았소."

무수문이 검을 받아 들며 비참한 목소리로 대답했다.

"좋다. 내 앞으로는 부의 얼굴을 보지 않겠다."

말을 마친 무수문은 장검을 들어 자신의 목을 찌르려 했다. 무돈유의 마음 역시 동생과 다를 바 없었다. 그 역시 동생을 따라 자결하려 했다. 깜짝 놀란 양과는 바람같이 다가가 탄지신통 초식으로 검을 튕겼다. 하늘로 날아오른 두 개의 검은 허공에서 맞부딪쳐 두 동강이 났다. 그때 무삼통이 급히 뛰어나와 두 아들의 뒷덜미를 낚아채며 호통을 쳤다.

"이런 못난 자식들, 그래 여자 하나 때문에 헛되이 생명을 끊으려 하다니, 부끄럽지도 않느냐?"

무수문이 고개를 들어 아버지를 바라보더니 자못 비장한 목소리로 말했다.

"아버지도 여자 때문에 평생 괴로워하셨잖아요."

무수문은 달빛 아래 눈물로 범벅이 된 아버지의 상심으로 얼룩진 얼굴을 보고 비로소 깨달았다. 두 아들이 서로 싸우는 것이 아버지에게는 정말 큰 고통이었던 것이다. 아버지의 얼굴을 멍하니 바라보던 무수문은 결국 울음을 터뜨렸다. 무삼통은 뒷덜미를 잡은 손을 놓고 무수문을 품에 끌어안았다. 왼손으로 무돈유도 끌어당겼다. 세 부자는 한 덩어리가 되어 통곡했다.

무돈유는 평생 곽부에 대한 마음이 어느 한순간도 변한 적이 없건만, 곽부가 뜻밖에 양과와 잘 지낼 뿐만 아니라 사모님마저도 자신들 몰래 양과에게 상승 무공을 전수해주셨다고 하니 세상에 믿을 사람이란 없다는 생각이 들었다. 생각하면 할수록 아버지와 동생 말고는 진심으로 자신을 위해주는 사람이 없었다. 무돈유는 서러움과 뉘우침으로 아버지의 품에서 눈물을 흘렸다.

양과는 비록 좋은 의도로 한 짓이기는 하지만 다소 미안한 마음이 들었다. 그러나 눈앞에서 무씨 부자가 서로를 끌어안고 우는 모습을 보자 문득 외로움이 밀려들었다.

'저들은 아버지도 있고 형제도 있지만 난 아무도 없구나. 어쨌든 명도 얼마 남지 않은 터에 좋은 일을 한 것 같아 뿌듯하군.'

무삼통이 두 아들의 머리를 쓰다듬으며 말했다.

"바보 같은 녀석들, 이 세상에 여자가 그 아이 하나뿐이더냐. 게다가 그 아이는 너희에게 마음도 없는 모양인데 왜 그리 연연해하느냐? 너희가 지금 그럴 때가 아니다. 지금 우리에게 정말 중요한 게 뭔지 아느냐?"

무수문이 고개를 들었다.

"어머니의 원수를 갚는 것입니다."

"그래, 바로 그거다. 온 세상을 다 뒤져서라도 적련선자 이막수를 찾아내서 꼭 원수를 갚아야 한다."

무삼통의 목소리가 비장하게 떨렸다. 이 말을 듣고 놀란 사람은 양과였다.

'이 사백이 알면 골치 아파지겠군. 어서 저 세 사람을 다른 곳으로 유인해야겠다.'

그러나 이미 때는 늦었다. 동굴 속에서 냉소적인 이막수의 목소리가 들려왔다.

"나 하나 찾는 데 온 세상을 다 뒤질 필요까지 있겠느냐? 내 그러잖아도 그대들을 기다리고 있었다."

말소리와 함께 왼손에 갓난아기를 안고 오른손에 불진을 든 이막수가 동굴 입구에 나타났다. 바람에 옷자락을 휘날리고 있는 모습이 꽤 여유롭고 자신 있어 보였다.

모두들 깜짝 놀랐다. 잠시 후 정신을 차린 무삼통이 엄청난 괴성을 지르며 이막수를 향해 달려들었다. 한편 무돈유와 무수문은 전혀 생각지도 않고 있다가 갑자기 이막수를 만나게 되자 몸을 부르르 떨었다. 두 형제는 장검이 이미 두 동강이 난지라 하는 수 없이 절반뿐인 검을 들고 좌우에서 이막수를 둘러쌌다.

양과가 소리쳤다.

"네 분, 잠시만 제 말 좀 들어주십시오."

무삼통이 눈을 부릅뜨며 말했다.

"양 형, 우선 저년을 죽이고 나서 이야기합시다."

무삼통은 양과에게 말을 하면서도 왼손 장력과 오른손 손가락으로 연이어 세 차례 살수를 펼쳤다. 무씨 형제는 비록 검이 짧기는 했지만 바짝 다가가 공격을 하니 단검과 같은 효과를 낼 수 있었다.

양과는 무씨 부자에게 이막수가 얼마나 큰 원흉인지 잘 알고 있었기 때문에 나서서 말려봐야 별 소용이 없을 것 같았다. 그러나 행여 아기가 다칠까 봐 그대로 보고 있을 수만은 없었다.

"이 사백, 아기를 내게 주세요."

양과의 말에 무삼통이 공격을 멈추고 뒤로 물러섰다.

"저 악질을 왜 사백이라 부르지?"

"착한 사질, 내 대신 저 미친놈을 좀 물리쳐주겠나? 아기는 내가 지킬 터이니."

불과 세 초식에 불과했지만 이막수는 무삼통의 무공이 옛날과 비교할 수 없이 발전했다는 걸 알았다. 이미 가흥부에서 만났던 무삼통이 아니었다. 게다가 무씨 형제도 아주 무시할 수는 없는 상대였기에 만약 세 사람이 목숨 걸고 덤빈다면 쉽게 이길 수 있을 것 같지 않았다. 그래서 일부러 세 사람의 주의력을 분산시키기 위해 양과를 사질이라 불렀던 것이다. 과연 이막수의 생각대로 무삼통은 공격을 멈추었다.

"돈유야, 수문아, 너희는 저 양가 놈을 막아라. 내가 저 여자를 처치하겠다."

양과는 뒷짐을 지며 뒤로 물러섰다.

"전 어느 쪽도 돕지 않겠습니다. 그러나 양쪽 모두 절대로 아기를 다치게 해서는 안 됩니다."

무삼통은 양과가 뒤로 물러서자 다소 안심이 되어 다시 장력을 휘두르며 이막수를 향해 공격해 들어갔다. 이막수는 불진을 휘두르며 무삼통의 공격을 막았다.

"오늘 보니 두 도련님께서는 참으로 정도 많고 여자에 대한 절개도 지킬 줄 아는 젊은이더군. 정도 없고 의리도 없는 그런 천박한 남정네들과는 달라. 하여 오늘은 그대들을 죽이지 않을 터이니 어서 도망가시지."

무수문이 얼굴을 붉히며 화를 냈다.

"천박한 계집이 어디서 함부로 주둥이를 놀리느냐?"

무수문은 이막수에게 다가가 연신 공격을 퍼부었다.

이막수가 냉소를 머금으며 말했다.

"살려주려 했더니 입이 거칠군. 하룻강아지 범 무서운 줄 모른다더니."

말을 하면서 이막수는 빠른 속도로 불진을 휘둘렀다. 무수문의 검과 이막수의 불진이 맞부딪쳤다. 무수문은 가슴이 턱 막히면서 하마터면 검을 놓칠 뻔했다. 무삼통이 이막수를 향해 일장을 뻗었다. 이막수는 불진을 휘둘러 무삼통의 공격을 막았다.

양과는 천천히 이막수에게 다가갔다. 잠시만 허점이 보이면 가까이 다가가 아기를 빼앗아올 생각이었다. 그러나 무씨 부자가 워낙 목숨을 걸고 덤볐기 때문에 이막수도 자신을 보호하느라 애를 써서 양과가 들어갈 틈이 없었다.

무씨 부자는 원수를 갚는 데 열중한 나머지 갓난아기의 목숨을 고려할 여유가 없는 것 같았다. 만약 아기가 잘못되기라도 하면 무슨 낯으로 곽정 부부를 다시 본단 말인가. 양과는 마음이 다급해져 다시 큰 소리로 외쳤다.

"이 사백, 아기를 내게 건네줘요."

양과는 앞으로 나서서 장력으로 불진을 가르며 아기를 빼앗으려 했다. 이막수는 좌우로 적을 상대하고 있던 터라 양과를 상대할 겨를이 없었다. 그러나 결코 아기를 빼앗길 수는 없었다.

"더 이상 다가오면 아기를 죽여버릴 테다."

양과는 감히 다가갈 수가 없었다.

이막수의 정신이 양쪽으로 분산되는 틈을 타 무삼통은 왼손으로 일장을 힘껏 내리쳤다. 또한 동시에 오른손 식지로 이막수의 허리 혈을 찍었다.

“윽…….”

이막수는 몸이 약간 마비되면서 쓰러질 듯 비틀거렸다. 그러나 곧 발로 무돈유가 들고 있던 검을 차버린 후 무수문을 향해 번개같이 불진을 휘둘렀다. 그러자 무삼통이 얼른 무수문의 뒷덜미를 잡아당겼다. 그러지 않았다면 무수문은 이막수의 불진에 여지없이 당하고 말았을 것이다. 이막수는 몸이 마비되어 사태가 불리해지자 연신 불진을 휘두르며 동굴 안으로 들어갔다.

“이제 혈이 찍혔으니 너는 오늘이 마지막이다.”

무씨 형제가 몸을 날려 이막수를 따라 동굴 안으로 들어가려 했다. 무삼통이 소리쳤다.

“안 된다! 저 악녀는 무서운 독침을 가지고 있으니 조심해야 한다. 그냥 여기서 기다리면서 좋은 계책을 생각해보는 것이…….”

말이 채 끝나기도 전에 갑자기 동굴 속에서 표범 한 마리가 으르렁거리며 뛰쳐나왔다. 생각지도 않게 맹수가 뛰쳐나오자 무씨 부자는 당황하지 않을 수 없었다. 게다가 갑자기 표범 배에서 은침 몇 개가 발사되는 것이 아닌가. 이는 더더욱 생각지도 못한 일이라 모두들 기겁하며 뒤로 물러섰다. 다행히 무삼통은 공력이 깊어 민첩하게 몸을 날려 은침을 피했다. 은침은 무삼통의 발밑을 스치듯 지나갔다. 그러나 무씨 형제는 날아오는 은침을 미처 피하지 못하고 비명을 지르며 넘어졌다.

그사이 이막수는 표범의 배에서 등으로 옮겨 탔다. 그녀는 왼손으로 아기를 안고 오른손으로는 불진을 휘두르며 깔깔대고 웃었다. 표범은 바람처럼 숲속으로 사라져버렸다. 양과도 역시 생각지 못한 일이라 급히 표범의 뒤를 쫓으려 했다. 그러나 무삼통의 손아귀에 잡혀 움직일 수 없었다. 무삼통은 두 아들이 땅에 쓰러진 채 일어나지 못하자 어쩔 줄 몰라 하며 양과를 붙잡은 것이다.

"너마저 가면 안 되지."

양과는 마음이 다급했다. 어서 이막수를 쫓아가야 한다는 생각밖에 없었다.

"어서 놓으세요. 가서 아기를 구해야 해요."

"좋다, 이놈! 오늘 우리 모두 여기서 죽자꾸나."

양과는 금나수법을 써서 무삼통의 손을 풀려 했다. 그러나 무삼통의 손아귀에서 도저히 빠져나갈 수가 없었다. 표범을 탄 이막수가 멀리 사라지자 양과는 포기한 듯 한숨을 내쉬었다.

"절 붙잡고 뭐 하시는 거예요. 어서 독을 치료해야지요."

양과의 말에 무삼통은 뛸 듯이 기뻐하며 양과를 놓아주었다.

"양 형이 독침으로 입은 상처를 치료할 줄 아는가?"

양과는 말없이 무씨 형제의 상처를 살폈다. 한 사람은 왼쪽 어깨에, 또 한 사람은 오른쪽 다리에 은침을 맞았다. 이미 독이 퍼지고 있어 의식이 흐려지며 호흡이 가쁜 모양이었다. 양과는 우선 옷자락을 조금 찢어 손에 감아쥐고 은침을 뽑아냈다.

"해독약을 가지고 있는가?"

무삼통이 다급한 목소리로 물었다. 양과는 어두운 표정으로 고개를 가로저을 뿐 그 역시 아무런 방법이 없었다.

무삼통은 도저히 두 아들이 죽도록 그냥 내버려둘 수가 없었다. 문득 죽은 아내가 떠올랐다. 자기가 이막수의 은침에 당했을 때 아내는 독을 빨아내어 자신을 살려주었다. 무삼통은 즉시 무수문의 곁에 엎드려 상처의 독을 빨아내려 했다. 양과가 깜짝 놀라 이를 막았다.

"안 됩니다."

양과는 무삼통의 등에 있는 대추혈을 찍었다. 무삼통은 땅바닥에 쓰러진 채 꼼짝도 할 수 없었다. 그는 안타까운 마음에 두 아들을 바라보며 한없이 눈물을 흘렸다. 그 모습이 어찌나 처량한지 양과마저도 눈시울이 뜨거워지려 했다.

'엿새 후면 정화의 독이 발작해 나는 죽을 것이다. 앞으로 엿새를 더 살 뿐인데 지금 죽는다고 그리 억울하진 않겠지. 무씨 형제를 생각하면 도와주고 싶은 마음이 전혀 없지만, 저 무 선배님의 눈물을 보니 우리 아버지가 생각나는구나. 그래, 나 하나 죽어서 저들 부자가 행복해질 수 있다면 그 역시 값진 일이지.'

양과는 결심을 하고 곧 무돈유와 무수문의 상처의 독을 번갈아가며 빨아냈다. 곁에서 그 모습을 지켜보던 무삼통은 놀라고 감격하지 않을 수 없었다. 그의 아내 역시 이런 식으로 자기를 살려주고 본인은 결국 목숨을 잃은 것이다. 지금 양과는 자신의 목숨을 내놓고 그의 아들을 살리기 위해 최선을 다하고 있었다.

한동안 독을 빨아내던 양과는 점차 현기증이 일었다. 양과는 마지막 힘을 다해 독을 빨아 땅에 뱉은 후 땅바닥에 힘없이 쓰러졌다.

시간이 얼마나 흘렀을까, 어렴풋이 사람의 움직임을 느끼던 양과가 힘겹게 눈을 떴다. 그러나 안개가 낀 듯 흐릿한 시야에는 선명하게 보이는 것은 아무것도 없고 그저 몽롱한 그림자만 서성거릴 뿐이었다.

한참을 바라보고 있자니 드디어 시야가 선명해졌다. 무삼통이 활짝 웃는 얼굴로 자신을 내려다보고 있었다.

"됐다, 됐어!"

손뼉을 치며 기뻐하던 무삼통이 갑자기 땅바닥에 무릎을 꿇더니 연신 머리를 조아리며 절을 했다.

"양 형제, 양 형제가…… 양 형제가 내 두 아들을 살렸습니다. 결국 양 형이 날 살린 거요."

자리에서 일어난 무삼통은 곁에 있던 또 다른 사람에게도 넙죽 절을 했다.

"사숙, 감사합니다. 감사합니다!"

양과는 그에게 고개를 돌렸다. 거뭇거뭇한 얼굴에 코가 높고 눈이 움푹 파인 남자가 옆에 서 있었다. 언뜻 보기에는 니마성과 닮은 듯했다. 짧고 곱슬곱슬한 머리가 이미 하얗게 새어 나이가 꽤 들어 보였다. 양과는 무삼통이 일등대사의 제자라는 것만 알았지 천축국 사람의 사숙이 있는 줄은 전혀 몰랐다.

양과는 몸을 일으키려 했으나 전혀 힘을 쓸 수 없었다. 주위를 둘러보니 어찌 된 일인지 양양성에 있던 자신의 방에 누워 있는 것이 아닌가! 양과는 그제야 자기가 아직 죽지 않았으며 죽기 전에 소용녀를 다시 한번 만날 수 있다는 사실을 깨달았다. 감정이 북받친 양과는 자신도 모르게 큰 소리로 소용녀를 불렀다.

"선자, 선자!"

누군가 침대가로 다가오더니 양과의 이마를 부드럽게 쓸어주었다.

"과야, 편히 쉬렴. 용 낭자는 일이 있어 성 밖으로 외출했단다."

눈을 뜨고 바라보니 곽정이었다. 양과는 건강한 모습으로 서 있는 곽정을 보자 반갑기도 하고 서럽기도 했다.

"백부님, 다 나으셨군요."

그런데 문득 이상한 생각이 들었다.

'백부의 상처가 치유되려면 7일 밤낮이 걸린다고 했는데, 저렇게 건강하시다니……. 설마 내가 기절한 후 벌써 7일이 지난 것일까? 그렇다면 나는 정화의 독이 발작해 죽었어야 하잖아?'

이런 생각을 하자 머리가 쪼개질 듯 아파왔다. 양과는 그만 또다시 기절하고 말았다. 양과가 다시 깨어났을 때는 이미 한밤중이었다. 침대 머리맡에는 촛불이 켜져 있었고, 무삼통이 곁에 앉아 걱정스러운 눈빛으로 양과를 지켜보고 있었다. 양과는 무삼통을 바라보며 빙긋이 미소를 지었다.

"무 선배님, 전 괜찮으니 걱정하지 않으셔도 됩니다. 아드님은 모두 괜찮으시죠?"

무삼통은 금세 눈물이 글썽해지며 목이 메는지 말을 하지 못하고 그저 고개만 끄덕였다. 양과는 이제까지 살아오면서 누군가가 자기로 인해 이렇게 감격해하는 모습을 본 적이 없었기 때문에 도리어 무안하고 난처해서 화제를 돌렸다.

"어떻게 양양성으로 돌아오게 된 거죠?"

무삼통은 옷소매로 눈물을 훔쳤다.

"주 사제가 당신의 사부 용 낭자의 부탁을 받고 홍마를 당신에게 주려고 산속을 헤매던 중 우리 네 사람이 쓰러져 있는 것을 발견하고 양양성으로 데리고 온 거요."

"선자는 내가 그 숲속에 있는 것을 어떻게 아셨을까요? 선자는 무슨 급한 일이 있기에 직접 오시지 않고 다른 사람에게 부탁했을까요?"

"글쎄, 나도 아직 용 낭자를 만나지 못해서……. 주 사제의 말로는 젊은 나이에 무공이 뛰어나다는데 나도 한번 뵙고 싶소. 참, 양 형이나 양 형의 사부나 젊은 나이에 이토록 무공이 뛰어나니 우리같이 늙은 사람들은 어서어서 물러나야 될 것 같소."

양과는 무삼통이 진심으로 소용녀를 칭찬하자 마음이 흐뭇해졌다. 나이로 따지면 무삼통은 소용녀의 아버지뻘이었다. 그런데도 소용녀에게 '뵙고 싶다'라고 표현한 것이다.

"저야 별로……."

양과가 말을 꺼내기도 전에 무삼통이 다시 입을 열었다.

"양 형제, 무림에서 위기에 처한 사람을 만났을 때 서로 돕는 것은 흔히 있을 수 있는 일이오. 그러나 양 형처럼 자신의 생명을 버려가면서까지 남을 살린다는 것은 쉽지 않은 일이지. 더구나 듣자니 우리 아들들이 전에 양 형에게 잘못한 것도 많다던데 과거의 감정을 개의치 않고 의를 행하다니……. 우리 사부님을 제외하고는 그렇게 할 수 있는 사람이 없을 줄 알았는데 정말 대단한……."

양과는 고개를 가로저으며 무삼통의 말을 막았다.

"그…… 그게……."

그러나 무삼통은 기어이 말을 이었다.

"정말 대단하오. 내가 만약 은공恩公이라 부른다면 틀림없이 싫어하실 테고, 어쨌든 다시는 날 선배님이라 부르지 마시오. 난 그럴 자격이 없소."

양과는 본디 성격이 활달하고 시원스러운 편이라 사소한 예절 따위에 구애받지 않는 편이었다. 어차피 사부였던 소용녀를 아내로 맞이하려 하는 것 자체가 당시의 예속과는 크게 어긋나는 일이었다. 그까짓 칭호 따위는 중요한 문제가 아니었다. 그래서 양과는 흔쾌히 대답했다.

"좋습니다. 앞으로는 형님이라 부르겠습니다. 그러나 그렇게 되면 아드님들과의 호칭이 애매해지는데요."

"호칭은 무슨……. 어차피 그 녀석들의 목숨은 양 형이 구해준 건데, 개라고 부르든 돼지라고 부르든 마음대로 하시오."

"형님, 그렇게 고마워하실 필요 없습니다. 사실 전 정화 독에 중독되어 어차피 오래 살지 못할 목숨이었습니다. 그러니 아드님들을 위해 독을 빨아낸 것도 별로 대단한 일이 아닙니다."

무삼통은 연신 고개를 저었다.

"양 형제, 그게 아니지요. 정화 독을 치료할 약을 구할 수 있고, 설사 절대로 구할 수 없다고 할지라도 한 시진이라도 더 살고 싶은 것이 사람의 본능이오. 죽는 것으로 말하면 누구나 죽지요. 그럼에도 불구하고 모두들 어떻게든 더 살려고 노력하지 않소?"

"이제 그만하시지요. 우리가 양양성에 돌아온 지 며칠이나 되었습니까?"

"오늘이 7일째요."

양과는 이상하다는 표정을 지었다.

"그렇다면 제 몸의 독이 진작 발작을 했어야 옳은데 어떻게 아직까지 살아 있지요? 정말 이상한 일이군요."

"제 사숙은 천축국의 승려이신데 상처를 치료하고 독을 제거하는 데에는 천하제일이오. 몇 년 전에 우리 사부님께서도 곽 부인이 보내준 독약을 잘못 복용해 중독이 되셨는데, 그때도 우리 사숙께서 치료해주셨지요. 제가 가서 모셔오겠소."

무삼통이 급히 방을 나갔다.

'내가 기절한 사이 그 천축국의 승려라는 분이 무언가 영험한 약을 먹여서 정화의 독이 없어진 걸까? 선자는 어디에 간 걸까? 내가 아직 살아 있다는 것을 알면 얼마나 기뻐할까?'

이런 생각을 하자 또다시 가슴이 아파왔다. 순식간에 엄청난 통증이 밀려와 참을 수가 없었다.

"으악!"

양과는 견디다 못하고 크게 소리를 질렀다. 구천척이 준 단약 반 알을 먹은 후 이렇게 심한 통증은 처음이었다. 아마도 단약의 약효가 다 떨어진 모양이었다. 양과는 가슴을 움켜쥔 채 이를 악물었다. 고통 때문에 이가 덜덜 떨렸고 온몸이 땀으로 범벅이 되었다. 그때 문밖에서 불경을 외는 소리가 들렸다.

"나무아미타불!"

천축국 승려가 손을 합장한 채 들어왔다. 그 뒤를 따르던 무삼통이 고통스러워하는 양과를 보자 깜짝 놀라 뛰어들어왔다.

"양 형제, 왜 그러시오?"

무삼통은 천축국 승려를 바라보며 다급한 목소리로 외쳤다.

"사숙, 독이 발작하는 모양이에요. 어서 해독약을 주세요."

그러나 승려는 무삼통의 말을 알아듣지 못하는 것 같았다. 그는 말없이 양과에게 다가와서 맥을 짚어보았다.

"맞다!"

무삼통은 급히 주자류를 불러 통역을 하도록 했다. 주자류는 범문내전梵文內典에 능통한지라 천축국 승려와 이야기를 나눌 수 있었다. 한참을 기다려서 양과의 통증이 다소 완화되자 정화의 독에 중독된 과정을 승려에게 들려주었다. 천축국 승려는 정화의 생김새를 자세히 묻더니 몹시 놀라는 눈치였다.

"정화는 상고시대에 있었다고 전해지는 꽃으로 지금은 없어진 것으로 알려져 있습니다. 불경에는 정화라는 꽃이 사람들에게 많은 해를 끼치니 문수보살께서 지혜를 발휘하셔서 정화를 모두 없앴다고 했습니다. 그런데 중토에 아직 있다니 놀라운 일이군요. 소승은 아직까지 정화라는 꽃을 본 적이 없으므로 해독법 또한 알 수가 없습니다."

승려의 표정에는 안타까운 기색이 역력했다. 주자류의 통역을 전해 들은 무삼통은 함께 안타까워하며 어쩔 줄 몰라했다.

"나무아미타불!"

승려는 합장을 하며 고개를 숙인 채 생각에 잠겼다. 한동안 침묵이 흘렀다. 아무도 입을 여는 사람이 없었다. 얼마 후 승려가 고개를 들었다.

"양 거사께서 우리 사손을 위해 독을 빨아주셨다고 들었습니다. 은침의 독성으로 볼 때 몇 모금만 빨아도 즉시 생명을 잃었어야 하는데 아직까지 건재하십니다. 또한 정화의 독도 발작하기는 했지만 아직 생명에는 지장이 없는 것으로 보아 혹 이독치독以毒治毒 상태가 아닌가 합니다. 상극인 두 종류의 독이 몸속에서 섞이면서 서로의 독성을 완화시킨 것이지요."

주자류는 연신 고개를 끄덕이며 승려의 말을 옮겼다. 양과가 듣기에도 매우 일리가 있는 말이었다.

"선을 베풀면 선한 결과를 얻는다고 했습니다. 양 거사께서 남을 위해 희생을 마다하지 않으셨으니 그런 기적도 일어날 수 있었겠지요. 반드시 생명을 구할 방법을 찾을 수 있을 것입니다."

무삼통은 주자류의 통역을 듣고 뛸 듯이 기뻐했다.

"어떻게 하면 되는 건가요?"

"소승이 직접 절정곡에 가보겠습니다."

양과 등 세 사람은 잠시 멍해졌다. 양양성에서 절정곡까지는 가까운 거리가 아니었다. 갔다가 다시 돌아오기까지는 많은 시간이 필요했다.

"소승이 직접 정화를 보고 그 독성을 경험해야만 해독약을 만들 수 있습니다. 제가 돌아올 때까지 양 거사께서는 어떤 잡생각도 하지 마시고 조용히 휴식을 취하십시오. 그러지 않으면 통증이 날로 심해지실 겁니다. 만약 원기를 상하게 되면 치료가 불가능해지니 제 말을 명심하십시오."

"사제, 우리도 절정곡으로 가서 해독약을 빼앗아오세."

주자류는 일전에 곽도에게 당한 후 양과가 해독약을 구해준 일을 지금까지도 고맙게 생각하고 있었다.

"좋습니다. 우리가 사숙을 모시고 함께 갑시다. 그들에게서 해독약을 빼앗을 수 있다면 좋고, 사숙이 해독약을 만들 수 있다면 그 또한 다행스러운 일이 아닙니까?"

두 사람은 신이 나서 방을 나갔다. 그러나 천축국 승려는 양미간을 찌푸린 채 양과를 바라보았다. 매우 근심스러운 표정이었다.

24

驚心動魄

마음을 놀라게 하고 넋을 뒤흔들다

곽부는 양과가 땅바닥에 주저앉아 더 이상 저항할 힘이 없다는 걸 알았다. 양과는 힘없이 바닥에 쓰러진 뒤 오른팔을 들어 가슴을 보호했다. 그의 눈에는 동정을 구하는 빛이 전혀 보이지 않았다. 곽부는 분노가 극에 달해 손에 힘을 주어 검을 내리쳤다.

양과는 천축국 승려의 푸른 눈에 담긴 묘한 빛과 입가에 나타난 난감하고도 곤혹스러운 표정을 놓치지 않았다. 이것은 무엇을 뜻하는 것일까? 바로 자신의 독이 너무나 심해 속수무책이라는 의미가 아닌가. 이미 눈치는 챘지만 그는 담담하게 미소를 지었다.

"대사, 하실 말씀이 있으시면 괘념치 마시고 말씀하십시오."

"정화의 독은 다른 독과 완전히 다릅니다. 독이 마음과 엮여 있기 때문에 독성은 마음을 관통하게 됩니다. 내가 보기에 거사는 정情의 뿌리가 깊어 이 독소와 복잡하게 얽혀 있으니 벗어나기가 힘들겠습니다. 절정곡의 단약 반쪽을 얻는다고 해도 독을 완전히 없애기는 어려울 듯합니다. 하지만 거사께서 단호하게 마음을 다잡고 얽힌 정을 끊어버리신다면 약이 없어도 스스로 풀릴 것입니다. 우리도 절정곡에 가서 최선을 다할 것입니다만, 십중팔구는 거사 자신에게 달린 일입니다."

'선자에 대한 정을 끊는다면 세상에 살아 있을 이유가 없지. 차라리 깨끗이 죽어버리는 것이 낫겠다.'

"충고 감사드립니다."

양과는 마음에도 없는 감사를 표했다. 그는 원래 무삼통 등에게 절정곡에 가 헛수고할 것 없다고 말하려 했으나, 이들이 워낙 의가 두터운 사람들이라 이야기해도 소용이 없을 것 같았다. 무삼통이 짐짓 미소를 지으며 양과를 달랬다.

"양 형제, 안심하고 정양하시게. 절대 잘못되지 않을 거요. 우리가 내일 일찍 출발해 금방 돌아오겠소. 그래야 병도 뿌리 뽑고, 양 형제와 곽 낭자의 혼례도 볼 것 아닌가!"

양과는 어이가 없었다. 그러나 지금 이 일을 시시콜콜하게 설명할 수도 없는 노릇이라 아무렇게나 대답해버렸다. 세 사람이 나가자 양과는 문을 닫고 자리에 누워 눈을 감았다.

몇 시진이나 흘렀을까, 깨어나보니 새들이 지저귀는 소리가 들리며 이미 동이 터오고 있었다. 양과는 며칠째 아무것도 먹지 못해 배 속에서 꼬르륵 소리가 났다. 마침 침상 곁을 보니 간식거리가 조금 놓여 있었다. 양과는 손을 뻗어 과자와 떡 두어 조각을 입에 넣었다. 그때 삐거덕거리는 소리가 나더니 문이 열렸다. 침상 옆에는 손가락 마디만큼 남은 붉은 초가 타고 있었다. 문을 열고 들어오는 사람은 왠지 화가 난 듯 발소리가 거칠었다. 양과가 고개를 돌려보니 바로 곽부였다. 양과는 깜짝 놀랐다.

"부구나. 잘 잤니?"

곽부는 흥, 하고 코웃음을 치더니 대답 없이 침상 옆 의자에 앉았다. 그녀는 미간을 잔뜩 찌푸린 채 화가 나 견딜 수 없다는 표정으로 양과를 쏘아보았다. 양과는 괜히 마음이 불안해져 먼저 웃으며 말을 걸었다.

"백모님께서 내게 전하라는 말씀이라도 있었니?"

"아니!"

양과는 계속 무시를 당하는 느낌이 들었다. 예전 같으면 그냥 돌아누워 더 이상 상대하지 않았을 테지만 오늘은 사정이 달랐다. 이렇게 이른 아침부터 자기 방을 찾아온 것부터가 왠지 심상치 않아 보였다.

"백모님은 좀 좋아지셨어?"

곽부의 얼굴은 여전히 서리가 내린 듯 차갑기만 했다. 그리고 말투도 싹 달라졌다.

"우리 엄마가 좋든 말든 신경 쓸 것 없잖아?"

양과는 남에게 무시를 당하면 양보하거나 물러서는 성격이 아니었다. 오늘 이렇게 곽부에게 계속 무시를 당하니 저도 모르게 울컥 화가 치밀었다.

'네 아버지가 곽 대협이고 어머니가 황 방주라 그렇게 대단하게 구는 것이냐?'

"쳇!"

양과의 입에서 빈정대는 소리가 튀어나오자 곽부는 눈을 더욱 동그랗게 뜨고 노려봤다.

"쳇이라니?"

양과는 상관도 하지 않고 코웃음을 한 번 더 쳐주었다. 곽부는 화가 단단히 난 듯 소리를 질렀다.

"쳇이 무슨 뜻이냔 말이야!"

양과는 슬그머니 웃음이 났다.

'하여튼 계집애라 신경질을 참지 못하는구나. 코웃음 좀 쳤기로서니 저렇게 난리라니.'

"내가 몸이 불편해서 상대하기 싫다는 소리다."

곽부는 씩씩대기 시작했다.

"말도 안 되는 소리를 하고 다니면서 뭘 상대하기 싫다는 거야? 만날 거짓말만 하고……. 정말 비열해!"

양과는 그녀의 말에 정신이 번쩍 들었다.

'설마 내가 무씨 형제를 속인 일을 알고 하는 얘긴가?'

곽부의 얼굴을 가만히 들여다보니 화를 내는 모습이 아름답고 귀여웠다. 양과는 저도 모르게 안쓰러운 마음이 들었다. 그는 천성이 풍류기를 타고난 터라 피식 웃으며 여유를 찾았다.

"내가 무씨 형제에게 몇 마디 한 것을 탓하는 거야?"

"뭐라고 했길래? 네 입으로 말해봐."

"다 그들에게 좋으라고 한 거야. 친형제가 서로 싸우면 아버지의 마음이 얼마나 아프겠어. 무 선배에게 들었나 보지?"

"무 백부는 나를 보자마자 축하한다고 하면서 너를 칭찬하시더라. 나는…… 나는…… 여자로서 지켜야 할 자존심이 너 때문에 더럽혀졌어."

곽부는 더 이상 말을 잇지 못하고 눈물을 흘렸다. 양과는 일이 잘못된 것 같아 고개를 숙인 채 말이 없었다. 후회가 되기도 했다. 그날 저녁 무씨 형제에게 보란 듯 몇 마디 지껄인 것이 곽부를 모욕한 결과가 된 것이다. 아무래도 수습이 쉽지 않을 성싶었다. 양과가 고개를 숙인 채 말이 없자 곽부는 더욱 답답해져 울먹이는 소리로 말했다.

"무 백부 말에 의하면 큰오빠, 작은오빠가 네게 졌기 때문에 다시는 나를 만나러 오지 않겠다고 약속했다는데, 그게 정말이야?"

'무삼통 그 사람도 정말 생각이 없군. 그런 말을 부에게 굳이 할 필요가 있나…….'

양과는 속으로 한숨을 내쉬며 할 수 없이 고개를 끄덕였다.

"내가 헛소리를 한 건 미안해. 하지만 나쁜 뜻이 있었던 건 아냐. 용서해줘."

곽부가 눈물을 닦으며 외쳤다.

"그럼 어젯밤 그 얘기는 왜 한 거야?"

양과는 어리둥절해졌다.

"어젯밤 무슨 얘기를 했는데?"

"무 백부가 네 상처가 모두 나으면 너랑…… 너랑 나 덕분에 축하주 마실 일이 생기겠다고 하셨어. 네가 결혼하겠다고 얼른 대답했다던데?"

'아차! 어제 그 얘기도 했구나!'

양과는 가슴이 철렁 내려앉아 정신없이 변명을 늘어놓았다.

"그건…… 그때 내가 정신이 없어서 무 선배가 뭐라고 말하는지 잘 듣지 못했어."

곽부는 양과가 머뭇거리자 그 말이 사실이 아니란 걸 금세 알아챘다.

"거짓말! 너는 또 엄마가 네게 몰래 무공을 가르쳐줬다고 했다면서? 네가 마음에 들어 사위 삼기로 하셨다며? 그것도 정말이니?"

양과는 온통 얼굴이 빨개졌다.

'부에 대해 농지거리를 한 거야 경박하다고 욕이나 좀 먹으면 그만이다. 어차피 내가 무슨 군자도 아니니까. 하지만 백모님이 몰래 무공을 가르쳐줬다고 한 건 백모님의 체면과도 관계된 일이니 그냥 둘 수 없어. 절대 백모님이 알게 해서는 안 돼.'

"내가 말을 함부로 한 탓이야. 제발 이 일은 좀 덮어줘. 절대 백부님과 백모님이 아시면 안 돼."

양과는 마음이 급해져 곽부에게 사정했다. 곽부는 그런 그를 쏘아보며 차갑게 웃었다.

"그렇게 아빠를 무서워하면서 왜 그런 거짓말을 꾸며내 엄마를 모욕한 거야?"

"나는 백모님께 불경한 마음을 품은 게 아냐. 그때 무씨 형제가 정말 사생결단을 하고 싸우기에 두 사람을 체념시키려고 그런 거야. 두 사람이 싸우지 않게 하려다 보니 말이 제멋대로 나왔어……."

곽부는 어려서부터 무씨 형제와 죽마고우로 함께 자랐다. 자연히 두 사람에게 모두 정이 들었고, 양과가 두 사람을 속여 자신을 단념하게 하고 다시는 못 만나게 했다고 하자 화를 억누를 수 없었다. 그녀는 두 주먹을 쳐들며 소리쳤다.

"흥! 언젠가 반드시 갚아줄 거야. 갚아줄 거란 말이야!"

곽부는 씩씩대며 양과를 노려보더니 또 말을 이었다.

"그런데 내 동생은? 동생을 어디로 데려간 거야?"

"그래, 어서 백부님을 모셔와. 내가 말씀드리려던 참이야."

"아빠는 동생을 찾으러 성 밖으로 나가셨어. 너는…… 너는 정말 비열한 인간이야. 내 동생을 미끼로 해독약을 바꾸려 하다니. 그래, 네 목숨만 중하고 내 동생의 생명은 아무것도 아니란 말이야?"

양과는 부끄러워 얼굴을 들 수가 없었다. 그러나 아기에 대해서는 정말 조금도 부끄러운 짓을 하지 않았기에 고개를 들고 곽부를 바라보았다.

"나는 아기를 데려와 백부님, 백모님께 안겨드릴 생각이었지 결코 그 아이를 이용해 해독약을 얻으려 한 적이 없어!"

"그럼 내 동생은 도대체 어디에 있는 거야?"

"이막수가 데려갔는데 그만 놓치고 말았어. 정말 부끄럽다. 하지만 내가 회복되면 반드시 되찾아올 거야."

곽부의 얼굴에 비웃음이 떠올랐다.

"이막수는 네 사백이잖아? 원래 동굴에 함께 있었지?"

"맞아, 내 사백이긴 하지만 우리 사부님과는 원래 사이가 안 좋아."

"흥, 사이가 안 좋아? 그러면 어떻게 그 여자가 오빠 말을 듣고 동생을 데려가 해독약을 구해주기로 했을까?"

양과는 벌떡 일어나 앉아 정색을 하고 외쳤다.

"그런 말 하지 마. 내가 비록 군자는 아니지만 그런 생각은 품은 적 없어!"

"그런 생각을 품은 적 없다고? 네 사부가 직접 한 말인데 거짓말이라는 거야?"

"우리 사부님이 뭐라고 하셨기에?"

곽부가 자리에서 일어나 양과의 얼굴을 가리키며 분노에 찬 목소리로 외쳤다.

"네 사부가 직접 주 백부께 얘기하더라. 네가 이막수와 황곡荒谷에 있으니 우리 아빠의 홍마를 네게 빌려주자고. 그래서 내 동생을 데리고 빨리 절정곡에 가서 해독약으로 바꾸게 하자고!"

"그래, 우리 사부님은 그런 생각을 하셨어. 우선 네 동생을 데리고 가서 절정단을 얻고보자고 했어. 하지만 그건 임시방편일 뿐이야. 게다가 네 동생을 해칠 생각은 전혀 없었어. 그래서 나는 그럴 수 없다고 하고……."

양과의 말이 끝나기도 전에 곽부가 계속 외쳤다.

"내 동생은 태어난 지 하루도 안 된 갓난아기야! 그런 아기를 사람을 죽이고도 눈 하나 깜짝하지 않는 사람에게 데려다주고는 무슨 해칠 생각이 없었다는 거야? 이 양심도 없는 더러운 놈아! 어려서 갈 곳 없는 네게 우리 아빠 엄마가 어떻게 해주셨니? 너를 도화도로 데려가지 않았다면, 너를 키워주지 않았다면 너는 벌써 굶어 죽었을 거야. 그런데 네가 은혜를 원수로 갚아? 아빠 엄마가 몸이 좋지 않은 틈에 적을 끌어들여 내 동생을 유괴해가다니……."

곽부가 마구 욕을 해대자 양과는 할 말이 없었다. 결국 답답함과 분노를 견디지 못하고 그만 정신을 잃고 말았다. 잠시 후 양과는 천천히 깨어났다. 곽부는 여전히 차가운 눈으로 그를 내려다보고 있었다.

"아직 일말의 양심이 남아 있는 줄은 몰랐구나. 너 스스로도 용서하기가 힘들지?"

얼음처럼 차가운 얼굴이었다. 그녀의 혀는 날카로운 칼날처럼 그의 가슴을 후벼 팠다. 양과는 길게 한숨을 내쉬었다.

"내가 정말 그런 마음이 있었다면 왜 아직까지 네 동생을 데리고 절정곡으로 가지 않았겠어?"

"독이 발작해 움직일 수 없었나 보지. 그래서 네 사백에게 부탁한 거 아니야? 흥, 네 사부가 주 백부에게 이야기하는 것을 듣고 내가 홍마를 감추어서 너희의 간교한 계략을 막았지. 그러지 않았다면……."

"그래, 네 마음대로 이야기해도 좋아. 나도 더 이상 변명하지 않겠어. 그런데 우리 사부님은 어디로 가셨지?"

곽부의 얼굴이 조금 붉어졌다.

"이런 걸 그 스승에 그 제자라고 하는군. 네 사부도 나쁜 사람이야."

양과는 벌컥 성을 내며 일어나 앉았다.

"네가 나를 욕하고 모욕해도 네 부모님 얼굴을 봐서 그냥 넘어가는 거야. 게다가 내가 말을 함부로 한 건 분명 잘못이니까 네게 사과할게. 하지만 우리 사부님은 아무 잘못도 없어."

"쳇! 네 사부가 뭐라고? 네 사부도 함부로 헛소리를 지껄이더구나."

'선자는 세상의 때가 묻지 않은 순수한 분인데, 비열한 마음으로 한 말은 아닐 거야.'

양과는 이렇게 생각하며 대답했다.

"아마 우리 사부님은 순수하게 한 말인데, 네 마음이 비뚤어져서 멋대로 왜곡했겠지."

"흥! 그 여자가 뭐라고 했는지 알아? '곽 소저, 과는 마음이 착한데 평생 고생을 했으니 잘 대해주세요'라고 하고, 또 '두 사람은 원래 천생…… 천생연분이니 과가 나를 잊어도 조금도 원망하지 않을 거예요'라고 하더라. 그리고 보검을 한 자루 주면서 무슨 숙녀검이라나? 이게 너의 군자검과…… 쳇, 군자검과 한 쌍이라고 했어. 이게 헛소리가 아니면 뭐니?"

곽부는 원래 소용녀의 말을 전해주지 않으려 했는데 양과의 말에 화가 치밀어 그만 내뱉어버렸다. 그녀는 부끄러우면서도 화가 치밀어 깊은 정을 담은 소용녀의 이별의 말을 그냥 아무렇게나 전하고 있었다.

곽부의 말에 양과는 뒤통수를 망치로 세게 얻어맞은 기분이 들었다. 소용녀가 어찌 그런 말을 했는지 알 수가 없었다. 잠시 후 양과는 천천히 고개를 들었다. 그의 눈에서 이상한 빛이 발했다.

"거짓말! 우리 사부님이 그런 말을 했을 리가 없어. 그럼 숙녀검은 어디 있어? 내놓지 못하면 너는 지금 거짓말을 하고 있는 거야!"

곽부는 냉소를 흘리며 팔을 뒤집어 뒤에서 장검 하나를 꺼내 들었다. 검신이 온통 검은 것이 절정곡에서 가지고 온 숙녀검이 틀림없었다. 양과의 얼굴은 실망한 표정이 역력했다.

"누가 너랑 짝이 되겠대? 그 검은 우리 사부님 거야. 네가 훔쳐낸 거지? 그렇지?"

곽부는 어려서부터 제멋대로 구는 성격이라 부모조차 언제나 그녀에게 양보하곤 했다. 무씨 형제가 언제나 그녀를 떠받들고 상전 모시듯 해주자 그들에게 더욱 기고만장하게 굴었다. 그녀가 소용녀의 말을 전해준 것은 양과가 소용녀를 떠받드니 질투심에서 이야기를 꺼낸 것이었다. 그런데 오히려 도둑 취급을 당하다니! 게다가 가만히 상황을 돌아보니 마치 자기가 양과를 붙잡아 시집을 가려는데 양과가 계속 거절하는 모양새가 되고 말았다. 곽부는 화가 치밀어서 당장이라도 검을 뽑을 기세로 검 자루를 거머쥐었다.

'사부를 그렇게 공경한단 말이지? 그럼 한 가지 이야기를 더 들려주면 화가 나서 아주 환장을 하겠구나.'

곽부는 질투의 화신이 되어 자신의 말이 앞으로 어떤 결과를 가져올지는 생각지도 못하고 반 척쯤 뽑았던 숙녀검을 다시 칼집에 꽂아 넣고 은근한 미소를 지으며 의자에 앉아 이야기를 시작했다.

"네 사부는 얼굴도 예쁘고 무공도 높으니 정말 보기 드문 분이야. 하지만 한 가지는 마음에 들지 않더구나."

"뭐가?"

"글쎄, 행동거지가 단정치 못한지 전진교 도사들이랑 암암리에 내통을 한 모양이더라."

"우리 사부님은 전진교와 원한이 있어. 그런데 어떻게 그런 일이 있겠어?"

"암암리에 내통했다는 건 그나마 고상하게 표현한 거야. 때로는 여자로서 입 밖에 낼 수 없는 말이 있는 법이지."

양과는 점점 화가 치밀었다.

"우리 사부님은 백옥처럼 순결한 분이야. 계속 헛소리를 지껄이면 입을 뭉개버릴 거야!"

양과가 아무리 씩씩거려도 곽부는 눈 하나 깜짝하지 않았다.

"그래, 그 여자가 직접 한 일을 나는 도저히 말로는 할 수가 없구나. 백옥처럼 순결하신 분이라고? 그런 사람이 어쩌면 도사와 그런 짓을……."

"무슨 소리를 하는 거야?"

"내가 내 귀로 직접 들은 것인데도 잘못되었다는 거야? 전진교 도사 일곱 명이 아빠를 찾아왔었어. 마침 성안이 어지러운 데다 아빠 엄마도 몸이 좋지 않으셔서 만나지 못하고 주 백부와 내가 손님들을 접대했지."

"그래서 어쨌다는 거야?"

화가 치밀어 이마에 푸른 힘줄이 돋고 두 뺨이 온통 벌게진 양과를 보고 곽부는 속으로 쾌재를 불렀다.

"그 도사 일곱 명 중에 조지경이라는 사람과 견지병이라는 사람이 있었지."

"그래서?"

곽부는 가볍게 미소를 지었다.

"주 백부가 그들에게 잠자리를 마련해주고 나서는 더 이상 상관하지 않았거든. 그런데 밤중에 개방 사람 하나가 급히 와서 보고하더라. 방에서 도사 두 명이 검을 빼 들고 싸우고 있다고……."

양과는 더 듣지도 않고 코웃음을 쳤다. 견지병과 조지경은 원래 사이가 좋지 않으니 방에서 싸우는 것도 전혀 이상할 게 없었다.

"나는 궁금해서 창밖에서 들여다보았지. 두 사람은 이미 칼싸움을 그치고 말다툼을 하고 있더군. 성이 조씨인 도사가 견 뭐라는 사람에게 네 사부를 안고 어쩌고저쩌고하니까, 그 견씨라는 사람이 뭐라고 대들지도 못하고 그저 목소리를 낮추라고만 하더구나."

양과는 벼락같이 덮고 있던 이불을 젖히고 일어나 침상 가장자리에 앉았다.

"뭐가 어쩌고저쩌고야!"

곽부의 얼굴이 조금 붉어지는가 싶더니 난처한 듯 우물거렸다.

"내가 어떻게 알아? 아무러면 좋은 일이었겠어? 너희 그 대단한 사부가 한 일이니까 그 여자가 알겠지."

잔뜩 비꼬는 말투였다. 양과는 더욱 화가 치밀고 머리가 어지러워져 저도 모르게 손을 들어 곽부의 얼굴을 때렸다. 화가 난 나머지 힘껏 때렸기 때문에 곽부는 눈앞이 어질어질했다. 한쪽 뺨이 즉시 붉게 부어올랐다. 양과가 몸이 아파 기력이 쇠했기에 망정이지 그렇지 않았다면 이도 몇 개 부러졌을 터였다.

곽부는 일생 동안 이런 수모를 당한 적이 없었다. 그녀는 너무 화가 나 허리에 찬 숙녀검을 뽑아 들고 양과의 목을 노리고 공격했다. 그러나 양과도 어느 정도 곽부의 행동을 예상하고 있었다.

'백부와 백모의 딸을 호되게 건드렸군. 그녀는 양양성의 공주가 아니던가. 백부와 백모가 나를 꾸짖지 않는다고 해도 이곳에 머물러 있지는 못하겠다.'

그는 신발을 신으면서 검을 들고 덤비는 곽부를 보며 피식 웃었다. 그러고는 왼손을 당기는 동시에 오른손을 둥글게 뻗어 숙녀검을 빼앗았다.

곽부는 계속해서 양과에게 당하기만 하자 더욱 화가 나 주위를 둘러보았다. 침상 곁에 검이 하나 놓여 있는 것이 보였다. 바로 군자검이었다. 그녀는 얼른 검을 들어 양과의 머리를 내리쳤다. 양과는 차가운 빛이 번득이는 것을 보고는 숙녀검으로 막았다. 그러나 그는 7일 동안 혼미해 있던 터라 팔에 힘이 없었다. 숙녀검을 가슴까지 올리고는 더 이상 버티지 못했다. 순간 예리한 금속성과 함께 검이 비스듬히 부딪치자 양과가 쥐고 있던 숙녀검이 손에서 빠져나가 바닥에 떨어졌다. 양과도 그만 털썩 쓰러졌다. 곽부는 아직도 분을 삭이지 못하고 쌔근거렸다.

'이 녀석은 내 동생을 해하려 한 비열한 놈이다. 널 죽여 동생의 복수를 했다고 하면 아빠 엄마도 책망하지 않으실 거야.'

양과는 힘없이 바닥에 쓰러진 뒤 오른팔을 들어 가슴을 보호했다. 그의 눈에는 동정을 구하는 빛이 전혀 보이지 않았다. 곽부는 분노가 극에 달해 손에 힘을 주어 검을 내리쳤다.

그날 이막수는 금륜국사와 양과가 싸우는 틈에 갓 태어난 곽양을 빼앗아 양양 성벽을 넘었고 금륜국사와 양과가 그 뒤를 좇았다. 소용녀가 도착했을 때는 이미 세 사람의 모습은 찾을 수가 없었다. 소용녀는 개방 제자가 지키고 있던 홍마를 빌려 노유각이 성문을 열라는 명령을 내리기가 무섭게 성을 뛰쳐나갔다. 성 밖에는 병사 두 명과 말 한 필이 죽어 있었다. 세 사람은 이미 성에서 멀어진 듯 흔적을 찾을 수가 없었다. 소용녀는 일단 말을 달려 양과를 찾아보았다. 마침 노유각이 성문을 닫으려고 하는 찰나였다. 멀리서 말발굽 소리가 요란하더니 북동쪽에서 한 무리가 말을 몰고 다가오는 것이 보였다. 그들은 양양성이 가까워지자 소리쳤다.

"우리는 전진교 제자들이오! 전진교 유 진인과 구 진인의 명을 받고 곽 대협과 황 방주를 뵈러 왔소!"

노유각은 죽봉을 치켜들어 경계 태세를 취하며 성 밖을 살펴보았다. 중년의 도사 일곱 명이 다가오는데, 그중 견지병과 조지경은 아는 얼굴이었다. 그는 얼른 이들을 성안으로 들였다. 견지병이 나서서 이곳에 온 연유를 설명했다. 곧 몽고 대군이 또다시 양양을 공격한다는 소식을 들은 유처현과 구처기가 묘책을 생각해내고는 이를 양양성에 전달하러 그들을 보낸 것이었다. 그 묘책이란 전진교에서 몽고군의 뒤를 공격해 몽고군을 곤경에 빠뜨린다는 것이었다.

노유각은 이에 대해 정중히 감사를 표시했다. 그리고 마침 곽정은 부상을 당하고 황용은 막 아기를 낳은 후라 상황이 더욱 위급했다. 그래서 어찌할 바를 몰라 자기들도 지금 막 곽정을 만나러 가는 참이었다고 말했다.

그 말을 듣고 견지병이 깜짝 놀라 한 걸음 앞으로 나섰다.

"저희가 마침 잘 왔군요. 미력하나마 힘껏 돕겠습니다."

그는 조지경, 이지상 등 도사들과 함께 노유각을 따라 곽정의 처소로 갔다. 도착하고 보니 성안에 큰불이 나 주자류 등이 군사를 이끌고 불을 끄는 중이었다. 노유각은 우선 곽정과 황용의 안위부터 알아보았다. 다행히 두 사람은 이미 안전한 곳으로 피신해 있었다.

개방 제자들이 모두 불을 끄는 데 동원되어 잠시 후 점차 불길이 잡히기 시작했다. 정신이 없는 와중에 또 소상자, 달이파, 곽도 등이 공격해왔다. 견지병은 전진교 일행과 천강북두진을 펼쳤다. 일곱 명 모두 천강북두진을 열심히 연마해온 사람들이었다. 일곱 명이 한 몸이 된 듯 일사불란하게 움직이며 서로를 받쳐주니, 무공이 뛰어난 소상자, 달이파, 곽도도 이를 당해내지 못했다. 게다가 성안 상황이 점차 안정되며 개방 제자들과 송군이 점점 많이 몰려드니 결국 습격한 보람도 없이 그냥 물러날 수밖에 없었다.

주자류는 일곱 도사에게 감사를 표시했다. 견지병 등은 곽정의 부상이 그리 심각하지 않다는 소식을 듣고 다음 날 만나기로 약속을 정했다. 주자류는 일곱 도사를 방으로 안내했다. 견지병과 조지경, 이지상은 의논한 끝에 이지상 등 다섯 도사는 밤길을 달려 중양궁으로 돌아가 사존들에게 양양의 상황을 알리기로 하고 견지병과 조지경은 곽정 부부를 만나 앞으로의 상황을 상의한 후에 돌아가기로 했다. 그날 저녁 견지병과 조지경은 다섯 사제와 헤어지고 한방에 묵었다.

소용녀는 홍마를 타고 양과와 금륜국사를 뒤쫓다 그만 방향을 잃고 말았다. 홍마는 단숨에 10여 리를 달렸기 때문에 소용녀가 말고삐를 당겼을 때는 이미 양과와는 완전히 길이 엇갈려 있었다. 그녀는 마음이 다급해졌다. 지체할수록 양과의 생명이 위태로워질 것 같아 양양성 주변을 정신없이 헤맸지만 홍마가 아무리 빠르다고 해도 워낙 넓고 외딴 곳이라 한밤중이 되도록 양과의 흔적을 찾을 수가 없었다. 그러던 중 멀리서 들려오는 무삼통의 울음소리를 듣게 되었다. 소리를 따라가니 무씨 형제가 싸우는 소리가 들렸다. 그리고 양과의 목소리도 들렸다. 소용녀는 뛸 듯이 기뻤다. 혹 양과가 적을 만난 것이라면 몰래 도와야겠다는 생각에 일단 말을 나무에 묶어놓고 가만가만 바위 뒤에 몸을 숨긴 뒤 소리가 들리는 쪽을 훔쳐보았다. 그런데 그곳에서 소용녀는 양과의 말을 듣고 깜짝 놀라지 않을 수 없었다. 양과가 곽부와 이미 정혼을 했다며 제 입으로 떠들어대는 소리를 들은 것이다. 그는 말끝마다 곽정 부부를 '장인, 장모'라고 불렀고 무씨 형제에게 다시는 곽부와 만나지 말라고 으름장을 놓고 있었다. 소용녀는 온몸에 힘이 빠졌다. 양과의 한마디 한마디가 소용녀의 심장을 때렸다. 소용녀는 정신을 차릴 수가 없었다. 온 세상이 빙글빙글 도는 것만 같았다. 다른 사람이었다면 양과의 말투며 표정이 평소와 달라 의심할 법도 하건만 워낙 세상 물정을 모르는지라 그것이 속임수라는 것을 알지 못한 것이다. 그녀는 커다란 상처를 입고 어찌할 바를 몰라 절로 한숨이 새어나왔다.

그때 양과는 어디선가 들려오는 소용녀의 한숨 소리를 분명히 듣고 소리쳤다.

"선자!"

그러나 그녀는 대답도 하지 않고 자리를 떠나버렸다. 양과는 그저 이막수가 낸 소리인가 싶어 더 이상 염두에 두지 않았다.

소용녀는 홍마를 끌고 혼자서 여기저기를 돌아다녔다. 아무리 생각해보아도 자신이 어찌해야 좋을지 알 수가 없었다.

'과는 이미 곽 낭자와 정혼을 했다니 나를 데려가지 않겠구나. 어쩐지 곽 대협 부부가 한사코 나와 혼인하는 것을 반대하더니 그런 이유 때문이었어. 과가 나에게 그런 이야기를 하지 않은 것은 내가 상처받을까 봐 그런 것이었겠지. 아…… 어쩌나…… 내게 그렇게 잘해주던 과였는데…….'

소용녀는 절로 흐르는 눈물을 닦으며 갖은 생각을 다 해보았다.

'그러고 보니, 과가 차일피일 미루기만 하고 곽 대협을 죽이지 않은 것도 곽 낭자 때문이었구나. 그렇다면 곽 낭자와 이미 정이 깊어진 거야. 내가 지금 나타나 홍마를 그에게 주면 그는 또 나에 대한 정이 생각나 곽 낭자와의 혼사를 피할지도 몰라. 그래, 난 혼자서 고묘에 들어가면 그만이야.'

소용녀는 마음을 굳혔다.

'그래, 고묘에 들어가자. 이 세상은 내게 너무 혼란스러워.'

이렇게 결심한 소용녀는 일단 양과의 목숨은 구해야겠기에 그대로 밤길을 달려 양양으로 돌아가 주자류에게 황곡에 있는 양과를 찾아 홍마를 전해달라고 부탁했다.

그때 양양성 안은 상황이 좋지 않았다. 곽정은 부상을 당했고, 황용은 막 아기를 낳았고, 성안은 몽고군으로 인해 벌집을 쑤셔놓은 듯 어수선했다. 그런 와중에 소용녀가 홍마를 끌고 와 양과를 홍마에 태워 절정곡에 보내야 하고, 또 이제 막 태어난 곽정의 둘째 딸을 데려가 해독약을 얻어야 한다는 등의 이야기를 하니 모두들 그 말뜻을 제대로 이해하지 못했다. 소용녀는 주자류 곁에 곽부가 있는데도 갓난아기를 절정곡에 보내야 한다는 얘기를 서슴지 않고 내뱉었다.

'네 동생이 절정곡에서 며칠 있는다고 무슨 일이 나겠어? 다 네 장래의 남편을 위한 일인데…….'

양과를 떠올리자 또 눈물이 솟구쳐 더 설명을 하고 싶어도 목이 메어 입을 열 수가 없었다. 그녀는 그대로 침실로 달려가 침상에 쓰러져 울음을 터뜨렸다. 당시에는 곽정 부부를 대신해 주자류와 노유각이 성을 방어할 중임을 맡고 있었다. 그중 주자류가 좀 더 물어보려 했으나 소용녀는 마음이 어지러워 더 설명해주지 못하고 그저 양과의 목숨이 위태롭다며 어서 가라고 등을 떠밀 뿐이었다.

주자류는 뭔가 큰일이 터진 것 같아 일단 황곡으로 가서 상황을 봐가며 처리하기로 마음먹었다. 그런데 그가 막 성을 나서려 하자 홍마가 어디로 갔는지 보이지 않았다. 옆에 있던 병사가 곽부가 이미 끌고 갔다고 전해주었다. 그래서 곽부를 찾으려는데 도무지 찾을 수가 없었다. 주자류는 한숨을 내쉬었다.

'이 아가씨는 정말 신출귀몰하군.'

그는 양과의 안위가 걱정되어 마냥 성안에서 사람을 찾고 있을 수만은 없었다. 그래서 발 빠른 말을 구해 개방 제자 몇 명을 데리고 소용녀가 가르쳐준 길을 따라 황곡으로 달려갔다. 가보니 양과와 무씨 형제가 모두 바닥에 쓰러져 있고, 무삼통은 옆에서 운기를 하고 있는 상황이었다. 양과와 무씨 형제는 겨우 가쁜 숨을 몰아쉬고 있었다.

'더 지체하면 생명이 위태롭다더니, 정말이었군.'

주자류는 이들을 일으켜 양양성으로 데리고 왔다. 그리고 마침 사숙인 천축승이 양양성에 와 있어서 그에게 치료를 맡긴 것이다.

소용녀는 침상 위에 엎드려 한참을 울었다. 생각할수록 마음이 찢어질 듯 아팠다. 쉼 없이 흘린 눈물 탓인지 옷소매가 이미 흥건하게 젖었다. 마른 수건을 꺼내기 위해 손을 허리춤으로 가져가는데 손에 숙녀검이 만져졌다.

'이 검은 곽 낭자에게 줘야겠구나. 그래야 군자검과 한 쌍을 이룰 수 있지.'

그녀는 양과를 너무나 사랑했다. 그에게 좋은 일이라면 뭐든 기꺼이 해줄 수 있었다. 그녀는 눈물 자국을 지우지도 않고 곽부에게 달려갔다. 때는 한밤중, 곽부도 이미 잠자리에 든 후였다. 그러나 소용녀는 지체하다가는 또 자기 마음이 바뀔 것 같아 문을 열고 들어갔다. 그리고 잠이 덜 깬 그녀에게 검을 내밀며 이 검이 양과가 가진 검과 한 쌍이라고 말해주었다. 그리고 부부가 되면 행복하게 잘살라는 말도 빼놓지 않았다. 곽부는 얼떨결에 듣고는 있었지만, 무슨 소린지 통 알 수가 없었다.

"뭐라고 하는 거죠? 전혀 못 알아듣겠어요!"

그러나 소용녀는 고개도 돌리지 않고 그대로 방을 나갔다. 그녀는 어느덧 정원에 들어가 있었다. 활짝 핀 장미꽃의 은은한 향기가 코끝에 스며왔다. 그러자 종남산에서 양과와 꽃 덤불을 사이에 두고 〈옥녀심경〉을 함께 연마했던 일이 생각났다. 그러나 이제는 그와 같은 친밀한 관계를 지속할 수가 없다고 생각하니 절로 한숨이 나왔다. 그때 갑자기 정원 옆에 있는 방에서 누군가 외치는 소리가 들렸다.

"지금 남의 집에 손님으로 와서 왜 또 소용녀 이야기를 꺼내는 겁니까?"

소용녀는 깜짝 놀라 우뚝 멈춰 섰다.

'누가 내 얘기를 하는 거지?'

뒤이어 또 다른 사람의 목소리가 들렸다.

"우리 둘이 있는데 안 될 것 뭐 있나? 자네는 또 가서 그녀의 가냘프고 사랑스러운 몸을 안고 싶을 것 아닌가? 천으로 눈을 가리고 혈을 찍혀 꼼짝도 못 하는 사이에 자네가 하고 싶은 짓을 마음껏 하고 싶은 것 아니냐고! 종남산 꽃밭에서 황홀한 날을 보냈으니 또 그러고 싶은 거야 당연지사 아닌가 말일세!"

소용녀는 가슴이 철렁 내려앉으며 온몸에 소름이 돋았다.

'그날 밤 내가 양과인 줄 알고 안았던 남자가…… 과가 아니고 저 망할 도사란 말인가? 아니야, 그럴 리가 없어!'

두 사람의 목소리는 분명 견지병과 조지경이었다. 소용녀는 살금살금 창문 곁으로 다가가 귀를 대고 그들의 이야기를 엿들었다. 두 사람의 목소리는 점차 낮아졌지만 워낙 가까이 있는지라 똑똑히 알아들을 수 있었다.

"제가 그런 짓을 한 것은 물론 백 번 천 번 잘못한 일입니다. 사존님의 가르침을 좇아 평생 깨끗하게 무위를 수련하고 마음을 비웠어야 마땅하지요. 하지만 정말 선녀 같은 용 낭자의 모습을 보고부터는 낮이고 밤이고 그녀만 생각했습니다. 그런 저 자신을 저도 어찌할 수가 없었습니다. 그날 밤 그녀가 꽃밭에 누워 있는 것을 보니 더 이상 억제할 수가 없더군요. 그런데 그녀는 제가 입을 맞추고 몸을 만져도 전혀 저항하지 않고 오히려 저를 이끌고……."

견지병은 마치 꿈이라도 꾸는 양 목소리가 점점 부드러워졌다. 밖에서 듣고 있던 소용녀는 머리가 멍해지며 온몸에 힘이 빠졌다.

'정말 저자란 말인가? 내가 사랑하는 과가 아니고? 아니, 아니야! 절대 아니야! 거짓말일 거야. 틀림없이 과였어!'

견지병의 목소리가 계속 들려왔다.

"제 마음속에 있는 그녀는 선녀입니다. 하늘이 내려주신 천상의 여인이에요. 그녀를 한 번 볼 수만 있어도 제게는 커다란 행복입니다. 그런데 제가 어찌 그녀가 알지 못하는 사이에 그 고귀한 몸을 더럽혔을까요? 제가 앞으로 무엇을 하더라도 그 죄를 씻을 수는 없을 겁니다. 그녀가 이곳에 있다는 소식을 들었을 때, 그녀를 만나 저를 죽여달라고 부탁하고 싶었습니다. 연유는 말하지 않고 그저 죽여달라고 할 생각이었습니다. 죽음만이 제가 지은 더러운 죄를 씻을 수 있습니다. 그렇다고 죄가 아주 없어지지는 않겠지요. 저는 아마 다음 세상에 개나 말 같은 짐승으로 태어날 겁니다. 그래도 그녀 곁에 있을 수 있다면 행복하겠지요……."

말이 끊기더니 잠시 뒤 목 놓아 우는 소리가 들려왔다. 또 쾅쾅, 벽을 때리는 소리가 이어졌다. 소용녀가 방 안을 살짝 들여다보니 견지병이 머리를 벽에 찧고 있었다.

"나는 죽어야 해요! 무슨 벌이라도 달게 받겠어요! 제발 그녀의 이름만은 그렇게 함부로 들먹이지 말아주세요."

하룻밤 사이에 연달아 불행한 일이 터지자 소용녀의 가슴은 갈기갈기 찢어졌다. 그녀는 망연자실 창밖에 서 있었다. 견지병과 조지경의 이야기를 듣기는 했지만, 정확히 무슨 말인지는 파악할 수 없었다. 어쨌든 자신의 영혼을 깨뜨리는 이야기라는 것만은 확실했다.

잠시 후 조지경의 비웃는 듯한 웃음소리가 들렸다.

"흥, 수도를 하는 사람은 한번 흔들리기 시작하면 더 이상 발전이 없는 법이다. 그래서 사제에게 자주 소용녀 이야기를 한 것이야. 다 사제의 무공 수련을 위해 그런 것이란 말이지."

"그녀는 천상의 선녀입니다. 땅에 발을 붙이고 사는 저는 그녀를 공경하고 떠받들어야 합니다. 그런데 어찌 그녀의 이름을 함부로 부를 수 있겠습니까. 제발 그녀의 이름을 부르지 마세요. 우리 같은 일개 필부가 그 이름을 부르면 그녀에 대한 모욕입니다!"

견지병의 목소리가 한층 더 높아졌다.

"흥! 그 속셈을 제가 모를 것 같습니까! 사형은 나를 질투하고, 또 양과를 미워하지요. 이 일을 까발려 그 두 사람이 헤어지도록 할 생각이었겠지요!"

소용녀는 양과의 이름이 거론되자 가슴이 두근거렸다.

"과, 과야……."

양과의 이름만 들어도 소용녀는 마음이 놓이고 기뻤다. 그녀는 두 사람이 계속해서 양과에 대해 이야기해주길 원했다.

견지병의 말에 조지경도 언성을 높였다.

"내 그 짐승 같은 놈을 한번 혼쭐을 내주지 않으면 평생 분이 풀리지 않을 것이다. 흥, 그런데 그놈이 언제……."

"그의 무공이 너무 강해 사형과 나는 이기기 힘들다는 거죠?"

"꼭 그런 건 아니지. 그 녀석이야 어디서 듣도 보도 못한 사파의 무공을 배워온 것 아니냐? 내 손에 걸리기만 하면……. 흥! 우리 전진파 현문 무공이야말로 천하 무공의 정종인데 무서울 게 뭐가 있어? 두고 봐. 내 절대 그놈을 편히 보내주지는 않을 것이니……. 두 다리를 분질러놓든지, 아니면 손을 잘라버리든지, 그것도 아니면 죽지도 살지도 못하게 만들어놓고 말 거야. 그때 용 낭자가 옆에서 지켜보도록 하는 것도 재미있겠군."

소용녀는 오싹 소름이 돋았다. 다른 때라면 당장 창을 부수고 뛰어들어가 두 사람의 목숨을 끊어놓았을 테지만, 지금은 온몸에 힘이 빠져 팔다리를 움직일 수가 없었다.

이번에는 견지병이 차갑게 웃었다.

"그게 바로 우물 안 개구리라는 겁니다. 우리가 현문 정종이기는 하지만, 그게 꼭 다른 문파보다 강하라는 법은 없지요."

"이 개 같은 놈! 전진교의 배신자 같으니라고! 네가 소용녀라는 계집과 더러운 짓을 하더니 그쪽 무공까지 대단하게 생각하는 모양이구나!"

견지병은 계속해서 모욕을 당하자 더 이상 참을 수가 없었다.

"또 그런 욕을! 사람을 막다른 길까지 몰아대면 안 되는 법이오!"

조지경은 견지병의 약점을 잡고 있었다. 자기가 중양궁에 이 사실을 알리기만 하면 전임 장교이던 유 사백이나 지금 장교를 맡고 있는 구 사백은 어쩔 수 없이 견지병의 목을 벨 것이다. 그러면 제3대 수제자 자리는 자신에게 돌아갈 것이다. 그런 이유 때문에 견지병도 갖은 수모를 당하면서도 조지경에게 반항하고 대들지 못했다.

조지경은 오늘만큼은 견지병을 완전히 제압해야겠다는 생각을 하고 한 걸음 앞으로 나서며 장을 뒤집어 공격했다. 조지경이 공격하리라고 생각지 못한 견지병은 적잖이 당황하며 우선 고개를 숙여 공격을 피했다. 그러나 조지경의 공격이 견지병의 뒷덜미에 맞았다. 견지병은 몸이 기우뚱하며 하마터면 넘어질 뻔했다. 그는 화가 치밀어 그대로 장검을 뽑아 들고 달려들었다. 조지경은 옆으로 비켜서며 쓴웃음을 지었다.

"그래도 내게 덤빌 용기가 있는 모양이군!"

조지경도 검을 뽑아 들었다. 견지병은 그를 노려보며 낮은 목소리로 중얼거렸다.

"사형에게 이렇게 시달리느니 둘 중 하나가 죽는 게 낫겠소. 어쨌든 나는 오늘 그분께 죽음으로써 죄를 씻고 싶었으니까."

견지병의 움직임이 빨라졌다. 그는 구처기가 직접 가르친 고수였다. 그러나 두 사람이 배운 무공은 어차피 같은 것이어서 우열을 가리기가 쉽지 않았다. 견지병은 울분이 쌓여 있어 상대와 함께 죽을 각오로 덤볐고, 조지경은 그를 죽지 않을 만큼만 혼내주고 싶었다. 서로 마음가짐이 다르다 보니 약 30여 초식을 겨룬 후에는 조지경이 구석으로 몰리게 되었다.

그때 개방 제자가 이 사실을 곽부에게 알려 곽부는 서둘러 옷을 걸치고 달려갔다. 가장 먼저 곽부의 눈에 들어온 것은 창밖에 서 있는 소용녀였다.

"용 낭자!"

곽부는 소용녀가 넋이 나간 듯 멍하니 서서 아무런 반응이 없자 무슨 일인지 궁금해 방으로 들어가지 않고 소용녀 곁으로 다가갔다. 방안에서는 검이 서로 부딪치는 소리와 함께 조지경이 쉴 새 없이 내뱉는 지저분한 말이 흘러나오고 있었다. 모두 소용녀에 관한 이야기였다.

"그래, 소용녀를 홀딱 벗겨 품에 안으니 그렇게 좋더냐?"

곽부가 듣고 있자니 너무 참담해 더 들을 수가 없었다. 그녀는 얼른 고개를 돌리고 자리를 뜨려다가 문득 소용녀를 쳐다보았다. 눈의 초점을 잃은 채 망연자실 서 있는 모습이 어쩐지 이상했다. 두 사람이 하는 말을 듣고 화를 내는 것 같지도 않았다.

"저 사람들의 말이 정말인가요?"

혹시나 하는 마음에 곽부가 물어보자 뜻밖에 소용녀는 고개를 끄덕였다.

"모르겠어요. 아마…… 아마 정말인가 봐요."

곽부는 경멸의 눈초리로 소용녀를 쏘아보더니 콧방귀를 뀌고는 뒤도 돌아보지 않고 가버렸다. 방 안에서 한창 싸우던 두 사람도 밖의 인기척을 느끼고는 싸움을 멈추었다.

"누구요?"

"저예요."

소용녀는 그대로 서서 천천히 대답했다. 견지병은 등골이 서늘해져 목소리마저 심하게 떨렸다.

"저라니, 누구요?"

"소용녀예요!"

이름 석 자를 들은 견지병은 마치 나무토막처럼 굳어버렸다. 조지경도 온몸이 싸늘하게 식는 것을 느꼈다. 지난번 대승관 영웅대연에서 소용녀의 일장에 가슴을 맞아 중상을 입고 몇 개월간 요양을 하고서야 회복된 일이 생각났다. 지금 그녀와 싸우게 된다 해도 이길 자신이 없었다. 소용녀를 모욕하는 말을 쉴 새 없이 내뱉었던 조지경은 머릿속이 온통 하얘지며 오직 도망갈 생각밖에 없었다.

'어떻게 빠져나간다지?'

견지병은 어차피 소용녀에게 자신을 죽여달라고 하려던 참이었기 때문에 두려울 게 없었다. 그는 팔을 뻗어 창문을 열었다. 창밖 정원 옆에 하얀 옷을 입고 처연한 표정으로 서 있는 소녀가 눈에 들어왔다. 꿈에도 그리던, 세상 그 누구보다도 아름다운 소용녀가 그곳에 서 있었다. 견지병은 우물쭈물 입을 열었다.

"용 낭자."

"그래요, 나예요. 아까 하던 얘기, 모두 사실인가요?"

"예, 그렇습니다. 절 죽여주십시오."

그는 창밖으로 장검을 거꾸로 들고 소용녀에게 건네주었다. 소용녀의 눈에서 이상한 빛이 발했다. 가슴속에 치욕과 울분이 미친 듯 끓어올랐다. 지금이라면 천 명, 만 명도 죽여버릴 수 있을 것 같았다. 소용녀는 이제 자신은 깨끗한 몸이 아니고, 또 그래서 전처럼 양과를 사랑할 수 없다고 생각했다. 그녀는 견지병이 건네는 검을 초점 없는 눈으로 바라보기만 했다.

조지경이 가만히 보아하니 소용녀가 반쯤 정신이 나간 듯했다.

'저러다 미치기라도 하면 정말 큰일이다. 지금 도망가지 않으면 안 되겠어!'

그는 견지병의 팔을 잡아채며 외쳤다.

"어서 가, 어서! 지금 안 가면 죽어!"

조지경은 이미 몸이 반쯤 밖으로 나가 있었다. 견지병은 온몸에 힘이 쭉 빠져 있는 상태여서 조지경이 잡아끌자 정신없이 끌려갈 수밖에 없었다.

조지경은 경공으로 냅다 뛰었다. 견지병은 처음에는 조지경에게 끌려갔지만 수 장 밖에서부터는 자신도 경공으로 내달리기 시작했다. 두 사람은 오랜 세월 무공을 수련한 몸이어서 금세 성문에 닿을 수 있었다.

성문 옆에는 개방 제자 10여 명이 관군들과 순찰을 돌고 있었다. 이들을 이끄는 개방 제자는 견지병과 조지경을 알아보고 다가왔다. 그는 두 사람이 급한 일이 있어 성을 나가야 한다고 이야기해서 마침 밖에 적병도 없는 터라 순순히 성문을 열어주었다. 성문이 열리자마자 두 사람은 번개처럼 그 사이를 빠져나갔다.

"경공술이 대단하군."

속 모르는 개방 제자는 두 사람의 뒷모습을 바라보며 감탄했다. 그리고 막 성문을 닫으려는 순간, 갑자기 하얀 그림자가 번득이더니 누군가 성 밖으로 뛰쳐나갔다.

"누구냐?"

개방 제자가 외쳤을 때 이미 그림자는 보이지 않았다. 얼른 뛰어나가 멀리 내다보았으나 동이 터오는 듯 희뿌연 여명만 하늘을 채울 뿐 사람 모습은 보이지 않았다. 함께 있던 사람들에게 물어보아도 모두 고개만 저을 뿐 아무것도 보지 못했다고 말했다.

"귀신을 본 거지."

그는 두 눈을 비비며 얼이 빠진 듯 중얼거렸다. 그러고는 연일 순찰을 도느라 눈이 피곤해 헛것을 본 것이라 생각하며 성문을 닫았다.

견지병과 조지경은 멈추지 않고 몇 리를 내달리고서야 조금 속도를 늦추었다. 조지경은 소매를 들어 이마에 송골송골 맺힌 땀을 닦아냈다.

"아, 정말 위험했다."

무심코 온 길을 돌아본 그는 무릎에 힘이 빠지며 쓰러질 뻔했다. 10여 장 뒤에서 하얀 옷을 입은 여자가 자신을 바라보고 서 있었던 것이다.

"허억!"

분명 소용녀였다. 충분히 따돌렸다고 생각했는데 벌써 뒤따라왔단 말인가. 그런데도 어찌 그런 낌새를 조금도 눈치채지 못했을까. 혼비백산한 그는 다시 견지병의 팔을 끌고 미친 듯 내달렸다. 순식간에 10여 장을 달린 뒤 고개를 돌려보니 소용녀가 여전히 그들의 뒤에 서 있었다. 조지경은 또다시 도망쳤다. 이제 뒤를 돌아볼 여력도 없었다. 매번 놀라다 보니 다리에 힘이 빠져 더는 달릴 수가 없었다.

"견 사제, 용 낭자가 우리를 죽이는 건 손바닥 뒤집기나 다름없네. 그런데 이렇게 따라오기만 하는 것을 보면 다른 생각이 있는 게 틀림없어."

"다른 생각이라니요?"

"내 생각에는 우리를 잡아 천하 영웅들 앞에 우리가 한 짓을 밝히고 전진교를 욕보이려는 것이겠지."

견지병은 가슴이 철렁 내려앉았다. 이제 제 목숨 건질 욕심은 없었다. 어차피 소용녀 앞에 무릎 꿇고 그녀의 칼에 죽어 죄를 씻을 생각이었다. 그러나 어려서부터 자신을 키워주고 가르쳐준 구처기에 대한 은혜는 죽어도 잊을 수 없었다. 자기 때문에 전진교의 명성에 금이 가는 일은 절대 있어서는 안 되는 일이었다. 이런 생각을 하니 등골이 오싹해지며 다리에 힘이 들어갔다. 그리고 조지경과 함께 있는 힘을 다해 뛸 수밖에 없었다.

한참 달리다 보니 길도 없는 황야에 들어섰다. 몇 차례나 뒤돌아보았지만, 그때마다 소용녀는 그들의 뒤에 있었다. 고묘파의 경공술은 실로 천하제일이어서 소용녀에게 이 두 사람을 쫓는 것은 그리 힘든 일이 아니었다. 지금 그녀는 엄청난 사실을 알게 되어 반쯤 정신이 나간 상태였다. 어떻게 해야 할지 몰라 그저 두 사람이 가는 대로 따라갈 뿐이었다. 견지병과 조지경은 점점 공포에 질려갔다. 소용녀가 마치 그림자처럼 따라오니 아무래도 자신들에게 악심을 품고 있는 것이 분명해 보였다. 새벽부터 점심때를 넘기도록 네댓 시진을 쉬지 않고 달린 터라 내공이 강한 두 사람도 이제 더 버틸 기운이 없었다. 두 사람은 헐떡거리며 걸음을 옮겼다. 속도가 많이 느려지기는 했지만 그래도 멈출 수는 없었다. 두 사람 모두 땀으로 흠뻑 젖은 데다 이제는 배도 고프고 목이 탔다. 마침 앞에 작은 개울이 보였다.

'잡혀 죽는 한이 있어도 어쩔 수 없다.'

두 사람은 그대로 개울가로 달려가 미친 듯이 물을 들이켰다. 소용녀도 천천히 개울가로 다가가 조금 위쪽에서 물을 몇 모금 마셨다. 졸졸 흐르는 맑은 물 위로 자신의 모습이 비쳤다. 하얀 옷에 백옥 같은 살결이 마치 하늘에서 내려온 선녀 같았다. 소용녀는 이미 엄청난 충격을 받아 가슴속이 텅 빈 상태였다.

견지병과 조지경은 물을 마시면서도 계속해서 그녀의 모습을 훔쳐보았다. 그녀는 물가에 핀 꽃 한 송이를 꺾어 귀 옆에 꽂고 초점 없이 흐린 눈으로 물에 비친 자신의 모습을 바라보고 있었다. 세상만사를 모두 잊은 듯한 그녀의 모습을 보고는 두 사람은 서로 눈짓을 하고 슬그머니 일어섰다. 그러고는 소용녀 뒤쪽으로 살금살금 돌아가 천천히 멀어져갔다. 그러면서도 몇 차례 돌아보았으나 소용녀는 여전히 물가에 앉아 있었다. 조금 멀리 떨어지자 그제야 두 사람은 달리기 시작했다. 한참을 달린 뒤 안도의 숨을 쉬며 서로를 마주 보았다. 견지병은 내심 미안한 생각이 들어 다시 뒤를 돌아보았다가 또다시 소스라치게 놀랐다. 어느새 소용녀가 와 있었던 것이다.

견지병은 소용녀의 몸을 더럽힌 후 처음에는 생각지도 못한 행운을 얻었다며 몹시 좋아했다. 그러나 시간이 지날수록 양심의 가책을 느껴 밤에 잠도 이루지 못하고 여러 날을 괴로워했다. 이 사실을 사부인 장춘자 구처기에게 털어놓고 벌을 받고 싶었다. 그러나 이렇게 되면 자기만 벌을 받고 끝나는 것이 아니라, 소용녀가 정절을 잃은 사실도 알려지게 되니 쉽게 결정을 내릴 수가 없었다.

그의 마음속에 있는 소용녀는 천상의 여자였다. 아무나 함부로 범할 수 있는 사람이 아니었다. 그는 소용녀에게 자신을 죽여달라고 할 생각이었다. 그리고 자신의 죄를 편지로 써 사부에게 남기려 했다. 자신이 소용녀가 목욕하는 모습을 훔쳐보다 소용녀에게 들켜 죽게 되었다는 내용을 쓸 생각이었다. 이렇게 하면 전진파에서도 소용녀가 자신을 죽인 것을 원망하지 않을 것이고, 소용녀의 정절도 더럽혀진 것이 되지 않을 거라 생각했다. 그는 지금 품 안에 이 편지를 간직하고 있었다. 기회가 되면 편지를 소용녀에게 주고 이것을 전진파에 전해달라고 부탁한 뒤 그녀의 손에 죽을 작정이었다.

조지경은 견지병이 예전에 소용녀의 생일 때 선물로 보내려던 친필 편지를 빼앗았다. 그는 그것으로 견지병을 놀리고 괴롭혀왔다. 그리고 문파 어른들 앞에서 전진교의 이름을 더럽힌 죄를 자복하라 몰아댔다. 조지경은 이렇게 하지 않으면 제3대 수제자 자리가 인망이 가장 높은 장춘자 문하에게 돌아갈 것이라 생각했다. 그러면 자신이 아닌 이지상, 견지병 등이 후계자가 될 가능성이 높았다. 구처기가 문파에서 낯을 들지 못할 일이 생겨야만 수제자 자리가 자신의 손에 들어올 것만 같았다.

견지병은 나름대로 양심의 가책을 받는 터에 조지경이 계속해서 들볶아대자 마치 지옥에 떨어져 있는 것만 같았다. 그렇게 시달리다 보니 이제 더 이상 피하고 싶지 않았다. 파랗게 질린 견지병이 더듬거리며 말했다.

"이제…… 이제 됐소! 조 사형, 나는 더 이상 도망가지 않겠소. 나는 용 낭자에게 죽여달라고 청하겠소."

견지병은 결심한 듯 걸음을 멈추었다. 조지경은 화가 치밀었다.

"자네가 죽는 거야 그럴 만한 이유라도 있지만, 내가 왜 자네와 함께 죽어야 하나?"

그는 포기하지 않고 견지병을 잡아끌었다. 그러나 견지병은 이미 도망갈 생각도, 살고 싶은 생각도 없었다. 조지경은 무섭고도 화가 나 견지병의 따귀를 갈겼다.

"왜 때리는 거요!"

견지병도 참지 않고 조지경에게 달려들었다. 갑자기 싸우는 두 사람의 모습을 보고도 소용녀는 그저 멍하게 쳐다만 볼 뿐이었다.

그때 저 멀리서 말 두 필이 달려왔다. 보아하니 군령을 전하는 몽고군 파발이었다. 조지경은 무슨 좋은 생각이 난 듯 목소리를 낮추고 속삭였다.

"말을 뺏으면 되겠다. 싸우는 척하며 기회를 봐서 도망가자고."

조지경은 말을 하면서도 계속 손발을 휘둘렀다. 견지병은 자신이 어떻게 해야 할지 판단이 서지 않았다. 조지경은 공격을 피하는 것처럼 몇 걸음 물러나고, 그런 그를 따라가는 것처럼 견지병도 발걸음을 옮겼다. 그러면서 두 사람은 달려오는 말을 가로막았다. 길이 막힌 몽고병이 말고삐를 당기자 견지병과 조지경은 잽싸게 뛰어올라 몽고 병사를 말에서 끌어내리고 지체 없이 북쪽을 향해 내달렸다.

파발마는 발이 빠르고 건강한 준마였다. 바람같이 달리면서 뒤를 돌아보니 소용녀의 모습이 더 이상 보이지 않았다. 조지경은 그제야 안도의 한숨을 내쉬었다. 북쪽으로 10여 리를 달리니 세 갈래 길이 나왔다.

"우리가 북쪽으로 가는 것을 용 낭자가 보았으니, 이쯤에서 동쪽으로 방향을 바꾸자."

조지경은 말을 마치기가 무섭게 말고삐를 당겨 방향을 틀었다. 견지병은 묵묵히 그 뒤를 따랐다. 저녁때쯤 되었을 때 두 사람은 작은 마을에 도착했다. 하루 종일 달린 터라 몹시 피곤했다. 그동안 먹은 것이라고는 물 몇 모금뿐이어서 배가 고파 현기증이 날 지경이었다. 두 사람은 우선 식사를 하기 위해 객점에 들어갔다. 조지경은 숨을 돌린 뒤 오늘 있었던 일을 되새겨보았다. 그런데 이상한 생각이 들었다. 소용녀는 왜 계속 따라오기만 했을까? 잠시 후 주문한 음식이 나오자 두 사람은 젓가락을 들고 먹기 시작했다. 그때 갑자기 바깥이 소란스럽더니 누군가 큰 소리로 떠드는 소리가 들렸다.

"말이 어찌 여기 있지? 이 말 주인이 누구요?"

말투에 몽고 억양이 섞여 있었다. 조지경이 일어나 입구로 가보았다. 한 몽고 군관이 병졸 일고여덟 명을 이끌고 두 사람이 타고 온 말을 가리키며 고함을 치고 있었다. 점원이 놀라 뛰어나가더니 연신 허리를 굽실거렸다.

"군관 나리!"

조지경은 하루 종일 소용녀에게 쫓긴 터라 화가 부글부글 끓고 있던 참이었다. 자신이 타고 온 말로 시비가 붙자 마침 잘 만났다는 듯 고함을 치며 앞으로 나섰다.

"그 말은 내 거요! 왜 그러시오?"

"어디서 주웠소?"

"내 말이라는데 어디서 주웠냐니? 원래부터 내 거였소. 무슨 상관이오?"

양양 이북은 이미 몽고군의 수중에 떨어진 상태였다. 송나라 백성은 몽고군의 행포에 숨도 제대로 쉬지 못했다. 그래서 몽고 군사에게 이렇듯 당당하게 덤비는 사람이 아무도 없었다. 몽고 군관은 잠시 멍해지며 조지경을 살폈다. 허리에 장검을 찬 채 화를 내고 있는 조지경의 모습을 보고 그 군관은 내심 움찔해 곧 잡아먹을 듯하던 기세를 수그러뜨렸다.

"이 말을 산 거요? 아니면…… 혹시 훔친 거요?"

"우리 도관에서 키운 거요."

군관은 고개를 갸웃거리더니 말 뒷다리 부분의 털을 헤치며 뭔가를 찾아냈다. 몽고 글자로 찍은 낙인이 뚜렷하게 나타났다. 몽고군은 어느 군영, 어느 부대에 속한 말인지를 구분하기 위해 모든 말에 낙인을 찍어놓았다. 군관은 갑자기 기세등등하게 팔을 휘두르며 외쳤다.

"잡아라!"

병졸들이 무기를 치켜들고 조지경을 둘러쌌다. 조지경도 검 자루를 움켜쥐었다.

"왜 잡아가려는 거요?"

군관은 차가운 미소를 지었다.

"이 말 도둑놈아! 아주 간이 배 밖으로 나왔구나! 감히 몽고 군영의 군마를 훔쳐? 아직도 아니라고 하겠느냐?"

조지경은 그냥 지나가던 몽고군의 말을 빼앗아 타고 온 것이라 그런 사실은 까마득히 몰랐다. 그런데 눈앞에 낙인이 나타나자 일순 말문이 막혔다.

"누가 이 말이 몽고군의 말이라고 합디까? 우리 도관에서도 말에 글씨를 새겨놓는단 말이오! 그게 뭐 법을 어긴 거라도 되오?"

군관은 화가 치밀었다. 남쪽으로 내려온 후로 이렇게 억지를 부리는 자는 처음 본 것이다. 더 이상 말이 필요 없게 되자 다짜고짜 손을 뻗어 조지경의 팔을 낚아채려 했다. 조지경은 왼손을 구부려 손을 뒤집으며 오히려 군관의 손목을 잡았다. 그러고는 재빨리 오른손으로 군관의 등을 움켜쥐는가 싶더니 그를 번쩍 들어 올렸다. 군관이 어찌할 바를 모르고 버둥거리는 사이, 조지경은 그를 공중에서 세 바퀴를 돌리고는 멀리 던져버렸다. 군관은 옆에 있던 도자기 진열대에 떨어졌다. 자기들을 올려놓은 장식대와 가지런히 놓여 있던 자기들이 요란한 소리를 내며 부서지고 깨졌다. 내동댕이쳐진 군관은 깨진 자기에 찔리고 긁혀 온몸이 피투성이가 되었다. 그는 장식대 더미에 깔려 일어나지 못하고 버둥거렸다. 조지경을 둘러쌌던 병졸들이 우르르 달려가 그를 일으켰다.

"으하하하…… 꼴좋다."

조지경은 기분 좋게 웃어젖히고는 다시 의자에 앉아 먹던 음식을 마저 먹었다.

객점에서 난리가 나자 다른 점포들은 하나둘 문을 닫아걸었고, 객점에 있던 손님들도 어느새 썰물 빠지듯 빠져나갔다. 모두들 난폭하기 이를 데 없는 몽고군이 한인에게 맞았으니 마을에 난리가 날 것이라 생각했다. 그때 하얗게 질린 객점 주인이 다가오더니 그 앞에 무릎을 꿇고 절을 했다. 조지경은 그가 사건에 휘말려들까 봐 걱정하는 것을 알고 웃으며 말했다.

"알았소. 우리도 다 먹었으니 금방 갈 거요."

그 말에 주인은 더욱 울상이 되어 말을 더듬거렸다.

"그게 아니라…… 이제 우리는……."

"아…… 우리가 가고 나면 몽고군이 와서 여기에 남은 사람들을 괴롭힐까 봐 이러는 겁니다."

견지병이 한마디 했다. 그는 원래 매우 총명하고 강직한 사람이었다. 소용녀에게 잠시 마음을 빼앗겨 어리석은 짓을 저지르기는 했지만, 평소에 마음가짐이나 행동은 조지경보다 월등했다. 그래서 마옥, 구처기 등도 그에 대한 신뢰가 두터웠다.

그때 쓰러졌던 군관이 간신히 일어나 말 등에 올라탔다. 몽고 군졸들은 군관을 보필하며 서둘러 객점을 빠져나갔다.

조지경은 피식 웃음 지었다.

"견 사제, 오늘은 일진이 아주 더럽구먼. 이따가 놈들을 보기 좋게 혼내주세."

견지병은 무슨 생각이 들었는지 주인에게 말했다.

"음식과 술을 가져오시오. 우리가 한 일은 우리가 책임질 것이니 겁낼 것 없소."

주인은 굽실거리며 시키는 대로 음식을 내왔다. 다시 술과 음식이 탁자 위에 가득 놓였다.

"차려진 음식이니 우선 먹읍시다."

무슨 생각에서인지 견지병은 음식을 배불리 먹고 나서 갑자기 일어나 손을 뒤집더니 옆에서 시중들던 점원 아이를 바닥에 쓰러뜨렸다. 주인이 깜짝 놀라 얼른 다가왔다.

"이 녀석이 무슨 잘못을 했다고…… 도사 나리, 용서해……."

주인의 말이 끝나기도 전에 견지병은 왼쪽 다리로 그를 가볍게 걷어차 쓰러뜨렸다. 조지경은 견지병이 어딘가 잘못된 줄 알고 어안이 벙벙해졌다.

"견 사제…… 자네……."

견지병은 이번에는 옆에 있는 탁자로 가 그릇이며 접시를 바닥으로 쏟아버렸다. 그러고는 다른 점원 두 명을 쓰러뜨리고 모두 혈을 찍어 놓았다.

"이따가 몽고군이 와서 여러분이 이렇게 되어 있는 것을 보면 여러분에게 분풀이하지는 않을 겁니다. 스스로 어디 피라도 좀 나게 때려도 괜찮겠지요."

사람들은 그제야 견지병의 뜻을 알고 입을 모아 좋은 생각이라고 한마디씩 했다. 그러고는 서로 때리고 할퀴며 옷을 찢었다. 모두 눈에

퍼렇게 멍이 들고 얼굴 여기저기가 부어올랐다. 얼마 지나지 않아 말발굽 소리가 울리더니 그 소리가 점점 가까워졌다.

"아이고, 죽겠네!"

"아파 죽겠습니다, 그만 때리세요."

"도사 나리, 용서해주십시오!"

객점에 있던 사람들은 목청을 높여 소리를 질러댔다.

말발굽 소리는 객점 앞에서 멈췄다. 그리고 네 명의 몽고 군관이 들어오고 그 뒤를 키가 크고 마른 중이 따라 들어왔다. 또 그 뒤에는 피부가 검고 키가 작은 호인胡人이 두 다리를 대신해 지팡이를 짚고 들어왔다. 몽고 군관은 객점 안이 엉망인 것을 보고는 양미간을 찌푸리며 고함쳤다.

"어서 술과 음식을 가져와! 우린 지체할 시간이 없으니 빨리빨리!"

뜻밖의 말에 주인은 놀라 그저 멍하니 바라보았다.

'이 사람들은 아까 온 사람들과 한패가 아닌가 본데……. 그러면 아까 다친 군관도 다시 올 텐데 어떻게 하지?'

주인이 어찌할 바를 모르고 머뭇거리는 사이, 군관이 말채찍을 휘둘렀다.

"빨리 음식을 내오라니까!"

주인은 아픔을 참으며 억지로 몸을 일으켜 군관들이 앉을 자리를 마련해주었다.

그들은 바로 금륜국사 일행이었다. 키가 크고 마른 중은 금륜국사였고, 검고 키가 작은 호인은 니마성이었다. 두 사람은 얼마 전 빙백은침을 맞고 동굴 밖에서 싸우다 함께 낭떠러지로 굴러떨어졌다. 다행히 낭떠러지 옆에 큰 나무가 있어 국사가 아슬아슬하게 나뭇가지를 붙잡을 수 있었고, 니마성은 이미 거의 정신을 잃은 상태였는데도 국사를 꽉 붙잡고 놓지 않았다. 국사는 주변 상황을 살펴보았다. 아직도 절벽은 깊었다. 그때 왼쪽으로 조금 완만한 언덕이 눈에 들어왔다. 그래서 국사는 그쪽으로 몸을 던졌다. 두 사람은 낭떠러지 아래 풀밭으로 떨어져 데굴데굴 10여 장을 굴렀다. 깊은 계곡까지 떨어져서야 겨우 멈출 수 있었다. 두 사람의 사지와 얼굴은 언덕을 구르는 동안 모래와 바위, 나무 가시에 긁혀 온통 상처투성이가 되었다.

국사는 오른손을 뒤집어 금나수법으로 니마성의 팔을 팽개쳤다.

"언제까지 잡고 있을 거냐!"

니마성은 정신이 혼미한 상황이라 반항도 하지 못하고 그대로 밀리고 말았다. 그러나 다른 손은 여전히 국사의 등을 움켜쥐고 있었다. 국사는 차갑게 웃으며 빈정거렸다.

"두 다리에 이미 독이 퍼졌는데 살 궁리는 안 하고 뭐 하는 거냐?"

니마성이 고개를 숙여보니 두 다리가 부풀린 빵처럼 퉁퉁 부어올라 있었다. 어서 손을 쓰지 않으면 목숨을 잃을 것 같아 허리춤에서 철사鐵蛇를 뽑아 이를 악물고 두 종아리를 내리쳤다. 그러자 두 다리가 한꺼번에 잘려나가며 순식간에 피가 뿜어져 나왔다. 그러고는 정신을 잃었다. 국사는 두려움을 모르는 니마성의 모습에 감탄하면서도 이제 다리를 잃었으니 적수가 될 수 없겠다는 생각에 내심 안도했다. 그는 우선 무릎이 구부러지는 곳에 있는 곡천혈曲泉穴과 허벅지에 있는 오리혈五里穴을 찍어 피를 멈추게 한 후, 금창약을 상처에 발라주었다. 그런 뒤 그의 도포를 찢어 잘린 다리를 싸맸다.

천축의 무사들은 모두 수정판睡釘板, 좌도산坐刀山과 같은 고통을 참는 기술을 연마하는데, 니마성은 그중에서도 고수인지라 피가 멈추자 곧 의식을 회복했다.

"아, 저를 구해주셨군요. 그간의 원한은 모두 잊겠습니다."

국사는 어색하게 미소를 지었다.

'두 다리를 잃었지만 몸에 있던 독이 모두 빠져나갔으니, 네가 나보다 낫구나.'

국사는 그가 정신을 차리자 일단 자리에 앉아 운공을 시작했다. 그러면서 발바닥의 독기를 천천히 밀어냈다. 한 시진쯤 지나니 시커먼 액체가 흘러나왔다. 그러나 이미 피곤해져서 숨을 헐떡거렸다.

두 사람은 황곡에서 하루 낮밤을 요양했다. 국사는 상승 내공으로 독을 뽑아냈고, 니마성도 상처에서 더 이상 피가 나오지 않았다. 그들은 나뭇가지를 꺾어 몸에 맞는 지팡이를 만들어 황곡을 빠져나왔다. 도중에 길에서 몽고 군관을 만나 함께 홀필열의 군영으로 돌아가다가 이 마을에서 견지병과 조지경을 만나게 된 것이다.

견지병과 조지경은 국사를 보고는 얼굴빛이 변했다. 두 사람은 대승관 영웅대연에서 국사의 무공을 본 적이 있었다. 그런데 이런 곳에서 맞닥뜨리게 되니 낭패가 아닐 수 없었다. 두 사람은 서로 눈짓을 하고 기회를 봐서 빠져나갈 준비를 했다.

그날 영웅대연에 참석한 중원의 호걸이 워낙 많았기 때문에 다행히 국사는 두 사람을 알아보지 못했다. 물론 객점 안이 부서지고 사람이 다친 것이 이상하긴 했지만, 머릿속이 워낙 혼란스러웠기 때문에 대수롭게 생각지 않았다. 그는 그저 양양에 왔다가 크게 당하고 돌아가니 홀필열을 만날 일이 걱정스러울 뿐이었다. 이 일을 어찌 수습해야 할지를 생각하느라 옆에 앉아 밥을 먹고 있는 도사들을 신경 쓸 정신이 없었다.

그때 객점 밖이 갑자기 소란스러워지더니 몽고군이 무리를 지어 들어왔다. 이들은 견지병과 조지경을 보고는 고함을 치며 달려들었다. 견지병이 보니 국사가 문에서 매우 가까운 자리에 앉아 있었다. 밖으로 나가려면 그의 곁을 지나가야 하는데, 만일 그가 나서게 되면 꼼짝없이 붙잡힐 것 같았다.

"뒷문으로 나가요!"

그는 낮게 속삭이듯 외치고 탁자 하나를 잡고 밀었다. 그릇과 접시, 안에 있던 음식들이 엎어지는 사이, 두 사람은 얼른 뒷문으로 달려갔다. 견지병이 뒤뜰로 내려서다가 뒤를 돌아보니 국사가 술잔을 들고 눈을 내리깐 채 뭔가 중얼거리고 있었다. 객점이 난리 통인데도 전혀 신경 쓰지 않는 모습이었다.

'그가 가만히만 있어주면 좋지.'

그때 갑자기 눈앞에 뭔가 누런 것이 지나가더니 금륜국사가 어느새 눈앞에 서 있었다. 그는 두 팔을 뻗어 견지병과 조지경의 어깨를 짚더니 미소를 지었다.

"두 분, 자리에 앉아서 이야기를 좀 하는 것이 어떨까요?"

공격하는 기세는 전혀 없었지만, 국사의 손이 어깨 위에 있으니 견지병과 조지경은 꼼짝도 할 수 없었다. 마치 1,000근 무게가 그들의 어깨를 누르고 있는 것만 같았다. 얼른 내공을 운행해 버티는 수밖에 없어 뭐라 대답할 겨를도 없었다. 아무래도 입을 벌려 이야기를 하게 되면 호흡이 흐트러질 것만 같았다.

몰려온 몽고군은 이미 객점 주위를 둘러쌌다. 그들은 국사가 몽고 호국대사로 홀필열이 대단히 아끼는 사람이라는 걸 잘 알고 있었다. 그들 중 수장이 앞으로 나와 예를 갖추었다.

"국사 나리, 이 두 녀석이 군마를 훔치고 군관을 때렸습니다. 이렇게 국사께서 친히……."

그는 말을 하다 말고 갑자기 견지병을 천천히 뜯어보았다.

"이거 견지병 도사 아니십니까?"

견지병은 고개를 끄덕이면서도 그가 누군지는 알아보지 못하는 표정이었다. 국사는 그의 어깨에 얹은 손의 힘을 조금 풀어주었다.

'보아하니 이 도사의 나이가 마흔 살 정도밖에 안 되는 것 같은데, 내공이 상당하군…….'

몽고군 장교가 웃으며 말을 이었다.

"견 도사, 저를 모르시겠습니까? 19년 전 화라자모花刺子模 사막에서 함께 양고기도 구워 먹었는데……. 저는 살다薩多입니다!"

견지병은 그를 자세히 보았다.

"아, 그렇군요. 맞아요! 수염을 길러서 제가 못 알아봤습니다!"

"하하! 여기저기 떠돌아다니다 보니 머리도 수염도 어느새 반백이 되었습니다. 도사님은 세월이 흘렀는데도 별로 변하지 않으셨군요. 테무친 대칸께서도 도를 수련하는 도사님들은 모두 신선이라고 하셨지요."

국사는 이야기를 들으면서 두 사람의 어깨에서 손을 거두었다.

과거 테무친은 장수할 수 있는 비법을 물어보기 위해 구처기를 서역으로 초청한 적이 있었다. 당시 구처기는 열여덟 명의 제자를 데리고 갔는데 견지병도 그중 한 명이었다. 또 테무친은 200필의 군마를 준비해 구처기 일행을 맞이했으니, 거기에 일개 군졸이던 살다가 끼어 있었다. 그동안 살다는 전쟁터를 떠돌며 공을 많이 쌓아 어느덧 장교가 되어 있었다.

이런 인연으로 견지병과 조지경은 위험에서 풀려나게 되었다. 살다는 생각지도 못한 곳에서 견지병을 만나 반갑고 들뜬 마음에 객점 심부름꾼에게 술과 음식을 시켰다. 그는 견지병을 좋아했고 도를 수련한 도사를 존경했기 때문에 그깟 군마를 훔친 일이나 군관을 때린 일 정도는 그냥 웃으며 흘려버렸다. 살다는 구처기와 다른 제자들의 안부를 묻고 옛일을 하나하나 이야기하며 반가워했다.

국사도 구처기의 이름을 들어보았다. 구처기는 전진파 최고의 고수라고 강호에 알려져 있었다. 국사는 견지병과 조지경의 내공이 상당히 심후한 것을 확인했기 때문에 내심 '과연 명불허전이구나' 하고 감탄을 금치 못했다. 이번에는 자기가 워낙 불시에 선공을 했기에 그 정도로 끝난 것이지 만일 정말 겨루었다면 30초식 정도를 겨룬 후에야 이들을 제압할 수 있었을 것이다.

그때 갑자기 문 쪽에서 사람의 모습이 비치더니 흰옷을 입은 여자가 들어왔다. 국사, 니마성, 견지병, 조지경은 모두 놀라 그대로 굳어버렸다. 들어온 사람은 바로 소용녀였다. 그들 중 소용녀에 대해 아무 감정이 없는 사람은 니마성뿐이었다. 그는 아는 얼굴을 만나니 반갑기까지 했다.

"절정곡의 새색시 아니신가! 잘 지내셨소?"

소용녀는 가볍게 고개를 숙인 뒤 구석에 있는 작은 탁자 옆에 앉았다. 그녀는 다른 사람들에게는 더 이상 눈길조차 주지 않고 점원에게 국수 한 그릇을 주문했다. 견지병과 조지경은 얼굴빛이 창백해졌다. 국사도 양과가 곧 뒤쫓아오지 않을까 불안했다. 천하에 무서운 것이 없던 국사마저 이제는 양과와 소용녀가 함께 하는 옥녀소심검법이 두려웠다. 세 사람은 제각기 마음이 불안해서 더 이상 말이 없었다. 그저 우적우적 밥만 먹을 뿐이었다. 견지병, 조지경은 이미 배불리 먹었으나 그냥 멀뚱멀뚱 앉아 있을 수만은 없어 계속 음식을 먹어댔다. 아무것도 모르는 살다는 그저 아는 사람을 만난 것이 즐거워 싱글벙글 웃으며 말을 꺼냈다.

"견 도사, 우리 4대 왕자님을 만나보셨나요?"

견지병은 고개를 저었다.

"홀필열 왕자님은 타뢰 왕야의 넷째 아드님이십니다. 영명하고 인자하셔서 군영에 있는 모든 사람에게 추앙받고 있지요. 제가 지금 군영의 일을 보고드리러 가는데, 바쁜 일이 없으시다면 함께 가보시는 게 어떻겠습니까?"

견지병은 그다지 내키지 않아서 고개를 저었다. 그러나 옆에서 듣고 있던 조지경은 뭔가 좋은 생각이 났다는 듯 국사에게 물었다.

"대사께서도 4대 왕자님을 알현하러 가십니까?"

"그렇소. 4대 왕자님께서는 정말 보기 드문 인걸이시오. 두 분도 인사를 드리는 것이 좋을 것이오."

"예, 저희도 대사와 살다 장군과 함께 가겠습니다."

그는 손을 탁자 아래로 뻗어 견지병의 다리를 가볍게 두드리며 눈짓을 했다. 살다는 진심으로 기뻐했다.

"정말 잘되었습니다!"

견지병은 원래 기지와 능력이 조지경보다 훨씬 뛰어났다. 그러나 지금은 소용녀와 또 맞닥뜨렸으니 아무런 생각도 할 수 없었다. 도대체 어떻게 그녀에게 자신의 목숨을 내놓을 수 있을까. 또 어떻게 그녀에게 편지를 전해주고, 그것을 다시 전진교에 전해달라고 말할까. 이런 생각으로 견지병의 머릿속은 혼란스러웠다.

조지경은 국사의 힘을 빌려 일단 위기를 모면하고 기회를 봐서 소용녀의 추격에서 벗어날 생각이었다. 사람들은 서둘러 식사를 마치고 객점을 나서 말에 올랐다. 국사는 양과가 나타나지 않자 마음을 놓았다.

'전진교는 중원 무림의 최대 종파이니 몽고가 이들과 연결된다면 대단한 공을 세우게 되는 것이다. 내일 왕야를 만나는 자리에서 낯이 좀 서겠군.'

그는 짐짓 견지병과 조지경을 환영하는 듯 이야기를 하며 나란히 말을 몰았다. 이미 해가 져서 날이 어둑어둑해지고 있었다. 일행이 한참 말을 달리는데, 뒤에서 말발굽 소리가 들렸다. 고개를 돌려보니 조금 떨어진 곳에서 소용녀가 말을 타고 따라오고 있었다. 국사는 흠칫 놀랐다.

'혼자서는 내 상대가 되지 않는데, 어찌 이렇게 따라오는 것인가? 양과 이놈이 어딘가에 숨어 있는 게 아닐까?'

그러나 처음 보는 견지병과 조지경 앞에서 체신을 세우고 싶어 짐짓 모르는 체하고 말을 몰았다. 일행은 한밤중까지 내달려 어느 숲에 닿았다. 살다는 병사들에게 명하여 안장을 내리고 말을 쉬게 한 뒤 각자 밤이슬을 피할 수 있는 곳에서 휴식을 취하도록 했다. 소용녀도 일행과 10여 장 떨어진 곳에 말을 멈추고 나무 밑에서 휴식을 취했다. 그녀의 행동이 이상하게 느껴질수록 국사는 불안해졌다. 그렇다고 함부로 나설 수도 없었다. 조지경은 니마성이 객점에서 소용녀에게 인사하는 것을 보고 두 사람은 어찌 아는 사이이며 또 국사는 어떻게 얽혀 있는 것인지 궁금했으나 그저 눈치만 살피며 그녀 쪽으로 함부로 눈길을 돌리지 않았다. 두 시진쯤 쉬고 나서, 일행은 다시 말에 올랐다. 숲을 빠져나오는데 또 뒤에서 말발굽 소리가 들렸다. 소용녀가 따라오기 시작한 것이다. 그녀는 동이 틀 때까지 그렇게 수 장 거리를 유지하면서 뒤를 따랐다.

일행은 넓은 평야에 다다랐다. 국사는 사방을 둘러보았다. 확 트인 시야 어디에도 양과의 모습은 보이지 않았다. 그는 마음을 굳게 먹었다.

'내 평생 살아오며 적수가 없었는데 중원에서 소용녀와 양과의 협공에 당하고 말았다. 지금 소용녀가 계속 내 뒤를 쫓는 것은 절대 호의로 볼 수 없다. 그렇다면 당연히 내가 불의의 일격을 날려 없애버려야 할 것 아닌가? 누가 그녀를 도우러 오더라도 때는 이미 늦을 것이다. 저 여자만 없앤다면 세상에 나를 이길 자는 없다.'

이렇게 마음을 굳히고 소용녀에게로 다가가려는 순간, 갑자기 앞에서 딸랑딸랑 하는 방울 소리가 들려왔다. 고개를 들어보니 수 리 밖에서 한 무리의 사람들이 먼지를 자욱하게 일으키며 달려오고 있었다. 국사는 낭패를 당한 듯 깊이 탄식했다.

'아뿔싸! 너무 늦었구나. 진작 손을 썼어야 했는데…….'

그때 살다가 뭔가 이상하다는 듯 소리를 질렀다.

"아니?"

국사도 자세히 보니 앞에서 다가오는 것은 네 마리의 낙타였다. 가장 오른쪽에 있는 낙타의 등에서 하얀 깃발이 바람에 펄럭이고 있었는데, 그것은 바로 홀필열의 깃발이었다. 그러나 멀리서 보기에는 누가 낙타를 타고 있는지 잘 알아볼 수 없었다.

"왕자께서 오십니다!"

살다가 외치며 급히 앞으로 말을 달렸다. 그는 낙타 앞까지 다가가 말에서 내린 뒤 공손히 길옆으로 비켜섰다. 국사는 일이 더욱 꼬이는 듯한 느낌을 받았다.

'왕자께서 오신다면 저 여자를 죽일 수가 없는데…….'

그는 신분과 체면을 생각하지 않을 수 없었다. 자신과 같은 대단한 고수가 혈혈단신인 어린 여자를 상대해 죽인다면 아무래도 명성에 해가 될 테고 홀필열이 그것을 본다면 필시 그를 무시할 것이다. 그는 소용녀를 곁눈질로 한 번 쳐다본 뒤 낙타가 오는 쪽으로 천천히 다가갔다. 그런데 가까이 갈수록 뭔가 이상했다. 한 사람이 낙타 네 마리를 사이에 두고 공중에 앉은 채로 다가오고 있지 않은가. 자세히 보니 백발에 눈썹이 하얀 주백통이었다. 그가 다가오며 떠드는 소리가 들렸다.

"아하, 화상과 난쟁이 아닌가. 모두 여기서 만나는구먼. 응? 조그만 아가씨도 함께 오셨네!"

국사는 아무래도 궁금증이 풀리지 않았다. 이 사람이 아무리 재주가 많기로서니 어떻게 공중에 뜬 상태로 움직일 수 있단 말인가. 그는 눈을 크게 뜨고 가까이 다가가 살펴보고 나서야 그 연유를 알 수 있었다. 바로 낙타 네 마리 사이에 가느다란 끈으로 엮은 그물을 펼쳐놓고 그 위에 앉아 있었던 것이다.

주백통은 중앙궁에 자주 가지 않았기 때문에 마옥, 구처기 등과 왕래가 적었다. 그래서 견지병, 조지경은 그를 잘 알지 못했다. 물론 사부들끼리 주백통에 대해 이야기하는 것을 들은 적은 있지만 그 역시 이미 오래전 일이었다. 오랫동안 그에 대해 들은 게 없어서인지 그들은 주백통이 죽은 줄로만 알고 있었다. 그런데 이런 곳에서 그를 직접 만날 줄이야.

국사는 양미간이 살짝 찌푸려졌다. 주백통의 무공을 알고 있기 때문에 아무래도 조심스러워진 것이다.

"왕자께서는 어디 계시오?"

주백통은 뒤쪽을 가리키며 웃었다.

"한 40리쯤 가면 왕자의 천막이 나오지. 화상, 내가 볼 때 지금은 안 가는 게 좋을 것 같은데……."

"아니 왜……?"

"거, 왕자가 화가 많이 났어. 지금 가면 당신들의 목을 벨지도 모르겠군."

"말도 안 되오. 왕자께서 어찌 우리에게 화가 나셨단 말이오?"

주백통이 낙타 등에 세워진 깃발을 가리키며 웃었다.

"왕자의 깃발을 내가 훔쳐왔거든. 그러니 화가 나지 않았겠어?"

국사는 어이가 없었다.

"아니, 왕자의 깃발을 뭐 하려고 훔치셨소?"

"곽정을 아는가?"

국사는 고개를 끄덕였다.

"알지요."

"그는 내 의형제일세. 10년 넘게 못 만났는데, 아주 보고 싶어 죽겠어. 그래서 만나러 가는 길인데 그가 지금 양양성에서 몽고군과 싸우고 있단 말이야. 해서 내가 몽고 왕자의 깃발을 훔쳐다 그에게 선물로 주려는 걸세."

국사는 놀라고 황당해서 입이 다물어지지 않았다. 양양성은 아무리 공격해도 도무지 함락되지 않고 있는데, 그 와중에 왕의 깃발까지 도둑맞았으니 참으로 창피하게 된 것이다. 무슨 수를 써서라도 이 깃발을 다시 빼앗아가야 할 듯싶었다.

주백통이 휘파람을 불자 낙타 네 마리가 일제히 발을 구르며 바람처럼 서쪽으로 내달렸다. 깃발이 바람에 활짝 펼쳐지더니 요란한 소리를 내며 펄럭였다. 국사는 깜짝 놀라며 뒤를 쫓으려는데 주백통이 몸을 숙이더니 다시 이쪽으로 달려왔다. 드넓은 평야에서 이렇게 몇 바퀴를 도는 모양이 그야말로 장군의 행차처럼 위풍당당해 보였다.

"워어!"

주백통이 기운차게 외치자 낙타들은 제동이 걸린 것처럼 멈췄다. 그의 손힘이 워낙 세서 더 나아가지 못하고 즉시 멈춘 것 같았다.

"이 낙타들 어떤가?"

국사는 엄지손가락을 치켜세웠다.

"아주 훌륭합니다!"

주백통은 왼손을 휘두르며 웃었다.

"화상, 그리고 낭자, 그럼 노완동은 가네!"

견지병과 조지경은 '노완동'이라는 말에 놀라 이구동성으로 외쳤다.

"사숙조님?"

두 사람은 얼른 말에서 내려 고개를 조아렸다.

"전진파의 주 선배님이십니까?"

주백통은 가려다가 멈춰 섰다.

"응? 뭐야? 어서 절이나 하시게."

그러지 않아도 예를 갖추려던 두 사람은 주백통의 말에 어이가 없었다. 혹 사람을 잘못 본 것이 아닌가 싶었다.

"너희는 어느 녀석 문하냐?"

견지병이 공손하게 대답했다.

"조지경은 옥양자 왕 도장의 문하이고, 저 견지병은 장춘자 구 도장의 문하입니다."

"흥! 전진교 도사 녀석들은 점점 엉망이 되는구나. 보아하니 네놈들도 제대로 된 놈들은 아닌 듯싶군."

주백통이 말하면서 갑자기 두 다리를 가볍게 흔들자 두 사람에게 신발이 한 짝씩 날아갔다. 견지병이 보아하니 그다지 힘주어 날린 것은 아닌 듯해 얼굴에 맞아도 별 탈은 없을 듯했다. 그래서 그는 여전히 허리를 굽힌 채 움직이지 않았다. 그러나 조지경은 얼른 팔을 뻗어 신발을 받으려 했다. 그러나 신발은 두 사람의 삼 척 앞까지 다가오더니 갑자기 방향이 바뀌었다. 조지경은 헛손질을 하며 다시 날아가는 신발을 멍하니 바라봐야만 했다. 신발 두 짝은 한 바퀴를 돌더니 공중에서 교차되며 주백통에게 돌아갔다. 주백통은 발을 뻗어 공중에서 신발을 다시 신었다. 마치 노는 것처럼 가볍게 보였지만 내공이 심후하지 않으면 절대 할 수 없는 행동이었다.

금륜국사와 니마성은 홀필열의 천막에서 그가 창을 던졌다 다시 거두는 모습을 본 적이 있었다. 이 역시 그때 한 행동과 크게 다르지 않았다. 그때와 마찬가지로 신발을 날리면서 이것이 다시 돌아오도록 살짝 힘을 빗겨준 것이었다. 그래서 두 사람은 보고도 그다지 놀라지 않았지만 신발을 받으려 손을 뻗었던 조지경은 크게 놀라며 그의 무공에 감탄을 금치 못했다. 그는 얼른 견지병과 함께 고개를 조아렸다.

"제자 조지경, 사숙조님께 인사 올리겠습니다."

주백통은 재미있다는 듯 큰 소리로 웃었다.

"구처기와 왕처일이 겨우 그릇 하나도 되지 못할 제자를 두었군. 됐다, 됐어! 그까짓 제자에게 인사받아 뭐 하겠느냐."

그는 두 사람에게 쏘아붙이고는 더 이상 눈길도 주지 않았다.

"이랴!"

낙타가 귀를 쫑긋 세우더니 그대로 내달렸다. 순간 국사가 번개같이 말에서 내리더니 낙타를 가로막고 섰다.

"잠깐!"

국사의 두 손은 각각 낙타의 이마를 막고 있었다. 막 달려 나가려던 낙타들은 그의 손에 막혀 오히려 두 걸음을 물러났다.

주백통이 불같이 화를 냈다.

"지금 나와 싸우려는 건가? 내 십수 년간 적수를 만나지 못해 주먹이 근질근질하던 터에 잘되었구먼. 자 자, 어디 한번 겨루어볼까?"

그는 평생 무공을 닦아 점점 강해지고 있었다. 그러니 적수를 만나는 것도 쉬운 일이 아니었다. 그는 국사의 몸놀림이 제법 자신의 적수로 잘 어울린다 생각했다. 주백통이 막 낙타에서 내리려는데 국사가 얼른 손을 휘휘 내저었다.

"나는 수치를 모르는 자와는 싸우지 않습니다. 나를 때리겠다면 그렇게 하시오만, 나는 반격하지 않겠습니다."

"내가 어찌 수치를 모른다는 건가?"

"내가 군영에 없다는 것을 뻔히 알면서 왕자의 깃발을 훔치는 것이 수치를 모르는 짓이 아니면 무엇이겠습니까? 당신 스스로 내 적수가 되지 못함을 알고 내가 없을 때를 노려 깃발을 훔친 것 아닙니까! 하하, 노완동, 너무 뻔뻔스러운 것 아닙니까?"

"좋다. 내가 당신 적수가 되는지 못 되는지는 지금 겨뤄보면 되겠군."

국사는 여전히 고개를 가로저었다.

"수치를 모르는 자와는 싸우지 않는다 하지 않았습니까. 아무리 억지를 써도 소용없습니다. 내 주먹은 워낙 의를 중시해 수치를 모르는 사람을 때리면 주먹에서 악취가 납니다. 그러면 3년하고도 6개월간이나 그 냄새가 없어지지 않아요."

"그럼 어쩌라는 건가?"

"우선 깃발을 제게 주십시오. 제자리에 갖다놓을 테니 오늘 밤 다시 와서 가져가십시오. 제가 지킬 때 다시 가져가신다면 완전히 승복하고 노완동을 대단한 영웅으로 인정하겠습니다."

주백통이 가장 참지 못하는 것이 바로 약을 올리는 것이다. 그리고 어려운 일일수록 그는 도전하고 싶은 욕구가 일곤 했다. 그래서 냉큼 깃발을 국사에게 던져주었다.

"좋아, 받게. 오늘 밤 내 다시 가겠네!"

국사는 깃발을 받았다. 그러나 무심히 던진 것 같으면서도 실려 있는 내공이 어찌나 강력한지 국사는 황급히 운공을 해야만 했다. 결국 국사는 주백통의 내공에 밀려 두 걸음 뒤로 물러났다. 국사의 내공이 조금만 약했다면 깃발을 든 채 뒤로 나동그라졌을 것이다.

앞으로 달려가려다 국사에게 막혀 있던 낙타는 국사의 힘에서 갑자기 풀려나자 그대로 내달렸다. 사람들은 주백통의 뒷모습을 멍하게 바라보았다. 낙타들은 힘차게 달려 점차 작아지더니 순식간에 사라져갔다. 국사는 의미심장하게 웃으며 깃발을 살다에게 넘겨주었다.

"갑시다!"

국사는 속으로 계책을 궁리했다. 도무지 종잡을 수 없는 주백통을 어떻게 막아낼 수 있을까? 묘안을 짜내다가 문득 뒤돌아보니 견지병과 조지경이 머리를 맞대고 뭔가 수군거리고 있었다. 그리고 그 뒤에는 여전히 소용녀가 그림자처럼 따라오고 있었다. 국사는 이상한 생각이 들었다.

'혹시 저 낭자가 도사들을 따라오는 게 아닐까?'

국사는 의혹스러운 마음에 슬쩍 떠보았다.

"견 도사, 용 낭자와는 원래 아는 사이시오?"

"아, 네……."

견지병은 크게 당황하며 제대로 대답하지 못했다. 국사는 뭔가 사연이 있음을 직감했다.

"용 낭자에게 뭔가 잘못을 저질러서 저렇게 따라오는 거로군요? 그렇죠? 아주 대단한 낭자입니다. 혹여 적이 된다면 별로 좋을 일이 없지요."

국사는 견지병과 소용녀 사이에 있었던 일에 대해서는 조금도 알지 못했지만 이들을 이용하면 소용녀를 제거할 수도 있겠다는 생각이 들었다. 조지경이 끼어들었다.

"용 낭자는 국사께도 실례를 저지르지 않았습니까? 지난번 영웅대연에서 국사가 용 낭자에게 지고 말았지요. 그 원한은 반드시 갚으셔야 하지 않겠습니까?"

국사는 무안해져 콧방귀를 뀌었다.

"흥! 알고 있었소?"

"그 일은 이미 소문이 퍼져 무림 사람이라면 누구나 알고 있습니다."

국사는 입을 다물었다.

'이 녀석들 제법이구나. 자기들을 이용해 소용녀를 없애려고 했더니 오히려 나를 부추겨?'

이런 생각을 하면서 금륜국사는 이들을 다시 한번 살펴보았다.

'보통 도사들은 아닌 듯한데, 차라리 솔직히 털어놓으면 일이 더 쉬워질 수도 있겠군.'

"용 낭자가 당신들의 목숨을 노리는 게 맞소? 그래서 나를 의지해 함께 있으려는 것이지요?"

"제가 죽는 한이 있어도 다른 사람의 보호는 받지 않습니다. 그리고 국사께서 용 낭자를 이길 수 있다는 보장도 없지 않습니까!"

정색을 하는 견지병을 바라보며 국사는 조금 당황스러웠다.

'이런…… 내 생각이 틀렸단 말인가?'

국사는 얼른 웃으며 얼버무렸다.

"용 낭자와 양과가 함께 공격하면 그 위력이 대단하지만 지금은 혼자 있으니 그녀의 목숨을 끊는 것은 어려운 일이 아닙니다."

이번에는 조지경이 고개를 저었다.

"반드시 그렇지만은 않을 텐데요. 강호 사람들은 모두 영웅대연에서 금륜국사가 소용녀에게 졌다고 하더군요."

"노승, 이미 수십 년간 수련을 쌓았소. 지금 나를 자극하는 겁니까?"

그는 조지경의 말투에서 자신이 소용녀와 싸워주기를 바란다는 것을 느꼈다. 주백통이 나타나기 전에는 그 역시 그럴 생각이었다. 그러나 깃발을 훔치겠다는 주백통을 막으려면 두 사람의 도움이 필요했다. 그러나 지금 소용녀를 죽인다면 이들은 자신과 함께 있으려고 하지 않을 것이다. 그는 예를 갖추며 말했다.

"그러시다면 노승은 먼저 가보겠소. 두 분은 용 낭자와의 일을 매듭짓고 왕자의 천막에 들러주시오."

국사는 말을 재촉해 이들보다 한발 앞서갔다.

조지경은 마음이 급해졌다. 국사가 이렇게 가버리면 이제 소용녀와 자기들 세 사람만 남을 것이 아닌가. 지난날 종남산에서 벌 떼에게 당한 고통이 다시 생각나 오싹 소름이 돋았다. 저 국사가 자신들보다 무공도 강하니 이대로 보낼 수는 없었다. 조지경은 얼른 말을 몰아 국사를 쫓아갔다.

"대사님, 잠깐만요! 저희는 이곳 지리에 익숙하지 않으니 함께 가주시면 큰 은혜라 생각하겠습니다."

'은혜'라는 말에 국사는 미소를 지었다.

'틀림없이 이 조씨라는 도사가 용 낭자에게 죄를 지은 거야. 견씨라는 도사는 별 상관없는 것 같고…….'

국사는 뜻대로 되어가는지라 속으로 쾌재를 불렀다.

"그것도 좋겠지요. 어쩌면 저도 도움 청할 일이 있을지 모르니 함께 가십시다."

"대사께 일이 있으면 제가 어찌 따르지 않겠습니까?"

국사는 그와 말 머리를 나란히 하고 가며 전진교 상황에 대해 이것저것 물어보았다. 조지경은 전혀 숨기는 기색 없이 하나하나 열심히 설명해주었다. 견지병은 그 뒤를 따르면서도 두 사람의 이야기에는 전혀 관심을 두지 않았다.

"마 도장이라는 분이 이미 돌아가셨군요. 아쉽습니다. 듣자 하니 지금 장교이신 구 도장이 가장 어리시다면서요?"

"그렇습니다. 구 사백도 이미 고희를 넘기셨습니다."

"그러면 구 도장의 뒤를 이어 장교가 되실 분은 존사이신 왕 도장이시겠군요."

국사의 말은 마침내 조지경이 가장 신경을 곤두세우는 문제에 이르렀다. 그러자 조지경의 얼굴빛이 바뀌었다.

"저희 사부님도 연세가 많으십니다. 전진오자께서는 요즘 성명지학性命之學을 연마하고 계시니 장교와 같은 속된 일은 아마 여기 있는 견 사제가 물려받을 것 같습니다."

국사의 얼굴에 묘한 미소가 떠올랐다.

"내가 보기엔 저 견 도사라는 분은 무공은 높을지 모르나 당신만은 못한 것 같소. 장교 자리는 도사께서 맡아야 옳을 것 같소만."

이는 조지경이 7~8년 동안 가슴에만 품고 한 번도 입 밖에 꺼내본 적이 없는 말이었다. 그런데 이렇게 금륜국사가 이야기를 해주니 저도 모르게 흥분되었고 곧 분한 기색이 얼굴에 나타났다.

전진육자는 원래 구처기의 3대 제자인 견지병을 수제자로 생각하고 그에게 장교 자리를 맡길 생각이었다. 그러나 견지병은 근래 들어 단丹과 선仙을 수련하는 데 정신을 쏟아 그런 자리에는 도통 관심을 갖지 않았다. 전진파에서는 그래도 장춘자 문하가 가장 제자가 많으니, 전진육자는 상의를 거쳐 구처기의 다음 제자인 견지병을 수제자로 삼고 장교 자리를 물려주기로 했다. 조지경은 이와 같은 상황에 불만을 품고 견지병을 질투했으나 내색은 하지 않았다. 그러나 이제 견지병의 약점을 알고 있으니 이를 통해 장교 자리를 차지하리라 결심하고 그 방법을 궁리 중이었다. 조지경은 자신의 무공에는 자신이 있었다. 그러나 성정이 음험하고 난폭해 전진육자의 신임을 얻지 못했고, 다른 제자들과도 사이가 그다지 좋지 않았다. 만일 자기가 나서서 견지병의 약점을 들춰낸다면 사제를 비난했다고 하여 장교 자리를 얻지 못할 것이니 자신을 드러내지 않으면서 그의 약점을 알릴 수 있는 방법을 생각해야 했다.

국사는 그런 조지경의 표정 하나하나를 유심히 살폈다.

'내가 이자를 장교 자리에 앉게 도와주기만 하면 내게도 쓸모가 많겠군. 전진교는 세력이 크고 중원의 신뢰가 높으니 서로 연결만 된다면 왕자의 남정에도 큰 도움이 될 거야. 그러면 그 공은 곽정을 없애는 것보다 훨씬 크겠지.'

점심때쯤 되어 일행은 홀필열의 군영에 도착했다. 국사가 고개를 돌려보니 소용녀는 수 리 밖에 말을 세운 채 더 이상 가까이 오지 않았다.

'저 계집이 밖에 있으니 도사들을 쉽게 꼬일 수 있겠구나.'

드디어 일행은 왕자의 천막에 당도했다. 홀필열은 깃발을 잃어버려 시름에 잠겨 있었다. 왕의 깃발은 삼군을 이끄는 상징이었다. 전투가 벌어지면 모든 병사는 이 깃발에 따라 움직였다. 그러니 군영에서는 가장 중요한 물건이라 할 수 있었다. 그런데 이 깃발이 감쪽같이 사라졌으니 큰일이 아닐 수 없었다.

한참 낭패한 표정으로 한숨을 내쉬던 홀필열은 천막을 들어서는 국사의 손에 깃발이 들려 있는 것을 보고 기쁜 나머지 자리에서 친히 내려와 일행을 맞이했다. 홀필열은 조부인 테무친을 가장 많이 닮아 능력과 웅지를 겸비한 인물이었다. 국사가 전진교 도사인 견지병과 조지경을 데리고 왔다고 하니 그는 크게 기뻐하며 이들을 맞이했다. 그는 어느새 깃발에 대한 일은 잊어버리고 술자리를 마련하라 지시했다.

그러나 견지병은 온 신경이 소용녀에게 가 있어 이 자리가 대단히 불편했다. 반면 조지경은 세속적인 지위나 신분을 동경하는 인물이라 몽고의 왕자가 이렇게 후대해주니 마냥 좋기만 했다.

홀필열은 국사 등이 곽정을 죽이지 못한 일에 대해서는 일언반구의 말도 없이 니마성이 충성을 다해 다리를 잃은 일만 칭찬했다. 그러고는 니마성을 술자리의 상석에 앉히고 직접 술을 권하기도 했다. 니마성은 그저 황송할 따름이라 홀필열이 다른 임무를 맡겨만 준다면 불구덩이에라도 뛰어들 것이라 결심했다.

술자리를 끝내고 홀필열은 국사와 이야기를 나누었다.

"국사, 나는 막중한 임무를 맡고 남쪽으로 왔는데 양양에서 막혀 전체적인 출병에 차질을 빚고 있소. 그런데 깃발까지 잃어버려 사기가 떨어질까 시름이 크던 차에 이렇게 찾아오셨으니 그 공이 참으로 크오. 앞으로도 국사께 여러 가지 가르침을 받을 생각이니 잠시 다른 천막으로 가 상의를 좀 했으면 하오."

금륜국사와 홀필열은 다른 천막으로 옮겨가고 니마성과 윤극서, 소상자, 그리고 전진교의 두 사람은 계속해서 술을 마시며 이야기를 나누었다.

홀필열은 자리에 앉은 후 호위병에게 참모 자총을 불러오라 일렀다. 자총의 원래 이름은 유병충으로 출가해 중이 되었으나 지략이 뛰어나고 각종 병법에 능통해 홀필열의 신임을 받았다. 천막에 들어온 자총은 금륜국사와 인사를 나누고는 대뜸 곽도를 소개했다.

"국사, 제자이신 곽도 왕자가 평범한 인물이 아니더이다. 그간 스스로는 말을 하려 하지 않아 저는 나중에야 이야기를 나누어보고 내력을 알게 되었습니다. 그분도 불러서 함께 이야기하는 것이 어떨까요?"

국사가 고개를 끄덕이자 자총은 즉시 사람을 보내 곽도 왕자를 불렀다. 곽도가 당도하자 홀필열은 관심을 가지고 몇 가지를 물어보니 그가 테무친의 의형제인 찰목합의 손자라는 사실을 알게 되었다.

당시 테무친과 찰목합은 경쟁적으로 세력을 펼치면서 전쟁을 벌였다. 전쟁 중에 찰목합은 테무친에게 잡혔는데, 테무친은 옛정을 생각해 찰목합의 목숨을 살려주려 했다. 그러나 찰목합은 규정대로 죽기를 청하며 대신 피를 흘리지만 않게 해달라고 부탁했다. 몽고인은 피를 흘리지 않고 죽으면 영혼이 승천할 수 있다고 믿었다. 테무친은 찰목합의 부족이 난리를 일으킬까 봐 찰목합을 압사시키라 명했다. 이렇게 하여 찰목합은 피 한 방울 흘리지 않고 죽을 수 있었다.

테무친은 의형제의 정을 잊지 않고 찰목합의 자손을 대대손손 왕자로 봉하라 명했다. 곽도가 왕자라 불리는 이유는 바로 그 때문이었다. 그는 상당히 야심만만한 왕자였다. 그래서 가만히 앉아서 편히 살지 않고 금륜국사를 스승으로 모시며 무공을 연마했고, 어느 정도 성과도 거두었다. 그는 몽고에서 관직을 맡아 성심껏 임무를 수행해 대칸 와활태窩闊台*의 신임을 얻었다. 와활태가 죽고 황후가 조정을 다스린 후에도 그는 여전히 중책을 맡았다. 그는 자신의 출신 때문에 몽고에서는 한계가 있음을 알고 그곳에서 벗어나 사부의 힘을 빌려 강호 무림과 몽고 전역에서 힘을 떨쳤다.

홀필열은 부족에서 보낸 양피 서신을 읽고 조정의 상황을 물었다. 곽도는 상황을 있는 그대로 설명했다. 황후 니마찰은 조정을 다스리게 된 후 권신權臣을 신임했고, 이들이 옛 공신인 야율초재를 모함하자 결국 그를 독살하기에 이르렀다. 또 그의 아들인 야율주도 죽이고 그 가족까지 모두 죽이라 명을 내렸다. 그러나 야율주의 동생들은 이미 남조로 도망친 후였다. 그래서 황후는 홀필열에게 서신으로 이 사실을 알리고 그들을 모두 잡아 후환을 없애라고 명했다는 것이다. 홀필열은 자총을 가까이 오게 한 뒤 낮은 목소리로 말했다.

"대사, 어찌 생각하시오?"

"야율 재상은 나라에 공을 세우신 영명하고 공정한 공신입니다. 그런 분의 자손이라면 마땅히 보호를 해야지요."

---

* 몽고제국 제2대 황제인 오고타이(1185~1241)를 말한다. 칭기즈칸의 셋째 아들인 그는 어려서부터 아버지를 따라 싸움터에 돌아다녔고, 특히 호라즘국 정복 때 큰 공을 세웠다. 성격이 온후하고 인품이 있어 일찍부터 칭기즈칸을 이을 후계자로 지목되었다.

홀필열도 고개를 끄덕였다.

"황후께서 간신의 말을 들으시니 조심해서 처리하시오."

홀필열은 몸을 돌려 곽도를 바라보았다.

"야율 재상은 우리 나라의 충신이오. 잠시 억울한 처지가 되었으나 언젠가는 그 누명이 벗겨질 것이오. 우리는 잠시 그대로 두겠소."

그것으로 야율초재 일가의 일을 마무리 짓고 송조를 공격하는 일을 상의했다. 자총은 현재 몽고군이 한인들에게 당하고 있으니 차라리 잠시 후퇴하는 것이 낫겠다는 진언을 했다. 즉 후방의 병력을 정비한 후에 다시 공격해 들어가자는 것이었다. 홀필열은 양양을 공격하는 것이 쉽지 않자 조금 의기소침해진 터였다. 그 역시 고개를 끄덕이며 자총의 의견에 동의했다. 그러나 후방에는 전진교와 개방이 버티고 있었다. 이 두 문파는 몽고군이 남쪽을 공격하는 사이 끊임없이 몽고군의 후방을 교란시키고 있었다.

홀필열은 길게 한숨을 내쉬었다.

"조부이신 테무친 대칸께서 몸소 후손들과 장군들에게 용병술을 가르치신 적이 있소. 그때 하신 말씀 중에 흐름이 유리하면 진군해 순리대로 공격하고, 불리하면 공격을 멈추고 때를 기다리라고 하셨소. 군사를 부리는 사람은 흐름을 알아야 하고, 절대 때와 흐름에 역행해서는 안 된다고 하셨지. 흐름을 타면 이기고, 흐름에 역행하면 지는 것이오. 그러니 잠시 후퇴했다가 다시 상의해봅시다."

그는 금륜국사를 돌아보며 덧붙였다.

"국사, 북쪽의 전진교와 개방을 처리해주시오. 이 일은 전권을 국사에게 일임하겠소. 그러나 흐름에 따라 천천히 해야지 너무 서두르면 안 되오. 한인들의 말에 의하면, 서두르다 보면 목표에 이르지 못한다고 하였소. 매우 일리가 있는 말이오. 곽도는 개방의 일을 맡아주시오. 차질 없이 해야 할 것이오!"

금륜국사와 곽도는 자리에서 일어나 깊이 고개를 숙였다. 국사는 다시 천막으로 돌아가 견지병과 조지경을 찾았다. 그리고 그 두 사람을 이끌고 옆에 있는 다른 천막으로 건너갔다. 견지병은 심신이 피로한 터라 눕자마자 잠에 곯아떨어졌다.

"조 도사, 별일 없으면 나와 함께 좀 걸을까요?"

두 사람은 나란히 천막을 나섰다. 저 멀리 나무 아래에 소용녀가 그림처럼 앉아 있었다. 말은 나무에 얌전히 묶여 있었다. 그것을 보고 조지경의 얼굴빛이 질린 듯 하얗게 변했다. 국사도 소용녀를 보았으나 못 본 척하고 전진교의 여러 가지 상황을 자세히 물어보았다. 그의 태도는 영락없이 친한 친구의 모습이었다.

북송의 도교는 원래 정을正乙 일파만 있었으며, 강서江西 용호산龍虎山의 장천사張天師가 통솔했다. 금나라의 침략을 받아 송나라 황실이 남하했고, 그즈음 하북에서 도교의 문파가 새롭게 세 개 탄생했다. 이것이 바로 전진全眞, 대도大道, 태을太乙이었고 그중 전진파가 가장 융성했다. 전진교 도사들은 의로운 일을 행하고 어려운 사람을 도우며 의와 협을 널리 떨쳤다. 당시 어떤 사람은 다음과 같은 노래를 만들어 전진교를 칭송하기도 했다.

> 중원이 어지러워 남송은 기를 펴지 못하니,
> 천하에 어느 호걸이 이들을 따르랴…….

중양 종사, 장춘 진인은 만물의 귀감이어라…….

당시 대하大河 이북 지역에서 전진교와 개방의 세력은 때로는 관부보다 월등했다. 조지경은 국사가 자기를 아주 친근하게 대해주자 감격해서 전진교의 세력 분포며 각 주요 거점 등을 묻는 대로 자세히 이야기해주었다. 두 사람은 천천히 걸으며 이야기를 나누다 어느덧 아무도 없는 곳에 다다랐다. 국사가 길게 한숨을 내쉬며 말했다.

"조 도사, 전진교가 지금의 성세를 쌓기까지는 정말 어려움이 많았을 거요. 그러나 무례하지만 그냥 내버려둘 수는 없으니 한마디 하겠소. 유 도장, 구 도장, 왕 도장에 대해 잘 알지는 못하지만 그들의 식견이 너무 좁은 것 같소. 어찌 전진교의 장교라는 중임을 견 도사에게 넘긴단 말이오?"

조지경은 근래 들어 줄곧 그 생각만 해왔다. 견지병이 장교 직위를 물려받은 후, 전진오자가 한 명씩 세상을 뜨게 되면 그를 협박해 장교 자리를 내놓으라 요구할 생각이었다. 그러나 조지경은 성정이 급한지라 그 일을 생각하면 가슴이 답답해지기 일쑤였고, 성공한다 하더라도 얼마나 기다려야 할지 알 수 없는 일이었다. 그는 국사가 이야기를 꺼내자 한숨을 내쉬며 소용녀 쪽을 힐끔 쳐다보았다.

"용 낭자의 일은 별거 아니니 노승이 해결해줄 수 있소. 너무 걱정 마시오. 그저 장교 자리가 그 무능한 자의 손에 들어가지 않도록 하는 것이 급하오."

"대사께서 가야 할 길을 짚어주신다면 소인 평생 그 은혜를 잊지 않겠습니다."

국사는 눈썹을 치켜뜨며 다짐을 했다.

"군자는 한 입으로 다른 말을 하는 법이 없소. 절대 마음이 바뀌어서는 안 되오."

"물론이지요."

"자, 그럼 내 반년 내에 장교 자리를 맡도록 해주겠소."

조지경은 떨 듯이 기뻐하면서도 뭔가 석연치 않은 듯한 표정을 지었다.

"못 믿으시겠소?"

"믿습니다, 믿어요! 대사의 묘법이 참으로 신통하니 분명 좋은 방법이 있겠지요."

"전진교와 나는 어떠한 원한도 없으니 누가 장교가 되든 우리와는 상관이 없소. 도장이 옛 친구처럼 친근하게 느껴지니 꼭 도와드리고 싶소."

조지경은 너무 좋아 정신이 나갈 지경이었다. 그는 고맙다며 계속해서 고개를 조아렸다.

"우선 문파로 돌아가시거든 강력한 지원군을 확보하시오. 지금 가장 연세가 많으신 분이 누구시지요?"

"오늘 길에서 만난 주 사숙조이십니다."

"그래요? 그분이 당신을 돕겠다고만 해주면 견 도사는 당신의 적수가 될 수 없겠군요."

"그렇죠. 유 사백, 구 사백, 우리 사부님 모두 그분을 사숙이라 부르시니까요. 그분이 하시는 말씀이라면 모두들 따르지 않을 수 없을 겁니다. 하지만 그분의 마음을 어떻게 움직일 수 있겠습니까?"

"나는 오늘 그와 내기를 했소. 그가 다시 와 깃발을 훔치도록 한 것이지요. 그가 올 것 같소, 안 올 것 같소?"

"물론 오시겠지요."

"그 깃발을 오늘 밤 깃대에 걸지 않고 비밀스러운 장소에 숨겨놓을 생각이오. 몽고 군영에는 막사가 1,000개 넘는데, 주백통이 아무리 재주가 뛰어나다 할지라도 하룻밤 사이에 찾아내지는 못할 것이오."

"그렇지요!"

'이런 내기는 무공으로 이길 수 있는 것이 아니군…….'

마치 그의 마음을 꿰뚫어보고 있기라도 한 듯 국사가 은근히 한마디를 흘렸다.

"아마도 이런 내기라면 무공으로 할 수 있는 게 아니라고 생각하실 테지요. 하지만 이게 모두 조 도사를 위한 겁니다."

조지경은 움찔 놀라 그를 멀뚱히 바라보았다. 국사는 팔을 뻗어 그의 어깨를 가볍게 두드렸다.

"깃발이 어디에 있는지 당신에게만 알려줄 거요. 그러면 당신이 주백통에게 몰래 가르쳐주고 그가 깃발을 찾도록 해주시오. 그렇게 되면 주백통은 당신에게 큰 빚을 지게 되는 셈이 되지요."

"아, 그렇군요. 그러면 주 사숙조의 호감을 살 수 있겠군요."

조지경은 좋아서 손뼉을 치다가 또 다른 생각이 들었다.

"그러면 대사는 지게 되는 것 아닙니까?"

"우리는 사내대장부인데 친구가 되었으면 있는 힘을 다해 도와야지 않겠소? 자신의 승부나 명예가 뭐 그리 대수겠소."

조지경은 너무 고마워 가슴이 뭉클해졌다.

"대사의 은혜, 어떻게 갚아드려야 할지……."

국사는 가만히 미소를 지었다.

"우선 주백통의 신임을 얻고 나면 내가 또 계획을 짜줄 것이니 그때 잘해보시오."

국사는 한없이 인자한 얼굴로 이야기를 하고는 손을 들어 왼쪽을 가리켰다.

"우리 저쪽으로 올라가봅시다."

군영에서 조금 떨어진 곳에 낮은 산이 몇 개 있었는데, 두 사람은 그중 한 산 앞으로 다가갔다.

"이 산에서 동굴을 찾아 깃발을 숨깁시다."

이곳 산은 나무도 많지 않은 민둥산이라 동굴이 있을 것 같지는 않았다. 두 사람은 산 두 개를 샅샅이 뒤지고 세 번째 산까지 올라가서야 동굴을 발견했다.

"여기가 가장 좋겠소."

국사는 두리번거리다 커다란 나무 두 그루 사이에 뚫려 있는 동굴을 발견했다. 입구가 나무로 가려져 있어 언뜻 보기에는 동굴처럼 보이지 않았다.

"이곳을 기억해두시오. 이따가 여기에 깃발을 숨겨놓을 테니 저녁에 주백통이 오거든 이쪽으로 유인하시오."

조지경은 연방 "예, 예" 대답하며 벙실거렸다. 그는 근처의 지형이며 나무를 머릿속에 똑똑히 새겨두었다. 두 사람은 군영으로 돌아오면서 이 일에 대해서는 더 이상 이야기하지 않았다.

저녁 식사 후 조지경은 기분이 좋은 듯 자꾸만 견지병에게 말을 걸었다. 그러나 견지병은 멍청한 사람처럼 허둥대며 물어보는 것과는 상관없는 대답만을 내뱉었다. 날이 저물자, 조지경은 막사를 빠져나와 언덕 위에 올라가 앉았다. 말을 탄 병사가 오가며 삼엄한 경계를 하고 있었다.

'이런 정도라면 군영으로 발을 들이미는 것도 어렵겠구나. 그런데 주 사숙조는 어떻게 그렇게 자유자재로 다니며 깃발까지 훔치셨을까? 참 재주가 대단하신 분이야…….'

감탄하며 고개를 들어 하늘을 보니 별들이 여기저기 흩어져 있었다. 반짝이는 별들 중에 유독 북두칠성이 강한 빛을 발하고 있었다. 조지경은 오늘따라 저 북두칠성이 유난히 정겹게 보였다.

'국사의 말대로라면 앞으로 장교가 되어 내 명성을 천하에 떨칠 수 있겠구나. 천하 3,000개의 도관과 8만 명의 제자가 모두 내 이름을 우러러볼 테고. 흐흐…… 그러면 양과 하나쯤 없애는 것은 식은 죽 먹기일 테지…….'

조지경은 생각할수록 신이 났다. 그는 벌떡 일어나 여기저기를 둘러보았다. 소용녀가 여전히 나무 아래 앉아 있는 것이 희미하게 보였다.

'견지병이 저 여자 손에 죽으면 안 되지. 그렇게 되면 적수가 하나 줄어들기는 하지만 그가 죽고 나면 구 사백 쪽에서는 또 장춘 문하에 있는 이지상이나 송덕방을 밀 거란 말이야. 그러면 나는 더욱 가능성이 없어지는 거고…….'

이런저런 생각을 하고 있는데 갑자기 시커먼 그림자가 바람처럼 지나갔다. 그림자는 군영 안을 재빠르게 누비고 다녔다. 계속 눈으로 쫓아가보니 그림자의 주인공은 바로 노완동 주백통이었다.

25

내우외환 內憂外患

오랫동안 굶은 거미들은 상자 밖으로 나오자 이리저리 몸을 움직이며 순식간에 거미줄을 쳤다. 반 시진 정도 지나자 동굴 입구는 거미줄로 완전히 가려졌다. 그러는 동안에도 소용녀와 주백통은 별로 대수롭게 여기지 않았다. 그러나 거미줄이 빽빽하게 쳐지고 선명한 무늬의 거미들이 오가는 모습을 보고서야 그것이 독거미임을 알았다.

몽고군 진영에 도착한 주백통은 깃대에 깃발이 없는 것을 보고 깜짝 놀랐다. 왕자가 주둔한 곳에 깃발이 없다니, 그렇다면 저녁이라 깃발을 거두었다는 말인가? 주백통은 고개를 들어 사방을 둘러보았다. 수천수만의 막사가 겹겹이 에워싸여 있는데 어디 가서 깃발을 찾는단 말인가! 주백통은 절로 한숨이 나왔다. 막사를 뒤져야 한다면 금륜국사가 필시 고수들을 매복시켜놓았을 것이니 쉽게 들어가지 못할 것이다. 그러면 어떻게 해야 하는가?

주백통이 골똘히 생각에 잠겨 있는 것을 보던 조지경은 앞으로 나서려다가 걸음을 멈추었다.

'지금 알려줘 봤자 별로 좋아하지도 않을 거야. 찾다가 지쳐서 포기하고 풀이 죽어 있을 때 가르쳐주면 내 공이 더 커질 테지.'

그는 막사 뒤에 숨어 주백통의 동정을 살폈다.

주백통은 몸을 날려 깃대 위로 기어올라갔다. 두 손을 번갈아 뻗으며 팔의 반동으로 몸을 솟구치더니 눈 깜짝할 사이에 깃대 꼭대기까지 올라갔다. 그 모습을 훔쳐보던 조지경은 놀라움을 금치 못했다.

'주 사숙조의 나이가 이미 여든이 넘었을 텐데……. 아무리 수련을 한 몸이라 해도 이젠 거동이 불편할 법도 하건만 어찌 저렇게 젊은이 못지않은 몸놀림을 보여준단 말인가! 참으로 대단한 분이다.'

주백통은 깃대로 올라가 사방을 둘러보았다. 막사 여러 곳에 수많은 깃발이 나부끼고 있었으나 왕기는 어디에도 보이지 않았다. 그는 벌컥 짜증이 났다. 그는 자신이 숨어 들어왔다는 사실을 잊은 채 소리를 지르기 시작했다.

"금륜국사, 왕기를 어디에 숨겼느냐!"

노기등등한 목소리였다. 그의 외침이 쩌렁쩌렁 울리며 멀리까지 퍼져나갔다. 그러나 뜻밖에도 주위는 죽은 듯이 조용했다. 국사가 미리 그의 계획을 홀필열에게 알리고 전군에 지시를 내려놓았기 때문이다.

"국사! 빨리 나오시오! 그러지 않으면 내 욕을 먹을 것이다!"

주백통이 아무리 소리쳐도 주위는 전혀 반응이 없었다. 주백통은 듣기 험한 말들만 골라 쏟아냈다.

"이런 빌어먹을 국사 놈아! 이게 어디 사내가 할 짓이냐? 그래, 무서워서 목을 쏙 집어넣고 눈만 끔벅거리면 이게 바로 거북이가 아니고 무엇이더냐!"

그때 갑자기 동쪽에서 누군가 외치는 소리가 들렸다.

"노완동! 왕기는 여기 있소. 할 수 있거든 가져가보시오!"

그 소리를 듣고 주백통은 당장 깃대에서 내려왔다.

"어디냐?"

그러나 목소리는 더 이상 들리지 않았다. 주백통은 겹겹이 둘러싸인 군영을 바라보며 어디서부터 손을 대야 할지 난감해했다. 이번에는 서쪽에서 찢어질 듯한 목소리가 들려왔다.

"왕기는 여기 있소!"

주백통은 미끄러지듯 달려갔다.

"왕기는 여기 있소!"

"왕기는 여기 있소!"

외침은 막사 여기저기에서 들려왔다. 주백통이 소리 나는 쪽으로 달려가면 목소리는 더 이상 들리지 않았다. 도대체 어느 막사에서 나온 소리인지 알 길이 없었다. 주백통은 우뚝 서서 웃음을 터뜨렸다.

"으하하하……. 국사 놈아! 지금 술래잡기를 하는 거냐? 좋다! 이 군영에 불을 싸지르겠다. 네가 나오나 안 나오나 어디 한번 보자꾸나!"

조지경은 마음이 급해졌다.

'정말 불을 지르면 큰일인데.'

그는 더 망설이지 않고 달려 나갔다.

"주 사숙조님, 불을 지르시면 안 됩니다."

"아, 너로구나! 왜 안 된다는 것이냐?"

"사숙조님께서 불을 놓도록 일부러 함정을 꾸며놓았습니다. 이곳에는 폭약이 가득 차 있어 불을 붙이는 날엔 사숙조님도 무사하지 못하실 겁니다."

주백통은 깜짝 놀랐다.

"아주 악독한 흉계를 꾸미고 있었구나!"

주백통이 생각보다 쉽게 자신의 말을 믿자 조지경은 기분이 좋아졌다.

"제가 놈들의 속셈을 미리 알고 사숙조님께서 속으실까 봐 이곳에서 지키고 있었습니다."

"음, 고맙구나. 네가 아니었다면 여기서 죽을 뻔했구나."

"제가 위험을 무릅쓰고 왕기가 있는 곳을 알아냈습니다. 저를 따라

오십시오."

그런데 얼씨구나 하고 따라나설 줄 알았던 주백통이 뜻밖에 고개를 저었다.

"그건 안 되지, 안 되고말고! 널 따라가서 찾으면 내가 지는 것이 된다."

왕기를 훔치기로 한 것은 주백통에게는 재미있는 놀이 중 하나였다. 그런데 너무나 쉽게 손에 넣는다면 아무런 재미가 없지 않겠는가! 그렇게 되면 내기가 필요 없게 되는 것이니 절대 그럴 수는 없었다. 뜻밖의 거절을 당하자 조지경은 마음이 급해졌다.

'별명이 노완동이라고 하더니 과연 다른 사람들과는 다르군. 어떻게든 꼬여야 하는데…….'

"사숙조님, 그럼 저도 왕기를 훔쳐보겠습니다. 어디, 누가 먼저 손에 넣을지 볼까요?"

조지경은 경쟁심을 부추기는 말을 던지고는 경공을 펼쳐 산이 있는 왼쪽으로 달려갔다. 고개를 돌려보니 과연 주백통이 뒤를 쫓아오고 있었다. 그는 세 번째 산에 들어서며 중얼거렸다.

"큰 나무 두 그루 사이에 있는 동굴이라고 했는데 저쪽에 보이는 저 나무인가?"

그는 국사가 말한 동굴 근처로 가서 일부러 이리저리 살피는 시늉을 했다. 주백통의 목소리가 뒤에서 들려왔다.

"내가 먼저 찾았다!"

그는 어느새 나무 두 그루 사이에 있는 커다란 동굴로 뛰어들어가고 있었다. 조지경은 가만히 웃음 지었다.

'여기까지 가르쳐드렸으니 내 공을 잊지 않겠지. 게다가 불을 놓았으면 목숨을 잃었을 텐데 내 덕분에 목숨까지 건졌으니 더 좋아할 게 분명해. 국사의 계획보다 훨씬 잘되었군.'

조지경은 썩 흡족한 마음으로 동굴 쪽으로 다가갔다. 그런데 갑자기 동굴 안에서 주백통의 찢어질 듯한 비명이 들렸다.

"독사다! 독사!"

조지경은 깜짝 놀라 동굴로 한 발 들어간 왼쪽 발을 다시 바깥으로 움츠렸다.

"사숙조님, 동굴 안에 독사가 있습니까?"

"아니…… 뱀이 아니라……."

주백통의 목소리가 점차 희미해졌다. 뭔가 예상치 못한 일이 벌어진 것이 틀림없었다. 조지경은 마른 나뭇가지를 주워 불을 붙이고는 동굴 안을 살펴보았다. 주백통이 바닥에 누워 왼손으로 깃발을 쥔 채 휘두르고 있었다. 마치 뭔가를 쫓는 듯한 모습이었다. 조지경은 더욱 놀랐다.

"사숙조님, 무슨 일이십니까?"

"내가…… 독물에…… 독물에 당했다."

주백통은 팔에 힘이 빠지는지 왼손을 점점 떨구며 힘없이 깃발을 흔들었다. 조지경은 덜컥 겁이 났다. 주백통 같은 고수가 이렇게 순식간에 당할 정도라면 도대체 어떤 독이란 말인가? 그런데 주백통이 흔들던 깃발은 왕기가 아닌 평범한 군단기였다. 조지경은 오싹 소름이 돋았다.

'국사가 나를 속였구나. 동굴에 독물을 숨겨놓고 내게 사숙조를 끌어들이도록 한 거야.'

조지경은 이제 제 목숨도 부지하기 힘든 상황에 처하고 말았다. 그는 주백통이 죽었는지 살았는지, 부상은 어떤지 살펴보지도 않고 횃불을 집어 던지고 몸을 돌렸다. 그런데 횃불이 날아가다 말고 공중에서 멈추었다. 뜻밖에도 누군가 횃불을 공중에서 가로챈 것이다.

"가려는 거예요?"

부드러우면서도 위엄 있는 목소리였다. 조지경이 화들짝 놀라며 고개를 돌려보니 언뜻 하얀 옷자락이 보였다. 소용녀였다. 불빛에 드러난 얼굴은 여전히 아름답고 무표정했다. 조지경은 놀라 다리가 풀린 채 아무 말도 하지 못했다. 그녀가 여기까지 자신을 뒤쫓아올 줄은 꿈에도 생각지 못했다. 마음은 도망가고 싶었지만 다리가 뜻대로 움직이지 않았다.

소용녀는 멀찌감치 떨어져 그를 주시하고 있었다. 조지경의 어떤 행동도 소용녀의 눈에서 벗어날 수 없었다. 그녀는 조지경이 주백통을 유인하는 것을 보고 바짝 뒤쫓아 이곳까지 오게 된 것이었다. 주백통은 그녀의 존재를 눈치챘지만 그냥 둔 것이고, 조지경은 전혀 느끼지 못했다.

소용녀는 횃불을 들어 주백통을 비춰보았다. 그의 얼굴이 점점 푸르게 변해갔다. 그녀는 금사 장갑을 끼고 그의 팔을 만져보며 상처 부위를 자세히 살폈다. 술잔만 한 거미 세 마리가 주백통의 왼손 손가락을 하나씩 물고 있었다. 거미의 모양은 몹시 괴이했는데 온몸이 선명한 붉은색과 녹색 무늬로 얼룩져 있는 것이 보기만 해도 섬뜩했다. 동물이든 식물이든 색이 선명할수록 독성이 강하다는 걸 소용녀는 잘 알고 있었다.

거미들은 주백통의 손가락을 꽉 문 채 꼼짝도 하지 않았다. 소용녀는 나뭇가지로 거미를 밀어내려 했으나 거미는 전혀 미동도 하지 않았다. 이번에는 손가락을 튕겨 옥봉침으로 거미 세 마리를 죽이고 그러면서도 적당한 순간에 힘을 거두어 옥봉침의 독이 주백통에게 해를 입히지 않도록 했다.

이는 채설주彩雪蛛라고 하는 거미였다. 주로 몽고, 위구르, 티베트 지역 설산 꼭대기에서 서식하는데, 이들의 독은 천하 3대 맹독 중 하나로 유명했다. 금륜국사는 이 채설주를 특히 잘 다뤘다. 그는 중원의 고수와 겨룰 때 사용할 생각으로 종종 이것들을 가지고 다녔으나, 전에 양양에 갈 때는 미처 이 채설주를 가져가지 못했다. 그러다 이막수의 빙백은침에 당하고 군영으로 돌아온 그는 분을 견디지 못하고 숨겨둔 채설주를 꺼냈다. 다시 이막수와 만나게 되면 몽고 거미독의 맛을 톡톡히 보여줄 생각이었다. 그러던 차에 마침 주백통과 왕기를 두고 내기를 하게 되었고, 장교 자리를 탐내는 젊은 도사 조지경을 만났다. 그래서 동굴 속에 아무 깃발이나 던져두고 그 깃발 속에 독거미를 숨겨놓은 것이다.

이 채설주는 고기와 피가 있는 생물을 만나면 죽기 살기로 덤벼들어 신선한 피를 실컷 빨아 먹기 전에는 절대 상대를 놓아주지 않았다. 또한 그 독이 얼마나 강한지 국사도 손쓸 방도가 없을 정도였다. 그가 이 독거미를 항상 가지고 다니지 않은 것도 혹시 거미를 놓쳐 큰일을 당할까 봐 걱정이 되었기 때문이다.

거기에 비해 소용녀의 옥봉침은 어떠한가. 소용녀의 옥봉침에는 종남산 옥봉의 꼬리에서 추출한 맹독이 묻어 있었다. 이 독성은 채설주의 독만큼 지독한 것은 아니지만 역시 대단한 맹독이었다. 소용녀가 이 옥봉침으로 채설주를 찌르는 순간, 채설주의 몸에는 자연스레 이 항독소抗毒素가 생겼다. 독거미는 원래 여러 가지 독을 가진 벌레를 잡아먹으면서도 제 몸에 항독소가 있기 때문에 중독이 되지 않고 살아갈 수 있었다. 그래서 소용녀가 침을 놓았을 때 이 항독소가 주백통의 혈관 속으로 주입되었다. 소용녀는 바닥에 죽어 있는 채설주가 아직도 징그러운 듯 몸서리를 쳤다. 주백통을 돌아보니 미동도 없이 누워 있는 모습이 아무래도 이미 죽은 듯했다. 그녀는 주백통에게 고마운 마음을 가지고 있었다. 과거 그가 양과를 절정곡으로 끌어들였기 때문에 공손지와 결혼하지 않고 헤어질 수 있었다. 그때 일을 생각하면 아직도 식은땀이 흘렀다. 그런 그가 이런 독에 중독되어 죽게 되었으니 마음이 아팠다. 그런데 돌연 주백통이 손을 흔들며 신음하듯 중얼거렸다.

"뭐가 날 물었는데…… 뭐가, 이렇게 독하담……."

그는 몸을 일으키려다가 다시 푹 고꾸라졌다. 그가 아직 죽지 않은 것을 본 소용녀는 얼굴이 밝아졌다. 횃불을 들고 비춰보니 거미의 독기가 온몸에 퍼진 것 같지는 않았다. 소용녀는 다소 마음이 놓였다.

"죽지 않았군요?"

"음…… 아주 죽지는 않은 모양이네. 반은 죽고, 반은 살아 있었지."

주백통은 여전히 익살스럽게 웃었으나 곧 손발이 수축되며 목소리가 사그라들었다. 그 순간 밖에서 웃음소리가 들려왔다. 엄청나게 큰 소리였다.

"노완동! 그래 왕기는 훔치셨소? 오늘 내기에 누가 이긴 것 같소?"

목소리의 주인은 금륜국사였다. 소용녀는 왼손으로 횃불을 눌러 즉시 꺼버렸다. 그녀는 금사 장갑을 끼고 있어 무기나 불을 손쉽게 만질 수 있었다.

"이번 내기는 이 노완동이 졌다. 내 목숨까지 당신에게 빼앗기는 것이 아닌지 모르겠군. 국사, 이 거미는 도대체 뭐길래 이렇게 독한 것이냐?"

주백통의 목소리는 꺼질 듯 희미했다. 그러나 우렁우렁 울리는 국사의 웃음소리도 그 꺼져가는 목소리를 듣고는 놀라움을 금치 못했다.

'채설주에게 물리고도 죽지 않았을 뿐 아니라 목소리에 아직 내공이 실려 있다니 과연 놀라운 사람이다. 하지만 독거미에 물렸다면 지금은 목숨이 붙어 있지만 두 시진을 넘기지 못할 것이다. 결국 적수 하나를 제거한 셈이지.'

주백통은 신음에 가까운 음성으로 조지경을 힐난했다.

"네 이놈, 조지경! 적을 도와 나를 속이다니, 어찌 이럴 수 있단 말이냐! 천벌을 받기 전에 어서 구처기에게 가서 죄를 이실직고하고 죽음을 청하거라!"

동굴 밖에서 듣고 있던 조지경은 가슴이 뜨끔했다. 그는 금륜국사 뒤에 숨어 오들오들 몸을 떨었다.

'어찌 이 일을 구 사백님께 고한단 말인가?'

국사가 웃으며 대신 대답했다.

"조 도사는 좋은 분이시오. 우리 왕자께서 전진교 장교 진인으로 봉하실 거요."

말은 이렇게 했지만 금륜국사는 다른 생각을 했다.

'주백통의 죽음으로 이 애송이는 내 손을 빠져나갈 수 없게 되었다. 이자는 별반 재주가 없으니 이 일이 아니라도 구처기 등이 이자에게 전진교 장교 자리를 줄 리가 없지.'

이 소리를 들은 주백통은 코웃음을 치며 카악, 침을 내뱉었다. 비록 체내의 독이 많이 사라지기는 했지만 채설주의 맹독은 사람이 견뎌낼 수 있는 것이 아니었다. 미량으로도 엄청난 사람이 힘없이 죽을 정도로 독성이 강했다. 주백통은 진기가 이미 많이 상한 상태여서 마음이 격동되자 또 정신을 잃어버렸다.

소용녀는 두 사람을 지켜보고 있다가 앞으로 나섰다.

"금륜국사, 비겁하게 독을 써서 사람을 해치다니, 그러고도 일파의 종사라 할 수 있겠소? 어서 해독약을 가져와 치료해주시오!"

국사는 주백통이 정신을 잃고 쓰러지자 이제 죽은 게 틀림없다고 생각했다. 그러니 저절로 어깨가 펴졌다. 이제 남은 저까짓 계집이야 아무것도 아니지 않은가. 얼마 전 조지경은 영웅대연에서 소용녀에게 당한 자신의 꼴을 얘기하며 부아를 돋웠다. 국사는 이 자리에서 그녀를 붙잡아 자신의 힘을 보여주기로 결심했다. 부쩍 힘이 난 그는 그대로 동굴 안으로 뛰어들어가 왼손을 뻗었다.

"해독약이니 잘 받아라!"

소용녀는 이미 예측한 바라 가볍게 오른손을 휘둘렀다. 그러자 딸랑거리는 소리가 나며 금방울이 튀어나와 국사의 기문혈을 찍었다.

'오늘 이 계집을 잡지 못하면 저 도사 놈이 또 나를 비웃을 테지.'

국사는 잽싸게 금방울을 피하며 손을 품 안으로 집어넣었다. 쌍륜이 손에 잡혔다. 쌍륜이 마주치며 엄청난 소리를 냈다.

소용녀는 점혈 공격이 무위로 돌아가자 부드럽게 몸을 돌리며 국사의 대추혈을 노렸다. 바람처럼 빠른 그녀의 몸놀림에 국사는 황급히 수 척을 뛰어올라 일단 몸을 피했다.

'이 정도 무공을 지닌 여자는 많지 않을 것이다!'

두 사람은 동굴 안에서 순식간에 수십 초식을 겨루었다. 국사가 제 힘을 마음껏 발휘한다면 소용녀로서는 감당하기 힘들 것이나 그는 얼마 전 동굴에서 빙백은침에 찔린 적이 있었기에 적극적으로 대들지 못했다. 그리고 소용녀의 무공은 이막수와 같은 문파인 데다 초식이 이막수보다 더 날카로워서 더욱 조심스러웠다. 금륜국사는 같은 실수를 되풀이할 생각은 전혀 없었다. 그리고 채설주가 죽은지도 모르고 혹 거미가 자신을 물까 봐 더욱 조심스레 공격했다. 어둠 속에서 납륜과 은륜이 부딪치는 소리, 금방울 소리가 끊임없이 울려 퍼졌다.

조지경은 동굴에서 멀찍이 물러나 불안해하며 싸우는 소리를 듣고 있었다. 사숙조의 죽음은 사실 자신이 쓴 속임수는 아니었다. 그러나 자신에게도 책임이 있으니 마음이 무거울 수밖에 없었다. 선배를 죽인 죄는 무림의 어느 문파를 막론하고 죽을죄에 해당했다. 만에 하나, 소용녀가 살아 나간다면 이 소문은 당연히 전진파로 전해질 것이다. 동굴에서 병기 부딪치는 소리가 점점 빨라졌다. 조지경은 심장이 터질 듯했다. 그래서인지 도포가 땀으로 흠뻑 젖어들었다. 조지경은 절로 한 걸음씩 뒤로 물러나며 검 자루를 쥐었다. 온몸이 부들부들 떨렸다.

국사의 무공은 소용녀보다 한 수 위였다. 만일 동굴로 들어오지 않았다면 소용녀는 꼼짝없이 당했을 것이나 이미 60~70합을 겨루고도 그녀는 국사와 대등하게 맞섰다.

어둠 속에서 싸우다 보니 아무래도 어둠에 익숙한 소용녀가 유리했다. 국사는 눈앞이 잘 보이지 않은 터라 병기를 휘두르는 사이 허점을 드러냈다. 소용녀는 싸우는 중에 쓰러져 미동도 하지 않는 주백통을 흘깃 쳐다보았다. 아무래도 조금이라도 더 지체하면 숨이 끊어질 것 같았다. 어떻게든 그를 구해야 한다는 생각에 소용녀는 재빨리 금방울을 휘둘러 국사의 오른쪽 팔을 노렸다. 그리고 동시에 왼손을 뻗어 옥봉침 10여 개를 뿌렸다. 두 사람의 거리가 얼마 떨어지지 않은 데다 옥봉침이 워낙 소리 없이 날아가는 통에 국사가 뭔가를 느꼈을 때는 이미 침이 코앞까지 다가온 후였다. 그러나 국사의 무공도 참으로 대단했다. 그는 화급한 와중에도 은륜을 뒤집어 금방울을 막아내고 동시에 두 다리에 힘을 주어 솟구쳐 올랐다. 그런 탓에 옥봉침은 모두 허공에 떠 있는 국사의 발 아래로 지나갔다. 그러나 급한 김에 너무 뛰어올라 두 팔이 허공을 휘저으며 은륜과 납륜을 놓치고 말았다.

소용녀는 그가 땅으로 내려올 틈도 주지 않고 다시 한번 옥봉침을 날렸다. 국사는 허공에 떠 있는 상태였기 때문에 피할 방법이 없었다. 서로 제법 거리를 두고 있었지만 매우 위태로운 상황이었다.

국사는 몸을 솟구칠 때 상대가 공격해올 것을 예상하고 두 손으로 옷소매를 쥐고 힘주어 당겼다. 찌익, 소리와 함께 장포가 두 쪽으로 찢어졌다. 마침 소용녀가 옥봉침을 날린 순간이라 국사가 찢어진 옷을 휘두르자 가느다란 옥봉침이 모두 옷에 꽂혔다.

"하하하하!"

국사는 여유롭게 땅에 내려서며 뒤이어 떨어지는 쌍륜을 받아 들었다. 국사는 절정의 무공과 기민한 판단으로 두 차례나 죽을 고비를 넘겼다. 그리고 쌍륜 사이에 끼어 있던 소용녀의 무기까지 손에 넣었다. 국사는 곧장 몸을 돌려 동굴 입구로 달려갔다.

"용 낭자, 아직도 항복하지 않을 거요?"

그는 자신에게 더 불리한 어두운 동굴 속에는 더 이상 들어가고 싶지 않았다. 그런 국사의 두려움을 알지 못하는 소용녀는 무기도 빼앗기고 옥봉침도 거의 떨어진 상태라 남은 금침을 손에 꼭 쥐고 동굴 한편에 선 채 아무런 말도 하지 않았다.

밖으로 나온 국사는 또 다른 생각을 해냈다. 우선 쌍륜을 오른손에 들고 왼손으로 찢어진 옷을 들었다. 그리고 쌍륜을 바닥으로 던졌다. 그러자 쌍륜은 각각 수 척의 거리를 두고 떨어졌다. 국사는 몸을 날려 두 발로 이 쌍륜을 딛고 섰다. 혹 있을지 모를 독침을 밟지 않기 위해서였다. 그리고 찢어진 옷을 세차게 돌려 제 앞을 막았다. 게다가 이 옷자락에는 이미 수십 개의 옥봉침이 꽂혀 있으니 그 자체로 훌륭한 무기가 되었다.

"새로운 내 무기 맛을 좀 보여줘야겠군."

그런데 말이 떨어지기가 무섭게 무언가가 팔을 당기는 느낌이 들었다. 놀랍게도 어느새 옷자락을 소용녀에게 붙잡힌 것이다. 그녀는 금사 장갑을 끼고 있어서 어떤 위험한 무기도 손으로 잡을 수가 있었다.

국사는 예상이 빗나가자 서둘러 다시 팔을 거두었다. 그 틈을 타 소용녀는 다시 금침을 뿌렸다. 국사는 아차 싶었지만 기지를 발휘해 쓰러져 있던 주백통을 일으켜 제 몸을 막으며 얼른 동굴 밖으로 뛰어나갔다. 수많은 적을 상대한 국사였지만 이번에는 정말 놀랐는지 식은땀을 흘리며 숨을 헐떡였다.

소용녀가 던진 옥봉침은 모두 주백통의 몸에 꽂혔다. 죽은 시신에 욕을 보였다는 생각이 들어 소용녀는 얼른 주백통에게 다가갔다. 그런데 뜻밖에 주백통이 정신을 차리고 소리를 지르는 게 아닌가.

"아이고, 아파라! 또 뭐가 날 무는 거야?"

"주백통, 아직 살아 있었어요?"

소용녀는 크게 놀라 자신도 모르게 소리를 질렀다. 무림의 예법을 잘 모르는 소용녀는 그만 대선배의 이름을 서슴없이 부르고 말았다. 그러나 주백통은 전혀 개의치 않았다.

"죽은 것 같았는데 또 살아났군. 아직 완전히 죽지는 않았나 봐. 하지만 완전히 살아 있는 것 같지도 않군."

"죽지 않았으면 됐어요. 국사의 무공이 대단해서 혼자서는 힘이 부치던 참이었어요."

소용녀는 흡철석吸鐵石을 꺼내 주백통의 몸에 꽂혀 있는 옥봉침을 하나씩 뽑아냈다.

"저 국사 놈, 정말 악독하군. 내 몸에 이런 침을 꽂아놓다니!"

소용녀가 쉬지 않고 침을 뽑는 사이, 주백통도 쉬지 않고 떠들어댔다. 소용녀는 쓴웃음을 지었다.

"이건 제가 꽂은 거예요."

그녀는 방금 국사와 싸우던 일을 간단히 설명해주었다.

"옥봉침에는 벌침의 독이 묻어 있는데 괜찮아요?"

"아주 편안한걸. 좀 더 찔러줘."

소용녀는 그가 농담을 하는 줄 알고 웃으며 작은 옥병 하나를 꺼냈다.

"이 옥봉꿀은 금침의 독을 해독하는 약이에요. 이걸 마시면 좀 괜찮아질 거예요."

"아냐, 아냐! 침을 맞고 나니까 몸이 아주 편해졌어. 아마 그 독거미의 독을 다스릴 수 있는 것 같아."

소용녀는 여전히 믿지 못하겠다는 표정이었다. 그러나 주백통의 고집을 이길 수는 없었다. 이 노인의 내공이 심후해 독거미도 죽이지 못하는 모양이니 옥봉침도 별문제는 없을 것 같았다.

국사는 동굴 밖에서 주백통의 음성을 듣고 기절초풍할 정도로 깜짝 놀랐다.

'이 사람, 혹 신선이 아닐까? 신선? 그럴 리 없겠지.'

그는 아무래도 완전히 원기를 회복하기 전에 손을 써야겠다는 생각이 들었다. 그러지 않으면 앞으로는 이런 기회를 얻지 못할 것 같았다. 그러나 아까 동굴에 들어가면서 은륜과 납륜을 모두 안에 던져둔 터라 이제 소용녀의 금방울이 달린 비단 띠를 쓸 수밖에 없었다.

"용 낭자! 당신의 무기를 좀 써야겠소!"

그는 비단 띠를 힘껏 동굴 안으로 집어 던졌다. 그의 무공은 이미 절정에 달한 터라 어떠한 무기도 자유자재로 사용할 수 있었다. 소용녀의 무기라 조금 어색하기는 했지만 그래도 제법 능숙하게 던졌다. 소용녀는 정신이 번쩍 들어 그가 두고 간 은륜과 납륜을 집어 들었다. 국사가 던진 금방울이 쌍륜에 부딪쳤다.

"그럼 무기를 바꿔서 한번 겨뤄볼까요?"

소용녀는 얼른 쌍륜을 든 오른팔을 뻗었다. 그런데 던지려는 순간 몸이 휘청거렸다. 납륜은 크지는 않았지만 상당히 육중해서 한 손으로 무게를 지탱할 수가 없었다. 하는 수 없이 소용녀는 팔을 거두어 쌍륜으로 앞가슴을 막았다. 이 정황을 놓칠 리 없는 국사는 다짜고짜 쌍륜을 빼앗으려고 달려들었다. 소용녀는 뒤로 한 발 물러나며 왼손에 들고 있던 은륜을 내던졌다. 그러나 이 행동은 허초였다. 다음 순간 오른손으로 옥봉침 수십 개를 뿌렸다. 이 옥봉침은 모두 주백통의 몸에서 뽑아낸 것이어서 독성이 그리 많은 편은 아니었다. 국사는 달려들다가 황급히 옆으로 비켜나며 옥봉침을 피했다.

지켜보던 주백통이 웃음을 터뜨렸다.

"하하하…… 잘도 놀렸군. 그래! 우선 그렇게 침으로 상대해라. 잠시 후면 내가 원기를 회복할 수 있을 터이니, 그때 녀석을 잡아 호되게 엉덩이를 때려주면 돼."

"옥봉침을 모두 다 썼어요. 이제 하나도 남지 않았다고요."

주백통은 놀라 두 눈을 크게 떴다.

"그러면 안 되는데!"

두 사람은 너무나 순진하게도 있는 사실을 그대로 발설하고 말았다. 국사는 배 속에 온갖 계략이 가득 찬 사람이지만 주백통과 소용녀가 어떤 사람인지는 알지 못했다. 그래서 제 약점을 스스로 이야기하는 사람이 있다는 사실을 믿지 않았다.

'옥봉침을 다 썼다고? 쳇, 그런 속임수에 내가 넘어갈 것 같으냐? 내가 좀 더 다가가면 또 술수를 써서 나를 공격할 속셈이군!'

그래서 국사는 덤벼들지 못했다. 그도 그럴 것이 얼마 전 양과의 계략에 빠져 동굴에서 은침을 밟는 화를 당하고 니마성은 다리마저 잘라야 했다. 국사는 동굴 앞을 지키면서 이런저런 궁리에 잠겼다.

점점 해가 저물었다. 주백통은 정좌한 뒤 상승 내공으로 체내에 남은 독을 빼냈다. 그러나 채설주의 독이 워낙 강력해 운기를 할 때마다 가슴이 답답하고 고통스러웠다. 또 머리끝에서 발끝까지 온몸에 개미가 기어다니는 것처럼 가려워 견딜 수가 없었다. 그러다가도 운기를 멈추면 그나마 좀 나아지는 듯했다. 주백통은 고개를 저으며 한숨을 내쉬었다.

"하, 노완동도 이제 놀지 못하게 되었구나."

밖에서 동굴 안을 훔쳐보던 국사는 주백통이 정좌하고 있는 모습을 보고는 코웃음을 쳤다.

'흥! 내공을 운기하겠다고? 그렇다면 나오기만 해봐라.'

그는 품에서 채설주가 있는 상자를 꺼내 뚜껑을 열었다. 화려한 무늬의 채설주 10여 마리가 움직이고 있었다. 국사는 상자 옆에 난 구멍에서 소뿔로 만든 집게를 꺼내 거미줄 한 올을 집어서는 가만히 당겼다. 그러자 거미줄 끝에 채설주가 한 마리씩 매달려 나왔다. 그는 그것을 동굴 입구 위쪽에 있는 바위에 살그머니 올려놓았다. 오랫동안 굶은 거미들은 상자 밖으로 나오자 이리저리 몸을 움직이며 순식간에 거미줄을 쳤다. 반 시진 정도 지나자 동굴 입구는 거미줄로 완전히 가려졌다. 거미줄이 동굴을 막는 동안 소용녀와 주백통은 별로 대수롭게 여기지 않았다. 그러나 거미줄이 빽빽하게 쳐지고 선명한 무늬의 거미들이 거미줄 위를 오가는 모습을 보고서야 두 사람은 그것이 독거미임을 알았다. 소용녀가 중얼거렸다.

"옥봉침만 있으면 이 거미들이 눈앞에서 왔다 갔다 하는 꼴을 보지 않아도 될 텐데……."

주백통은 거미줄을 건드려보기 위해 나뭇가지를 주워 들고 일어났다. 그때 나비 한 마리가 입구 가까이까지 날아왔다가 순식간에 거미줄에 얽혀들었다. 원래 곤충은 거미줄에 걸리면 한참 동안 몸부림을 치다가 힘센 놈들은 거미줄을 망가뜨리고 빠져나가기도 하지만 이 나비는 몸통이 제법 큰데도 거미줄에 닿자마자 정신을 잃고 꼼짝도 하지 못했다.

"건드리지 마세요! 거미줄에 독이 있어요."

소용녀의 말에 주백통은 깜짝 놀라 나뭇가지를 내던졌다. 국사가 독거미를 놓아 동굴 입구를 막은 것은 두 사람을 가두어놓으려고 한 것이 아니라, 이들이 거미줄을 건드려 독에 중독되게 하려는 의도였다.

소용녀는 고묘에서 양과에게 경공을 가르치던 중 양과가 천라지망세로 나비 한 쌍을 잡았던 일이 생각났다. 그날 밤, 양과는 나비를 잡는 꿈을 꾸며 자신의 맨발을 꽉 잡았었다. 그때의 기억이 떠오르자 소용녀는 저도 모르게 한숨을 내쉬었다. 가슴이 아파오며 눈물이 쪼르륵 떨어졌다.

'이 상황에서 양과 생각을 하다니……. 노완동 몸에 있던 독은 다 없어졌나 모르겠네?'

소용녀가 이런 생각을 하고 있을 때 주백통은 독거미가 나비를 잡아먹는 것을 보자 자기도 배가 고파졌다. 그는 다시 자리로 돌아와 앉았다.

'어찌 되었건 당분간은 회복하기 어렵겠어. 좀 앉아 있다 보면 나아지겠지.'

소용녀가 힘없이 털썩 주저앉는 주백통을 돌아보며 말했다.

"운공으로 독을 없애려면 하루 밤낮이면 되겠어요?"

"하루 밤낮으로? 백날을 해도 소용없을 거다."

"그러면 어떻게 해요?"

"밥은 갖다주겠지. 이 동굴 안에서 몇 년 지내는 것도 나쁠 건 없겠어."

"밥도 안 줄걸요."

소용녀는 한숨을 쉬며 혼자 중얼거렸다.

"양과가 여기 있다면 이 동굴에서 평생 살아도 좋을 텐데."

소용녀의 말에 주백통이 벌컥 성을 냈다.

"내가 어디가 양과만 못하다는 거냐? 그 녀석이 내 무공을 따라올 성싶으냐? 나하고 같이 있다고 해서 싫을 이유가 없지."

주백통의 말도 안 되는 소리에 소용녀는 굳이 대꾸하지 않고 가만히 웃어 보였다.

"양과는 전진검법을 할 줄 알아요. 저와 양과가 함께 공격하면 저 중놈쯤은 아무것도 아니에요."

"흥! 전진검법이 뭐 대단하다고! 내가 전진파 장로의 몸으로 그걸 못 하겠느냐!"

"우리가 연마한 검법은 옥녀소심검법이라는 거예요. 마음속으로 서로 사랑해 두 마음이 상통해야 적을 누르고 승리할 수 있어요."

주백통은 남녀의 사랑에 관한 말이 나오자 움찔 놀라는가 싶더니 두 손을 휘휘 내저으며 말을 더듬었다.

"관…… 관둬…… 관둬. 나는 널 사랑하지 않을 것이니, 너도 절대 나를 사랑하지 마라. 동굴에서 몇 년 사는 것쯤은 그리 대단할 것 없다. 나는 옛날 도화도 동굴 속에서 혼자 십수 년을 살았지. 함께 놀 사람이 없어서 혼자 싸움을 하며 지내야 했다. 지금은 네가 옆에 있어 이야기도 하고 웃기도 하니 그때보단 훨씬 낫구나."

"혼자서 싸우다니, 어떻게 싸웠다는 거죠?"

주백통은 자랑스러운 듯 분심이용分心二用과 좌우호박술左右互搏術을 간단하게 설명해주었다. 소용녀는 놀라움을 금할 수 없었다.

"그걸 익혀 왼손으로는 전진검법을, 오른손으로는 옥녀검법을 할 수 있게 된다면 정말 완벽하겠네요. 하지만 배우기가 쉽지 않겠죠?"

"어렵다고 하면 참으로 어렵지만, 쉽다고 생각하면 또 그렇게 쉬운 게 없지. 어떤 사람은 평생을 배워도 못하지만, 또 어떤 이는 반나절이면 거뜬히 배우니까. 곽정과 황용을 아느냐?"

소용녀가 고개를 끄덕였다.

"두 사람 중 누가 더 똑똑하더냐?"

"곽 부인이 똑똑하죠. 과가 하는 말을 들으니 아마 세상 누구보다도 똑똑할 것 같더군요. 곽 대협은 그저 평범하지요."

"뭐가 평범하다는 거냐? 아주 돌머리지. 그럼 나는 똑똑한 것 같으냐, 멍청한 것 같으냐?"

"연세가 많이 드셨지만 아무래도 똑똑하신 것 같지는 않네요. 행동거지가 미치광이 같을 때도 있고요."

주백통은 손뼉을 마주치며 웃어댔다.

"하하하하…… 잘 봤다. 그래, 네 말이 맞다. 미치지 않으면 못 살았을 것이다. 이 좌우호박술은 내가 미쳐 있을 때 만들어낸 것이다. 그리고 곽정에게 가르쳐주었지. 그 친구는 며칠 만에 모두 배웠어. 하지만 나중에 그가 아내인 황용에게 가르쳐주었는데 똑똑한 줄만 알았던 황용은 오히려 제대로 배우지 못하더구나. 아무래도 멍청한 녀석이 잘못 가르쳐준 것 같아서 나중에 내가 직접 가르쳐주었지. 그런데도 황용은 첫걸음인 왼손으로 네모를 그리고, 오른손으로 원을 그리는 것조차 하지 못하는 거야. 어쩌면 똑똑할수록 잘 못 배우는 것일지도 모르지."

"설마하니 멍청한 사람이 똑똑한 사람보다 나을 리가 있겠어요? 난 믿을 수가 없네요."

주백통은 무슨 생각이 들었는지 피식 웃으며 소용녀를 바라보았다.

"보아하니 네 품성이며 외모, 재주가 황용의 어린 시절과 비슷하구나. 무공도 비슷한 것 같고. 어쩌면 너도 그럴 수 있겠는걸. 내 말을 믿지 못하겠거든 왼손 식지로 네모를 그리고 오른손 식지로 원을 그려봐라."

소용녀는 그의 말대로 해보았다. 그러나 바닥에 그려진 네모는 원에 가까웠고, 원은 또 네모에 가까웠다. 가만히 지켜보던 주백통이 참지 못하고 웃음을 터뜨렸다.

"어때? 잘 안 되지?"

소용녀는 계면쩍은 얼굴로 웃었다. 그러고는 다시 정신을 모으고 똑바로 앉아 두 팔을 뻗어 다시 그렸다. 반듯한 네모와 흐트러짐 없는 원이 그려졌다.

"어라……."

주백통은 할 말을 잊은 듯 눈을 크게 뜨고 소용녀를 바라보았다.

"전에 배운 적이 있나?"

"아니에요. 이게 뭐 어렵다고요?"

주백통은 백발이 성성한 머리를 흔들었다.

"그러면 어떻게 이리 반듯하게 그린 것이냐?"

"몰라요. 아무 생각도 하지 않으니까 그려졌어요."

뒤이어 소용녀는 왼손으로는 '노완동', 오른손으로는 '소용녀'를 적었다. 두 손을 동시에 쓰는데도 또박또박 분명했고, 한 손으로 쓸 때와 별반 다르지 않았다.

"타고난 재주로구나! 쉽게 배울 수 있겠어!"

주백통은 왼손으로 공격하고 오른손으로 방어하는 방법, 오른손으로 상대를 치며 왼손으로 가로막는 방법 등 자신이 도화도에서 깨우친 천하에 둘도 없는 무공을 하나하나 가르쳐주었다. 이 좌우호박술은 마음을 분산시키는 것이 핵심이었다. 똑똑하다는 사람은 마음이 어지럽고 복잡하기 마련이어서 한 가지 일이 끝나기도 전에 이미 또 다른 일을 생각하니 이것을 쉽게 배우지 못했다. 삼국시대에 칠 보七步를 걸으면서 시를 지은 조자건曹子建(조식의 자)이나 용병술에 뛰어나 한 걸음을 걷는 사이 백 가지 계책을 내놓았다는 오대五代의 유심劉鄩과 같은 사람은 죽었다 깨어나도 좌우호박술을 배우지 못했을 것이다.

소용녀는 어려서부터 칠정육욕을 억제하는 무공을 닦아 여덟 살 무렵부터는 언제나 마음이 수면처럼 잔잔했다. 양과를 사랑하게 되면서 이러한 무공이 많이 약해지기는 했지만, 큰 상처를 입고 열정이 사그라지자 과거에 수련한 무공이 상당 부분 회복되어 쉽게 좌우호박술을 펼쳐 보일 수 있었던 것이다.

소용녀는 주백통이 가르쳐주는 것들을 순식간에 깨우쳐나갔다. 주백통은 아직 몸 안의 독을 완전히 빼내지 못해 그저 입으로만 가르쳐 줄 뿐이었다. 소용녀는 연신 고개를 끄덕이며 오른손으로 옥녀검법을 쓰면서 왼손으로 전진검법을 쓰는 연습을 했다. 이렇게 몇 시진이 지나자 갑자기 머릿속이 환하게 트이는 느낌이 들었다.

"알았어요!"

그녀가 두 팔을 들어 몇 가지 초식을 펼치는데, 그 움직임이 그야말로 물 흐르듯 자연스러웠다. 주백통은 입을 딱 벌린 채 좀처럼 다물 줄을 몰랐다.

"거참, 희한하구나!"

국사와 조지경은 여전히 동굴 밖을 지키고 있었다. 그런데 동굴 안에서 웃음소리가 간간이 섞여 나오자 무슨 일인지 궁금해 견딜 수가 없었다. 귀를 바짝 기울여 들어보았지만 정확히 알아들을 수가 없었다. 소용녀는 고개를 들다가 두 사람이 안을 살피고 있는 것을 발견하고는 자리에서 일어났다.

"가요!"

주백통은 소용녀의 갑작스러운 말에 어리둥절해했다.

"어딜 가?"

"나가서 못된 녀석들을 혼내주고 해독약을 받아내야죠."

주백통은 가만히 수염을 쓰다듬었다.

"그를 이길 수 있겠느냐?"

그때 우웅…… 우웅, 하는 이상한 소리가 울렸다. 살펴보니 벌 한 마리가 거미줄에 감겨 몸부림치고 있었다. 앞서 나비는 거미줄에 닿자마자 꼼짝도 못 했는데 이 벌은 작은 몸으로 어찌나 세차게 요동을 치는지 거미줄이 찢어지며 작은 구멍이 뚫렸다. 무섭게 생긴 독거미는 옆에서 호시탐탐 노리기만 할 뿐 다가가지 못하다가 한참 후 벌이 움직임을 멈추자 그제야 덮쳤다.

소용녀는 고묘에서 벌들을 키우며 오랜 세월을 함께 지냈다. 당연히 벌을 다루는 솜씨도 남달랐고 벌을 친구처럼 여겼다. 그런데 바로 눈앞에서 벌이 죽음을 당하니 마음이 아플 수밖에 없었다.

'독거미가 생긴 것은 험상궂어도 벌을 조금은 무서워하는 것이 아닐까?'

소용녀는 품 안에서 벌꿀통을 꺼내 마개를 열고는 장력을 조절하며 손바닥을 통해 병 안으로 열기를 불어넣었다. 얼마 지나지 않아 향긋한 벌꿀 냄새가 거미줄을 뚫고 퍼져나갔다.

"뭘 하는 거냐?"

"재미있을 거예요. 조금만 기다려보세요."

"거, 좋지!"

주백통은 대답은 했지만 아무래도 뭘 하고 있는지 알 수가 없었다.

"도대체 뭐가 재미있다는 거냐?"

소용녀는 말없이 미소를 지었다. 지금은 산속 계곡마다 들꽃이 지천으로 피어 있는 때였다. 그러니 꿀을 따려는 벌도 그만큼 많았다. 소용녀가 퍼뜨린 향긋한 꿀 냄새를 맡은 벌들이 순식간에 도처에서 몰려들었다. 정신없이 동굴 안으로 날아들던 벌 떼는 일단 거미줄에 걸릴 수밖에 없었다. 거미줄에 걸린 벌들은 날갯짓을 하며 요동치다 독거미에게 물려죽기도 하고 또 독거미에게 침을 쏘기도 했다. 채설주가 엄청난 맹독을 지닌 거미이기는 했지만 많은 수의 벌을 당해내지는 못했다. 결국 한 마리씩 벌의 독에 온몸이 중독되며 거미줄에서 떨어졌다. 주백통은 과연 좋은 구경거리라며 고개를 끄덕였다.

"좋은 재주를 가졌구나."

동굴 밖에 있던 금륜국사와 조지경은 얼굴이 하얗게 질리고 말았다. 처음에는 채설주가 벌들을 압도하는 것 같았다. 세 마리의 채설주가 죽는 사이 벌들은 40마리 이상이 죽어 떨어졌다. 그러나 벌 떼는 워낙 수가 많았다. 게다가 안에서 계속 피워대는 꿀 향기에 끌려 어디선가 끊임없이 날아왔다. 서너 마리, 대여섯 마리씩 날아오던 벌들이 이제는 아예 수십 마리, 수백 마리씩 떼로 날아왔다. 순식간에 동굴 입구의 거미줄이 벌떼로 빈틈없이 메워졌다. 그리고 10여 마리의 독거미가 벌 떼에 의해 모두 죽고 말았다.

조지경은 이 벌침에 호되게 당해본 경험이 있는지라 조용히 나무 덤불에서 빠져나와 멀찍이 떨어졌다. 국사는 그저 독거미가 죽은 것이 안타까웠다. 아끼던 군사들이 몰살당한 꼴이니 도무지 정신을 차릴 수가 없었다. 그때까지도 국사는 그저 벌들이 떼로 몰려들어 동족을 죽인 거미와 싸우는 줄로만 알았지, 소용녀가 이 벌들을 불러들인 것이리라고는 상상도 하지 못했다. 그래서 여전히 어떻게 하면 주백통과 소용녀를 밖으로 끌어내 없앨 수 있을까를 궁리하며 동굴 앞에서 기웃거렸다.

소용녀는 묘안이 떠올랐다. 그녀는 새끼손가락을 벌꿀통 안에 넣었다 꺼낸 뒤 그것을 국사를 향해 튕겼다. 그러고는 오른손 식지로 그의 오른쪽과 왼쪽을 한 번씩 가리키며 길게 휘파람을 불었다. 그러자 수천 마리의 벌들이 일제히 동굴 밖을 향하더니 국사를 향해 날아들었다. 국사는 화들짝 놀라 냅다 달아나기 시작했다. 그의 경공은 이미 절정에 달한지라 비록 나는 벌들이라 해도 그를 따라잡지는 못했다. 국사의 모습이 사라지자 벌들도 더 이상 쫓지 않고 이리저리 흩어졌다.

소용녀는 발을 구르며 외쳤다.

"아깝다, 아까워!"

"뭐가 아까우냐?"

"그가 도망갔으니 해독약을 빼앗을 수가 없잖아요."

소용녀는 원래 국사의 오른쪽과 왼쪽을 한 번씩 가리킴으로써 국사를 포위하려고 했다. 그러나 야생으로 자란 벌들은 이리저리 몰려다니기만 할 뿐 소용녀의 뜻을 알아채지 못하고 국사를 쫓아버렸다.

주백통은 소용녀의 재주에 감탄을 금치 못하며 그가 평생 보고 들은 어떤 놀이보다도 신통하고 재미있다고 생각했다. 그는 박수를 치고 감탄을 연발하느라 몸에 아직 남아 있는 독 기운조차 느낄 수가 없었다. 소용녀는 동굴 입구에 거미줄이 없어진 것을 확인하곤 밖으로 나갔다.

"나오세요!"

주백통도 몸을 솟구쳐 그 뒤를 따랐다. 그러나 그의 몸은 허공에서 힘이 빠져 그만 둔탁하게 떨어지고 말았다.

"안 되겠어. 힘을 쓸 수가 없어."

주백통은 부들부들 떨기 시작했다. 바닥에 떨어지는 순간 몸에 남아 있던 채설주의 독이 온몸에 퍼졌기 때문이었다. 그는 갑자기 눈보라 가운데 떨어진 것처럼 뼛속까지 스며드는 한기를 참을 수가 없었다. 입술과 얼굴이 점차 파랗게 질려가며 하얀 수염이 흔들렸다.

"주백통, 왜 그래요?"

"네…… 네…… 침으로 날…… 찔러라……."

주백통은 간신히 한마디씩 내뱉었다.

"내 침에는 독이 발라져 있는데요."

"그러니까…… 독이 있는 게…… 좋아……."

소용녀는 아까 있었던 벌 떼와 독거미의 악전고투가 떠올랐다.

'어쩌면 봉독이 정말 거미독을 이길 수 있을지도 몰라.'

그녀는 바닥에서 옥봉침을 주워 들고 시험 삼아 주백통의 어깨를 살짝 찔러보았다.

"그래! 어서 더 찔러!"

소용녀가 몇 차례 찌르자 주백통은 조금씩 아픔이 가시는 듯했다. 침에 바른 독성이 사라지면 또 다른 침으로 바꿔서 찔렀다. 10여 차례를 찌르고 나자 주백통은 많이 나아진 듯 편하게 숨을 내쉬었다.

"독은 독으로 치료해야지."

훨씬 좋아진 그는 잠시 운기를 해보았다. 아직도 독이 체내에 남아 있음을 느낀 그는 가만히 정좌의 자세를 갖췄다.

"용 낭자, 침에 봉독이 부족해. 게다가 이제는 별로 자극이 되지도 않아."

"그러면 여기 사는 벌을 잡아다 침을 쏘게 할까요?"

"고맙군! 어서 그렇게 해줘."

소용녀는 또 벌꿀통을 열었다. 그리고 주백통의 몸에 꿀을 몇 방울 튕겼다. 주백통은 싱글벙글 웃으며 옷을 훌훌 벗었다. 과연 그의 온몸에 벌들이 달려들기 시작했다. 얼마나 지났을까, 그의 온몸이 벌침 자국으로 울긋불긋해졌다. 그동안 주백통은 운공을 통해 봉독을 단전으로 모은 후 그 진기만을 다시 몸 구석구석으로 흘려보냈다. 거미의 독이 모두 사라지자 이제 벌침이 따끔거리기 시작했다. 주백통은 고개를 끄덕이며 소리를 질렀다.

"됐다! 됐어! 더 맞다간 죽을지도 몰라!"

소용녀는 미소를 지으며 벌 떼를 흩어버렸다. 그러고는 한구석에 떨어져 있는 비단 띠를 집어 들었다.

"저는 종남산으로 갈 거예요. 함께 갈래요?"

주백통은 고개를 저었다.

"아니, 나는 다른 중요한 일이 있어. 혼자서 가."

"아, 맞다. 양양성에 가서 곽 대협을 도울 거라고 했죠?"

소용녀는 곽 대협이라는 이름을 내뱉자 뒤이어 곽부가 떠올랐고 곧 양과가 생각났다. 그러자 코끝이 시큰해지더니 그리움이 가슴 저 깊은 곳에서 물안개처럼 피어올랐다.

"주백통, 양과를 보거든 날 만났다는 얘기는 하지 말아요."

그런데 주백통은 돌아서서 뭔가를 중얼거릴 뿐 아무 대꾸도 하지 않았다. 소용녀는 고개를 갸웃거리며 귀를 기울였으나 그가 무슨 말을 하는지 전혀 알아들을 수가 없었다. 그의 표정 또한 너무나 진지해 무슨 일을 하고 있는지 도무지 짐작할 수가 없었다. 그러다 주백통은 번쩍 정신이 드는지 화들짝 놀라며 소용녀를 돌아보았다.

"뭐라고?"

"아니에요. 그럼 잘 가세요."

"어어…… 그럼……."

주백통은 황망히 작별 인사를 하며 손을 흔들었다.

소용녀는 그를 뒤로하고 걸음을 옮겼다. 산허리를 하나 돌고 나니 저 뒤에서 주백통의 외침이 들렸다. 마치 뭔가를 부르는 소리 같기도 하고 비명 소리 같기도 했다. 돌아보니 그는 손을 이리저리 휘저으며 뭔가를 향해 손짓하고 있었다. 소용녀는 호기심이 생겨 얼른 나무 뒤에 숨어서 지켜보았다. 놀랍게도 주백통은 한 손에 벌꿀통을 들고 허공을 향해 손짓하고 있었다. 깜짝 놀란 그녀는 품 안에 손을 넣어 벌꿀통을 찾았다. 아니나 다를까 벌꿀통이 감쪽같이 사라지고 없었다. 어느 틈에 훔쳐간 것인지 도무지 알 수가 없었다.

소용녀는 감탄을 금치 못하며 잠시 그의 행동을 지켜보았다. 그의 모습은 대단히 진지했다. 그가 외치는 사이 벌 몇 마리가 다가오기는 했으나 꿀 향기를 따라와 벌꿀통 주위만 맴돌 뿐, 주백통의 손짓에는 전혀 반응을 보이지 않았다. 소용녀는 그만 참지 못하고 웃음을 터뜨렸다. 그녀는 나무 뒤에서 나와 주백통이 있는 산기슭으로 다가갔다.

"내가 가르쳐줄게요."

주백통은 자신의 우스운 꼴을 들키자 얼굴이 온통 벌게져서 뒷걸음질을 쳤다. 그러다가 한달음에 산을 내려가 몸을 숨겼다. 그의 경공술은 가히 놀라웠다. 소용녀는 너무나 우스워 한참 동안 허리를 잡고 웃었다. 정말 이상하고 재미있는 노인이라는 생각이 들었다. 그녀의 웃음소리가 메아리가 되어 온 산을 울리다가 점점 조용해졌다. 사방은 적막하고 그녀는 혼자 서 있었다. 소용녀는 갑자기 외롭고 처량한 생각이 들어 저도 모르게 눈물을 흘렸다. 금륜국사와 싸우느라, 또 노완동과 이야기를 나누느라 정신없이 한나절을 보냈는데, 이제 적도 도망가고 친구도 떠나고 나니 세상에 홀로 남은 것 같았다. 그녀는 견지병과 조지경을 도저히 용서할 수가 없었다. 마음만 먹으면 언제든지 한 손에 죽일 수도 있었지만, 그렇게 한들 무슨 소용이랴 싶었다. 넋을 잃은 듯 서 있던 그녀는 중얼거리며 걸음을 옮겼다.

"그래도 그놈들을 찾아봐야지."

그녀는 산을 내려가 산 아래에서 풀을 뜯고 있던 말 한 필을 잡아탔다. 얼마쯤 가니 저 앞쪽에서 희뿌연 먼지가 뭉게뭉게 피어오르는 것이 보였다. 자세히 보니 깃발이 하늘을 덮고 말발굽 소리가 요란하게 들렸다. 엄청난 군대가 남으로 향해 달려가고 있었다.

'저 천군만마 사이에서 어떻게 두 도사를 찾는담?'

바로 그때였다. 산모퉁이 쪽에서 말 세 필이 다가왔다. 고개를 갸웃거리며 멀리서 유심히 지켜보니 그들은 누런 도포를 입은 견지병과 조지경이었고 또 다른 한 명은 젊은 도사였다. 참으로 적시에 나타난 원수 같은 얼굴들이었다.

'그런데 어찌 한 명이 늘었지?'

소용녀는 커다란 바위 뒤에 몸을 숨기고 있다가 그들이 지나가자 천천히 말을 몰아 그들의 뒤를 따랐다. 견지병과 조지경은 뒤에서 들리는 말발굽 소리에 무심코 뒤를 돌아보았다. 또 소용녀였다. 두 사람은 얼굴이 백지장처럼 하얘졌다.

"조 사형, 저 여자는 누굽니까?"

"우리 교파의 적일세. 아무 소리 말게."

도인은 깜짝 놀라며 두 사람 옆으로 바싹 다가갔다.

"적련선자 이막수입니까?"

"아니야, 그 여자의 사매일세."

젊은 도사는 구처기의 제자 기지성祁志誠이었다. 그는 이막수에 대해 나쁜 이야기를 많이 들어왔다. 이막수는 사백, 사부, 사숙들을 끊임없이 괴롭히는 악인이었다. 그런 이막수의 사매라니 당연히 좋은 감정이 있을 리 없었다. 조지경은 채찍을 휘둘러 말을 몰았다. 견지병과 기지성 역시 속력을 내어 그 뒤를 따라갔다.

소용녀는 걸음을 빠르게도 느리게도 하지 않았다. 그저 쉬지 않고 부지런히 세 사람 뒤를 따랐다. 속력을 내어 달린 세 사람이 걸음을 늦추고 한숨을 돌리는 사이, 소용녀의 말은 이미 뒤로 바짝 따라와 있었다. 조지경은 또 채찍을 휘둘렀다. 그렇게 몇 차례 반복하자 말이 지쳐 속도가 떨어졌다. 기지성이 조지경을 불렀다.

"조 사형, 사형과 제가 적을 막고 견 사형은 몸을 피하도록 하는 게 어떨까요?"

조지경은 버럭 역정을 냈다.

"왜? 살기가 싫으냐?"

"견 사형은 장교의 중임을 맡을 몸이니 우리가 지켜드려야죠."

그는 사부인 구처기의 명을 받고 견지병에게 중양궁으로 돌아와 장교를 맡으라는 전갈을 전하러 온 것이었다. 조지경은 흥, 하고 콧방귀를 뀌었다.

'하늘 높은 줄 모르고 까부는구나. 네까짓 놈이 저 여자를 막을 수 있을 성싶으냐?'

기지성은 조지경의 표정이 영 편치 않은 것을 보고 더 이상 아무 말도 하지 않았다. 그리고 고삐를 당겨 속도를 늦춘 후 견지병이 다가오자 낮게 속삭였다.

"견 사형, 사형은 이제 중임을 맡을 몸입니다. 일단 먼저 앞서가십시오."

그러나 견지병은 고개를 저었다.

"조 사형부터 가시라고 하지."

기지성은 조금 놀란 얼굴로 견지병을 보았다. 그의 태연한 표정을 보고 기지성은 새삼 견지병에게 감탄하고 있었다.

'사부님께서 장교를 맡기실 만도 하구나. 여유와 의기가 과연 제3대 제자들 중 으뜸이다.'

그는 견지병의 진짜 속내를 알지 못했다. 사실 견지병은 그저 소용녀의 손에 죽어 끝없이 자신을 괴롭히는 죄책감과 후회에서 벗어나고 싶은 마음뿐이었다. 두 사람이 이렇듯 서두르지 않으니 조지경도 혼자서 빠져나가기가 곤란해졌다. 다행히 소용녀는 공격할 마음이 없는 듯했지만, 조지경은 불안해서 자꾸만 그녀의 동태를 살폈다. 그렇게 앞에서 세 명, 뒤에서 한 명이 일정 거리를 유지하며 북쪽을 향해 여정을 계속했다.

이제 몽고 대군이 남하하는 말발굽 소리가 점차 사라져갔다. 바람

결에 간간이 북소리, 호각 소리가 섞여 전해질 뿐이었다. 적군을 피하느라 인가에는 사람은 물론 개나 닭조차 모습을 찾을 수가 없었다.

견지병과 조지경은 구석진 시골까지 들어가 한 작은 객점을 찾아냈다. 견지병 일행은 문도 창도 다 떨어져 나간 방에서 하룻밤을 묵었다. 밖을 내다보니 소용녀가 두 그루 나무 사이에 밧줄을 하나 묶고 그 위에 누워 있었다.

견지병은 이미 몇 차례 소용녀에게 죽여달라고 청하려 했으나 그때마다 조지경이 검을 빼 들고 가로막아 뜻을 이루지 못했다. 다음 날 새벽, 네 사람은 다시 길을 나섰다.

조지경은 온 신경을 견지병을 막는 데 써야 했기 때문에 편히 잠을 이루지 못했다. 견지병이 죽으면 자신의 계획은 모두 수포로 돌아가고 마니 당연히 그렇게 해야만 했다. 피로가 쌓인 조지경은 말 위에서 꾸벅꾸벅 졸았다. 기지성과 견지병은 말에서 내려 조지경 뒤로 7~8장 정도 떨어져 걸었다. 기지성이 참지 못하고 한마디 건넸다.

"견 사형, 사형과 조 사형의 무공은 매년 여러 시합을 통해 보아왔기 때문에 잘 알고 있습니다. 각자 장점이 있어 우열을 가리기가 힘들더군요. 하지만 품성이나 기개는 두 분이 크게 다르신 것 같습니다."

"사부님과 여러 사백, 사숙님께서 이번 일을 마무리 지으시는 데 얼마나 걸릴 것 같은가?"

"빠르면 3개월, 늦어지면 1년 정도가 걸리겠다고 하셨습니다. 그래서 견 사형을 급히 불러들이신 거고요."

견지병은 넋이 나간 듯 멍하니 산을 바라보며 중얼거렸다.

"그 정도 무공을 닦으신 분들께서 무슨 수련이 더 필요하신 걸까?"

"다섯 진인께서 고강한 무공을 만들어 전진파를 다시 중흥시키려고 하신다나 봐요."

기지성이 귀엣말로 알려주자 견지병은 힘없이 고개를 끄덕였다. 그러고는 생각에 빠져들었다.

예전 소용녀의 생일에 강호의 무뢰배들이 종남산에 모여들었고, 그 중 달이파와 곽도는 중양궁을 공격했다. 곽도는 몇 초식 만에 학대통에게 부상을 입혔다. 곽정이 적시에 나타나 도와주지 않았다면 전진교는 크게 낭패를 당했을 것이다. 그런 와중에 전진교의 중심인 중양궁이 끝내 곽도의 손에 불타고 말았다. 전진교는 중양 진인이 무공을 천하에 떨친 이후 무학의 정통으로 불렸다. 전진칠자 역시 열심히 무공을 닦았고 결코 윗대보다 떨어지지 않았다. 그러나 몽고의 무공이 그렇게 강할 줄은 아무도 예상치 못했다. 게다가 금륜국사는 순식간에 중원에 이름을 떨치고 있지 않은가!

학대통과 손불이의 이야기를 들으면서 구처기는 앞으로의 일이 심히 걱정스러웠다. 대승관 영웅대연에서는 소용녀와 양과가 나서서 금륜국사 일행을 쫓아주었다. 그 절정의 무공은 학대통, 손불이와 견지병, 조지경 모두가 직접 눈으로 확인했다. 실제로 양과는 서재에서 손발을 쓰지 않고도 조지경을 제압했다. 또 소용녀는 순식간에 조지경에게 부상을 입히기도 했다. 그 누구도 두 사람의 무공을 정확히 파악하지 못했다. 어찌 되었든 전진파의 무공은 고묘파 앞에서 힘 한번 제대로 쓰지 못하고 무너졌다. 나중에 소용녀와 양과가 함께 검법을 구사해 금륜국사를 혼내주었다는 이야기를 듣고 전진파는 놀라움으로 술렁거렸다.

전진칠자 중 담처단譚處端이 일찍 세상을 떠났고, 마옥 역시 이미 유명을 달리했다. 이제는 전진칠자 중 다섯 명만 남았다. 유처현은 반년간 장교직을 맡다가 구처기에게 물려주었다. 남은 다섯 사람은 이미 나이가 들어 기력이 쇠하던 차였다. 그러나 제3대, 제4대 제자 중에는 재주가 뛰어난 사람이 없었다.

이제 몽고가 본격적으로 남침을 시작해 나라가 위기에 처해 있고, 금륜국사는 세력을 넓혀 또 공격해올 것이다. 또 고묘파는 언제든 원수를 갚으려 할 것이다. 전진오자가 살아 있을 때라면 이들을 어떻게든 막아낼 테지만, 이들이 10년 후 다시 온다면 그야말로 안팎으로 우환이 겹치는 꼴이 되고 말 것이다. 그렇게 되면 천하 무공의 정종이라 일컫던 전진교가 일패도지할지도 몰랐다. 그래서 다섯 사람은 각자 외부와의 접촉을 금하고 수련과 정진에만 몰두하기로 했다. 전진교가 천하 무공의 정종 자리를 지켜내고 나라와 백성을 보호하기 위해서는 그 방법밖에 없을 것 같았다. 그래서 전진오자는 모든 세속의 일은 잠시 잊어버리고 수련과 정진을 위해 견지병에게 장교직을 맡기려고 그를 불러들인 것이다.

견지병 등은 서북쪽을 향해 길을 재촉했다. 소용녀는 한결같이 조금 뒤처진 채 그 뒤를 따랐다. 섬서 경내에 들어서자 기지성이 견지병에게 물었다.

"견 사형, 우리는 중양궁으로 가는 것인데, 저 용 낭자가 설마 위험을 무릅쓰고 함께 따라오려는 건 아니겠지요?"

"음!"

견지병은 신음하듯 내뱉었다. 도무지 그녀가 무슨 의도로 이런 행동을 하는지 알 수가 없었다. 그는 여정 동안 잠도 제대로 이루지 못하고 고민해왔다.

'만일 그녀가 다섯 진인께 내가 한 짓을 고하면 어떻게 하지? 혹 화풀이를 위해 전진교 사람들을 해치는 건 아닐까? 어쩌면 그냥 고묘로 돌아가느라 따라오는 것일지도 몰라. 혹…… 혹시 내 마음을 받아들여 준 건 아닐까?'

생각이 여기에 미치자 갑자기 얼굴이 붉어지며 부끄러워졌다. 그저 혼자서 해보는 생각일 뿐 그럴 리 없다는 것은 자신이 더욱 잘 알고 있었다. 아무튼 지금 그는 자신의 안위는 어찌 되어도 좋았다. 죽을 각오를 하니 두려운 생각이 훨씬 덜해졌다.

며칠이 지나자 일행은 종남산 자락에 닿았다. 기지성은 활을 꺼내 힘껏 쏘았다. 우웅, 소리와 함께 화살이 하늘로 날았다. 얼마 지나지 않아 누런 도포를 입은 도사 네 명이 산 위에서 달려와 견지병에게 허리를 굽혀 예를 표했다.

"충화沖和 진인, 돌아오셨군요. 모두들 기다리고 있습니다."

견지병*의 도호는 충화였다. 그러나 그가 직접 가르친 제자들 외에 그의 도호를 부르는 사람은 거의 없었다. 견지병을 맞으러 온 도사 네 명은 모두 전진교 제3대 제자로 그와는 사형, 사제 하던 사이였다. 그중 한 명은 나이도 그보다 많았다. 이제 이 네 사람이 호칭도 바꾸고 깍듯이 대하자 견지병은 몸 둘 바를 모르고 황급히 말에서 내려 예를 갖추었다.

---

* 역사 기록에 의하면 구처기는 전진교의 장교였고 윤지평은 부장교였다. 그 뒤를 이어 이지상, 장지경, 왕지탄, 기지성 등이 차례로 장교를 역임했다. 견지병과 조지경은 소설 속 허구 인물로 실제 역사 기록에는 나와 있지 않다.

"그렇게 불러주시니 어찌할 바를 모르겠습니다."

나이가 가장 많은 도사는 마옥의 제자였다.

"다섯 사숙님께서 충화 진인이 돌아오자마자 장교직을 위임하고 모든 대소사를 주관하라 하셨습니다."

"사부님과 사백, 사숙님들께서는 이미 수련에 들어가셨나요?"

"나오지 않으신 지 20여 일이 지났습니다."

이야기를 나누는 사이 그들은 중양궁에 닿았다. 도사들이 무예를 닦는 소리가 산에 쩌렁쩌렁 울렸다. 한창 수련 중이던 도사들은 견지병을 보고는 일제히 허리를 굽혀 예를 표했다. 그가 그렇게 환영을 받으며 산을 오르는 사이 조지경은 혼자서 뒤를 따르고 있었다. 그는 부럽고 샘이 나서 가슴속이 부글부글 끓어올랐다.

'장교직이 나에게 떨어져도 네놈들이 이렇게 공손하게 구는지 두고 보자.'

저녁이 되어 일행은 중양궁 대전 앞에 도착했다. 중양궁에는 500여 명의 도사가 대전 앞에 나란히 늘어서 있었다. 북소리와 나팔 소리가 울리는 가운데 수백 명의 도사가 허리를 숙인 채 흔들림 없이 견지병을 맞이했다. 이 장엄한 광경에 줄곧 위축되어 있던 견지병은 정신이 번쩍 들었다. 자신의 제자 열여섯 명이 좌우로 정렬해 있는 사이로 그는 삼청전三淸殿을 향해 걸어갔다. 그곳에서 원시천존元始天尊, 태상도군太上道君, 태상노군太上老君 등에게 예를 올리고, 그 후전으로 가 전진교를 세운 조사 왕중양의 조각에 예를 올렸다. 그다음 전진칠자가 모여 회의하던 곳으로 갔다. 이미 출타를 금하고 수련에 들어간 스승들을 생각하며 그는 일곱 개의 빈 의자에 공손하게 예를 올렸다. 그가 예를 마치고 다시 정전인 삼청전으로 돌아오자 구처기의 제자 이지상이 장교 진인의 법지法旨를 꺼내 읽기 시작했다. 그리고 견지병에게 장교를 대신하는 대장교代掌教 직책을 받아들일 것을 맹세하라고 했다. 견지병은 저도 모르게 옆에 서 있던 조지경을 흘긋 바라보았다. 그는 만면에 웃는 듯 마는 듯한 비웃음을 띠고 있었다. 견지병은 가슴이 철렁 내려앉았다. 이지상이 법지를 읽는 것이 끝나자 견지병은 자리에서 일어나 모여 있는 도사들에게 몇 마디 하려 했다. 그때 밖에서 한 도사가 들어와 큰 소리로 외쳤다.

"장교 진인, 손님이 찾아오셨습니다!"

견지병은 놀라 대답도 하지 못했다. 소용녀가 이런 커다란 모임에 왔단 말인가! 어떻게 해야 할지 도무지 판단이 서지 않았다. 이렇게 되면 피하려 해도 피할 수 없는 것이 아닌가. 그는 억지로 입을 열었다.

"모셔라!"

도사는 두 사람을 데리고 왔다. 모두가 그들을 바라보며 이상하게 여겼다. 견지병도 의아해했다. 한 사람은 몽고 관리의 복장을 했고, 다른 한 사람은 홀필열의 군영에서 본 소상자였다. 그중 몽고 관리인 아불화阿不花라는 자가 큰 소리로 외쳤다.

"전진교의 장교를 봉하는 대칸의 성지를 가지고 왔소!"

관리는 대전 중앙에 서서 노란 두루마리를 펼치고 읽어 내려갔다.

"전진교의 장교는 신선의 도를 닦는 대종사로 현문 장교는 인과 의를 깨치고 모든 대소사를 장관하니……."

읽다 보니 무릎을 꿇고 듣고 있는 사람이 없었다. 그는 다시 큰 소리로 외쳤다.

"전진교 장교는 성지를 받드시오!"

견지병이 앞으로 나서 허리를 굽혀 예를 갖추었다.

"저희 장교이신 구 진인께서는 수련에 들어가시어 지금은 제가 대장교를 맡았습니다. 몽고 대칸의 성지는 제가 받을 수 없습니다."

"대칸께서 말씀하시길 구 진인은 테무친 대칸께서도 매우 존경하셨으며, 이제 연로하시어 아직 생존해 있을지는 모르겠다고 하셨소. 이 성지는 구 진인께 드리는 것이지만 누구든 전진교의 장교가 받으면 되는 것이오!"

"저희 장교는 여전히 구 진인이시고, 지금 수련을 하시느라 안 계십니다. 저는 정식 장교는 아니고 그 직위를 잠시 위임받은 것이니 또한 받을 수가 없겠습니다."

"장교가 받으면 될 것을 그렇게 따질 것 없소. 어서 성지를 받드시오."

"워낙 갑작스러운 일이라 어찌해야 할지 모르겠습니다. 우선 후전에 가 잠시 쉬고 계시면 제가 다른 사형들과 상의해보겠습니다."

아불화는 불쾌한 기색을 지으며 성지를 다시 말아 넣었다.

"그러시오! 뭘 상의할 게 있다는 것인지는 모르겠소만!"

손님 접대를 맡고 있는 도사 네 명이 관리와 소상자를 데리고 후원으로 갔다. 견지병은 자리를 마련해 여러 제자들과 둘러앉았다.

"일이 크게 되었습니다. 제가 마음대로 할 일은 아닌 듯하니 사형들의 고견을 들려주시지요."

조지경이 먼저 입을 열었다.

"몽고 대칸이 호의로 성지를 보냈으니 마땅히 받아야지요. 우리 전진교가 나날이 흥성하니 몽고 대칸도 중시하는 것이 아니겠소?"

그는 뭐가 그리 자랑스러운지 어깨를 펴고 웃음을 터뜨렸다.

"아니오! 몽고는 우리 국토를 침략하고 백성을 괴롭히는데 어찌 그 성지를 받을 수 있단 말이오!"

이지상이 고개를 젓자 조지경이 다시 나섰다.

"구 사백께서도 과거 테무친 대칸의 초대를 받고 멀리 서역까지 다녀오셨소. 이 사형도 동행을 했다 들었소. 그런 선례가 있는데 이제 와 성지를 못 받을 것도 없지 않소!"

"그때는 몽고가 금나라와 적대적이었고, 우리나라를 침략하지 않았소. 오히려 대송과의 결맹이 이루어진 때이기도 했소. 어찌 그때와 비교를 하시오?"

"지금 종남산은 몽고의 관할 내에 있소. 우리 도관들도 모두 몽고 경내에 있소. 만일 성지를 받지 않는다면 엄청난 후환이 있을 거요."

"조 사형의 말씀은 옳지 않소."

조지경의 목소리가 점차 격앙되었다.

"뭐가 옳지 않다는 거요! 어디 가르침을 청해볼까요?"

"가르침이라니 당치 않소. 조 사형께 한 가지 물어봅시다. 우리의 조사님이신 중양 진인이 어떤 분이셨소? 우리 사부님이신 전진칠자는 또 어떤 분이셨소?"

"사조님과 사부님들은 도리를 알리고 법도를 지키는 분들이셨지요. 지금도 삼청교의 어른이기도 하시고요."

이지상이 말했다.

"그분들은 모두가 하늘의 이치를 지키는 대장부이셨소. 애국 우민의 정신으로 죽기를 각오하고 금나라에 맞서셨지요."

조지경이 말했다.

"그렇소. 중양 진인과 전진칠자의 이름은 강호에서 존경하지 않는 자가 없지 않소."

"우리 전진교의 위 세대 진인들은 모두가 강건하고, 백성을 지키기 위해서라면 무엇이든 두려워하지 않는 분들이셨소. 설사 전진교에 위험이 닥친다 해도 우리는 두려워하지 않을 것이오! 목이 잘린다 해도 뜻을 저버릴 수는 없는 일이오!"

이지상의 늠름한 말에 견지병과 10여 명의 제자는 모두 숙연해졌다. 그러나 조지경은 냉소를 띠고 있었다.

"그래, 이 사형만 죽음이 두렵지 않고 나머지는 모두 살려고 발버둥을 친다는 말씀이시오? 조사님께서 어렵게 창업하신 이후 오늘이 있기까지 조사님과 전진칠자께서 얼마나 노력을 기울이셨소? 그런데 우리가 이를 지켜내지 못하고 하루아침에 무너지게 한다면 나중에 조사님의 얼굴을 어떻게 뵐 거요? 사부님들께서 수련을 마치고 나오실 때 어찌 그분들을 뵌단 말이오?"

이 역시 일리가 있는 말이었다. 여기에 동조하고 나서는 도사도 몇몇이 보였다. 조지경이 이어서 말했다.

"금나라는 우리 전진교의 원수였소. 몽고가 금나라를 멸망시켰으니 우리를 위해 잘한 일이기도 하오. 과거 조사께서는 거사를 하셨다가 뜻대로 되지 않자 활사인묘에 은거하시기까지 했소. 그분이 금나라가 망한 것을 아신다면 하늘에서나마 크게 기뻐하셨을 거요."

구처기의 다른 제자인 왕지탄이 끼어들었다.

"몽고가 금나라를 멸망시킨 후 우리 송나라와 우호 관계를 맺고 형제의 의를 맺었다면 우리는 당연히 성지를 받았을 것이오. 그러나 지금 몽고군은 분명 남하를 계속하고 있고 양양을 공격하고 있소. 대송의 강산이 위험한 판에 대송의 백성으로서 어찌 적국의 성지를 받을 수 있단 말이오?"

그는 다시 견지병을 돌아보며 덧붙였다.

"장교 사형, 만일 성지를 받는다면 이는 매국 행위입니다. 또한 사형은 우리 전진교의 죄인이 되는 것입니다. 나 왕지탄, 이곳에 내 피를 뿌리는 한이 있더라도 그리하도록 두지는 않을 것입니다."

조지경이 벌떡 일어나 탁자를 내리쳤다.

"왕 사제, 지금 싸우겠다는 것이오? 장교 진인께 어찌 이리도 무례하오?"

"우리는 사형, 사제 사이입니다. 이치를 말한 것뿐인데 싸워야 한다면 저도 물러서지 않겠습니다!"

그러자 순식간에 분위기가 살벌해졌다. 모두들 싸울 태세를 갖추고 서로를 주시했다. 그때 머리가 희끗희끗한 한 도사가 손을 저으며 일어났다.

"사제 여러분, 말로 잘 풀어봅시다. 그렇게 급할 것 없어요."

왕지탄이 그에게 물었다.

"사형께서는 어떻게 해야 한다고 보십니까?"

"내 생각에는 음…… 출가한 사람은 항상 자비심을 가져야지요. 백성의 목숨 하나를 살리면 그만큼 덕이 쌓이는 것이고. 음…… 우리가 성지를 받는다면 백성을 괴롭히지 말라고 요구할 수도 있겠지요. 과거 구 사숙께서도 그렇게 해서 많은 생명을 구하시지 않았습니까?"

"그렇죠! 그렇죠!"

도사 몇몇이 고개를 끄덕였다. 그러나 키가 작은 한 도사는 고개를 저었다.

"지금은 그때와 다릅니다. 저는 사부님을 모시고 서역으로 가면서 몽고군이 백성을 학살하는 모습을 직접 보았습니다. 우리가 성지를 받는다면 이는 몽고에 투항하는 것이고 그들의 세력을 불려주는 꼴이 됩니다. 그렇게 해서 당장은 몇몇의 목숨을 구할 수 있을지는 모르나 그들의 세력이 커진다면 결과적으로 수천수만 백성이 이 때문에 목숨을 잃을 수도 있습니다."

이 키 작은 도사는 송덕방宋德方으로 과거 구처기를 따라 서역으로 갔던 18제자 중 한 명이었다. 조지경은 여전히 차갑게 웃고 있었다.

"그럼 그때 테무친 대칸을 보았겠군요. 어떻던가요? 나는 이번에 몽고 4왕자인 홀필열을 만났소이다. 그는 예법에 밝고 현명한 사람이더군요. 또한 도량도 넓어 보였고요. 그런 사람이라면 학살을 저지르지는 않을 겁니다."

"그래! 홀필열의 명을 받고 정탐하러 온 것이었군!"

왕지탄의 말에 조지경이 벌컥 화를 냈다.

"무슨 소리요?"

"몽고를 돕자고 하는 자는 누구든 매국노요!"

조지경은 분을 참지 못하고 뛰어올라 왕지탄의 머리를 겨누었다. 순간 옆에서 쌍장이 튀어나오며 조지경의 공격을 막았다. 구처기의 제자 두 명이었다. 그중 한 명은 기지성이었다.

"구 사백 문하에는 제자들이 정말 많군요. 그렇다고 수를 믿고 이래도 되는 거요?"

다툼이 좀처럼 끝날 것 같지 않자 견지병이 손뼉을 쳤다. 모두들 말을 멈추고 그를 바라보았다.

"사형 여러분, 잠시 제 말씀을 들어주십시오."

전진교의 장교는 매우 위엄 있는 자리였다. 이제 그가 장교를 맡게 되었으니 모두들 그의 지시를 따라야 했다. 도사들은 자리에 앉았다.

"그래, 장교 진인의 말씀을 들어야지. 성지를 받겠다고 하면 받는 거고, 받지 않겠다고 하면 받지 않는 겁니다. 대칸이 장교에게 성지를 내렸는데 우리가 다퉈 뭐 하겠소?"

조지경이 이죽거리며 자리에 앉았다. 그는 견지병의 약점을 잡고 있으니 그가 자신의 뜻을 거스르지 못할 것이라 생각했다. 이지상, 왕지탄 등은 충의를 중시하는 견지병의 성품을 알고 있는지라 그의 생각을 따른다면 별문제는 없으리라 여겼다. 모두들 자리에 앉아 견지병의 말이 떨어지기만을 기다렸다.

"소제는 능력도 덕도 부족한데 중책을 맡아 첫날부터 어려운 문제에 맞닥뜨렸습니다."

견지병은 고개를 들어 뭇 제자들을 바라보았다. 그들의 시선이 일제히 견지병에게 쏠려 있었다. 숨소리 하나 들리지 않는 적막 속에서 견지병이 계속 말을 이어갔다.

"전진교는 중양 진인께서 창업하시어 마 진인, 유 진인, 구 진인에 이르러 크게 이름을 떨쳤습니다. 잠시나마 장교를 맡은 제가 어찌 조금이라도 여러 진인의 가르침을 거스르겠습니까? 여러분, 지금 몽고는 대군을 이끌고 남으로 양양을 공격해 우리 국토를 유린하고 백성을 도륙하고 있습니다. 만일 선배 장교님들이라면 이 성지를 받았을까요, 받지 않았을까요?"

제자들은 말없이 그간 왕중양, 마옥, 유처현, 구처기 등 진인들의 평소 행적을 돌아보았다. 왕중양은 이미 오래전 세상을 떴기 때문에 제3대 제자들은 그를 본 적이 없었다. 마옥은 온화하고 후덕해 무슨 일이든 자연스럽게 이치에 따라 처리했고, 유처현은 신중하고 속이 깊어 속내를 들여다보기가 쉽지 않았다. 그러나 구처기는 성정이 불같고 충의가 남달리 깊었다. 제자들은 구처기를 떠올리자 한목소리로 대답했다.

"구 장교님은 절대 받지 않았을 거요!"

조지경이 고함을 쳤다.

"지금 장교는 구 사백님이 아니지 않소!"

견지병이 담담하게 입을 열었다.

"소제는 재주도 보잘것없고 평범하기 이를 데 없는 사람입니다. 그러니 진인들의 가르침을 거스를 수는 없지요. 저는 죄가 많아 죽음으로도 다 갚지 못할 것입니다."

견지병은 말을 마치고 고개를 떨구었다. 제자들은 그가 무슨 말을 하는지 잘 이해가 안 된다는 표정이었다. 겸양의 말인 줄은 알겠으나 죄가 많아 죽음으로도 못 갚는다는 말은 뭔가 지나친 표현 같았다. 그 말뜻을 이해한 사람은 오직 조지경뿐이었다. 조지경이 벌떡 일어서며 외쳤다.

"흥! 그래, 받지 않겠다는 말이오?"

"제 하찮은 목숨은 어찌 되어도 상관없습니다만 전진교의 명예를 더럽히는 일은 아무리 사소한 일이라도 할 수가 없습니다."

견지병의 목소리가 점차 격앙되어갔다.

"지금 호걸들은 모두가 한마음이 되어 외적에 대항하고 있습니다. 전진교가 무학의 정종으로서 몽고에 투항한다면 어찌 천하 영웅들의 얼굴을 다시 보겠습니까?"

제자들은 모두 박수를 쳤다. 이지상, 송덕방, 왕지탄, 기지성은 큰 소리로 견지병을 지지했다.

"장교 사형의 말씀이 옳소!"

조지경은 노기등등하여 소매를 떨치며 자리를 박차고 일어섰다. 그는 도원을 나가다가 문가에서 걸음을 멈추고 견지병을 돌아보았다.

"장교 사형이 하시는 말씀은 참으로 듣기가 좋소. 하하! 그러나 이 일이 어찌 될는지는 당신도 예상하고 있을 거요."

그는 말을 마치고는 성큼성큼 걸어 나갔다. 남은 도사들은 모두 견지병의 결단을 칭찬하며 한마디씩 했다. 조지경의 말에 동조했던 도사들은 함께 있기가 어색했던지 하나둘 자리를 떴다. 견지병은 말없이 자신의 방으로 돌아갔다. 조지경이 그런 수모를 당했으니 이제 그냥 있지는 않을 것이다. 아마도 자신의 죄를 사람들 앞에 낱낱이 고하지 않을까? 성지를 받지 않겠노라 말했을 때 그 역시 죽기를 각오했다. 그간 조지경에게 시달리며 불안하고 무서워 마음이 편치 못했는데, 이제 죽어 모든 것이 끝난다는 생각이 들자 오히려 편안하게 느껴졌다. 그렇다. 결국 소용녀의 손에 죽지 못했으니 차라리 내 손으로 죽는 것이 나으리라. 그는 방문을 잠그고 처연히 웃으며 장검을 뽑아 제 목을 겨누었다. 그때 갑자기 서가 뒤에서 누군가 튀어나오며 손을 낚아챘다. 아무런 방비도 하지 않고 있던 견지병은 그대로 장검을 빼앗겼다. 놀라 고개를 돌려보니 자신의 검을 빼앗아 쥐고 있는 사람은 다름 아닌 조지경이었다.

"우리 전진교의 명예를 더럽히고 너는 그냥 죽으면 그만이란 말이냐? 용 낭자가 중양궁 밖을 지키고 있는데, 그녀가 따지러 오기라도 하면 우리는 어떻게 한단 말이냐?"

"좋소! 그러면 그녀 앞에서 내 목을 베어 사죄하겠소."

"네가 목을 벤다고 이 일을 돌이킬 수는 없지. 진인들께서 나오시면 틀림없이 이 일을 물으실 것이고, 그렇게 되면 전진교의 명예가 어떻게 되겠느냐? 너는 천고의 죄인이다."

견지병은 더 이상 버티지 못하고 바닥에 주저앉아 머리를 감싸 쥐고 흐느꼈다.

"나더러 어쩌라는 거요? 죽으려고 해도 안 된다고 하니!"

방금 다른 도사들 앞에서 당당하게 이야기하던 그였지만 조지경과 단둘이 있는 동안에는 그 전과 같은 기개를 전혀 찾아볼 수 없었다.

"좋다. 네가 내 말만 따라주면 용 낭자와의 일은 내 최선을 다해 덮어주겠다. 우리 전진교와 너의 명예를 모두 지킬 수 있고, 후환도 전혀 없도록 해주지."

"나더러 몽고 대칸의 성지를 받으라고 이러는 거요?"

"아니야! 절대 몽고 대칸의 성지를 받으라고 하지 않을 것이다."

견지병은 다소 안심이 되었다.

"무슨 일이오? 그대로 할 테니 말해보시오."

반 시진 후 대전의 종이 일제히 울리자 전체 도사들이 한곳에 모였다. 이지상은 구처기 문하의 제자들에게 도포 안에 무기를 숨기라고 일렀다. 견지병이 성지를 거절한 일에 대해 조지경 일파가 무슨 꿍꿍이를 꾸미지 않을까 우려한 것이다. 대전으로 도사들이 하나둘 모여들었다. 하나같이 긴장한 얼굴들이었다.

견지병이 후원에서 천천히 걸어 나왔다. 얼굴에 핏기 하나 없이 걸어와서는 가운데에 섰다.

"여러분, 저는 구 장교님의 명으로 장교의 직을 잇게 되었으나 갑자기 중병을 앓고 있음을 알게 되어 직을 수행할 수가 없겠습니다."

너무나 갑작스러운 말이라 도사들은 그저 눈이 휘둥그레져 서로 마주 볼 뿐이었다. 웅성거림 속에 견지병이 말을 계속 이어갔다.

"장교의 중책을 제가 도저히 맡을 수가 없어 저는 옥양자 문하의 조지경 사형께 대장교직을 부탁드리겠습니다!"

말이 떨어지자 대전은 일순 적막에 잠겼다. 그러나 곧 엄청난 소란과 혼란으로 이어졌다. 이지상, 왕지탄, 송덕방 등 제자들은 큰 소리로 반대했다.

"구 진인께서는 견 사형에게 장교직을 맡기셨소! 이를 어찌 다른 사람에게 넘긴단 말이오?"

"멀쩡한 장교 사형이 무슨 병을 앓고 있다 하시오?"

"뭔가 음모가 있소! 장교 사형은 절대 속지 마시오!"

제4대 제자들은 감히 뭐라 말은 못 하고 저희끼리 수군거렸고, 대전은 일대 혼란에 휩싸였다. 이지상 등은 조지경을 노려보았지만 그는 조금도 흔들림이 없었다. 그저 두 손을 뒷짐 진 채 사람들의 말이 전혀 들리지 않는 듯한 표정이었다.

견지병은 두 팔을 휘두르며 사람들을 진정시키려 했다.

"갑작스러운 일이라 모두들 이해하시기 힘들 겁니다! 지금 우리 전진교는 엄청난 어려움에 빠졌고, 저는 큰 잘못을 저지르고 말았습니다. 크게 후회하고 있으나 죽음으로 죄를 갚으려 해도 이미 늦은 일입니다."

견지병의 얼굴은 더없이 침통해 보였다. 그는 잠시 입을 다물었다가 계속 말을 이어갔다.

"여러 번 생각해보았으나, 조지경 사형의 재주와 식견만이 우리 문파를 어려움에서 구할 수 있습니다. 여러 사형께서는 편견이나 선입견은 버리시고 부디 조 사형을 잘 보필해 전진교를 빛내주시기 바랍니다."

"잘못 없는 사람이 어디 있소? 장교 사형이 큰 잘못을 저질렀다고 해도 진인들께서 수련을 마치신 후에 이를 고하고 벌을 받으면 그만이오. 장교직을 넘기겠다는 결정은 우리로서는 절대 따를 수가 없소!"

이지상의 외침에 견지병은 한숨을 내쉬었다.

"이 사형, 우리는 오랜 세월 교분을 나누었습니다. 오늘 일만은 사형께서 어리석은 사제의 어쩔 수 없는 고충을 이해해주셨으면 합니다. 그냥 이대로 놓아주시지요."

이지상은 모든 것이 미심쩍었다. 견지병의 표정을 보니 정말 말 못할 어려움을 숨기고 있는 듯했다. 게다가 견지병이 이렇듯 간절하게 애원하니 더 몰아붙일 도리가 없었다. 그는 고개를 숙이고 가만히 대책을 생각해보았다. 그때 왕지탄의 외침이 터져 나왔다.

"장교 사형이 굳이 직을 양보하겠다면 이 역시 진인들께서 수련을 마치신 후 명에 따라 결정할 일이오. 그래야 큰일을 그르치지 않을 것이오!"

견지병이 말했다.

"상황이 급해 기다릴 수가 없습니다."

"좋소! 그렇다 하더라도 우리 사형제들 가운데 덕과 재주를 겸비하고 조 사형보다 나은 인재가 없지 않소. 이지상 사형은 도의를 누구보다 중히 여기고, 송덕방 사제는 무슨 일이든 맡아서 잘 처리해왔소. 그런데 어찌 다른 사람들이 받아들일 수 없는 조 사형에게 직을 맡긴단 말씀이시오?"

조지경은 성정이 난폭한 사람이었다. 억지로 지금까지 참아왔으나 이제는 더 이상 가만히 있을 수가 없었다.

"뭐든 용감하게 나서서 하는 왕지탄 사형은 또 어떠시고요?"

조지경의 얼굴에 냉소가 떠올랐다. 왕지탄이 말했다.

"소제의 재주는 사형들에 비하면 너무나 부족하오. 하지만 조 사형과 비교한다면 불초하나마 그래도 제가 낫다고 생각하오만!"

조지경은 여전히 차갑게 웃으며 고개를 들어 천장을 바라보았다. 오만불손한 태도였다.

"소제의 무공이나 검술은 조 사형의 상대가 되지 못하나 적어도 저는 매국노 짓은 하지 않았소!"

왕지탄의 호령에 조지경의 얼굴이 흙빛이 되었다.

"용기가 있거든 도대체 누가 매국노 짓을 했다는 것인지 분명히 밝히시오!"

두 사람의 논쟁은 점점 더 과격해졌다. 결국 견지병이 나섰다.

"두 분은 싸우지 마시고 잠시 제 말을 들어주십시오."

두 사람은 입을 다물었다. 그러나 여전히 서로 잡아먹을 듯 노려보고 있었다.

"우리 전진교 규칙에 따르면 장교는 전임 장교가 지명하는 것이지, 다른 도사들이 천거해 뽑는 것이 아닙니다. 그렇지요?"

"그렇소!"

"지금 저는 조지경 사형을 다음 장교로 임명했으니 여러분은 더 왈가왈부하실 것 없습니다. 조 사형, 앞으로 나오시오."

조지경은 득의양양하게 성큼 앞으로 나와 허리를 굽혀 예를 갖추었다. 왕지탄과 송덕방은 아직 할 말이 남은 듯한 기색이었다. 그러나 이지상이 두 사람의 소매를 당기며 눈짓을 하자 그냥 조용히 침묵을 지켰다. 두 사람은 이지상의 신중한 성격을 잘 알기 때문에 그에게 뭔가 대책이 있을 것이라 생각했다. 이지상이 두 사람에게 속삭였다.

"틀림없이 견 사제가 조지경에게 협박을 받고 있는 것 같소. 우리는 조용히 조지경의 음모를 알아보고 다시 이 일을 거론해야 할 거요. 견 사제가 저렇게까지 이야기하는데 계속 논쟁을 하면 오히려 우리가 명분을 잃게 될 겁니다."

왕지탄과 송덕방은 고개를 끄덕이며 다른 이들과 함께 장교직을 넘기는 의식에 참석했다. 전진교는 하루 사이에 두 사람이 장교직을 주고받았다. 도사들은 이 일에 대해 분개하기도 하고, 의혹이 풀리지 않아 답답하기도 했다.

장교직을 인수인계하는 의식을 마치고 조지경은 한가운데에 서서 자신의 제자들에게 옆을 지키도록 한 후 첫 번째 지시를 내렸다.

"몽고 대칸께서 보내신 천사天使를 모셔라."

왕지탄 등은 이 말에 다시 분노를 참지 못하고 나서려 했다. 이지상이 얼른 눈짓을 보내 그를 만류했다. 잠시 후 도사들이 몽고 관리 아불화와 소상자를 데리고 들어섰다.

조지경은 얼른 달려 나가 이들을 맞이하며 미소를 지었다.

"어서 오십시오."

아불화는 이미 오랜 시간 기다린 터라 얼굴에 불쾌한 기색이 역력했다. 게다가 견지병도 보이지 않으니 표정이 더욱 굳어졌다. 한 도사가 그런 그의 기분을 알아채고 얼른 설명해주었다.

"전진교의 장교직은 이제부터 여기 계신 조 진인께서 맡으셨습니다."

아불화는 잠시 놀라는 듯하더니 이내 얼굴이 활짝 펴졌다.

"그랬군요. 축하드립니다."

두 사람은 서로 예를 표했다. 소상자는 두 걸음쯤 뒤에 서서 시종 마음을 드러내지 않고 어두운 표정을 짓고 있었다. 조지경은 아불화를 대전으로 인도했다.

"그럼 성지를 읽어주십시오."

아불화는 미소를 지으며 고개를 끄덕였다.

"당신 같은 사람이 장교를 맡아야 옳지. 아까 그 도사는 도무지 말이 통하지 않는 것 같아 아주 답답했는데 말이야."

그가 성지를 꺼내 펼치자 조지경은 땅바닥에 무릎을 꿇고 앉아 기다렸다.

"전진교의 장교는 신선의 도를 닦는 대종사로……."

한어를 할 줄 아는 관리의 낭독이 다시 시작되었다. 이지상, 왕지탄 등은 조지경이 태연히 성지를 받는 모습을 보고 서로 눈짓을 교환했다. 차가운 빛이 번득이는가 싶더니 도사들이 도포에서 장검을 각각 꺼내 들었다. 왕지탄과 송덕방이 재빨리 앞으로 달려 나갔다. 이내 두 자루의 장검이 조지경의 등을 겨누었다. 순간 이지상의 목소리가 대전에 울려 퍼졌다.

"전진교는 충의를 목숨처럼 생각하니 절대 몽고에 투항할 수 없다. 조지경은 선조들의 뜻을 저버리고 도의를 짓밟았으니 장교직을 이을 수가 없다!"

다른 제자들도 각기 장검을 빼 들고 아불화와 소상사를 에워쌌다. 너무나 갑작스러운 일이었다. 조지경은 이지상 등이 불복하리란 걸 예상했으나 장교의 권위가 워낙 강력해 감히 반항하지는 못할 것이라 생각했다. 장교는 전진교에서 가장 높은 자리로 장교의 지시는 다섯 진인도 함부로 반대하지 못했다. 그런데 상대가 이렇게 정면으로 대들 줄이야. 그는 놀랍기도 했지만 분노가 치밀었다.

"아주 대담하구나! 감히 이런 소란을 일으키다니……."

조지경의 무공은 왕지탄, 송덕방보다 한 수 위였다. 그러나 대전 바닥에 엎드려 있는 사이 불의의 일격을 당한 터라 꼼짝할 수가 없었다. 미리 측근들을 주위에 배치하고 도포 안에 무기를 숨기고 있도록 했지만 이지상, 왕지탄은 모두 구처기의 제자로 무공이 높고 전진교 내에서 명망도 높았다. 갑작스러운 공격에 조지경의 심복들은 어찌 손을 써볼 새도 없이 모두 혈도를 찍히고 말았다. 과거 손 할멈에게 상처를 입었던 장지광, 육무쌍과 싸운 적이 있는 신지범, 조지경의 제자 녹청독 등도 모두 공격을 당해 꼼짝할 수가 없었다.

이지상은 아불화를 돌아보았다.

"몽고와 대송은 이미 적국이오. 우리는 대송의 백성으로서 몽고의 성지를 받을 수 없소. 두 분은 그만 돌아가주시오. 다음에 다른 곳에서 만나면 그때 겨루어봅시다."

통쾌한 한마디에 대전에 모여 있던 도사들이 환호성을 질렀다. 아불화는 자신을 노리는 검을 앞에 두고도 조금도 두려워하는 기색이 없었다.

"오늘 여러분은 경거망동한 것이오. 전진교가 이루어놓은 기초가 하루아침에 무너지는 것이 눈에 보이는 듯하오. 참으로 아깝소."

이지상이 말했다.

"온 나라의 강산이 이미 어지러워진 판국에 우리 문파 하나야 더 말할 필요가 있겠소? 어서 가지 않으면 더 이상 예를 갖출 수가 없소."

말이 없던 소상자가 끼어들었다.

"예를 갖출 수 없다니…… 어디 한번 봅시다!"

소상자는 말을 마치자마자 팔을 내지르며 왕지탄과 송덕방이 들고 있던 장검을 빼앗았다. 조지경은 얼른 몸을 솟구쳐 뒤를 방어하며 아불화 옆에 가서 섰다. 소상자는 왼손에 있던 장검을 조지경에게 건네고 오른손에 든 장검을 휘둘러 이지상을 공격했다. 이지상은 들고 있던 검으로 공격을 막아냈다. 단 한 번 공격을 막았을 뿐인데 손이 저릿저릿했다. 다시 내공을 주입해 막아보려 했으나 그만 검이 두 동강이 나고 말았다.

소상자의 출수는 너무나도 빨랐다. 한순간 소매를 펄럭이는가 싶더니 주위에 서 있던 네 도사가 일제히 바닥에 나동그라졌다. 단 세 번의 출수로 전진교의 고수 일곱 명을 제압한 것이다.

대전에 있던 수백 명의 도사는 놀라 입을 다물 수가 없었다. 마치 시체처럼 핏기 없는 얼굴로 서 있던 그가 이런 대단한 무공을 지니고 있을 줄은 아무도 몰랐던 것이다. 조지경은 그간 왕지탄, 송덕방의 무공을 무시해왔다. 그런데 조금 전에 모두가 모여 있는 자리에서 무릎을 꿇은 상태로 고개조차 들지 못하는 봉변을 당하고 나니 속이 부글부글 끓어올랐다. 그는 검을 손에 쥐자마자 왕지탄을 노렸다. 대강동거大江東去 초식은 전진검법 중 대단히 강력한 초식이었다. 검은 바람을 가르며 왕지탄의 아랫배를 노렸다.

왕지탄은 뒤로 물러섰다. 조지경은 전혀 사정을 봐줄 기색이 아니었다. 그는 왕지탄의 목숨을 노렸다. 세차게 몰아대는 조지경의 공격 앞에 왕지탄은 속수무책이었다. 대전의 도사들은 숨을 죽인 채 두 사람을 바라보았다.

순간 한 도포의 소매가 휘날리며 조지경의 검을 감쌌다. 조지경이 반사적으로 도포의 소매를 잘라버리는 사이 왕지탄은 뒤로 피했고, 옆쪽에서 두 자루의 장검이 파고들어 조지경의 검을 가로막았다. 소매가 잘린 도포를 입고 검을 든 사람은 바로 견지병이었다.

조지경의 얼굴이 일그러졌다.

"어…… 어찌, 네가!"

"조 사형, 분명 몽고의 성지를 받지 않겠다 하여 장교직을 넘긴 것이오. 어찌 이렇게 눈 깜짝할 새에 말을 바꾼단 말이오?"

"흥! 아까 '나더러 몽고의 성지를 받으란 말이오?' 하고 물었을 때 나는 분명 '절대 성지를 받으라 하지 않겠다'고 말했다. 그러니 난 말을 바꾼 적이 없다. 성지를 받는 것은 네가 아니고 나니까."

견지병은 어쩔 수 없다는 듯 중얼거렸다.

"그런 것이었군. 교활한 인간!"

이번에는 이지상이 다른 제자 손에서 검을 받아 들고 외쳤다.

"전진교의 형제들이여, 우리의 장교는 견 진인이오! 모두 매국노인 저 조가 놈을 붙잡아 장교 진인의 처분에 맡깁시다!"

그는 앞으로 달려 나가 조지경과 맞붙었다. 왕지탄, 송덕방은 다른 제자들과 함께 천강북두진을 펼쳤다. 순식간에 소상자는 포위당하고 말았다. 소상자도 무공이 대단하기는 했지만 이 진법의 위력 앞에서는 어쩌지 못했다. 그는 서둘러 방어에 나섰지만, 주위를 둘러싼 일곱 명의 전진 제자 사이에서 정신을 차릴 수가 없었다.

아불화는 진작부터 대전 구석에서 상황을 살피다 아무래도 여의치 않자 품속에서 호각을 꺼내 불었다. 그러자 황급히 도사 두 명이 다가가 호각을 빼앗고 그를 붙잡았다. 그러나 이미 한발 늦어 호각 소리가 멀리까지 퍼져나갔다.

견지병은 그가 지원병을 부른 것임을 알았다. 이제 더욱 위험해질 것이었다.

"기지성 사제, 이 몽고 관리를 좀 맡으시오. 우도현于道顯 사형과 왕지근王志謹 사형은 세 분 사형을 데리고 뒷산 옥허동에 가서 손 사형과 함께 다섯 진인의 수련에 방해가 되지 않도록 외적을 막아주시오. 진지익陳志益 사제는 다른 여섯 명을 이끌고 앞산으로 가고, 방지기房志起 사제는 여섯 명을 이끌고 왼쪽으로, 유도녕劉道寧 사제 역시 여섯 명을 이끌고 오른쪽으로 가서 방비를 맡아주시오."

견지병의 지시를 받아 좌우 방어에 나선 이들은 모두 구처기 문하의 동문 제자들이었다. 그리고 옥허동을 맡은 우도현은 유처현 문하였고, 왕지근은 학대통 문하였다. 우도현과 왕지근은 모두 높은 무공에 강직한 성품까지 갖추었기 때문에 이들을 믿고 어른들이 수련을 하고 있는 곳으로 보낸 것이었다.

화급한 상황에서도 견지병은 기민하게 움직이며 지시를 내렸다. 순식간에 서로 전갈을 보내 도움에 나서며 방어를 갖추니 몽고병이 몰려와도 당분간은 막아낼 수 있을 것 같았다. 마치 미리 생각해둔 것처럼 침착하게 지시를 내리는 견지병의 목소리에는 거역할 수 없는 위엄이 서려 있었다. 그러나 그사이 문밖은 아수라장이 되었다. 동쪽에서 윤극서, 서쪽에서 니마성, 정면에서 마광좌가 몽고군을 이끌고 침투해왔다.

홀필열은 그간 양양을 공격하다 효과가 없자 일단 군사를 후퇴시켰다. 금륜국사는 전진파를 붕괴시킬 계책을 홀필열에게 알렸다. 그의 속셈인즉, 몽고 대칸의 이름으로 전진교에 성지를 보내 일단 전진교를 분열시킨 뒤 무림 고수들을 데리고 공격하겠다는 것이었다. 만일 전진교가 대항하면 힘으로 제압하는 수밖에 없다는 말도 덧붙였다.

종남산은 원래 수비가 철통같은 곳이었다. 그러나 갑자기 장교가 바뀌고 중양궁에서 다툼이 있었던 탓에 밖에서 방비를 맡은 도사들도 모두 안으로 들어와 있었다. 그래서인지 윤극서, 니마성 등이 중양궁의 외벽을 넘어도 전진교에서는 아무도 알아차리지 못했다. 적들이 이미 눈앞에 나타났을 때는 견지병이 보낸 사람들 중 반은 아직 궁을 떠나지 않은 상태였다. 그러니 전후좌우가 모두 외적에게 둘러싸인 판국이 되었다. 비록 전진교는 사람 수가 많기는 했지만 대부분이 무기도 제대로 갖추지 못한 채 포위망에 갇혀 일패도지할 위기에 처하고 말았다.

기지성에게 잡혀 있던 아불화가 외쳤다.

"전진교 도사들은 무기를 버리고 장교 조 진인의 지시를 따르시오!"

견지병도 지지 않고 외쳤다.

"조지경은 선주들의 뜻을 배반하고 외적에 항복하려 했으니 큰 죄를 지은 몸이오. 그리고 이제는 장교가 아니오!"

견지병은 어려운 상황에서도 죽기를 각오하고 싸우기로 결심했다. 그러나 맨손으로 싸우는 도사들은 벌써 적에게 하나둘 쓰러져가고 있었다. 그리고 견지병, 이지상, 왕지탄, 송덕방, 기지성 등도 무기를 빼앗기거나 혈도를 찍혔고, 남은 도사들은 윤극서가 이끄는 군사들에게 대전 구석으로 몰렸다.

아불화는 관직이 높은 사람이어서 윤극서와 소상자 등은 모두 그의 명령을 따랐다. 아불화는 이미 대세가 기울었다고 판단하고 조지경에게 다가갔다.

"조 진인, 당신 얼굴을 봐서 전진교가 몽고에 반항한 일은 아뢰지 않겠소."

조지경은 연신 허리를 굽혀 감사의 인사를 올렸다. 그러고는 갑자기 뭔가 생각난 듯 소상자를 돌아보았다.

"도움을 청할 일이 있습니다. 우리 사부, 사백, 사숙님들께서 뒷산에서 수련을 하고 계시는데, 혹 이분들이 갑자기…… 갑자기 오시면……."

"올 테면 오라지, 우리가 쫓아주겠소."

조지경은 말은 못 했지만 아무래도 불만스러웠다.

'우리 사조님들을 쉽게 보지 마라. 그분들이 정말 오시면 너희도 힘들 것이다. 이분들이 몽고 무사들을 물리치기라도 한다면 내 목이 달아나서 그렇지…….'

아불화가 나섰다.

"조 진인, 우선 대칸의 성지를 받고 배신자들을 처리합시다."

"예!"

조지경은 그 자리에서 무릎을 꿇었다.

견지병, 이지상 등은 손발이 묶인 채 아불화가 성지를 읽고, 머리를 조아리며 듣고 있던 조지경이 만세를 외치는 모습을 보며 분노를 누를 수가 없었다. 송덕방이 이지상의 귓가에 대고 속삭였다.

"사형, 내 손에 묶인 것만 풀어주면 달려가 사조님들께 이 사실을 고하겠소."

이지상은 그와 등을 맞대고 있었다. 이지상은 내공을 이용해 일단 송덕방의 손을 묶은 밧줄을 풀어주었다.

"조심해서 알리게. 혹여 놀라시기라도 하면 내공에 커다란 충격을 받을 수도 있으니……."

송덕방은 가만히 고개를 끄덕였다.

아불화가 성지를 모두 읽자 조지경이 일어났다. 아불화와 소상자는 그에게 축하 인사를 건넸다. 송덕방은 사람들이 조지경을 둘러싸고 있는 틈을 타 갑자기 몸을 솟구치며 삼청신상 뒤로 내달렸다.

"서라! 꼼짝 마라!"

니마성이 외치는 소리에도 송덕방은 뒤도 돌아보지 않고 내달렸다. 두 다리를 잃은 니마성은 송덕방을 쫓아갈 수가 없자 표창을 던졌다. 표창은 송덕방의 왼쪽 다리에 적중했다.

"잠시 푹 자거라."

니마성의 말이 떨어지기가 무섭게 송덕방의 몸이 휘청거렸다. 그러나 그는 쓰러지지 않고 고통을 참으며 계속 달렸다. 중양궁은 건물이 겹겹이 들어서 있는 상당히 복잡한 구조였다. 그가 모퉁이를 몇 차례나 돌며 도망을 치니 몽고군은 끝까지 쫓을 수가 없었다.

송덕방은 우선 몸을 숨길 만한 곳으로 피한 후 표창을 뽑고 상처를 싸맸다. 그러고는 방으로 가 검을 하나 쥐고 뒷산으로 달렸다. 옥허동 동굴 앞까지 와 숨을 고르던 그는 눈앞에 펼쳐진 광경에 깜짝 놀라고 말았다. 어느새 그곳에 도착한 몽고 무사 수십 명이 커다란 바위를 옮겨 동굴의 입구를 막으려는 것이 아닌가! 웬 말라빠진 중이 군사들을 지휘하고 그 옆에서 두 사람이 함께 군사들을 독려하고 있었다. 바로 중양궁을 공격했던 달이파와 곽도였다. 이제 이 동굴 문이 막히면 다섯 진인은 어찌 된단 말인가! 송덕방은 눈앞이 깜깜해졌다.

'사부님의 은혜가 산과 같은데, 오늘 이런 위험이 닥쳤으니 내 목숨이라도 내놓아야지!'

이대로 가서 막는다면 목숨만 버리는 꼴이 될 게 뻔했다. 그래서 그는 나무 뒤에 숨어 있다가 순식간에 달려가 적의 우두머리인 중을 뒤에서 공격하고 동굴로 접근하리라 계획을 세웠다. 이 공격이 성공하면 적들은 순식간에 와해되고 말 것이다.

그 중은 바로 금륜국사였다. 그는 조지경에게서 상세한 정보를 모두 듣고 이 옥허동 동굴 문을 막으려는 것이었다. 이 전진오자만 없다면 나머지 제3대 제자들은 아무것도 아니었다.

송덕방의 검이 곧 등에 닿는 순간까지 금륜국사는 눈치를 채지 못하는 기색이었다. 그러나 다음 순간 챙, 하는 소리와 함께 중이 손에 든 둥그런 무기로 검을 막았다. 송덕방은 손아귀에 극심한 통증을 느끼며 검을 놓쳤다. 이 충격은 그의 진기에까지 영향을 미쳤는지 그는 선혈을 한입 토해내고 정신이 혼미해졌다. 도대체 뭐가 어떻게 된 것인지도 알지 못한 채 그만 정신을 잃고 쓰러졌다.

금륜국사도 대전에서 들려오는 아우성 소리를 듣고 있었다. 그러나 소상자, 윤극서 등 고수가 있으니 전진교 제3대 제자들은 그리 무서울 것이 없었다. 다만 혹시 이 옥허동에 있는 구처기 등 고수들이 뛰어나오면 그때는 상황이 어렵게 될 테니 서둘러 입구를 막으려 한 것이었다.

한편 대전에서는 송덕방이 빠져나온 후 상황이 또 변하고 있었다. 아불화가 조지경에게 말했다.

"조 진인, 난리를 일으킨 사람의 수가 너무 많으니, 당신이 맡은 장교직이 아무래도 불안하겠소."

조지경도 도사들이 진심으로 그를 받아들이고 있지 않음을 모르진 않았다. 아마 소상자 등 일행이 떠나고 나면 또 반항할 것이 뻔했다. 조지경은 짐짓 목소리를 높여 물었다.

"전진교에서는 배신자에게 어떤 벌을 내리는가?"

도사들은 어이가 없었다.

'배신은 제가 하지 않았나!'

대답이 없자, 조지경은 다시 한번 물었다. 녹청독이 얼른 대답해주기를 기다리는 것이었다. 녹청독이 사부의 뜻을 알아채고 대답했다.

"삼청신상 앞에서 스스로 목숨을 끊어야 합니다."

"그렇지! 견지병, 죄를 알았느냐?"

"난 죄가 없다!"

"그래? 그를 끌고 와라!"

녹청독은 견지병을 앞으로 밀어 삼청신상 앞에 세웠다. 조지경은 이번에는 이지상, 왕지탄 등에게 물었다. 모두들 죄가 없다고 대답했다. 하나하나 모두 물어보니 단 세 명만이 목숨을 구걸할 뿐이었다. 조지경은 이 세 사람만 풀어주고 나머지 24명은 모두 삼청신상 앞에 똑바로 세웠다. 왕지탄은 원래 불같은 성격이라 쉬지 않고 욕을 퍼부어댔다.

"이렇게 성질을 부리니 내가 아무리 너그럽다 해도 관용을 베풀 수가 없지. 녹청독, 준비해라!"

"예!"

녹청독이 장검을 쥐고 가장 왼쪽에 있던 우도현 앞에 섰다. 우도현은 신중하고 온화한 성품이어서 전진교의 모든 사람과 사이가 좋았다. 그런 그를 녹청독이 죽이려 하니 모든 제자가 한꺼번에 함성을 질렀다. 뒷산에 있던 송덕방과 금륜국사도 이 소리를 들을 수 있었다. 윤극서가 손짓을 하자 몽고 병사들이 각자 무기를 들고 도사들 앞을 가로막고 섰다. 녹청독은 사제들의 기세에 조금 겁을 먹고 멈칫했다.

"어서 하지 않고 뭘 우물쭈물하는 거냐!"

"예!"

녹청독은 검을 고쳐 쥐고 앞에 있던 두 사람을 찔렀다. 왼쪽에서 네 번째 있는 사람은 견지병이었다. 녹청독이 검을 들고 그의 가슴을 찌르려는 순간 갑자기 웬 여자 목소리가 들렸다.

"잠깐, 멈춰요!"

녹청독이 고개를 돌려보니 흰옷을 입은 여자가 입구에 서 있었다. 바로 소용녀였다.

"비켜라! 그 사람은 내가 죽일 것이다!"

〈6권에서 계속〉